Kat Martin

Engelsasche

Roman

Aus dem Amerikanischen von
Constanze Suhr

MIRA®

MIRA® TASCHENBUCH
Band 25673
1. Auflage: Juli 2013

MIRA® TASCHENBÜCHER
erscheinen in der Harlequin Enterprises GmbH,
Valentinskamp 24, 20354 Hamburg
Geschäftsführer: Thomas Beckmann

Titel der nordamerikanischen Originalausgabe:
Against The Storm

erschienen bei: MIRA Books, Toronto

Published by arrangement with
HARLEQUIN ENTERPRISES II B.V./S.àr.l

Konzeption/Reihengestaltung: fredebold&partner gmbh, Köln
Umschlaggestaltung: pecher und soiron, Köln
Redaktion: Thorben Buttke
Titelabbildung: Thinkstock/Getty Images, München;
pecher und soiron, Köln
Autorenfoto: © Harlequin Enterprises S.A., Schweiz
Satz: GGP Media GmbH, Pößneck
Druck und Bindearbeiten: CPI – Ebner & Spiegel, Ulm
Printed in Germany
Dieses Buch wurde auf FSC®-zertifiziertem Papier gedruckt.
ISBN 978-3-86278-733-3

www.mira-taschenbuch.de

1. KAPITEL

Houston, Texas

Snow Dogs. Trace Rawlins saß im hinteren Teil des *Texas Cafés* und dachte an seine Klientin und ihren Ehemann, den weißen Rapper Bobby Jordane, Leadsänger der wahnsinnig erfolgreichen Rapgruppe *Snow Dogs.*

Für diesen wilden Haufen war das ja genau der richtige Name. Sie klagten in ihren Songs die dekadente Gesellschaft an und schienen ihm dabei doch die Wurzel des Übels zu sein. Bobby war als Einziger in der Gruppe verheiratet, und zwar seit drei Jahren mit einer wunderschönen Afroamerikanerin namens Shawna. Warum sie sich jemals mit diesem Typen eingelassen hatte, abgesehen von der siebenstelligen Summe auf seinem Bankkonto, konnte Trace sich beim besten Willen nicht vorstellen.

Offensichtlich hatte sich Shawna dieselbe Frage gestellt. Im Augenblick saß sie gerade ein paar Tische weiter zusammen mit ihrem Rechtsanwalt Evan Schofield und wartete auf Bobby.

Bobby Jordane war geradezu das Musterbeispiel eines Typen, der seine Frau verprügelte, und es gefiel ihm überhaupt nicht, dass Shawna die Scheidung eingereicht hatte. Schofield hatte ein Treffen an einem neutralen Ort arrangiert, in der Hoffnung, auf diese Art in der Sache etwas weiterzukommen. Vor den Medien hatten sie diesen Termin geheim gehalten.

Das Restaurant war ein altes Lokal mit Holzböden und einer langen lackierten Holztheke. Ein Platz, wo Leute aus der Umgebung zu Mittag aßen, die Bobby niemals erkennen würden. Zu dieser Zeit hatten sich die Lunchgäste bereits wieder verabschiedet, und für das Dinner war es noch zu früh. Lediglich an zwei weiteren Tischen saßen Leute. Ein alter Mann trank mit seiner Frau Schokoshakes, zwei junge Frauen aßen Burger. Bei der einen der beiden handelte es sich um eine heiße Rothaarige, die Trace geflissentlich zu übersehen versuchte. Aber sein Blick wanderte trotzdem immer wieder zu ihr hinüber.

Unglücklicherweise schien er eine Schwäche für rothaarige Frauen zu haben, die ihm immer nur Ärger brachten.

Er versuchte sich wieder auf das bevorstehende Treffen zu konzentrieren, an dem Bobby und dessen Anwalt, Shawna und Evan Schofield, ein alter Freund von Trace, teilnehmen sollten.

Aber Bobby war ein Hitzkopf und Evan nicht dumm. Er traute dem Typen nicht, ebenso wenig wie Trace das tat. In Houston hatte jeder von den wilden Auseinandersetzungen des Paars gelesen. Sein letzter Ausraster hatte Bobby geradewegs in den Knast gebracht. Shawna hatte damit gedroht, eine Unterlassungsverfügung zu beantragen. Deshalb war Trace, Privatdetektiv und Eigentümer von *Atlas Security*, von Evan engagiert worden. Er sollte dessen Klientin im Auge behalten und notfalls zu ihrem Schutz eingreifen.

Die Glocke an der Eingangstür ertönte, und der Vorhang an der Glastür flatterte. Wie zu erwarten kam Bobby herein, ohne seinen Anwalt, dafür mit den zwei anderen Mitgliedern der *Snow Dogs*.

Clyde „The Mountain" Thibodaux, riesig, mit Glatze und einer Menge Tattoos, stammte aus New Orleans. Er trug eine Lederweste über der nackten Brust. Sein Kinn zierte ein schmaler, schwarzer Ziegenbart.

Lenny Finks, bei seinen Fans als „Lenny the Sphinx" bekannt, war der Streber in der Gruppe. Der unscheinbare, dünne Typ mit dem krausen roten Haar bildete das kreative Potenzial. Er schrieb die Musik, obwohl Trace sich weigerte, das Zeug so zu nennen. Abgesehen von seiner spitzen Zunge, mit der er die Kritiker der Band attackierte, konnte man Lenny eher als harmlos bezeichnen. Für die *Snow Dogs* war er ein wichtiger Bestandteil und letztendlich für deren Erfolg verantwortlich.

Bobby war so groß wie Trace, fast eins neunzig, schlank und gut durchtrainiert. Nachdem er jahrelang Kampfsport betrieben hatte, schien er zu denken, er sei ein harter Kerl. Trace warf einen Blick auf die Blutergüsse in Shawna Jordanes schönem Gesicht und musste sich beherrschen, um dem Typen nicht zu zeigen, wie hart ein ehemaliger Ranger war.

Trace schob sich seinen Cowboyhut aus weißem Stroh aus der Stirn, beugte sich nach vorn und nahm einen Schluck von seinem Kaffee. Dabei ließ er Bobby nicht aus den Augen, der, dicht gefolgt von seinen Freunden, auf den Tisch zuging, an dem Shawna saß.

„Hallo, Baby."

„Hallo, Bobby." Sie klang etwas verängstigt.

Bobby sah den Mann neben ihr drohend an. „Also … Evan … ich sollte herkommen, damit wir uns ein bisschen unterhalten können, oder was?"

Der Rechtsanwalt, ein schlanker Typ mit sandbraunem Haar und intelligentem Blick, richtete sich in seinem Stuhl gerade auf. „Ich hatte gehofft, dass wir in Ihrer Scheidungssache etwas vorankommen", sagte er.

Bobby stellte sich breitbeinig vor den Rechtsanwalt. „Sie stiften meine Frau dazu an, sich von mir zu trennen, und dann soll ich herkommen, damit wir *reden* können?" Er schnappte sich Evans rot gestreifte Krawatte und zog ihn von seinem Stuhl hoch. Shawna schrie auf, und sofort trat Trace in Aktion.

Er stieß Lenny, diesen mickrigen Zwerg, aus dem Weg. Dann packte er Bobby von hinten an seinem schwarz-silbernen Drachen-T-Shirt und riss ihn zu sich herum. Einen kurzen Moment wartete er ab, bis Bobby zu seinem ersten Schlag ausholte. Dann duckte er sich blitzschnell und landete dafür einen satten Treffer auf Bobbys Kinn. Der Rapper ging zu Boden wie ein Sack Kartoffeln. Er verdrehte die Augen, und mit einem dumpfen Geräusch schlug sein Kopf auf dem Holzboden auf.

„Drecksack!" Clyde ballte die fleischigen Hände zu Fäusten und stürzte sich auf Trace, um ihn mit einem harten Schwinger in die Knie zu zwingen. Aber Trace wich aus und schickte seinerseits eine gerade Rechte in den Magen des riesigen Kerls. Clyde sackte grunzend zusammen, und Trace setzte mit einem gezielten Aufwärtshaken nach, um ihm den Rest zu geben.

Blut spritzte aus seiner Nase, als Clyde rückwärtstaumelte und dabei den Tisch des älteren Paars umwarf, das schockiert aufgesprungen war. Genau die Art von Zwischenfall hatte Evan Schofield verhindern wollen, als er Trace engagierte.

„Tut mir leid, Kumpel."

Evan hob beschwichtigend die Hand. „Nicht deine Schuld. Ich hätte mir denken müssen, dass es nicht funktioniert." Er grinste. „Ehrlich gesagt, war es mir ein Vergnügen zu sehen, wie Bobby endlich bekam, was er verdiente."

Trace rieb sich die schmerzende Hand, bückte sich nach seinem Cowboyhut und setzte ihn wieder auf. Lenny stand mit staunend aufgerissenen Augen neben Bobby. „Das hätten Sie nicht tun sollen."

„Meinst du?"

„Bobby wird echt sauer sein."

Trace lachte leise. „Wenn du schlau bist, dann bringst du ihn hier raus, bevor jemand die Polizei ruft. Noch mehr Ärger kann er bestimmt nicht gebrauchen."

Evan wandte sich an Shawna. „Gehen wir."

Sie stand etwas zittrig auf und sah Trace an. „Danke, Mr Rawlins. Sie können sich ja nicht vorstellen, wie gut mir das getan hat."

Er verzog die Mundwinkel zu einem Grinsen. „Oh, ich habe da so eine Ahnung."

Shawna wandte sich zum Gehen um, aber bevor sie die Tür erreicht hatte, flammte das Blitzlicht einer Kamera auf, die ihren Rückzug dokumentierte. Die Fotografin drehte sich gleich darauf zu dem stöhnend am Boden liegenden Bobby herum. Ein weiteres Mal blitzte es und wieder und wieder. Die Fotos würden einen Typen wie Bobby Jordane ganz empfindlich an seinem gewaltigen Ego kratzen.

Trace fluchte leise. Die Rothaarige. Natürlich brachte sie nichts als Ärger.

Er ging auf sie zu und riss ihr die Kamera aus der Hand, um die letzten Fotos zu löschen.

„Hey! Was bilden Sie sich denn ein! Das können Sie nicht machen!"

„Nette Kamera", sagte Trace. Er ging damit zur Theke hinüber und reichte sie an Betty Sparks, die Besitzerin des Cafés, weiter.

Die sexy Rothaarige folgte ihm. „Hören Sie, wer immer Sie auch sind … Das ist meine Kamera! Sie können nicht einfach …"

„Habe ich aber. Sobald die Jungs verschwunden sind, können Sie sich das Ding wieder abholen." Trace tippte sich an den Hut, machte eine leichte Verbeugung in Richtung der Rothaarigen und ihrer Freundin, einer großen schlanken Brünetten. „Noch einen schönen Nachmittag, meine Damen."

Dann drehte er sich um und verließ das Lokal.

„Hast du das gesehen? Oh mein Gott!" Die Brünette beobachtete den Mann durch die Fensterscheibe, als er gerade auf die Straße trat. „Wer ist denn dieser umwerfende Typ?"

Maggie O'Connell drehte sich zum Fenster herum, während der große schlanke Cowboy mit dem weißen Strohhut langsam aus ihrem Blickfeld verschwand. „Was redest du denn da für einen Unsinn? Dieser Idiot hat meine Fotos gelöscht! Bobby Jordane und seine abtrünnige Ehefrau! Weißt du, wie viel solche Aufnahmen wert sind?"

Als sie hinter sich ein Stöhnen hörte, wirbelte Maggie herum. Lenny the Sphinx, wie seine Fans ihn nannten, half Bobby auf die Füße. Clyde the Mountain erhob sich ebenfalls langsam. Stillschweigend trottete die Dreiergruppe Richtung Ausgang.

Maggie warf der Frau, die ihre Kamera in den Händen hielt, einen sehnsüchtigen Blick zu. Aber Betty Sparks schüttelte nur den Kopf.

Maggie seufzte. Es würde wohl keine Fotos des geschundenen Bobby Jordane geben. Jedenfalls nicht von ihr.

„Es tut mir ja sehr leid, wenn ich dich daran erinnern muss. Aber du bist kein Paparazzo", sagte ihre beste Freundin Roxanne De Mers. „Du bist nicht hergekommen, um Fotos zu schießen, sondern weil du mit deiner Freundin zum Mittagessen verabredet warst. Es ist nur ein bisschen aufregender geworden als vorhergesehen."

Roxy drehte sich wieder zum Fenster um. Die drei Rapstars stiegen gerade in eine weiße Stretchlimousine ein, die vor der Tür parkte. „Ich frage mich, wer das ist."

Maggie musste nicht raten, wen ihre Freundin meinte. Der Cowboy war in der Tat ziemlich beeindruckend gewesen. Groß und schlank, mit breiten Schultern und schmalen Hüften, vollem, braunem kurz geschnittenem Haar und Muskeln unter dem Hemd, die wirklich nicht zu übersehen waren.

Trotzdem ärgerte sie sich über seine selbstgerechte Art. Als sich die Türen der Limousine hinter den drei Rappern geschlossen hatten, ging sie zur Theke, um ihre Kamera zurückzufordern. Die Frau mit den breiten Hüften händigte sie ihr ohne zu zögern aus.

„Also, wer war das?", wollte Maggie mit einer Kopfbewegung zur Tür wissen. „Dieser einsame Wolf da draußen ... wie heißt er?"

„Sind Sie Reporterin?"

„Ich bin Fotografin. Meistens beschäftige ich mich mit Landschaften. Aber gerade sah ich eine einmalige Gelegenheit, die ich nutzen wollte."

„Tut mir leid, dass es schiefgegangen ist."

„Mir auch. Ich hätte gerade einen kleinen Zuverdienst gut gebrauchen können."

„Ich bin übrigens Betty Sparks", sagte die Frau. „Mir und meinem Mann Bill gehört der Laden hier."

„Nett, Sie kennenzulernen, Betty. Ich heiße Maggie O'Connell. Sie machen wirklich hervorragende Burger."

„Vielen Dank."

Die Frau mit dem kurzen, lockigen grauen Haar, etwa Ende fünfzig, deutete mit dem Kopf Richtung Tür. „Er heißt Trace Rawlins. Ihm gehört *Atlas Security*. Privatdetektiv."

Roxanne stellte sich neben Maggie und schlug sich dramatisch die Hand vors Herz. „Ich glaube, mich hat's erwischt!"

„Trace hat eine Schwäche für Rothaarige", sagte Betty. „Ich denke, Ihre Freundin hätte mehr Chancen bei ihm."

„Nein danke“, entgegnete Maggie. „Ich stehe nicht auf Cowboys.“

Betty lachte. „Wenn ich zwanzig Jahre jünger wäre, würde ich mir glatt die Haare färben.“

Maggie lächelte. „Wie viel bekommen Sie von uns?“ Sie ging zu ihrem Tisch zurück, wo ihre Handtasche immer noch über der Stuhllehne hing, und kramte nach ihrem Portemonnaie.

„Das geht aufs Haus“, rief Betty ihr hinterher. „Ist ja das Mindeste, was ich für Sie tun kann.“

„Vielen Dank!“

„Sind Sie neu in der Gegend?“

Maggie nickte. „Ich habe mir gerade eins von diesen Stadthäuschen ein paar Blocks weiter gekauft. Gewölbte Decke im Obergeschoss. Gutes Nordlicht, wunderbarer Arbeitsplatz.“

„Dann herzlich willkommen. Vielleicht beehren Sie uns ja mal wieder.“

„Wenn es hier immer so aufregend ist, bestimmt“, erwiderte Roxanne.

Betty lachte.

Maggie schob die Nikon zurück in die Kameratasche und hängte sie sich zusammen mit ihrer Handtasche über die Schulter. Roxanne warf ein paar Scheine als Trinkgeld auf die Theke, und die beiden verließen das Café.

„Weißt du, der Ärger, den du gerade hast …“, sagte Roxy draußen zu ihr.

„Was ist damit?“

„Wenn dieser Cowboy einen Sicherheitsdienst hat und Privatdetektiv ist, könnte er dir bestimmt helfen.“

Maggie wollte schon widersprechen und behaupten, dass sie keine Hilfe benötigte. Dann musste sie daran denken, wie Trace Rawlins mit diesen drei Typen fertig geworden war. „Ich hoffe doch nicht, dass es so weit kommt.“

Aber es könnte, und beide wussten es. Seit über einem Monat wurde sie von jemandem verfolgt. Er rief sie an, ohne sich zu melden, und hinterließ Nachrichten auf der Windschutzscheibe ihres Wagens. Mehr war bisher nicht passiert, aber es jagte ihr trotzdem ziemliche Angst ein.

Wenn sie nach Hause kam, würde sie die Nummer von *Atlas Security* heraussuchen.

Und auf ihrem Zettel neben dem Namen Trace Rawlins notieren.

Trace fuhr zu seinem Büro in der Times Street zurück. Er wohnte nicht weit davon entfernt im University District. In einem Haus mit einer altmodischen überdachten Terrasse und einem Garten mit hohen schattigen Bäumen für seinen schwarz-weißen Collie Rowdy. Trace hatte es von seinem Vater geerbt. Zusammen mit dem Unternehmen, das Seth Rawlins kurz nach der Entlassung aus der Armee gegründet hatte.

Sein Vater war ein Ranger gewesen, ein hartgesottener Kerl. Trace war in seine Fußstapfen getreten und ebenfalls zur Army gegangen, um Ranger zu werden. Dann war Seth sechs Jahre später bei einem Autounfall ums Leben gekommen. Trace war nach Hause zurückgekehrt, um die Agentur seines Vaters zu übernehmen, weil er wusste, dass der es sich gewünscht hätte.

Er bremste ab und lenkte seinen dunkelgrünen Jeep Grand Cherokee auf den Parkplatz vor seinem Büro und stellte den Motor aus. Das zweistöckige Backsteingebäude hatte er sich erst vor Kurzem gekauft – oder besser gesagt, es gehörte ihm und der Bank, bis er die Hypotheken abbezahlt hatte. Was, wie er hoffte, nicht mehr allzu lange dauern würde. Seine Einkünfte waren gut und er hatte die Abzahlungsraten verdoppelt.

In den Jahren, seit er das Geschäft seines Vaters übernommen hatte, war *Atlas Security* bereits um hundert Prozent gewachsen, und er hatte noch ein Büro in Dallas eröffnet. Als Kind hatte er die meiste Zeit auf der Ranch seines Großvaters verbracht, da sein Vater ständig unterwegs gewesen war. Dort hatte man es als selbstverständlich erachtet, dass ein Mann hart arbeitete. Trace gehörte die Ranch noch, die er aber zurzeit an einen Rinderzüchter verpachtet hatte. Er fuhr nur ab und zu dorthin, um nach dem alten Haus und dem Grundstück zu sehen. Doch die Zeit, die er auf dem Land verbrachte, genoss er jedes Mal.

Er putzte sich die Schuhe auf der Matte vor dem Eingang ab und betrat das Büro. Die Wände waren dunkelgrün gestrichen, geschmückt mit Fotos von grasenden Rindern auf den Weiden der Ranch. Die Einrichtung war schlicht und bestand aus Schreibtischen aus Eiche für seine Angestellten und Eichenholzmöbeln im Empfangsraum.

Er sah zum Empfangstresen hinüber. „Hallo, Annie, was gibt's Neues?"

Seine langjährige Assistentin Annie Mayberry blickte von der Computertastatur auf.

„Du hast ein paar Anrufe bekommen, nichts Aufregendes." Annie war in den Sechzigern, hatte ihr krauses, graues Haar blond gefärbt und besaß dank der Donuts, die sie vormittags so gern aß, eine rundliche Figur.

„Vielleicht kannst du mir ja mal ein paar Stichworte geben."

Sie holte ihre Lesebrille hervor. „Evan Schofield hat angerufen. Er sagt, Bobby Jordane droht, dich wegen Körperverletzung vor Gericht zu bringen. Schofield meint, du sollst dir deshalb keine Sorgen machen. Bobby könnte es nicht ertragen, wenn öffentlich wird, dass man ihm, ich zitiere: ‚den Arsch versohlt hat'."

Trace lachte, aber Annie zog streng die Augenbrauen nach oben. „Du hast dich also mit Bobby Jordane geprügelt?", sagte sie missbilligend. „Ich dachte, aus dem Alter wärst du raus." Annie hatte für seinen Vater gearbeitet, bevor Trace ins Geschäft eingestiegen war. Sie hatte Seth Rawlins bemuttert, nachdem seine Frau bei Traces Geburt gestorben war. Dann hatte sie Trace bemuttert, da er keine Mutter gehabt hatte.

„Geprügelt kann man eigentlich nicht direkt sagen. Es war eine mit Fäusten geführte Diskussion. Hauptsächlich meinen." Er rieb sich die schmerzenden Fingerknöchel.

„Du weißt doch hoffentlich, dass du für solche Sachen inzwischen zu alt bist."

„Ich werd's mir merken." Annie war eine kleine Frau, aber beherzt. Sie ließ sich von niemandem etwas gefallen, auch nicht von Trace, und genau das gefiel ihm. „Was gibt es noch?"

„Die Special Olympics haben sich gemeldet, weil sie Spenden sammeln. Ich habe in der Buchhaltung angerufen und gesagt, die sollen denen einen Scheck schicken."

„Gut. Was noch?"

„*Marvin's Boat Repair* rief an. Joe meint, er hätte den Motor jetzt überholt. Die ‚Ranger's Lady' läuft wie eine Eins."

Trace nickte zufrieden. „Ich glaube, ich werde übers Wochenende nach Kemah runterfahren." So oft er es einrichten konnte, reiste Trace die sechzig Kilometer zum Dock, wo sein zwölf Meter langes Segelboot lag. Er liebte es zu segeln. Manchmal fragte er sich, ob er nicht bei den SEALs besser aufgehoben gewesen wäre als bei den Rangers. Aber dann hätte er Dev Raines und Johnnie Riggs nie kennengelernt, zwei seiner engsten Freunde, und Typen wie Jake Cantrell.

„Jake hat angerufen", sagte Annie, als hätte sie seine Gedanken gelesen. Was sie ständig zu tun schien. „Er ist für eine Weile wegen eines Auftrags in Mexiko, wird mindestens zwei Wochen dort sein, wenn nicht länger."

Jake Cantrell war mit Trace nach Houston gekommen, nachdem sie eine Rettungsaktion mit Dev und Johnnie bis nach Mexiko verschlagen hatte. Cantrell, ein ehemaliger Marine, arbeitete freiberuflich als Bodyguard für Firmenchefs, die in großen Aktiengesellschaften tätig waren. Er hatte im Mittleren Osten gejobbt, war aber auf Südamerika spezialisiert. Jake tat so gut wie alles, was viel Geld einbrachte und nicht illegal war.

„War's das?"

Annie reichte ihm drei weitere Notizen. „Eins davon ist ein potenzieller Kunde. Den musst du zurückrufen. Und Hewitt Sommerset hat angerufen." Das war der Manager der *Sommerset Industries*. „Er will mit dir über den Bericht sprechen, den du gerade fertiggestellt hast."

Hewitt hatte vermutet, dass einer seiner Angestellten Geld

unterschlug. Mithilfe der von *Atlas* installierten Überwachungsgeräte war sein Verdacht bestätigt worden.

„Ich rufe ihn gleich an."

„Die dritte Nachricht war von Carly. An deiner Stelle würde ich die einfach vergessen."

Er starrte mit gerunzelter Stirn auf die Notiz mit dem Namen seiner Exfrau. „Irgendwas Wichtiges?"

„Das Übliche. Sie wollte einfach den Klang deiner Stimme hören."

Trace zerknüllte den Zettel und warf ihn in den Papierkorb neben Annies Schreibtisch. Er schien aus irgendeinem Grund verzweifelte Frauen magnetisch anzuziehen. Kein Wunder, dass er eine geheiratet hatte. Inzwischen war er seit fast vier Jahren von Carly geschieden. Aber die zierliche Rothaarige schien das vergessen zu haben.

Trace ging an Annies Schreibtisch vorbei zum Hauptbüroraum. Sol Greenway arbeitete an einem seiner drei Computer. Mit seinen zweiundzwanzig Jahren war er der jüngste Angestellte bei *Atlas* und ein Genie, wenn es um Elektronik ging. Sol kümmerte sich um Zuverlässigkeitsüberprüfungen, EDV-Recherche, Schwachstellenanalyse, Online Forensic Service und einfach alles, was mit Computern zu tun hatte.

Im mittleren Teil des Büros saßen Ben Slocum und Alex Justice hinter ihren Schreibtischen, beides freiberufliche Ermittler. Ben hatte gerade das Handy ans Ohr gepresst. Alex reinigte seine Glock.

„Wie ist es mit Arnold Peters gelaufen?", erkundigte Trace sich bei Alex.

„Ich habe die Fotos für ihn gemacht. Seine Frau hat sich mit einem sexwütigen Footballspieler getroffen. Peters hat einen Blick darauf geworfen, ist zusammengeklappt und hat geheult wie ein Baby."

„Warum zum Teufel heuern die uns an? Sie wollen angeblich die Wahrheit erfahren, aber eigentlich möchten sie doch, dass wir ihnen sagen, sie hätten sich geirrt und bei ihnen zu Hause wäre alles Friede, Freude, Eierkuchen.“

Alex grinste, sodass sein Grübchen in der Wange zum Vorschein kam. „Meiner Meinung nach bleibt man sowieso am besten Single.“

Trace dachte an Carly und die Kolonne von Männern, die sie während ihrer Ehe ins gemeinsame Haus geschleust hatte. „Das kannst du laut sagen.“

Er ging weiter in sein Büro und schloss die Tür hinter sich. Er musste Hewitts Anruf beantworten. Die Untersuchung war abgeschlossen, aber Trace mochte den Typen und wusste, dass ihn die Nachricht ziemlich schockiert hatte. Der Betrüger war sein Schwiegersohn.

Trace hatte noch einige Anrufe mehr zu erledigen, aber er bearbeitete nicht mehr so viele Fälle wie früher. Inzwischen konnte er sich die Jobs aussuchen. Da das Wochenende bevorstand, würde er wahrscheinlich alles, was noch ausstand, an Ben oder Alex delegieren.

Trace sah sich schon ausgestreckt an Deck der „Ranger’s Lady“ in der warmen Texassonne liegen, die Hände hinterm Kopf verschränkt und die Wärme genießend.

Er grinste.

Das schien ihm der perfekte Plan zu sein.

2. KAPITEL

Maggie O'Connell verließ ihr neu erworbenes Stadthaus und ging zu ihrem roten Ford Escape mit Hybridantrieb, der vor der Tür parkte. Sie liebte ihren Wagen, der für fünfzig Kilometer keine vier Liter verbrauchte. Und es gab im hinteren Teil ausreichend Platz für ihre Kameras, Stative, Messinstrumente, die Lichtausrüstung und diverses anderes Equipment, das sie für ihre Arbeit benötigte.

Mit achtundzwanzig hatte Maggie bereits eine erstaunliche Karriere als Fotografin hinter sich. Was zunächst als Hobby während ihres Kunststudiums mit Teilstipendium begonnen hatte, war nun zu ihrem Beruf geworden.

Es war auch Glück dabei im Spiel gewesen, musste Maggie sich eingestehen. Nach ihrem Abschluss an der University of Houston hatte sie einen Teilzeitjob als Assistentin bei Roger Weller ergattert, einem namhaften texanischen Fotografen. Ein Job, der ihr unschätzbare Erfahrungen in diesem Metier gebracht hatte und außerdem genug Zeit, um all die Landschaftsaufnahmen machen zu können, die zu ihrem Markenzeichen geworden waren.

Weller hatte ihr zu ihrer ersten Ausstellung in einer Galerie verholfen, die erstaunlich gute Resonanz erhalten hatte. Mehrere Ausstellungen folgten, und ihre Käufergruppe erweiterte sich. Inzwischen hingen ihre Fotos in einigen der angesehensten Galerien von Houston, Dallas und Austin.

In Gedanken an die bevorstehende Ausstellung in der *Twin Oaks Gallery* und die Aufnahmen, die sie dafür an diesem Nachmittag machen wollte, blieb Maggie ruckartig vor ihrem Wagen stehen. Mit klopfendem Herzen trat sie einen Schritt vor, stellte ihre Kameratasche ab und griff mit zittrigen Fingern nach dem Zettel, der unter dem Scheibenwischer ihrer Windschutzscheibe klemmte. Vorsichtig zog sie den Zettel darunter hervor und las die Nachricht.

Meine werte Maggie,
wie lange wird es dauern, bis sich unsere Vorsehung erfüllt? Wann begreifst du, dass mein Schicksal mit deinem eng verbunden ist und ich der Einzige bin, der dir den Frieden schenken kann, nach dem du dich sehnst?

Maggie sah sich hektisch um. Nur zwei Wagen parkten vor den erst kürzlich fertiggestellten Stadthäusern, von denen sie eins bewohnte. Ein Toyota Camry und ein Chevy Camaro. Beide Autos waren verlassen. Der Wind wehte durch die Blätter der frisch gepflanzten Sträucher vor den Blumenbeeten im Eingangsbereich, ein paar Teenager kamen mit ihren Fahrrädern angefahren. Nirgends jemand, der eine solche Nachricht hätte hinterlegen können.

Sie starrte auf das ausgerissene Stück rauen, braunen Papiers, das den anderen beiden glich, die sie bereits erhalten hatte. Sie hatte gehofft, dass derjenige, der ihr diese beunruhigenden Nachrichten zukommen ließ, sich nach ihrem Umzug in ihr Haus vor zwei Wochen nicht mehr meldete.

Sie hängte sich die Kameratasche wieder über die Schulter und hielt den Zettel vorsichtig zwischen zwei Finger geklemmt, für den Fall, dass der Unbekannte Fingerabdrücke hinterlassen hatte. Erneut blickte sie sich auf dem Parkplatz um, ob sie irgendjemanden entdeckte, der nicht dorthin gehörte. Doch da war niemand.

Maggie beeilte sich mit einem flauen Gefühl im Magen und dem Papier in den zittrigen Fingern, zurück ins Haus zu kommen. Sie stellte die Kameratasche wieder auf dem Boden ab, schloss die Eingangstür und lehnte sich dagegen. Nachdem sie ein paarmal tief durchgeatmet hatte, öffnete sie ihre Handtasche, zog ihr Handy heraus und rief ihre beste Freundin an.

Mit jedem Klingelton wurde sie nervöser.

Endlich meldete sich Roxanne.

„Roxy? Rox, hier ist Maggie. Ich … ich habe schon wieder eine Nachricht bekommen. Sie klemmte unter dem Scheibenwischer."

Ihre Freundin fluchte leise. „Wo bist du?“

„Ich bin wieder ins Haus zurück. Vorher habe ich mich auf dem Parkplatz umgesehen. Aber da war keiner.“

„Hör zu, Maggie. Du musst die Nachricht zur Polizei bringen. Wie war der Name des Lieutenants noch mal, mit dem wir gesprochen hatten?“

„Bryson. Aber er wird mir nicht helfen. Er glaubt mir nicht. Und das hier wird daran auch nichts ändern.“

„Könnte aber. Du hast den Zettel und die anderen beiden von vorher.“

„Den ersten habe ich nicht mehr. Ich dachte, das wäre nur ein blöder Scherz.“

Aber es war letztlich egal, ob sie die Zettel als Beweis hatte. Es ging nicht darum, ob die Polizei ihr glaubte. Die Cops bestraften sie für etwas, das sie vor Jahren getan hatte.

Etwas, dessen sie tatsächlich schuldig gewesen war.

„Ich gehe da nicht mehr hin“, sagte sie. „Ich lasse mich nicht noch einmal so demütigen.“

Eine lange Pause entstand. Roxanne war eine der wenigen Personen, die wussten, dass Maggie als Teenager einen Quarterback von der Schule fälschlich der Vergewaltigung beschuldigt hatte.

Mit sechzehn war sie dumm und verantwortungslos gewesen. Tatsache war, dass sie in jener Nacht Sex mit Josh Varner gehabt hatte. Aber es war definitiv keine Vergewaltigung gewesen. Sie hatte den gut aussehenden Footballer ermuntert und sich keinesfalls gewehrt. Doch sie hatte Angst vor der Reaktion ihres Vaters gehabt, wenn der es herausgefunden hätte.

„Okay“, sagte Roxanne schließlich. „Wenn du nicht zur Polizei gehen willst, dann sprich mit diesem Privatdetektiv. Der Typ von *Atlas Security*.“

„Rawlins?“

„Du musst was unternehmen, Maggie. Man kann nie wissen, wie weit dieser Typ gehen wird. Vielleicht wird Trace Rawlins dir helfen.“

Das gefiel Maggie überhaupt nicht. Dieser Cowboy war anmaßend und für ihren Geschmack viel zu selbstgerecht. Was noch schlimmer war, es störte sie, dass sie ihn so attraktiv fand.

Aber noch weniger gefielen ihr die abfälligen Bemerkungen der Polizisten und die höhnischen Seitenblicke, die man ihr dort zugeworfen hatte.

Josh Varner war der Sohn eines Polizeibeamten in Houston, der inzwischen zum Captain im Sittendezernat aufgestiegen war. Hoyt Varner revanchierte sich so für den Ärger, den sie seinem Sohn vor Jahren eingebrockt hatte.

Auf eine Art konnte Maggie ihm das nicht mal verübeln.

„Wenn du ihn nicht anrufen willst, mach ich's", sagte Roxanne am anderen Ende der Leitung und rief sie in die Gegenwart zurück.

„Okay, okay, ich rufe ihn an."

„Soll ich zu dir kommen?"

„Nein, danke, ich komme schon klar. Ich war auf dem Weg zum Supermarkt, aber ich denke, das kann noch warten."

„Ja, das denke ich auch."

Maggie ignorierte den Sarkasmus ihrer Freundin.

„Ruf mich an, wenn du mit ihm gesprochen hast", sagte Roxanne.

„Gut, mache ich."

„Ruf gleich an. Versprich mir das."

„Ich sagte doch, ich mach's, oder?"

Roxanne legte auf, und Maggie drückte die Austaste. Sie sah sich in ihrem Haus um. Überall standen noch Kartons, die sie nicht ausgepackt hatte. Zielstrebig ging sie an ihnen vorbei zur Frühstückstheke, die den Wohnraum von der Küche trennte, und nahm das Adressbuch, das sie neben dem Telefon liegen hatte.

Sie blätterte darin, bis sie den gelben Klebezettel mit dem Namen der Sicherheitsfirma fand. Die Adresse der *Atlas Security* in der Times Street stand dort, zusammen mit der Telefonnummer der Firma, die sie neben den Namen Trace Rawlins geschrieben hatte.

Sie starrte auf den gelben Zettel, dann riss sie ihn aus dem Adressbuch. Das Büro befand sich im University District, nicht weit von ihrem Haus entfernt. Sie nahm das *People Magazine*, in dem sie heute Morgen beim Kaffeetrinken gelesen hatte, und legte die Nachricht von der Windschutzscheibe vorsichtig zwischen die Seiten. Mit dem gelben Klebezettel in der Hand schnappte sie sich ihre Handtasche und machte sich erneut auf den Weg zu ihrem Auto.

Auf dem Parkplatz sah sie sich um, ob irgendjemand sie beobachtete. Aber wer immer ihr auch diese Nachricht hatte zukommen lassen, war schon verschwunden. Maggie kletterte in ihren kleinen Wagen und ließ den Motor an. Als der schnurrte, legte sie den Gang ein und fuhr aus der Parkzone. Sie blickte nach links und rechts, aber nirgends konnte sie etwas Ungewöhnliches entdecken.

Es dauerte nicht lange, um das Backsteingebäude mit dem Schild der *Atlas Security* am Eingang zu finden. Maggie parkte den Escape, nahm die Zeitschrift vom Beifahrersitz und stieg aus. Vor der Eingangstür zögerte sie kurz.

Vielleicht lehnte Trace Rawlins es ab, ihr zu helfen. Womöglich musste sie wie immer in ihrem Leben doch irgendwie allein damit fertig werden.

Sie atmete tief durch. Aber mit Geld konnte sie dieses Problem sicher lösen. Für einen gewissen Preis würde sich bestimmt jemand finden, der ihr half.

Trace griff nach seiner Tasse und musste feststellen, dass der Kaffee inzwischen kalt geworden war. Er saß an seinem Schreibtisch und überflog ein paar Upgrades, die er im Alarmsystem der Bibliothek in der Rice University installieren wollte. Die Universität gehörte zu den langjährigen Kunden seiner Firma. Er blickte auf, als er Annies Stimme hörte.

„Hier möchte dich jemand sprechen“, sagte die ältere Frau. Sie klemmte sich den gelben Bleistift, den sie gerade in der Hand hielt, hinters Ohr. „Sie heißt Maggie O'Connell.“

„O'Connell. Kenne ich nicht. Hat sie gesagt, worum es geht?" Er hatte gehofft, innerhalb der nächsten Stunde nach Hause gehen zu können. Er wollte sich den Hund schnappen, seine Sachen einpacken und zur Küste aufbrechen.

„Hat sie nicht, aber du solltest lieber vorsichtig sein." Annie machte sich nicht die Mühe, ihr Grinsen zu verbergen. „Sie ist rothaarig."

Trace unterdrückte seinen Ärger. Annie kannte seinen Hang zu Frauen mit feurig roten Haaren und wusste von den Problemen, die eine von ihnen ihm in den vergangenen Jahren bereitet hatte. Sie konnte es aber nicht lassen, ihn damit aufzuziehen.

Andererseits ... „Schick sie rein."

Er stand auf, als sie zur Tür hereinkam. Höchstens eins fünfundsechzig, schlank, aber mit Kurven an den richtigen Stellen. Er erkannte sie sofort wieder, während er sie kurz mit ihren engen Jeans und dem T-Shirt mit der vorn aufgedruckten Kodakreklame „Ein Bild sagt mehr als tausend Worte" musterte.

Die Fotografin, mit der er vor drei Tagen im Café Texas zusammengerasselt war.

„So sieht man sich wieder", sagte er lässig. „Ich hoffe doch, Sie sind nicht hier, weil Betty Ihnen die Kamera nicht zurückgegeben hat."

„Betty hat sie mir zurückgegeben. Sie scheint wirklich sehr nett zu sein."

Er dachte an die Szene im Café zurück, an das aufbrausende Temperament der Lady, als er ihre Aufnahmen gelöscht hatte, und musste grinsen. „Was kann ich für Sie tun, Ms ... O'Connell war der Name, oder?"

„Ganz richtig. Als Sie nach unserer kleinen ... Meinungsverschiedenheit gegangen sind, erwähnte Betty, dass Sie als Privatdetektiv arbeiten."

„Das tue ich. Benötigen Sie denn meine Dienste?"

„Ehrlich gesagt, ja."

Er forderte sie mit einer Handbewegung auf, sich in einen der beiden braunen Ledersessel zu setzen, die vor seinem Schreibtisch standen, und setzte sich wieder. „Warum erzählen Sie mir nicht, worum es geht?"

Sie schlug das *People Magazine* auf, das er jetzt erst bemerkte, da er von den aufregenden Rundungen ihrer Brüste und ihres Pos abgelenkt gewesen war. Und dann dieses wunderbare rote Haar.

Sie zog mit den Fingerspitzen ein Stück braunes Papier zwischen den ersten Seiten vor, das aussah, als hätte man es aus einer Lebensmitteltüte herausgerissen. Vorsichtig legte sie das Stück Papier auf seinen Schreibtisch.

„Jemand klemmt mir Nachrichten an meine Windschutzscheibe. Das hier ist die dritte. Wer auch immer es ist, es fängt an, mich zu beängstigen. Ich dachte, ich könnte Sie anheuern, um denjenigen ausfindig zu machen und dafür zu sorgen, dass er damit aufhört."

Trace stand auf und beugte sich über den Zettel. Ebenso vorsichtig wie Maggie drehte er ihn so, dass er die Nachricht entziffern konnte. Sollten sich Fingerabdrücke darauf befinden, wollte er sie nicht ruinieren.

Meine werte Maggie,
wie lange wird es dauern, bis sich unsere Vorsehung erfüllt? Wann begreifst du, dass mein Schicksal mit deinem eng verbunden ist und ich der Einzige bin, der dir den Frieden schenken kann, nach dem du dich sehnst?

Dieser Tonfall gefiel ihm gar nicht. Er konnte verstehen, warum die Lady deshalb beunruhigt war.

Er setzte sich wieder. „Sie müssen die Polizei verständigen, Ms O'Connell. Die werden dann die Vorgänge dokumentieren und ein Auge auf die Nachbarschaft werfen, um herauszufinden, wer dahintersteckt."

„Ich war bei der Polizei. Das hat wenig genützt. Ich möchte wissen, wer das ist, und will dafür sorgen, dass er damit aufhört."

„Und Sie sind der Meinung, ich könnte das für Sie tun?"

„Ich habe gesehen, wie Sie mit den drei Typen fertig geworden sind. Bestimmt sind Sie in der Lage, sich um diesen Kerl zu kümmern, wenn Sie wollen."

„Ich verdiene mein Geld nicht damit, Leute zu verprügeln. Das ist nicht mein Job. Andererseits muss ich ab und zu eingreifen, wenn ein Klient sich in Gefahr befindet."

Sie schien darüber nachzudenken. „Was ich sagen wollte, war, ich würde Sie gern engagieren. Ihre Assistentin hat mir gesagt, was Sie nehmen, damit wäre ich einverstanden. Wenn ich Ihre Klientin bin und es passiert was, dann wäre es Ihre Aufgabe, mich zu beschützen."

Er musterte sie, ihre glatte Haut und das störrische Kinn, die großen, traurigen grünen Augen, das rote Haar, das sich sanft auf den Schultern wellte.

Er räusperte sich. „Ich müsste die anderen Nachrichten sehen, bevor ich mich entscheide."

Sie biss sich auf die Unterlippe. Ihr Mund war voll und perfekt geformt, sie trug pfirsichfarbenen Lippenstift. Normalerweise ließ er sich von Frauen nicht dermaßen beeindrucken, zumindest nicht bei der ersten Begegnung. Aber sie hatte etwas … Er versuchte sich einzureden, dass es einfach dieses verfluchte rote Haar war.

„Leider habe ich nur noch eine."

„Eine?", wiederholte er verwirrt, nachdem seine Gedanken abgeschweift waren.

„Eine der beiden anderen Nachrichten. Die erste habe ich weggeworfen. Ich dachte, das wäre ein schlechter Scherz. Die andere hätte ich auch mitbringen sollen. Tut mir leid. Ich habe nicht nachgedacht, sondern wollte nur schnell hierher und mit Ihnen reden, fragen, ob Sie mir helfen können."

Sie war wirklich beunruhigt, wie er bemerkte, wenn nicht sogar verängstigt. Sie hatte ihre Tasche auf den Schoß gelegt und drehte nervös den Gurt in der Hand.

„Wie gesagt, ich müsste die andere Nachricht sehen."

Sie stand auf. „Ich werde sie sofort holen. Ich wohne nicht weit entfernt."

Trace stand ebenfalls auf. „Ich komme besser mit. Dann kann ich sehen, wo Sie wohnen, mir die Umgebung ansehen, wo Sie Ihren Wagen geparkt hatten, als Sie die Nachrichten bekamen."

„Die erste klemmte an meiner Windschutzscheibe, bevor ich aus der alten Wohnung ausgezogen bin. Die befindet sich ungefähr zwei Kilometer von der neuen entfernt. Aber ich denke, das ist eine gute Idee."

Sie wollte zur Tür gehen, aber er hielt sie am Arm zurück. „Ich werde fahren. Mein Wagen steht direkt vor der Tür." Er schnappte sich seinen weißen Strohhut, den er gegen den braunen Stetson eingetauscht hatte, sobald es wärmer geworden war. Dann führte er sie hinaus in den Empfangsraum. Nachdem er die Tür geöffnet hatte, wartete er darauf, dass sie zuerst hinausging.

„Der Jeep Cherokee", sagte er, und sie hob die Augenbrauen. „Was ist? Haben Sie einen Pick-up erwartet?"

Sie zuckte die Schultern und lächelte. „Sie sind ein Cowboy. Ich dachte, das wären alles Pick-up-Typen."

Er lachte. Sofort fiel ihm der Song von Joe Diffie ein, und er wünschte sich kurz, er hätte gerade einen Pick-up. „Den fahre ich nur, wenn ich draußen auf der Ranch bin." Er half ihr beim Einsteigen, schloss die Beifahrertür und ging um den Wagen herum zur Fahrerseite, um sich hinters Steuer zu setzen.

Maggie lehnte sich zurück und befestigte ihren Sicherheitsgurt. „Sie haben eine Ranch?"

„Theoretisch, ja. Sie gehörte meinem Großvater. Mein Vater hat nach dem Tod meines Großvaters die Hälfte davon verkauft und für den Erlös die Sicherheitsfirma gegründet. Der Rest des Landes ist an ein Unternehmen vermietet, das Black-Angus-Rinder züchtet. Ich habe das alte Ranchhaus und ein um die zweihunderttausend Quadratmeter großes Grundstück drum herum behalten. Ich bin dort mehr oder weniger aufgewachsen. Ab und zu fahre ich hin und sehe nach dem Rechten."

„Die Fotos in Ihrem Büro … Die grasenden Rinder auf den Feldern. Sind die auf Ihrer Ranch aufgenommen worden?"

„Ja, aber nicht von mir. Ein Freund von mir aus Dallas, Gabe Raines, hat sie gemacht, als wir mal zusammen dort waren. Sie gefallen mir, deshalb habe ich sie vergrößern und rahmen lassen."

„Sie sind sehr gut."

„Ich werde es ihm ausrichten." Gabriel Raines war Dev Raines' Bruder und einer seiner engsten Freunde. Sie hatten vergangenes Jahr zusammengearbeitet, als Gabe Probleme mit einem Brandstifter gehabt hatte. Gabe arbeitete in der Baubranche. Fotografieren war lediglich sein Hobby, aber er schien ein gutes Auge zu haben.

Sie ließen das kleine Geschäftsviertel hinter sich und fuhren die Kirby Street entlang, eine Gegend mit imposanten Altbauten und kleineren Gebäuden, die sogar noch älter waren als das, in dem er selbst wohnte. Hohe Platanen bogen sich über die Straßen und beschatteten den Asphalt. Vor jedem Haus breiteten sich gepflegte Grünflächen bis zur Straße aus.

Auf dem Weg Richtung Süden, wo Maggie wohnte, fuhren sie an der Holcomb Street vorbei und bogen schließlich in die Broadmoor ein, wo sie eine Anlage mit sechs Wohneinheiten ansteuerten, die sehr neu aussah. Die Gebäude waren gut geschnitten und fügten sich in die Landschaft ein, ohne dass zu viele Bäume dafür hatten gefällt werden müssen. Die Häuser, beigefarben mit verklinkerter Fassade und gewölbtem Dach, besaßen jedes einen eigenen gemauerten Schornstein.

„Das da ist meins, am Ende, die Nummer A."

Er fuhr auf den Parkplatz vor der Reihe ähnlicher zweistöckiger Wohneinheiten, den Maggie ihm zeigte. „Stellen Sie Ihren Wagen immer hier ab?"

Sie nickte. „Da rechts gibt es noch einen Gästeparkplatz. Nachts stelle ich mein Auto in die Garage."

Sie stiegen aus, und Maggie führte ihn zur Eingangstür ihres Häuschens. Ihm gefiel ihr Gang, sexy und selbstsicher. Ihr Aussehen gefiel ihm ebenso, mit diesen kleinen Sommersprossen auf der Stirn und der Nase.

Sofort merkte er ein Ziehen im Schritt. Sein Instinkt riet ihm, dieser Versuchung zu widerstehen. Und Maggie O'Connell war zweifellos eine Versuchung. Er würde den Fall an Alex oder Ben übertragen. Sobald er genug Informationen hatte.

Sie schloss die Tür auf, und Trace folgte ihr hinein. „Ich hole den Zettel", sagte Maggie. „Bin gleich wieder zurück."

Trace beobachtete sie, wie sie die Treppe im Eingangsbereich hochstieg, bewunderte ihre definierten Muskeln an Hüften und Schenkeln. Die Lady hielt sich in Form, das war klar. Er mochte das bei Frauen, da er sich selbst auch fit hielt.

In der Zwischenzeit sah er sich ein bisschen um. Die Wohnung war fast leer. Nur ein beigefarbenes Sofa und passende Sessel im Wohnzimmer, ein Kaffeetisch aus Ahornholz und ein paar Messinglampen, eine davon stand auf dem Boden. Überall stapelten sich Pappkartons. In einem Raum hinter dem Wohnzimmer sah er einen Esstisch. Sie hatte ihren Laptop dort abgestellt. Gut zu wissen, dass sie sich mit Computern auskannte.

Maggie kam mit dem Zettel zurück, den sie nicht ganz so vorsichtig in der Hand hielt. „Ich habe das Papier schon angefasst. An Fingerabdrücke habe ich damals gar nicht gedacht." Sie ging zum Frühstückstresen und legte das Papier auf die gold-weiß gesprenkelte Granitplatte. Trace zog es ein Stück zu sich heran, um die Nachricht lesen zu können.

Werte Maggie,
wie entzückend du bist. Bald wirst du zu mir kommen. Bald wirst du sehen, dass wir beide füreinander bestimmt sind.

Da war wieder dieser merkwürdige, unheimliche Unterton. Trace wusste nicht genau, was er davon halten sollte, aber es gefiel ihm gar nicht. Er legte die zweite Nachricht neben die erste, um die Handschriften zu vergleichen. Kühne, wohlgeformte Schriftzüge. Keine Fehler.

Maggie sah ihn an. „Werden Sie mir helfen?“

Gib Alex den Fall, sagte eine kleine Stimme in seinem Hinterkopf.

Er presste die Lippen zusammen. Alex Justice, der gut aussehende Alex mit den sexy Grübchen … Trace sah Maggie an, und Verlangen überkam ihn. Mit ihren grünen Augen sah sie ihn besorgt an. Ein plötzlicher Anfall von Beschützerinstinkt siegte über seinen Verstand.

Sie hatte rote Haare. Na und? Was war schon dabei, wenn er sich zu ihr hingezogen fühlte. Das hieß doch gar nichts. Sie konnte in echter Gefahr sein und brauchte seine Hilfe.

„Haben Sie irgendeine Ahnung, wer das geschrieben haben könnte?“

Maggie schüttelte den Kopf. „Ich habe darüber nachgedacht. Aber mir fällt niemand ein, der so was machen würde.“

„Gebildet. Energisch. Vielleicht schon etwas älter. Das ist nicht irgendein Kerl von der Straße.“

„Nein, das glaube ich auch nicht.“

„Wenn ich diesen Typen suche, müssen Sie mir helfen. Ich muss ein paar Dinge über Sie erfahren. Dinge aus der Vergangenheit, über Ihre Arbeit. Einiges ziemlich Privates. Wenn Sie sich einverstanden erklären, mir zu sagen, was ich wissen will, werde ich Ihnen helfen.“

Er entdeckte eine Spur von Unsicherheit auf ihrem Gesicht. Im Gegensatz zu seiner Exfrau schien Maggie nicht unbedingt scharf darauf zu sein, über sich zu reden.

„Ich sage Ihnen alles, was ich kann“, erklärte sie. Das war nicht unbedingt die Antwort, die er hören wollte. Aber vorerst würde er sich damit zufriedengeben.

„Okay, Maggie O’Connell. Dann lassen Sie uns gleich anfangen.“

3. KAPITEL

„Bevor wir beginnen, muss ich noch mal zu meinem Wagen rausgehen“, sagte Trace. „Ich bin gleich zurück.“

Maggie ging ins Wohnzimmer und setzte sich auf die Couch vor den leeren Steinkamin und wartete, als Trace nach draußen verschwand. Er kam kurz darauf mit einer Lederaktentasche zurück, setzte sich auf den beigefarbenen Sessel neben der Couch, nahm den Cowboyhut ab und legte ihn auf die gepolsterte Armlehne. Er trug Jeans, ein kurzärmeliges weißes Westernhemd mit Perlmuttknöpfen und blank geputzte braune Cowboyboots.

Sein Haar war dunkelbraun, aber die Sonnenstrahlen, die durchs Fenster fielen, ließen ein paar goldene Strähnen aufblitzen. Der Mann hatte breite Schultern und war schlank und durchtrainiert, aber das hatte sie ja bereits bei seinem Zusammenstoß mit Bobby Jordane im *Texas Café* festgestellt.

Sie hatte auch schon das Gold in Trace Rawlins braunen Augen bemerkt, seine gerade Nase und die weißen Zähne. Jetzt fiel ihr auf, wie sinnlich sein Mund war, und sie ertappte sich dabei, wie sie ihn anstarrte. Er sah verdammt gut aus. Aber das war, bis auf die Tatsache, dass er seine Fäuste bestens benutzen konnte, alles, was sie wirklich über ihn wusste.

So wie er sich ihr gegenüber in dem Café aufgespielt hatte, war sie sich noch nicht mal sicher, ob sie ihn überhaupt mochte.

Das Metallschloss seiner Aktentasche schnappte auf, und Trace zog ein Aufnahmegerät der neuesten Generation heraus, einen Montblanc-Füller und einen gelben Notizblock.

„Fangen wir beim jetzigen Zeitpunkt an und gehen wir dann weiter in die Vergangenheit zurück“, schlug er vor und schaltete das Aufnahmegerät ein. „Sie sind also Fotografin. Ist das ein Hobby oder verdienen Sie damit Ihr Geld?“

Sie lächelte. „Ich habe Glück. Ich bin nicht reich, aber ich verdiene ganz gut mit einer Tätigkeit, die ich liebe.“

Trace ließ seinen Blick über die kahlen weißen Wände schweifen.

„Meine Fotos sind immer noch in den Kisten verpackt", erklärte Maggie auf seine unausgesprochene Frage hin. „Ich arbeite gerade an einem Projekt, das mich ziemlich beschäftigt. Mit dem Auspacken komme ich nur langsam voran."

„Was für ein Projekt ist das?"

„Ein Bildband mit dem Titel ‚Meer'. Es geht um den Ozean und alles, was damit zu tun hat. Jobs auf See, Erholung, alles Mögliche."

Er hörte interessiert zu. Als er sie mit seinem direkten Blick ansah, wurde ihr heiß. „Warum haben Sie dieses Thema ausgewählt?"

„Ich liebe das Meer. Ich bin auf Außenaufnahmen spezialisiert und fotografiere sehr viele Landschaften. Aber der See gehört mein Herz."

Seine Augen leuchteten auf, und sie entdeckte winzige Linien in den Winkeln. Sie fragte sich, ob es Lachfältchen waren oder einfach die Zeichen seiner ausgiebigen Aufenthalte an der frischen Luft.

„Ich würde sehr gern mal ein paar Arbeiten von Ihnen sehen."

Maggie lächelte. „Dann sollte ich mich vielleicht besser ranhalten und die Kisten hier ausräumen."

Sie sprachen noch eine Weile über ihre Arbeit, die Leute, mit denen sie in den Galerien zu tun hatte, die ihre Fotos ausstellten, und andere, mit denen sie während ihrer Ausstellungen zusammengetroffen war.

„Haben Sie eine Liste von Ihren Käufern?"

„Von vielen. Soweit es möglich ist, lege ich eine Adressendatei in meinem Computer an."

„Irgendjemand dabei, der besonders viele Arbeiten von Ihnen hat?"

„Nicht dass ich wüsste. Ich habe Kunden, die drei oder vier Bilder gekauft haben. Das ist nicht ungewöhnlich." Maggie seufzte. „Wie schon gesagt, bei den Nachrichten klingelt bei mir keine Glocke. Ich kann mir nicht vorstellen, dass ich diese Person kenne."

„Vielleicht kennen Sie denjenigen auch gar nicht. Von morgen an werden wir Sie zwei Tage unter Beobachtung stellen. Das werde ich entweder selbst machen oder ein Mitarbeiter von mir, Rex Westcott. Ich zeige Ihnen ein Foto von ihm. Nicht dass Sie denken, dass er der Stalker ist, wenn Sie ihn sehen sollten. Wir wollen herausfinden, ob Sie von jemandem verfolgt werden."

Sie fühlte sich erleichtert. „Okay."

„Es ist natürlich nicht klar, dass er so vorgeht. Offensichtlich weiß er, wo Sie wohnen. Er könnte noch viel mehr von Ihnen wissen."

Das hörte sich überhaupt nicht gut an. So etwas war genau der Grund, warum sie sich von sozialen Netzwerken wie Facebook oder Twitter fernhielt.

Trace stellte ihr noch Fragen zu ihren ehemaligen Zimmergenossinnen von der Uni, alten Liebschaften, vielleicht jemand, mit dem sie Schluss gemacht hatte.

„Um Ihnen die Wahrheit zu sagen, ich verabrede mich nicht oft mit jemandem. Ich hatte einen Freund, als ich auf dem College war. Wir waren eine Weile ziemlich fest zusammen, aber es hat nicht funktioniert."

„Wie hieß der?"

„Michael Irving."

„Noch jemand?"

Es gefiel ihr gar nicht, David zu erwähnen, da sie sich die Schuld für das Scheitern ihrer Beziehung gab. Sie wollte ihm nicht noch mehr Ärger bereiten.

„Maggie?"

Sie atmete tief durch, entschlossen, so wenig wie möglich darüber zu sagen. „Ich bin mit einem Anwalt befreundet gewesen. Wir haben ein paar Monate zusammengelebt."

„Unschönes Ende?"

Er sah ihr in die Augen. Diesem Mann entging nichts. „Ziemlich unschön. Es war mein Fehler. Ich wollte ihm nicht wehtun, aber das habe ich getan."

„Wann ging das zu Ende?"

„Am ersten April vor zwei Jahren."

„Wo ist er jetzt?"

„Ich habe ihn seitdem nicht gesehen. Es heißt, dass er eine Freundin hat."

Trace blickte von seinem Schreibblock auf. Diese braun-goldenen Augen schienen mehr zu sehen, als ihr lieb war.

„Und momentan?", erkundigte er sich. „Sind Sie gerade mit jemandem zusammen?"

Maggie schüttelte den Kopf. „Dafür war ich viel zu beschäftigt." Sie fragte sich, ob hinter der Frage vielleicht auch persönliches Interesse steckte. Sie war sich nicht sicher, was sie davon halten sollte. „Irgendwann werde ich wohl jemanden kennenlernen wollen, aber jetzt noch nicht. Ich muss an meine Karriere denken. Ich bin zufrieden mit meinem Leben, so wie es ist."

Er betrachtete sie, als wäre er sich nicht sicher, ob er ihr das abnehmen sollte. Sie fragte sich, ob er zu den Männern gehörte, die meinten, jede Frau sei verzweifelt auf der Suche nach einem Ehemann. Oder vielleicht das genaue Gegenteil. Dass sie zu den oberflächlichen Frauen gehörte, die nur an sich selbst dachten.

„Ich werde das alles noch überprüfen", sagte er. „Es könnte sein, dass Sie die Person kennen, aber nicht mit dem Stalker in Zusammenhang bringen. Er – oder sie – könnte sich mit diesem merkwürdigen Tonfall verstellen."

Sie runzelte die Stirn. „Sie glauben doch nicht, dass es eine Frau sein könnte?"

„Wenn Sie sexuell nicht gerade zu beiden Lagern tendieren, wohl eher nicht."

Sie lächelte. „Ich bin total langweilig hetero."

Sein Blick verdunkelte sich. Maggie verspürte plötzlich ein merkwürdiges Ziehen im Bauch und verwünschte ihr Glück im Stillen. Sich zu Trace Rawlins hingezogen zu fühlen war das Letzte, was sie wollte.

„Die Handschrift sieht wie die eines Mannes aus. Aber es gibt auf jeden Fall auch weibliche Stalker. Wenn Eifersucht gegenüber einer ehemaligen Partnerin eines Mannes im Spiel ist oder wegen Ihres Erfolges in Ihrem Beruf. So etwas in der Art."

Er stellte ihr noch weitere Fragen und arbeitete sich langsam in die Vergangenheit vor. Bei dem Gedanken an die Sache mit Josh Varner wurde ihr immer unwohler zumute.

„Erzählen Sie etwas über Ihre Familie", bat er sie, während er sich hin und wieder Notizen machte.

„Meine Eltern haben sich scheiden lassen, als ich vier war. Meine Mutter ist nach Florida zurückgezogen, wo sie aufgewachsen ist, heiratete kurz danach wieder und hat noch ein Kind bekommen. Ich bin hier bei meinem Vater geblieben."

„Lebt er noch?"

„Er ist vor zwei Jahren gestorben."

„Ich habe meinen Vater schon vor einer Weile verloren. Ich vermisse ihn immer noch."

Maggie sagte nichts dazu. Ihr Vater hatte immer viel verlangt und äußerste Disziplin gefordert. Aber sie hatte ihn geliebt, und er fehlte ihr.

„Wie war das mit der Highschool? Irgendetwas Ungewöhnliches? Irgendwelche alten Streitigkeiten, die vielleicht nach Jahren noch mal hochgekommen sein könnten?"

Sie zwang sich, ihm weiter ins Gesicht zu sehen. Auf keinen Fall würde sie ihm von Josh Varner erzählen. Josh lebte nicht einmal mehr in Texas. Er war mit einem Stipendium auf die UCLA gegangen und hatte dann einen Job in Seattle bei Microsoft angenommen. Sie hatte gehört, er würde eine Menge Geld machen.

Und wenn er ihr eine Nachricht schreiben würde, wäre die garantiert in einem anderen Tonfall gehalten als die, die sie bekommen hatte.

„Ich ... also mir fällt nichts ein. Außerdem, wenn es jemand von der Highschool ist, warum hat derjenige dann so viele Jahre gewartet?"

Trace hörte auf zu schreiben. „Normalerweise passiert irgendetwas, ein auslösendes Moment. Dann werden alte Erinnerungen geweckt, die aber meist ziemlich verdreht sind."

Sie schüttelte den Kopf. „Mir fällt wirklich nichts ein." Jedenfalls nichts, das in letzter Zeit passiert wäre. Aber sie war froh, dass er gerade auf seinen Block blickte. Sie hatte noch nie besonders überzeugend lügen können.

„Es kann genauso gut sein, dass der Typ Sie einfach irgendwo gesehen hat, Sie sich aber nie kennengelernt haben. Er könnte sich aus welchem Grund auch immer auf Sie fixiert haben, sei es nur die Farbe Ihres Haars oder die Ähnlichkeit mit jemandem, den er kennt."

Ihr lief eine Gänsehaut über den Rücken. „Verstehe."

Trace streckte den Arm aus und nahm ihre Hand. „Wir werden den Kerl schnappen. Es gibt strenge Gesetze gegen Stalker."

Sie nickte. Seine leichte Berührung wirkte beruhigend auf sie. Vielleicht konnte sie sich wirklich auf diesen Mann verlassen, vielleicht war er tatsächlich in der Lage, dieses Problem zu lösen.

Sie unterhielten sich noch eine Weile, aber er sprach ihre Vergangenheit nicht mehr an. Wenn etwas passierte, das mit ihrer großen Schmach zu tun hatte, würde sie ihm davon erzählen. Wenn sie das tat, konnte sie sich seinen Gesichtsausdruck jetzt schon vorstellen. Im Moment könnte sie das nicht ertragen.

Trace erhob sich von seinem Sessel und stellte sich vor Maggie. „Auf dem Weg zum Büro können Sie mir zeigen, wo Sie gewohnt haben, als die erste Nachricht kam." Er packte seine Sachen zusammen, schloss die Aktenmappe und setzte sich den Cowboyhut auf. „Ich würde die Zettel gern mitnehmen, um sie auf Fingerabdrücke zu untersuchen."

„In Ordnung."

Trace tütete die Zettel ein, und sie führte ihn zur Tür. „Haben Sie Ihre Türen und Fenster auch immer gut verschlossen?"

„Da passe ich ziemlich gut auf."

Er sah sie streng an. „Sie sollten besser als ziemlich gut darauf achten. Verdammt gut."

Diese Art gefiel ihr gar nicht. Andererseits hatte er wahrscheinlich recht. Selbst in einer solchen Nachbarschaft wie ihrer, die Kriminalitätsrate in Houston war schließlich hoch.

„Ich werde alles gut verschließen."
„Das wollte ich hören. Gehen wir."
Sie spürte seine warme große Hand auf dem Rücken, als sie von ihrer Haustür zum Jeep liefen. Er öffnete die Beifahrertür und half ihr beim Einsteigen. Dann fuhren sie zu ihrer alten Wohnung. Trace hielt vor dem Eingang des Hauses und sah sich gründlich um. Dann wendete er den Jeep und fuhr zum Büro.
„Gibt es irgendjemanden in Ihrem alten Haus, der an Ihnen in irgendeiner Weise interessiert sein könnte?"
„Da sind nur vier Wohneinheiten. Eine pensionierte Lehrerin wohnt in der einen. Dann gibt es eine alleinerziehende Mutter mit ihrem vierjährigen Sohn und einen älteren Mann im Rollstuhl. Meine Wohnung ist noch nicht wieder bezogen."
„Sieht aus, als dürften wir Ihre alten Nachbarn von der Liste streichen."
Sie erreichten das Büro, und Trace begleitete sie zu ihrem Wagen.
„Vergessen Sie nicht, Ihre Türen und Fenster gut zu verschließen."
„Ich werde daran denken."
Maggie fuhr nach Hause und war überzeugt, das Richtige getan zu haben, als sie den Privatdetektiv engagiert hatte.
Was ihr nicht passte, war, dass sie ihn so attraktiv fand. Aber hier ging es um rein körperliche Anziehung, nichts, was ihr Sorgen bereiten sollte. Trace war ein gut aussehender, sehr männlicher Typ, und sie hatte schon seit Jahren keine Beziehung mehr gehabt.
Sie fühlte sich aber wirklich viel besser, seit sie Hilfe geholt hatte.
Selbst wenn sie für diese Hilfe bezahlen musste.

Trace saß am Computer und starrte auf Maggie O'Connells Homepage. Auf schwarzem Hintergrund erschien ein Dutzend Fotos vom texanischen Bergland. Man sah importiertes afrikanisches Wild grasen und eine Reihe von unglaublichen Sonnenuntergängen, die einen wirklich in den Bann zogen.

Eine andere Ansicht zeigte Aufnahmen von Kleinstädten und Stränden an der Golfküste, wundervolle Szenen mit verschiedenen Motor- und Segelbooten in den Gewässern der Galveston Bay.

Die Farben waren brillant, die jeweiligen Blickwinkel zeigten die Motive optimal. Jedes Foto hatte etwas ganz Besonderes, etwas, das die Aufmerksamkeit unwiderstehlich anzog. Im unteren Bereich der Seite befanden sich die E-Mail-Adresse zur Kontaktaufnahme und Informationen über die Galerien, die Fotoabzüge in limitierter Auflage von Maggies Arbeiten führten.

Während Trace noch auf anderen Seiten surfte, die nach Eingabe ihres Namens von der Suchmaschine aufgeführt wurden, fühlte er Frustration in sich aufsteigen.

Verdammt, seine Klientin war nicht einfach nur eine gute Fotografin, sondern praktisch eine Berühmtheit. Maggie O'Connell war eine bekannte, angesehene Künstlerin, deren Arbeiten bereits Tausende von Leuten gesehen hatten.

Jede Person von denen konnte der Stalker sein.

Trace beugte sich vor und drückte auf die Taste des Rekorders, um sich das Gespräch mit Maggie noch einmal anzuhören. Anschließend las er sich seine Notizen ein weiteres Mal durch.

Er überprüfte die Liste von Namen, die sie ihm gegeben hatte, und stellte fest, dass seine Informationen dürftig waren. Nichts Auffälliges. Michael Irving und David Lyons hatten beide Homepages. Irving war ein zugelassener Wirtschaftsprüfer in Dallas. Lyons arbeitete als Rechtsanwalt in Houston bei *Holder, Holder & Meeks*.

Es war schon nach sieben, als Trace Schluss machte. Das Büro war bereits geschlossen. Annie hatte sich auf den Nachhauseweg gemacht, Alex und Ben waren mit Aufträgen unterwegs. Trace beschloss, seinen Ausflug an die Küste aufs nächste Wochenende zu verschieben. Er hatte Rex Westcott angerufen, damit der sich morgen früh an Maggies Fersen heftete.

Ein Foto von Rex hatte er Maggie an ihre E-Mail-Adresse geschickt: fotolady@baytown.com.

Fotolady. Nachdem er einige ihrer Bilder gesehen hatte, fand er, dass sie weit mehr als das war. Eigentlich eine angenehme Feststellung. Aber es machte in diesem Fall alles komplizierter. Das gefiel ihm nicht. Der Personenkreis der infrage kommenden Stalker war angesichts ihrer Lebensumstände unendlich groß.

Und dass er sich so zu ihr hingezogen fühlte, machte alles nur noch schwieriger.

Seufzend stand er auf, nahm seinen Hut von der Anrichte hinter dem Schreibtisch und machte sich zum Aufbruch bereit. Da klopfte es an der vorderen Tür. Er warf einen Blick auf die Uhr. Inzwischen war eine weitere Stunde vergangen, er fragte sich, wer das so spät noch sein könnte.

Trace setzte sich den Hut auf und ging zur Tür, schloss auf und öffnete.

„Himmel noch mal, Trace“, sagte eine wohlbekannte Stimme. „Wo warst du denn bloß die ganze Zeit?“ Carly Benson Rawlins kam in sein Büro gestürmt, wirbelte herum und blickte ihn mit in die Hüften gestemmten Händen an. „Warum hast du nicht auf meine Anrufe geantwortet? Ich musste dringend mit dir reden, Trace! Warum hast nicht zurückgerufen?“

„Einen guten Abend, Carly. Warum kommst du denn nicht rein?“

Sein Sarkasmus blieb unbeachtet.

„Wie kannst du denn so unsensibel sein?“ Sie war klein, hatte aber eine üppige Figur und langes, glattes rotes Haar, das ihr bis auf die Schultern fiel. Sie besaß die hübschesten blauen Augen, die er jemals gesehen hatte. Fluchend registrierte er, wie sie sich mit Tränen füllten. „Warum ignorierst du mich so?“

„Carly, wir sind nicht mehr verheiratet. Ich kann dich ignorieren, wann immer ich will.“

Sie schniefte und warf den Kopf zurück, um ihn anzusehen. „Und wenn mir was passiert wäre? Wenn ich einen Autounfall gehabt hätte oder so was?“

„Hattest du einen Autounfall?“

„Nein, aber das hätte ja sein können. Hast du den Zeitungsartikel im *Chronicle* heute Morgen gelesen? Von dieser Frau, die zur Küste gefahren ist und nie wieder zurückkehrte? Ihre Eltern sind in heller Aufregung. Sie war in meinem Alter, Trace – neunundzwanzig Jahre alt und einfach verschwunden.“

„Ich hab's gelesen. Die Polizei vermutet, dass sie mit ihrem Freund unterwegs ist oder so was.“

„Vielleicht hat man sie ja auch *ermordet*!“ Carly erschauerte theatralisch. „Eine Frau braucht einen Mann, der auf sie aufpasst.“ Sie lächelte, die Tränen waren längst vergessen. Dann legte sie ihm die Hände um den Nacken, stellte sich auf die Zehenspitzen und sah ihn an. „Du weißt, dass ich dich immer noch liebe, Trace. Manchmal muss ich mich einfach vergewissern, dass du noch für mich da bist.“

Er nahm ihre Handgelenke und befreite sich von ihrem Griff. „Hör zu, Carly. Du befindest dich nicht in Gefahr, und du musst dein Leben in die Hand nehmen, ohne mich. So läuft das nach einer Scheidung.“

„Ich habe die Scheidung nie gewollt, das weißt du genau.“

„Nein, aber du wolltest andere Männer in deinem Bett. Und das funktioniert bei mir nicht.“

Sie hob das Kinn. „Du warst nicht für mich da, Trace. Du hast die ganze Zeit gearbeitet.“

„Ich habe versucht, eine Firma aufzubauen und Geld für unseren Lebensunterhalt zu verdienen. Es tut mir leid, wenn ich dich nicht ausreichend unterhalten habe.“

„Es war alles deine Schuld, das ist dir doch klar.“

Vielleicht traf das zum Teil zu, aber vor allem hatte er sich die falsche Frau ausgesucht. Seine Freunde hatten ihn gewarnt. Carly war unternehmungslustig und selbstbezogen. Sie war noch nicht so weit gewesen, sich niederzulassen, als er sie heiratete. Auch jetzt war das immer noch nicht der Fall.

Trotzdem hatte sie sein Mitgefühl. Sie war nicht glücklich. Vielleicht würde sie das nie sein.

Er drehte sie herum und schob sie sanft zur Tür. „Das haben wir alles schon einmal durchgesprochen." Hunderte von Malen, fügte er im Stillen hinzu. „Es hat einfach nicht funktioniert, Carly, das ist alles. Geh nach Hause. Amüsier dich mit jemand anderem."

An der Türschwelle blieb sie ruckartig stehen. „Du bist grausam, Trace. Grausam und herzlos."

Wenn überhaupt, dann war er viel zu nachgiebig, wenn es um Frauen ging. Vor Jahren hatte er gelernt, seine Wut im Zaum zu halten. Er wusste die Fähigkeit zur Selbstbeherrschung sehr zu schätzen. Ihm war als Junge beigebracht worden, Frauen mit Achtung zu begegnen. Er tat sein Bestes.

„Gute Nacht, Carly", sagte er freundlich und wartete, bis sie nach draußen gestürmt war. Er beobachtete, wie sie in ihren kleinen silberfarbenen BMW einstieg und vom Parkplatz auf die Straße fuhr, bis sie aus seinem Blickwinkel verschwand. Dabei fragte er sich, welcher von ihren zahlreichen Verehrern ihr wohl diesen schicken Sportwagen gekauft hatte.

Trace nahm den Hut ab, fuhr sich mit der Hand durchs Haar und setzte ihn wieder ein Stück tiefer in die Stirn geschoben auf. Er hatte keine Ahnung, warum seine Exfrau ihn noch ständig nervte. Sie hatten nie richtig zusammengepasst und hätten nie heiraten sollen. Vielleicht waren sie mal scharf aufeinander gewesen, hatten sich aber nie geliebt.

In seinem Leben war er so manches Mal scharf auf eine attraktive Rothaarige gewesen. Kein einziges Mal war das gut ausgegangen.

Trace dachte an Maggie O'Connell und nahm sich fest vor, nicht wieder in dieses Verhaltensmuster zu fallen.

4. KAPITEL

Oben in ihrem Schlafzimmer war es stockdunkel. Nur das nächtliche Zirpen der Grillen und Zikaden drang in den stillen hohen Raum. Maggie warf sich unter ihrer leichten Daunendecke von einer Seite zur anderen. Zu viel ging ihr durch den Kopf, sie kam nicht zur Ruhe. Es fehlten noch Aufnahmen für ihren Bildband. Dann die bevorstehende Ausstellung. Die meisten Bilder waren bereits fertig, aber sie könnte für die Show noch ein paar weitere gebrauchen.

Sie seufzte. Es war noch viel zu erledigen. Abgesehen von der Arbeit sollte sie ihre Sachen endlich auspacken und ihr Haus ein bisschen gemütlicher einrichten. Unten gab es nicht viele Möbel. Hier in ihrem Schlafzimmer standen nur ihr Bett, zwei Nachttische und ein Kleiderschrank. Alles Sachen, die sie schon seit Jahren besaß.

Ein paar Möbelstücke hatte sie in ihrem alten Apartment zurückgelassen. Bis zum Monatsende, wenn der Vertrag auslief, musste sie die hierherbringen. Ein paar Dinge wollte sie unbedingt noch kaufen, und natürlich würde sie einige ihrer Fotos und ein paar Aufnahmen von Ansel Adams aufhängen müssen. Die Wohnung einzurichten gehörte nicht unbedingt zu ihren Prioritäten, aber besser als jetzt sollte es schon aussehen.

Maggie boxte in ihr Kopfkissen, rollte sich auf den Rücken und starrte in die Dunkelheit. Morgen war Samstag. Sie wollte nach Galveston fahren und ein paar Fotos im Hafen machen. Deshalb musste sie früh aufstehen. Was hieß, sie brauchte unbedingt etwas Schlaf.

Sie schloss die Augen und versuchte sich zu entspannen.

Da hörte sie es. Das leise Kratzen von Stuhlbeinen auf dem Fliesenboden in der Küche. Sie lauschte. War das die Schiebetür zur Terrasse? Hörte sie Schritte unten? Das Herz schlug ihr heftig gegen die Rippen. Ihre Handflächen wurden feucht, sie krallte die Finger in die Daunendecke. Sofort fielen ihr die Zettel ein, und sie fragte sich, ob der Typ verrückt genug wäre, um bei ihr einzubrechen.

Wieder horchte sie angestrengt, überlegte, ob sie die Polizei anrufen sollte. Natürlich würden sie vorbeikommen, auch wenn sie die Anruferin war. Doch während die Sekunden zu Minuten wurden, hörte sie nichts weiter als nur ihren laut hämmernden Puls.

Als alles ruhig war, entspannte sie sich. Sicher hatte sie sich das nur eingebildet. Da war niemand im Haus. Auf Traces Rat hin hatte sie alle Türen und Fenster sorgfältig verschlossen.

Maggie warf einen Blick auf ihren Digitalwecker neben dem Bett. Viertel nach zwei. Einen Moment lag sie noch still da, versuchte irgendwelche außergewöhnlichen Geräusche auszumachen, konnte aber nichts mehr hören. Sie hatte den kleinen Verschlusshebel an ihrer Schlafzimmerklinke gedrückt. Es war kein richtiges Schloss, gab ihr aber trotzdem ein Gefühl der Sicherheit. Zumindest würde sie es sofort merken, wenn jemand die Tür zu öffnen versuchte.

Wieder sah sie zur Uhr, beobachtete, wie die Sekunden weiter vergingen. Um zwei Uhr fünfunddreißig rollte sie sich aus dem Bett. Sie hatte keine außergewöhnlichen Geräusche mehr gehört. Vielleicht war sie ja auch kurz eingeschlafen und es war alles nur ein Traum gewesen. So etwas hatte sie schon einmal erlebt.

Trotzdem musste sie sich vergewissern.

Sie griff nach ihrem blauen Frotteebademantel, der am Fußende ihres Bettes lag, schlüpfte hinein und band den Gürtel fest um die Taille. Nachdem sie schon viele Jahre im heißen Texas lebte, war sie es gewohnt, nackt zu schlafen. Doch für den Notfall hatte sie immer einen Bademantel in greifbarer Nähe. Falls es brannte oder jemand überraschend bei ihr klingelte.

Sie lauschte noch einen Augenblick, hörte aber nichts und öffnete leise das Schloss. Sie schob die Tür auf und wartete. Nur die alte Wanduhr im Wohnzimmer tickte, die sie immer noch nicht aufgehängt hatte. Vorsichtig steckte sie den Kopf durch die Tür, sah nach rechts und links, aber nirgends brannte Licht. Alles schien wie immer.

Sie schlich auf Zehenspitzen in den Flur und zu ihrem Fotoatelier hinüber. Dort schnappte sie sich ihr Einbeinstativ, das sie zur Not als Waffe benutzen konnte. Leise stieg sie die Stufen nach unten, das Stativ fest umklammert.

Nichts bewegte sich. Keine Geräusche. Maggie schaltete das Licht an, und der helle Schein der Deckenlampe im Flur beleuchtete noch einen Teil des Wohnzimmers.

Nichts.

Erleichtert ließ sie die Schultern sinken. Sie schaltete das Küchenlicht und die Lampe im Wohnzimmer an und sah sich um. Sie hatte sich diese Geräusche nur eingebildet – Gott sei Dank.

Das kam von diesen Zetteln. Die machten sie nervös und schreckhaft. Sie hoffte, dass Trace Rawlins den Typ finden würde, der sie schikanierte.

Maggie lief durchs Haus, überprüfte kurz die Schlösser, aber alles war gesichert. Sie schaltete die Metalllampe im Wohnzimmer aus und ging zurück in die Küche. Als sie die Hand nach dem Lichtschalter ausstreckte, hielt sie mitten in der Bewegung inne. Da stand etwas auf der Küchentheke.

Ein kalter Schauer lief ihr über den Rücken. Sie konnte sich genau erinnern, dass sie vor dem Zubettgehen nichts weiter dort zurückgelassen hatte als das Telefon, den altmodischen Anrufbeantworter, den sie immer noch benutzte, und ihr griffbereites Adressbuch.

Ihr Mund fühlte sich an wie ausgetrocknet. Sie musste sich zwingen, zum Küchentresen hinüberzugehen. Mit zitternder Hand griff sie nach der kleinen Porzellanfigur, die dort stand. Sie war keine fünfzehn Zentimeter hoch, ein Mann in schwarzem Frack tanzte mit einer Frau mit langem blassgrünem Kleid und hochgestecktem rotem Haar.

Maggie schluckte. Sie sah sich nervös in der Küche um, aber sie hatte bereits alle Räume überprüft und niemanden dort gesehen. Schnell stellte sie die Figur zurück und blätterte mit zittrigen Fingern im Adressbuch. Zwischen zwei Seiten klemmte die Visitenkarte von Trace Rawlins.

Hektisch wählte sie seine Nummer, ständig in der Angst, dass der Stalker sich immer noch im Haus versteckte und sie ihn einfach nicht gesehen hatte. Den Hörer ans Ohr gepresst, hörte sie das Klingeln in der Leitung und betete, dass Trace Rawlins abnahm.

Der Wind straffte die Segel, die „Ranger's Lady" flog über das schäumende Wasser des Ozeans. Die frühlingswarme Luft fühlte sich frisch und kühl auf der Haut an. Seemöwen kreischten und umkreisten den Mast auf der Suche nach Futter.

Trace genoss diesen wunderbaren Tag mit einem Lächeln auf dem Gesicht, als Faith Hills süße Stimme aus seinem Handy erklang. Augenblicklich war er hellwach, das hatte er sich während seiner Ausbildung bei den Rangern antrainiert. Blitzschnell griff er nach dem Telefon auf dem Nachttisch und presste es sich ans Ohr.

„Rawlins", meldete er sich heiser.

„Trace, hier ist Maggie O'Connell."

„Maggie?" Plötzlich alarmiert, rollte er sich herum und schwang die Beine aus dem Bett. „Was ist los?"

„Jemand ... jemand war heute Nacht in meinem Haus. Er hat ... er hat was auf den Küchentresen gelegt."

Eine Gänsehaut jagte ihm über den Rücken. „Haben Sie die Polizei verständigt?"

„Noch ... noch nicht. Ich habe Sie zuerst angerufen."

Er umklammerte das Telefon. „Sind Sie sicher, dass er nicht mehr im Haus ist?"

„Ich ... glaube, er ist weg."

„Das reicht nicht. Legen Sie auf und rufen Sie die Polizei an. Ich bin auf dem Weg zu Ihnen."

Trace legte auf, schnappte sich seine Jeans, die über der Stuhllehne hing, und schlüpfte hinein, ohne vorher einen Slip anzuziehen. Nachdem er sich ein T-Shirt übergestreift hatte, stieg er in seine Stiefel und ging zur Tür. Rowdy, der die Anspannung spürte, folgte ihm. Der Hund war an die plötzlichen Aufbrüche seines Herrchens gewöhnt und ließ sich dadurch nicht aus der Ruhe bringen.

Traces Schulterholster hing an dem Hutständer neben der Hintertür. Wenn er eine Waffe brauchte, benutzte er eine Beretta 9mm Halbautomatik. Das war lange nicht der Fall gewesen. Er schnallte sich das Holster um, zog die Waffe heraus und überprüfte noch einmal das Magazin, während er schon auf dem Weg nach draußen zum Auto war.

Es dauerte nicht lange, bis er Maggies Stadthaus erreicht hatte. Er war froh, dass er schon einmal dort gewesen war. Es war fast drei Uhr morgens, aber bei ihr brannte überall Licht. Als er zur Eingangstür lief, konnte er sie durch ein kleines Fenster am Abwaschbecken in der Küche sehen. Sie stand da in ihrem Bademantel, die Arme um sich geschlungen, als wenn ihr kalt wäre.

Weit und breit war keine Polizeistreife in Sicht. Trace fluchte leise, weil der Einsatzwagen so lange brauchte. Er klopfte an. „Maggie? Ich bin es, Trace."

Sie öffnete sofort. Erleichtert ließ sie die Schultern sinken, als er an ihr vorbei ins Haus lief.

„Danke, dass Sie gekommen sind."

Er blickte sich um. „Ich hätte gedacht, dass die Polizei schon da ist."

Sie wandte den Blick ab. „Ich … also, ich habe sie nicht angerufen."

„Warum zum Teufel denn nicht?"

„Sie waren ja schon unterwegs. Ich habe mich noch einmal umgesehen. Er ist ganz bestimmt nicht mehr hier."

Trace schüttelte den Kopf. „Verdammt noch mal, Maggie." Er zog die Beretta aus dem Holster und begann die unteren Räume zu überprüfen, den begehbaren Kleiderschrank, das Schlafzimmer und das Bad. Die gleiche Runde machte er oben, im Hauptschlafzimmer mit Bad und dem Fotoatelier. Wieder unten angelangt, öffnete er die Tür vom Eingang zur Garage, schaltete das Licht an und stieg die eine Stufe hinunter.

Maggies Ford Escape stand in der Garage. Das Tor nach draußen war verschlossen. Es gab nirgends irgendwelche Anzeichen dafür, dass jemand das Haus betreten hatte.

„Ich habe die Türen und Fenster überprüft", sagte er zu ihr, als er in die Küche zurückkehrte. „Alles ist verschlossen. Keine beschädigten Riegel, nichts. Haben Sie irgendeine Idee, wie derjenige reingekommen ist?"

„Keine Ahnung."

„Zeigen Sie mir, was er hiergelassen hat."

Sie führte ihn zum Küchentresen. „Das hier." Maggie zeigte auf die Porzellanstatuette. „Das ist ziemlich harmlos, nur eine kleine Figur, aber …"

„Aber sie hat etwas zu bedeuten. Jedenfalls für ihn."

Trace untersuchte das tanzende, sorgfältig mit der Hand bemalte Paar. Er benutzte ein Papiertaschentuch, um die Figur in die Hand zu nehmen und näher zu betrachten. Am Boden gab es eine Unebenheit, so als handelte es sich um ein Stück von einem größeren Teil, von dem es abgetrennt wurde.

Er stellte die Statuette wieder auf den Küchentresen zurück. „Können Sie damit was anfangen?"

Maggie schüttelte den Kopf. „Das habe ich noch nie gesehen. Sieht aus wie diese kleinen Figuren, die man auf Hochzeitstorten stellt."

„Ja, aber das ist was anderes. Sehen Sie sich den Boden an." Er zeigte ihr die Unebenheit. „Das hat mal irgendwo draufgestanden. Angeklebt wahrscheinlich."

„Ich habe keine Ahnung, warum mir jemand so was hier hinstellt", sagte sie, während sie sich das Paar ansah. Ihre Augen hatten dieselbe hellgrüne Farbe wie das Kleid, ihr Haar das gleiche feurige Rot. Diese Porzellanfigur sollte irgendetwas bedeuten. Aber was auch immer es war, gut konnte es nicht sein.

Trace sah sich um. „Ihre Schlösser hier sind ein Witz. Morgen schicke ich Ihnen meine Leute vorbei, die sollen was Ordentliches anbringen und außerdem noch ein Sicherheitssystem installieren."

„So was ist wahrscheinlich ziemlich teuer, was?"

Zum ersten Mal musste er nun doch grinsen. „Sie sind meine Klientin. Deshalb bekommen Sie einen Sonderpreis. Wir installieren nur das Wichtigste an Türen und Fenstern und ein paar Bewegungsmelder."

„Ich habe wohl keine Wahl."

Er legte ihr die Hände auf die Schultern, damit sie ihn ansah. „Wir müssen die Polizei verständigen, Maggie. Jemand ist bei Ihnen eingebrochen. Das ist nicht der erste Zwischenfall. Sie müssen Anzeige erstatten, damit die Cops tätig werden können."

Sie senkte den Blick auf ihre zarten Zehen mit dem hellen pfirsichfarbenen Nagellack, die unter dem langen Bademantel hervorlugten. Trace folgte ihrem Blick und fragte sich, wie sich ihre Haut anfühlen würde und wie sie wohl reagierte, wenn er ihre Schenkel streichelte. Er stellte sich vor, was sich unter diesem Bademantel verbarg, und war augenblicklich erregt.

Verdammt noch mal! Er musste sich zusammenreißen und sich wieder auf ihr Problem konzentrieren. Es erstaunte ihn, dass er sich dermaßen ablenken ließ.

„Was haben Sie denn gegen die Polizei?", erkundigte er sich. „Sie sind doch nicht vorbestraft, oder?"

Sie riss empört die Augen auf. „Nein! Ich ... natürlich nicht."

Aber er fand, dass sie ein bisschen blass geworden war. Trace zog sein Handy aus der Tasche und wählte die 911. Wenige Minuten später hielt ein weiß-blauer Streifenwagen vor der Tür. Ein hispanischer Polizist mit dem Namensschild Gonzalez und sein blonder, etwas fülliger Partner erschienen an der Tür.

Der Blonde, Sandowski, durchsuchte das Haus, während Gonzalez Maggies Aussage zu den Vorkommnissen in dieser Nacht aufnahm.

„Das war es?", sagte Gonzalez, als er alles auf seinem Block notiert hatte. „Sie haben Geräusche gehört und dann diese Figur auf dem Küchentresen vorgefunden?"

„Ja, so war es."

„Ist etwas gestohlen worden?“

„Ich glaube nicht. Jedenfalls vermisse ich nichts.“

Er sah Trace an. „Was ist mit Ihnen? Hätten Sie noch was dazu zu sagen?“

Trace erklärte ihm, dass er aufgrund von Maggies Anruf hergekommen sei. „Sie war ziemlich verschreckt. In letzter Zeit hat sie bedrohliche Nachrichten auf Zetteln an ihrer Windschutzscheibe vorgefunden, jemand rief an und legte gleich wieder auf, solche Sachen.“

Sandowski kam von seiner Runde zurück. „Ich habe Türen und Fenster überprüft. Keine Anzeichen eines gewaltsamen Eindringens. Sind Sie sicher, dass nicht die Putzfrau oder eine Freundin diese Figur hier hingestellt hat? Vielleicht haben Sie die nur nicht bemerkt, bevor Sie ins Bett gegangen sind.“

Maggie presste die Lippen zusammen. „Die Figur stand vorher nicht hier.“

Gonzalez schrieb etwas auf seinen Notizblock. „Wir werden uns draußen noch mal umsehen, bevor wir wieder abziehen. Ich schlage vor, dass Sie sich bei Ihren Freunden umhören, ob sich vielleicht einer von denen einen Scherz oder so was mit Ihnen erlaubt hat.“

„Das war kein Scherz“, sagte Maggie angespannt.

Die Beamten gingen zur Tür. Es war offensichtlich, dass sie glaubten, Maggie hätte die Porzellanfigur vorher einfach nicht gesehen.

Sie hatte Trace bereits gesagt, dass die Polizei ihr nicht helfen könne. Sie waren scheinbar nicht davon überzeugt, dass Maggie ernsthaft bedroht wurde. Trace würde als Erstes am nächsten Morgen mit der Figur ins Büro fahren und sie auf Fingerabdrücke untersuchen lassen, ebenso wie die Zettel.

„Werden Sie jetzt noch einschlafen können?“, fragte er sie, als die Polizisten weggefahren waren.

„Wahrscheinlich nicht.“ Sie strich sich die zerzausten roten Haare aus dem Gesicht. Es juckte ihm in den Fingern, sie zu berühren.

„Sie sollten sich aber noch mal hinlegen", sagte er fast ein bisschen schroff. Unter anderen Bedingungen hätte er genau das richtige Mittel gewusst, um sie abzulenken. Aber Maggie war seine Klientin, er trug die Verantwortung für ihre Sicherheit. Er hatte nicht die Absicht, sie zu verführen.

Fast musste er grinsen. Er war sich ziemlich sicher, wenn er jetzt einen Versuch startete, wären seine Erfolgschancen eher null.

„Ich hatte eigentlich vor, morgen früh zur Küste zu fahren", sagte sie. „Um ein paar Fotos für mein Buch zu machen. Aber jetzt … ich weiß nicht …"

„Das ist vielleicht keine schlechte Idee", entgegnete Trace, bevor er sich zurückhalten konnte. „Bevor Sie zu mir ins Büro gekommen sind, hatte ich vor, für ein Wochenende nach Kemah zu fahren. Ich habe dort ein Segelboot im Dock."

Sie hob die Augenbrauen. „Ein Cowboy, der segelt, statt zu reiten?"

Er lächelte. „Genau."

„Kemah ist eine hübsche kleine Stadt. Ich habe dort ein paar gute Bilder auf der Strandpromenade aufgenommen."

„Vielleicht könnten wir zusammen dorthin fahren. Meine Mitarbeiter werden hier den ganzen Tag zu tun haben, wenn sie die Schlösser auswechseln und das Sicherheitssystem installieren. Sie könnten von all dem ein bisschen Abstand nehmen und ich kann ein bisschen segeln."

Und statt Rex würde er ein Auge auf sie werfen und aufpassen, ob sie von jemandem verfolgt wurde.

Maggie sah ihn mit einer Mischung aus Müdigkeit und Misstrauen an.

„Ich werde fahren", bot er an. „Dann können Sie unterwegs etwas schlafen."

„Und Sie würden mich dann morgen Abend wieder nach Hause bringen?"

Eine vorsichtige Lady. Das war natürlich in ihrer Situation gut. „Natürlich. Es sei denn, Sie beschließen, dass Sie lieber an

Bord übernachten wollen", konnte er sich nicht verkneifen noch hinzuzufügen.

Sie warf ihm einen Seitenblick zu. „Ich sage Ihnen morgen früh Bescheid."

Trace grinste. „Falls Sie es noch nicht bemerkt haben sollten, Maggie. Es ist bereits Morgen."

5. KAPITEL

Sobald Trace zu Hause angekommen war, legte er sich mit Jeans und Stiefeln auf das Sofa im Wohnzimmer. Sein Hund rollte sich daneben auf dem beigefarbenen Teppich zusammen. Bis sechs Uhr schlief er wie ein Stein, dann machte er sich Kaffee, lud seine Ausrüstung in den Kofferraum des Jeeps und fuhr ins Büro.

In einem der hinteren Räume lagen alle Utensilien bereit, mit denen er Gegenstände auf Fingerabdrücke untersuchen konnte. Er verteilte das Pulver auf den Zetteln. Aber wie er bereits angenommen hatte, zeigte sich auf dem rauen, braunen Papier gar nichts.

Bei der kleinen Porzellanfigurine machte er sich mehr Hoffnung, aber nach sorgfältiger Untersuchung stellte er fest, dass sie sauber gewischt worden war. Eine Tatsache, die auch schon etwas über Maggies Stalker aussagte.

Wer auch immer es war, er ging sorgfältig vor. Sehr sorgfältig. Keine Anzeichen eines gewaltsamen Eindringens im Haus. Keine Schuhabdrücke. Er war sich sicher, dass er im ganzen Haus nichts finden würde. Da das Stadthaus gerade erst verkauft worden war, dürfte es für den Eindringling nicht schwierig gewesen sein, sich einen Schlüssel zu besorgen. Trace würde mit dem Immobilienmakler sprechen, der für das Objekt zuständig gewesen war. Mal sehen, was dabei herauskam.

Er hatte alles vorbereitet und das Notwendige in den Jeep geladen. An den Wochenenden gab es keine offiziellen Bürozeiten, aber Ben, Alex und Sol kamen öfter vorbei. Annie war da, wann immer es Arbeit aufzuholen gab. Die Installateure für das Alarmsystem kamen von *JDT Security Systems*, mit denen *Atlas* immer zusammenarbeitete. Trace rief Ed Wilcox an, der seine Männer daraufhin für ein paar Überstunden zu Maggies Haus schicken würde.

Um neun war er fertig und fuhr zurück zum Stadthaus. Er wollte mit den Bewohnern der anderen fünf Wohneinheiten sprechen. Vielleicht hatte irgendjemand gestern Nacht etwas gehört oder gesehen.

Auf der Fahrt nach Broadmoor musste er grinsen. Er erledigte ja nur seinen Job, indem er für die Sicherheit seiner Klientin sorgte. Nicht dass er vorhatte, ihr diesen Trip an die Küste in Rechnung zu stellen. Aber das Beste an dem Deal war der Tag, den er auf dem Meer verbringen würde – auf seinem Segelboot in der Galveston Bay mit der hübschen Rothaarigen.

Maggie konnte sich nicht erklären, warum sie mit der Fahrt an die Küste einverstanden gewesen war. Aber wie Trace gesagt hatte, die Sicherheitsfirma würde den ganzen Tag in ihrem Haus zu tun haben, und sie musste unbedingt noch ein paar Fotos machen. Sie wollte den Fotoband vervollständigen. Wenn alles gut lief, hätte sie vielleicht außerdem noch ein paar Aufnahmen für die Ausstellung in der *Twin Oaks Gallery*, die in zwei Wochen eröffnet wurde.

Nachdem Trace am frühen Morgen nach Hause gefahren war, hatte Maggie doch noch ein paar Stunden schlafen können. Allerdings bei Weitem nicht genug. Als sie ihre marineblauen Hosen, ein rot gestreiftes Top und Sandalen anzog, musste sie gähnen. Sie fühlte sich groggy und müde. Der Kaffee half ein bisschen, aber nicht viel. Wenigstens war das Wetter gut. Immer noch kühl, aber nicht zu kalt, und die Luft war nicht zu feucht.

Um zehn kam Trace wieder. Der Cherokee war voll beladen mit seiner Ausrüstung. „Sind Sie so weit?“, fragte er, als sie ihm die Tür öffnete.

„Fast.“ Sie blickte auf den schwarz-weißen Hund hinunter, der neben ihm auf der Treppe stand.

„Das ist Rowdy“, sagte Trace. „Rowdy, das ist Maggie.“ Sie sah den Hund mit großen Augen an, als er bellte.

„Hallo, Rowdy“, begrüßte sie ihn, weil er das zu erwarten schien. „Ich freue mich, dich kennenzulernen.“

Wieder bellte er.

Sie musste sich das Lachen verkneifen. „Meine Kameraausrüstung muss ich noch einladen.“ Maggie zeigte auf die Nikon

D3s, fertig verpackt in der Kameratasche im Flur. Sie war mit einem hochleistungsfähigen Tamron-Objektiv 28-300 ausgestattet, das sie vor ein paar Wochen gekauft hatte. Die neue Ausrüstung hatte sie um fast siebentausend Dollar erleichtert, aber für ihre Arbeit war das eine wichtige Investition.

Trace kam ihr zuvor und hängte sich die Tasche über die Schulter.

„Ich bin es gewohnt, meine Ausrüstung selbst zu tragen", bemerkte sie.

„Das glaube ich gern." Aber er lief unbeirrt damit zu seinem Jeep und verstaute ihr Gepäck auf dem Rücksitz.

„Ich hoffe, Sie berechnen das nicht extra", grummelte sie, während sie ihre gelbe Leinentasche zum Wagen trug.

Er grinste nur breit. Mit den weißen Zähnen in dem sonnengebräunten Gesicht sah er so unglaublich gut aus, dass ihr fast der Atem wegblieb. Ein erstaunliches Gesicht, dachte sie, mit diesen scharf geschnittenen Zügen und den whiskeybraunen Augen. Dieser direkte, intensive Blick ging ihr durch und durch.

„Wird nicht extra berechnet", sagte er, während er ihr Stativ auf den Sitz legte. „Heute nicht."

Sie beobachtete das Spiel seiner eindrucksvollen Oberarme, die ihr schon im *Texas Café* aufgefallen waren. Es ist nichts falsch daran, sich körperlich von einem Mann angezogen zu fühlen, sagte sie sich. Schließlich war sie eine junge, alleinstehende Frau, auch wenn sie derartigen Bedürfnissen eher selten nachgab.

„Ach, ich hätte fast die Sandwiches vergessen."

Er lächelte. „Sandwiches, hm? Das gefällt mir. Ich bin ja jetzt schon hungrig."

Maggie rannte ins Haus zurück und holte die kleine Kühltasche mit den Schinken-Käse-Sandwiches aus frischem Roggenbrot und zwei Diät-Colas. Wahrscheinlich bevorzugte dieser Supermann die vollen Kalorienbomben, aber heute musste er mal mit der Diätversion vorliebnehmen.

Trace ging mit Rowdy zum hinteren Ende des Wagens. „Einsteigen", sagte er, und der Hund sprang aufs Heck, kletterte durchs hintere Fenster hinein und legte sich auf seine Decke. Trace ließ die Scheibe halb heruntergekurbelt, damit frische Luft hereinkam, und der kleine Hund schien zufrieden.

„Rowdy fühlt sich da hinten ja offensichtlich schon wie zu Hause", bemerkte Maggie, während sie zum Beifahrersitz hochstieg. „Nehmen Sie den immer mit?"

„Meistens. Rowdy segelt genauso gern wie ich."

„Kluger Hund."

„Das ist ein schottischer Schäferhund. Die sind gezüchtet worden, um Rinder und Schafe zu hüten, eine der intelligentesten Rassen."

„Woher haben Sie ihn?"

„Von Gabe Raines – der Typ, von dem die Fotos in meinem Büro sind. Sein Bruder hat eine Farm in Wyoming. Rowdy gehörte zu einem Wurf dort."

Trace schloss die Beifahrertür. Er ging um den Wagen herum zur Fahrerseite und setzte sich hinters Steuer. Heute trug er keinen Cowboyhut, nur ein weißes Baseballcap mit einem Anker auf der Stirnseite, dazu Jeans und einen gelben Sweater. Auch keine Stiefel heute, sondern ein Paar weiße Segelschuhe aus Leinen, die zwar sauber, aber offensichtlich schon oft getragen waren.

Der wenige Schlaf schien ihm nichts auszumachen. Er sah genauso gut aus wie am Abend vorher.

Maggie setzte sich gerade auf. Dieser Gedankengang gefiel ihr überhaupt nicht. „Ich möchte mir auch irgendwann einen Hund anschaffen", sagte sie, nur um irgendetwas zu sagen. „Als Kind hatte ich einen Cockerspaniel, aber meine Mutter hat ihn mitgenommen, als sie nach Florida zurückzog. Ich denke immer daran, dass ich wieder einen Hund haben möchte, aber im Moment bin ich einfach zu beschäftigt."

Trace warf ihr einen Seitenblick zu. „Sie sagten, dass Sie vier waren, als Ihre Eltern sich scheiden ließen. Das muss ziemlich hart für Sie gewesen sein."

Sie spürte wieder diesen altbekannten Schmerz in der Brust.

„Ja, das war es. Meine Mutter fing ein neues Leben an, und wir hatten kaum noch Kontakt. Mein Vater hat sich alle Mühe gegeben, aber er musste Geld verdienen. Ihm gehörte eine kleine Spedition, deshalb war er oft unterwegs."

„Mein Vater auch. Meine Mutter starb nach meiner Geburt. Da mein Vater in der Army war, wurde ich mehr oder weniger von meinen Großeltern aufgezogen."

„Draußen auf der Ranch", sagte sie, nachdem sie sich daran erinnerte, was er ihr erzählt hatte.

„Genau."

Als er nichts weiter dazu sagte, ließ sie das Thema fallen. Es klang nicht gerade so, als hätte einer von ihnen eine unbeschwerte Kindheit gehabt.

Mit dem Jeep durchquerten sie die schattigen Straßen. Von ihrem Stadthaus fuhren sie durch den University District zum Freeway 59, dann nahmen sie die 45 in südliche Richtung zum Ozean. Kemah gehörte zu einer Kette von Ortschaften rund um die Galveston Bay.

An der Küste standen kleine, viele Jahre alte Wochenendhäuschen neben neu gebauten, sich immer weiter ausbreitenden Villen. Überall um sie herum lag feiner weißer Sand, eine Menge Palmen wuchsen hier und Wintergrüne Eichen.

Trace hatte seine Jacht, einen eleganten weißen, elf Meter langen Segler mit Kurzkiel, im Hafen von Kemah liegen.

„Was für eine Art Boot ist das?", erkundigte sich Maggie.

Er kletterte an Bord, reichte ihr die Hand und half ihr die Stufen hoch an Deck. „Eine Hunter Legend, wirklich ein gutes Boot."

Drinnen war alles makellos sauber, wie sie bei einer kurzen Führung feststellte. Die Teakholzeinrichtung war glänzend poliert, mit blauem Leinen bezogene Kissen schmückten die Sitzbank. Es gab einen Speiseraum mit Kombüse, zwei Kabinen und einen Steuerstand.

„Und was halten Sie davon?"

„Sehr schönes Boot." „Ranger's Lady" stand am Heck. „Der

Name passt auch. Der einsame Ranger, was? Den Eindruck hatten Sie am ersten Tag im *Texas Café* auf mich gemacht."

Trace lachte. „Kein Ranger, wie Sie sich das vorstellen. Ich war bei der Army. Ist so eine Art Familientradition bei uns."

„Sie waren ein Ranger?"

Er nickte. „Mein Dad auch. Deshalb war er so selten zu Hause."

„Wo waren Sie stationiert?"

„Meist in Südamerika. Offiziell waren wir allerdings nicht dort, wenn Sie verstehen, was ich meine."

„Ich denke schon." Sie warf ihm einen Blick zu. „Ich wette, Sie waren immer irgendwie ein Einzelgänger."

Trace grinste. „In gewisser Weise."

Sie sah schnell wieder weg. Es gefiel ihr nicht, wie sie bei seinem Lächeln Bauchflattern bekam. „Haben Sie was dagegen, wenn ich ein paar Fotos mache?"

Er blickte sich um. Das tat er schon den ganzen Tag. So was liegt einem Detektiv wohl im Blut, dachte sie sich. Und schließlich bezahlte sie ihn ja auch dafür, den Stalker zu finden.

„Machen Sie nur", sagte er. „Ich werde alles zum Auslaufen vorbereiten, während Sie ein bisschen herumwandern. Aber gehen Sie nicht zu weit weg."

„Kein Problem."

Trace machte sich an die Arbeit, und sie beobachtete seine flüssigen, effizienten Bewegungen. Keine unnötigen Anstrengungen, alles wohlkalkuliert, um die Aufgabe zu erledigen. Er zeigte auch eine gewisse Eleganz dabei. Sie fragte sich, wie er wohl auf dem Rücken eines Pferdes aussehen würde. Wahrscheinlich hätte man den Eindruck, er wäre praktisch darauf geboren.

Sie ließ ihn mit seiner Arbeit allein und stieg aufs Dock hinunter, um ein paar Fotos von den Jachten im Hafen zu machen. Dann wanderte sie ein bisschen herum, fotografierte hier und dort. Eine alte Lady mit riesigem Strohhut, die ihren winzigen rostbraunen Pekinesen ausführte; zwei alte Männer beim Kartenspiel an einem Tisch am Wasser; ein kleines Kind, das an dem größten gelb-weißen Lutscher leckte, den sie je gesehen hatte.

Maggie kehrte zur „Ranger's Lady" zurück und machte auf dem Weg noch weitere Fotos. Als sie vor dem Boot ankam, hatte sie den Eindruck, als hätte Trace sie die ganze Zeit im Auge behalten. Er erledigt nur seinen Job, sagte sie sich, nichts weiter. Aus irgendeinem unerklärlichen Grund fand sie diese Feststellung ein bisschen ärgerlich.

Er half ihr an Bord, dann ging er zurück, um eine der Leinen zum Segelhissen zu überprüfen.

Er hatte sein Baumwollhemd und die Jeans ausgezogen und trug lediglich ein Paar marineblaue Badehosen. Da er ihr gerade den Rücken zukehrte, konnte sie nicht anders, als ihn zu beobachten. Unter seiner goldbraunen Haut sah man deutlich die Bewegungen der Muskeln. Seine Beine waren lang und muskulös. An ihm konnte man kein Gramm überflüssiges Fett sehen.

Sie konnte nicht widerstehen und machte ein paar Aufnahmen von diesem aufregenden Mann bei der Arbeit auf seinem Boot. Beim rhythmischen Klicken des Kameraverschlusses drehte Trace sich um. Breite, starke Schultern, eine muskulöse Brust mit leichter dunkler Behaarung, flacher, gut durchtrainierter Bauch …

Wieder verspürte sie dieses komische Flattern. Es war ihr nicht besonders peinlich, dass er sie beim Anstarren erwischte. „Sieht tatsächlich so aus, als wären Sie Ranger gewesen."

Er zuckte nur die Schultern. „Es gab Zeiten, da hieß es in Form zu bleiben, um zu überleben."

„Sie sind kein Ranger mehr."

„Alte Gewohnheiten gibt man schwer auf." Er schob sich seine Panoramasonnenbrille zurück auf die Nase, sodass seine whiskeybraunen Augen dahinter verschwanden. „Sind Sie bereit?"

Sie sah ihn an, wie er breitbeinig dort stand und den Horizont absuchte, und hatte das Gefühl, dass er noch genauso Ranger war wie eh und je. Ein Wind kam auf und riss an den Segeln. Vor ihnen erstreckte sich der Golf von Mexiko, blau und verlockend.

„Darauf können Sie wetten."

Trace machte die Leinen los und Maggie setzte sich auf eines der mit blauem Leinen bezogenen Kissen. Rowdy ließ sich neben ihr nieder. Er stellte die Ohren auf, als die Jacht sich bewegte, und auf seinem Hundegesicht zeigte sich ganz klar die Vorfreude. Trace ging ans Steuer und lenkte das Boot aus dem Dock.

„Sie müssen sich aber Ihre Fahrt verdienen, wissen Sie." Er warf ihr einen Blick zu. „Ich brauche Ihre Hilfe, um die Fender anzubringen und damit ich um die Dockgrenzen manövrieren kann. Vielleicht auch mal als Ablösung am Steuer. Sie müssen auch daran denken, in Deckung zu gehen, wenn wir umspringen, und natürlich müssten Sie auch Ausschau nach Piraten halten."

Sie lachte und salutierte. „Aye, aye, Captain."

Trace grinste. Sie machten es sich bequem, während das Boot sanft über das Wasser bis zum offenen Meer glitt. Der Wind frischte auf, und die Jacht krängte. Die steife Brise zerrte an Maggies Locken und blies sie ihr ins Gesicht. Sie nahm sie in einem Pferdeschwanz zusammen und band sie mit einem Haargummi fest.

„Ich bin bisher erst zweimal gesegelt", sagte sie. „Jemand aus dem College hat mich mitgenommen."

„Michael Irving?" Die Frage klang eher beiläufig, aber trotzdem hatte sie sofort wieder das Gefühl, dass Trace sich in den Detektiv zurückverwandelt hatte.

„Eine Freundin in meinem Kunstgeschichtsseminar. Ihrem Vater gehörte eine 42er Catalina."

„Nettes Boot."

„Ein sehr schönes Boot. Ihres finde ich auch sehr schön. Sie scheinen sich wirklich gut darum zu kümmern."

Trace lächelte. „Ich tue mein Bestes." Er lehnte sich hinter dem Steuer etwas zurück. Durch die dunklen Gläser der Sonnenbrille konnte sie seine Augen nicht sehen, und es war unmöglich zu erkennen, was er gerade dachte.

Die Sonne wärmte so stark, dass sie fand, es war an der Zeit, ihrerseits auch etwas Kleidung loszuwerden. „Ich gehe mich umziehen. Der Tag ist zu schön, um die Gelegenheit nicht zu einem Sonnenbad zu nutzen."

„Bitte."

Sie verschwand nach unten und kam wenige Minuten später in einem rot und weiß gestreiften Bikini zurück. Er war nicht zu aufreizend, aber auch nicht unbedingt sittsam. Darüber trug sie ein dünnes Baumwollhemd, das aber auch nicht viel verbarg. Obwohl sie seine Augen hinter der Sonnenbrille nicht sehen konnte, spürte sie, wie er sie eingehend musterte.

„Ich würde sagen, Sie ziehen es auch vor, in Form zu bleiben", sagte er fast etwas schroff.

Das stimmte. Sehr sogar. Und es freute sie, dass ihm das auffiel. „Ich trainiere morgens immer auf meinem Trimmrad. Dann arbeite ich auch mit ein paar Gewichten, um die Muskeln zu stärken. Außerdem spiele ich Racquetball, wann immer ich die Gelegenheit dazu habe."

„Tatsächlich? Wir müssen mal ein Match gegeneinander spielen."

„Spielen Sie gern?"

Er musterte sie erneut. „Aber ja, ich spiele sehr gern", sagte er betont gedehnt. Sie war sich nicht sicher, ob er noch vom Racquetball sprach.

Sie verfielen eine Weile in entspanntes Schweigen, genossen die Brise und das Meer mit den Seemöwen, die um das Heck auf und ab flogen. Als sie sich einer Gruppe von Sportfischern näherten, die nach Tarpunen fischten, zückte Maggie ihre Kamera und trat in Aktion. Einer der Männer hatte ein riesiges Exemplar an der Angel, und gerade als sie die Kamera eingestellt hatte, vollführte der Fisch einen spektakulären Luftsprung. Sie drückte ab und machte eine ganze Serie von Fotos.

Maggie lachte erfreut, als der Tarpun wieder ins Meer zurücksprang. „Wow! Haben Sie das gesehen?"

Trace hob seine Mütze vom Kopf und setzte sie wieder auf. Diese Angewohnheit hatte sie bereits bei ihm bemerkt, wenn er seinen Cowboyhut trug. „Sicher doch. Sieht so aus, als hätten Sie ein paar gute Fotos gemacht."

Sie betrachtete die Aufnahmen auf dem Display. „Oh ja, damit ist mein Tag gerettet."

„Meiner ist es schon allein, wenn ich hier draußen bin."

Dem musste Maggie zustimmen. Es war so angenehm, hier draußen mit dem Boot über das Wasser zu gleiten. Sie aßen die Schinken-Käse-Sandwiches, die sie mitgebracht hatte, ließen aber die Diät-Cola unberührt. Trace hatte stattdessen eine Flasche gekühlten Chardonnay geöffnet, goss ihn in zwei Weingläser, und sie stießen auf diesen perfekten Tag an.

Entspannt zog Maggie ihr Hemd aus, rieb sich mit Sonnencreme ein und streckte sich auf den Kissen aus, um sich in der Sonne aufzuwärmen. Nachdem sie so müde gewesen war, musste sie eingeschlafen sein. Die Sonne hatte sich zum Horizont hin bewegt, und Trace wendete das Boot, als sie aufwachte.

„Zeit, um nach Hause zu fahren", sagte er.

Maggie fühlte einen Stich von Enttäuschung. „Ich hatte wirklich nicht vor einzuschlafen."

„Nach der letzten Nacht haben Sie den Schlaf wirklich gebraucht."

Sie atmete tief die salzige Luft ein. „Es war so wundervoll."

Trace schien das Gleiche zu denken. „Morgen ist Sonntag. Wir könnten auch über Nacht hierbleiben, wenn Sie wollen. Unten gibt es zwei Kabinen. Sie bräuchten sich also keine Gedanken um Ihre Tugend zu machen."

Maggie stellte überrascht fest, dass sie versucht war, einzuwilligen. Dann seufzte sie. Sie kannte Trace Rawlins kaum, und es war nie ratsam, sich mit jemandem einzulassen, der für sie arbeitete. „Vielen Dank für das Angebot, aber ich muss zurück."

„Kein Problem." Trace lenkte die Jacht fachmännisch durch die Meerenge in den Clear Lake, steuerte den Hafen an und zum Dock A in seine Helling. Er manövrierte das Boot in die Liegestelle, warf die Leine und vertäute es, nachdem er es so weit wie möglich an den Steg herangezogen hatte.

Auf dem Meer gab es keinen Mobilfunkempfang, aber jetzt klingelte Traces Handy unten in der Kombüse. Er hatte es dort gelassen, damit es nicht ins Wasser fiel.

Er stieg die Stufen hinunter, schnappte sich das Telefon und hielt es sich ans Ohr, während er wieder nach oben kletterte.

„Rawlins." Der Anrufer am anderen Ende redete eine Weile, und Traces Gesichtszüge verhärteten sich. „Wie ist er gestorben?"

Wieder redete der andere, während Trace die Zähne zusammenbiss. „Ich auch nicht. Bin schon unterwegs." Trace beendete die Verbindung und zog sich die Jeans über. „Sieht so aus, als hätte ich auch nicht über Nacht hierbleiben können."

„Was ist passiert?"

„Einer meiner Klienten wurde tot aufgefunden. Die Polizei denkt, dass er sich selbst umgebracht hat. Ich aber nicht."

Maggie zog sich ihre Hosen an und band das leichte Top um die Taille fest. „Sie meinen also, er ist ermordet worden?"

„Könnte sein."

Sie schlüpfte in ihre Sandalen. „Ich nehme an, einen Mörder zu suchen ist wichtiger, als einem Stalker das Handwerk zu legen."

Trace schüttelte den Kopf. „Das eine hat mit dem anderen nichts zu tun. Wenn wir bei Ihnen ankommen, wird Ihr Alarmsystem schon installiert sein. Wie weit der Typ auch gehen wird, der Sie belästigt, Sie haben mich für einen Job engagiert, und den werde ich erledigen."

„Was ist mit dem Mörder?"

Er verzog seinen Mund zu einem schneidenden Lächeln. „Schon mal was von Multitasking gehört?"

Maggie bezweifelte nicht, dass er beide Fälle handhaben konnte. Ein Blick in sein entschlossenes Gesicht, und sie bedauerte den Kerl fast, der Traces Klienten umgebracht hatte.

„Außerdem", fuhr Trace fort, „wenn Hewitt ermordet wurde, weiß ich schon, wer ihn auf dem Gewissen hat."

6. KAPITEL

Sie befanden sich auf dem Weg nach Houston. Der perfekte Tag auf See war viel zu schnell zu Ende gegangen.

Während Trace den Wagen durch den dichten Verkehr auf dem Highway 45 lenkte, dachte er an das Telefongespräch, das er auf der Jacht geführt hatte.

„Trace, hier ist Annie. Du musst unbedingt in die Stadt kommen. Es geht um den Sommerset-Fall, den du gerade abgeschlossen hast. Hewitt Sommerset wurde vor einer halben Stunde tot in seinem Büro aufgefunden. Die Polizei meint, es wäre Selbstmord."

Trace zog sich der Magen zusammen. „Wie ist er gestorben?"

„Durch eine Schusswunde im Kopf. Sein Sohn glaubt nicht, dass er sich selbst umgebracht hat."

„Ich auch nicht. Bin schon unterwegs", entgegnete Trace grimmig. Er mochte Hewitt. Trace wollte wissen, was da gespielt wurde. Und er würde es herausfinden.

Der Wagen vor ihm bremste ab, und er verringerte sofort das Tempo. Seine Gedanken kehrten von Hewitt wieder zu der schönen Rothaarigen zurück, die neben ihm auf dem Beifahrersitz saß. Zumindest für eine Weile hatte er Maggie von dem Stalker ablenken können. Er wusste nicht, wie der Typ sie immer aufspürte, der diese Nachrichten hinterließ. Aber auf dem Weg zur Küste und die ganze Zeit während ihres Aufenthalts hatte er keinen Verfolger bemerkt.

Diese Porzellanfigur war eine andere Sache. Jemand war in Maggies Haus eingebrochen. Für ein gewaltsames Eindringen hatte es keine Anzeichen gegeben, doch die Schlösser in diesem Haus waren ein Witz. Es wäre möglich gewesen, sie zu knacken, ohne Spuren zu hinterlassen. Inzwischen dürfte jedoch die Alarmanlage funktionieren, und alle Schlösser waren ausgetauscht. Auf jeden Fall aber bedeutete der Kerl eine Bedrohung, gegen die man vorgehen musste.

Trace hatte mit Rex Westcott gesprochen und ihm Bescheid

gesagt, dass er heute Nacht den Wachdienst übernehmen sollte. Im Moment war für Maggies Sicherheit gesorgt.

Trace erinnerte sich an die Stunden, die sie zusammen verbracht hatten. Er hatte kein Problem damit, das Angenehme mit dem Nützlichen zu verbinden. Nicht wenn er dabei seinen Job gut erledigen konnte. Er hatte sich allerdings mehr entspannt als vorgesehen und war ein bisschen unvorsichtig geworden. Etwas, das ihm normalerweise bei Frauen nicht passierte. Aber er mochte Maggie O'Connell. Sie war intelligent, talentiert und voller Leben. Abgesehen davon, dass sie auch noch unglaublich sexy aussah.

Er warf ihr einen Seitenblick zu, sah auf ihre weichen Lippen und das wundervolle rote Haar und war sofort scharf auf sie. Er würde zu gern mit ihr ins Bett gehen, diese wunderschönen Lippen kosten und ihre sinnlichen Kurven eingehend erforschen.

Keine gute Idee, das war ihm klar. Jedes Mal, wenn er sich mit einer Rothaarigen einließ, endete es in einem Desaster.

Diesmal ist es anders, sagte er sich. Lediglich eine körperliche Anziehungskraft. Er würde sich nicht zu sehr auf sie einlassen.

Trace blickte noch einmal kurz zu Maggie hinüber. Diese Geschichte würde sich mit der Zeit schon so oder so entscheiden, sagte er sich. Dann konzentrierte er sich wieder auf das dringlichere Problem.

Der Tod seines ehemaligen Klienten Hewitt Sommerset.

Trace umklammerte das Steuerrad fester. Der Samstagverkehr auf dem Highway 45 war heftig. Vielleicht hatte es weiter vorn einen Unfall gegeben oder Straßenarbeiten oder Ähnliches. Was auch immer es war, es machte ihn nervös. Zum hundertsten Mal trat er auf die Bremse, sodass sein Jeep hinter dem Toyota Pickup zum Stehen kam.

Gereizt schlug er mit der flachen Hand auf das Steuerrad. „Verdammt noch mal! Ich muss mit der Polizei reden!"

Maggie drehte sich zu ihm um. „Wollen Sie zum Tatort fahren?"

Er nickte. „Sobald ich Sie abgesetzt habe, fahre ich zum

Haus von Sommerset."

Maggie betrachtete die lange Autoschlange vor ihnen, die langsam vorwärtskroch. „Wo ist das Haus denn?"

„In den Woodlands." Fünfzig Kilometer von Houston entfernt. „Wenn das so weitergeht, ist es dunkel, bis ich da ankomme."

„Das könnte stimmen", sagte sie mit einem Blick auf den Verkehr. „Und wenn Sie mich nach Hause bringen müssen, wird es noch später. Warum nehmen Sie mich nicht einfach mit? Ich habe ein gutes Buch dabei. Bis Sie alles erledigt haben, kann ich im Wagen warten. Wie ich sehe, ist das wirklich wichtig für Sie, und mir würde es nichts ausmachen."

Er wollte erst schon ablehnen. Aber es war ja nicht so, dass dort eine Schießerei im Gang war. Die Fragen, die er hatte, und die Informationen, die er geben musste, würden nicht so viel Zeit in Anspruch nehmen. Mit diesem Verkehr würde er so sicher vierzig Minuten sparen.

„Sind Sie sicher?"

„Dank Ihnen habe ich heute ausgezeichnetes Bildmaterial zusammenbekommen. Das ist das Mindeste, was ich für Sie tun kann."

Trace lächelte erleichtert. „Großartig." Er wollte Jason und Emily zur Seite stehen. Hewitts Sohn und Tochter waren wirklich in Ordnung. Das Problem war sein Schwiegersohn Parker Barrington, Emilys Ehemann.

„Worum geht es denn?", wollte Maggie wissen. „Die Polizei sagt, es ist Selbstmord, aber Sie glauben das nicht. Warum?"

Eigentlich redete er nie über seine Fälle, aber von dieser Geschichte würde sowieso jeder in den nächsten Tagen durch die Medien erfahren.

„Vor einigen Wochen kam Hewitt Sommerset zu mir ins Büro. Er wollte herausfinden, ob sein Schwiegersohn, der in seiner Firma arbeitet, Geld unterschlägt."

„Und Sie konnten beweisen, dass es tatsächlich der Fall war."

„Parker Barrington ist der Kaufmännische Geschäftsführer von *Sommerset Industries*. Auf Hewitts Wunsch haben wir ein paar versteckte Kameras in seinem Büro und ein Überwachungsprogramm im Computer installiert. Wir haben ihn dabei erwischt, wie er die Bücher manipulierte und Geld auf ein Konto auf den Cayman Islands überwies."

Maggie hob die Augenbrauen. „Also hat er definitiv Dreck am Stecken."

„Definitiv."

„Glauben Sie, dass Hewitt Sommerset seinen Schwiegersohn zur Rede gestellt hat und der ihn tötete, um nicht zur Rechenschaft gezogen zu werden?"

„Das ist möglich. Kommt darauf an, was Hewitt ihm erzählt hat. Vielleicht geht Parker davon aus, dass niemand anderes von der Sache weiß."

Der dichte Verkehr hielt an, bis sie im Norden Houstons angelangt waren. Dann lichtete es sich nach und nach. Die Woodlands war eine riesige Siedlung mit Wohn- und Geschäftshäusern und Shoppingcenter. Ein renommierter Golfplatz gehörte ebenfalls dazu. Was dieses Gebiet so attraktiv machte, war das üppig bemessene Grün. Die Gebäude standen geschützt hinter dichten Baumgruppen, umgeben von einer wunderschön angelegten Parklandschaft.

Trace steuerte den Jeep die kurvenreichen von Bäumen und Sträuchern gesäumten Straßen entlang. Er bog in eine Straße ein, in der sich massiv gebaute Gebäude im hinteren Teil weitläufiger Grundstücke befanden. Das Sommerset-Haus stand am Ende einer Sackgasse. Zwei Streifenwagen parkten davor, daneben stand der auffällige silberfarbene Porsche Jason Sommersets. Emily fuhr einen Mercedes, aber den konnte er nicht entdecken. Trace fragte sich, wo ihr Ehemann war.

Heiße Wut überkam ihn. Parker Barrington musste sich auf eine Überraschung gefasst machen, wenn er erfuhr, dass die ihn belastenden Fakten gut dokumentiert waren. Hewitt war ein solider, hart arbeitender Mann gewesen, der sich sein Imperium in jahrelanger engagierter Arbeit aufgebaut hatte. Er hatte es nicht verdient, von einem undankbaren betrügerischen Schwiegersohn umgebracht zu werden.

„Sie sehen aus, als würden Sie gleich explodieren."

Trace schaltete den Wagen in den Parkmodus und stellte den Motor aus. Unter anderen Umständen hätte er bei Maggies Worten gegrinst. Aber jetzt holte er nur einmal tief Luft und versuchte sich zu beruhigen.

„Da haben Sie recht. Hewitt war für mich mehr als ein Klient. Wir waren befreundet. Ich will keine voreiligen Schlüsse ziehen, bevor ich nicht genau weiß, was passiert ist." Er öffnete seine Tür. „Ist das auch okay für Sie hier?"

„Alles in Ordnung."

„Mit etwas Glück dauert es nicht lange."

Maggie beobachtete Trace, der bei einem Polizeibeamten stehen blieb, um mit ihm zu reden. Der Cop führte ihn ins Haus. Es war ein imposantes Gebäude mit einer Fassade in dezentem Altrosa und bestimmt um die dreitausend Quadratmeter. Das in französischem Stil gebaute Haus besaß ein Mansardendach und Türen und Fenster mit Rundbögen.

Es war eine riesige, imposante Villa. Sie fragte sich, ob Hewitt Sommerset dort glücklich gewesen war. Ein bisschen was wusste sie über ihn aus dem Fernsehen. In der Umgebung von Houston war der Milliardär ziemlich bekannt, ein Philanthrop, der Millionen für Wohltätigkeitszwecke stiftete. Er soll ein guter Ehemann und Vater gewesen sein, ein Mann, der von dem Tod seiner Frau vor zwei Jahren zutiefst getroffen war.

Danach hatte Hewitt sich noch intensiver in seine Arbeit für die Firma gestürzt als vorher. Vielleicht war das der Grund gewesen, warum ihm die betrügerischen Aktivitäten seines Schwiegersohnes aufgefallen waren.

Maggie bedauerte unwillkürlich die Tochter des Mannes, die solch einen Mistkerl geheiratet hatte. Sie musste lächeln. Gern wäre sie Mäuschen gewesen, wenn Trace ihn zur Rede stellte.

Als von der Ladefläche ein leises Winseln kam, stieg Maggie

aus, ging nach hinten und ließ Rowdy für einen kurzen Gang heraus. In der Einfahrt parkten mehrere Streifenwagen, Polizisten gingen im Haus ein und aus. Rowdy schnupperte am Stamm eines nahegelegenen Baumes, erledigte sein Geschäft und kam zum Jeep zurück.

„Einsteigen“, sagte Maggie, so wie sie es vorher von Trace gehört hatte, und der Hund sprang zurück in den Wagen. Er machte es sich in seinem Bett bequem und drückte seine schwarz-weiße Schnauze ins Kissen.

„Guter Junge.“ Maggie streichelte das Tier, dann schloss sie die Hecktür wieder.

Es dämmerte schon, war aber noch hell genug. Die Tage wurden wieder länger und die Temperaturen stiegen. Maggie sah sich mit dem professionellen Blick einer Fotografin um. Die Sonne ging langsam unter. Zu dieser Tageszeit brachten die sanften goldenen Strahlen, die durch das Laub der alten Eichen fielen, interessante Einzelheiten zum Vorschein: die unebene Struktur der Borke, ein noch leicht eingerolltes frisch gesprossenes Blatt.

Maggie holte ihre Kamera vom Rücksitz. Vielleicht konnte sie ein paar gute Aufnahmen machen, während sie auf Trace wartete.

Trace überquerte den schwarz-weißen Marmorboden der Eingangshalle, die einem französischen Schloss nachempfunden war, und ging geradewegs auf Hewitts Arbeitszimmer zu. Vor wenigen Tagen war er noch an einem Spätnachmittag hier gewesen, um seinem Auftraggeber die Beweise zu bringen, die er gegen Parker Barrington gesammelt hatte.

Im Arbeitszimmer, einem riesigen, zwei Etagen umfassenden Raum mit schweren Metallkronleuchtern, wimmelte es von Leuten. Das Spurensicherungsteam war noch bei der Arbeit. Auf Hewitts Schreibtisch herrschte Chaos. Eine riesige Blutlache hatte sich dort auf der Ablage ausgebreitet, wo er vornübergebeugt aufgefunden worden war.

„Trace!“

Er erkannte die junge Stimme sofort und drehte sich nach Jason Sommerset um, der ihm entgegenkam. Der Vierundzwanzigjährige hatte goldblondes Haar, war attraktiv wie die Sünde und vom Leben verwöhnt. Wirklich erstaunlich, dass er so ein sympathischer Typ geworden war.

„Jason. Es tut mir so leid. Ich mochte Ihren Vater sehr."

Er sah blass aus, seine Augen waren gerötet. Aber er weinte nicht, er kochte vor Wut. „Dad hat sich nicht umgebracht, Trace. Er war es nicht."

„Beruhigen Sie sich. Ich glaube auch nicht, dass er es getan hat. Wir haben erst letzte Woche miteinander gesprochen. Er freute sich schon auf die Reise mit Ihnen zusammen auf die Bahamas."

„Jemand hat ihn umgebracht. Sie wollten es so aussehen lassen, als hätte er selbst abgedrückt. Aber ich bin ganz sicher, dass er es nicht getan hat."

Trace legte dem jungen Mann die Hand auf die Schulter. „Deshalb bin ich hier. Um herauszufinden, was wirklich passiert ist."

Jason atmete einmal tief durch. „Ich wusste, dass Sie kommen würden. Dad hat Ihnen vertraut, das tue ich auch."

Trace nickte nur. Sicher hatte Hewitt seinem Sohn nicht verraten, was er über Emilys Ehemann herausgefunden hatte. Jason war intelligent, und er schien das Talent seines Vaters geerbt zu haben, Menschen gut einzuschätzen. Trace fragte sich, ob der Junge sehr überrascht sein würde, wenn er von dem Betrug seines Schwagers erfuhr.

Jemand rief nach Jason, und der junge Mann bedeutete Trace mit einer Geste, dass sie später noch einmal reden würden. Er lief zurück in die Eingangshalle und überließ Trace seiner Aufgabe, wegen der er hergekommen war. Er sah sich erneut im Arbeitszimmer um, auf der Suche nach etwas Ungewöhnlichem, als er Detective Mark Sayers, einen ehemaligen Kommilitonen und langjährigen Freund, entdeckte.

Trace ging zu ihm hinüber. „Hast du einen Moment Zeit?"

Sayers hob den Kopf und sah ihn überrascht an. „Hey, Trace!" Mark Sayers war etwas kleiner und fülliger als Trace, hatte hellbraunes Haar und haselnussbraune Augen. Bis auf seine obligatorischen billigen Anzüge und sein allgemein etwas zerzaustes Erscheinungsbild war er ein attraktiver Typ.

„Unter anderen Umständen würde ich sagen, nett, dich mal wiederzusehen", sagte Mark. „Aber dein Timing ist nicht so gut. Ich nehme an, du hast es gehört – Hewitt Sommerset ist tot. Sieht aus, als hätte er sich umgebracht."

„Ich denke nicht, dass er so was getan hätte."

Sayers hob die Augenbrauen. „Meinst du? Ich wusste nicht, dass ihr beide befreundet wart."

„Hauptsächlich waren wir Geschäftspartner. Über die Jahre haben wir uns besser kennengelernt. Du und ich müssen uns unbedingt mal unterhalten."

Der Detective wirkte augenblicklich interessiert. „Okay." Er wandte sich um und ging Trace voraus den Flur entlang, der mit kostbaren Gemälden in schweren Goldrahmen geschmückt war. Er betrat einen der zahlreichen Salons dieses Hauses, ein elegant eingerichteter Raum mit einem pfirsichfarben bezogenen Sofa und grünen Samtvorhängen. Selbst die Fransen des Perserteppichs auf dem polierten Eichenholzboden lagen ordentlich an ihrem Platz.

„Ich nehme an, du hast mit Hewitts Sohn Jason gesprochen", sagte Trace, nachdem Mark die Tür hinter ihnen geschlossen hatte.

„Wir haben mit ihm geredet. Seine Reaktion ist vollkommen verständlich. Welcher Sohn möchte schon glauben, dass sein Vater sich umgebracht hat."

„Wann ist es passiert?"

„Gestern Nacht. Hewitt hätte eigentlich verreist sein sollen, aber etwas muss ihn aufgehalten haben. Offensichtlich ist seine Arbeitszimmertür immer verschlossen, wenn er unterwegs ist. Man hat ihn erst heute Nachmittag gefunden."

„Wie ist es passiert?"

„Achtunddreißiger Kaliber in die Schläfe. Die Pistole ist auf Sommerset registriert. Vorgeblich bewahrte er sie immer in der

Schreibtischschublade auf."

„Aber jemand anders kann den Abzug betätigt haben."

„Es gab keine Anzeichen eines Kampfes."

„Vielleicht war er bewusstlos."

Sayers dachte darüber nach. „Könnte möglich sein. Es gab aber keine sichtbaren Wunden, nach denen man das schließen könnte."

„Vielleicht nicht. Das heißt aber nicht, dass es nicht auch anders passiert sein könnte."

Sayers wirkte nicht überzeugt. „Hewitt hat einen Abschiedsbrief hinterlassen, Trace. Den haben wir auf seinem Computer gefunden."

„Getippt also, nicht mit der Hand geschrieben."

„Wir befinden uns im einundzwanzigsten Jahrhundert, mein Lieber. Heute schreibt doch keiner mehr Briefe mit der Hand."

Das stimmte, wie Trace für sich einräumen musste. Nicht dass er auch nur eine Sekunde glaubte, Hewitt hätte den Brief selbst geschrieben.

„Du musst herausfinden, wo Parker Barrington gestern Nacht war."

Sayers kniff die Augen zusammen. „Warum das?"

„Parker hat Gelder von der Firma unterschlagen. Und keine kleinen Summen. Es waren Millionen, die er auf ein Konto auf den Cayman Islands überwiesen hat."

„Himmel noch mal. Hast du irgendwelche Beweise?"

„Alles, was du brauchst. Hewitt kam mit seinem Verdacht zu mir. Wir haben in Parkers Büro ein Überwachungssystem installiert. Ich habe Hewitt vor zwei Tagen die knallharten Fakten geliefert."

Der Detective machte große Augen. „Vor zwei Tagen? Du denkst, Parker Barrington hat Sommerset getötet, um den Diebstahl zu vertuschen?"

„Genau das denke ich, es sei denn, du kannst mich vom Gegenteil überzeugen."

Sayers sah sich um, als wünschte er, einen Blick auf das Geschehen des Mordes werfen zu können. „Ich muss mir ansehen, was du hast.“

„Ich werde es dir gleich morgen früh ins Büro bringen.“

„Und ich dachte schon, das hier wäre ein einfacher Fall.“

Trace verzog die Mundwinkel zu einem ironischen Grinsen. „Gibt es so was, einen einfachen Fall?“

Mark legte dem Freund die Hand auf die Schulter und führte ihn wieder aus dem Salon zurück durch den Flur. Trace warf einen letzten Blick ins Arbeitszimmer, als sie dort vorbeikamen. Dann durchquerten sie die Eingangshalle, die im Licht des riesigen Kronleuchters erstrahlte.

„Hast du mit der Tochter gesprochen?“, erkundigte sich Trace.

„Sie und Parker waren vorhin hier. Sie war ziemlich fertig. Wir haben ihm geraten, sie nach Hause zu bringen.“

Trace nahm sich fest vor, sie demnächst zu besuchen. Wenn Parkers miese Machenschaften erst mal ans Licht kamen, würde Emily jede Unterstützung brauchen, die sie bekommen konnte.

Sayers betrat die breite Veranda vor der Haustür, und Trace folgte ihm.

„Bis auf den Mord und die Prügelei“, sagte sein Freund, „gibt es irgendwas Aufregendes in deinem Leben?“

Trace musste sofort an Maggie denken, da entdeckte er sie im Eingangsbereich des Gartens, wie sie gerade Fotos von dem Stamm einer riesigen Eiche und den flammend roten Tulpen machte, die hier überall wuchsen. Sie hatten fast die gleiche Farbe wie ihr Haar. Er beobachtete, wie sie sich bewegte, sicher und routiniert wie ein Profi. Es war ihm schleierhaft, warum ihn das anturnte.

„Nicht viel“, erwiderte er. Aber während er Maggie beobachtete, kam ihm der Gedanke, dass sich das vielleicht ändern könnte.

Sayers folgte seinem Blick und runzelte die Stirn. „Das ist doch nicht … Himmel noch mal, Trace, jetzt sag bloß nicht, die Rothaarige ist mit dir zusammen gekommen.“

Trace riss sich von Maggies Anblick los, was ihm schwerer

fiel, als es sollte. „Sie ist meine Klientin. Eine Fotografin. Maggie O'Connell. Tatsächlich wollte ich mit dir über sie reden."

„Ich weiß, wer zum Teufel sie ist."

Trace gefiel der Tonfall gar nicht. „Wirst du mir sagen, woher?"

Sayers zog ihn von den anderen Leuten weg, die im Haus ein und aus gingen. „Eigentlich sollte ich das nicht erzählen. Ich könnte eine Menge Ärger bekommen, aber …"

„Was denn?"

„Sie kam ins Revier und behauptete, dass ihr ein Stalker auflauert. Meinte, er würde anrufen und gleich wieder auflegen und solche Sachen."

„Das ist richtig. Und weiter."

„Captain Varner hat davon erfahren. Dabei kam raus, dass Maggie O'Connell damals in der Highschool behauptet hat, sein Sohn Josh hätte sie vergewaltigt. Josh wurde festgenommen. Er hat aber seine Unschuld beteuert, meinte, dass Maggie es freiwillig mit ihm getan hätte. Sie waren beide minderjährig, sonst wäre es noch schlimmer gekommen. Jedenfalls wurde er aus seinem Footballteam rausgeworfen und bekam ziemlichen Ärger in der Schule. Bei seinen Mitschülern hatte er den Ruf als Vergewaltiger und Perverser weg, so was in der Art. Das ging über eine Woche so – bis das O'Connell-Mädchen schließlich zugab, dass es eine Lüge war."

„Vielleicht hat sie die Wahrheit gesagt und einfach Angst bekommen."

„Der Junge wurde vollständig entlastet. Die beiden waren schon Wochen zusammen gewesen."

„Verflucht."

„Sie ist eine von diesen Frauen, Trace. Sie wollte Aufmerksamkeit und hat sie auf diese Art bekommen. Die Anklage wurde fallen gelassen und der Bericht unter Verschluss gehalten, weil beide minderjährig waren. Aber es hat Josh und seiner Familie viel Ärger eingebracht. Und glaube mir, Maggie O'Connell ist immer noch auf Varners Favoritenliste."

„Weshalb die Polizei nicht viel mehr tut, als vorbeizukommen, wenn sie anruft."

Mark warf Maggie einen düsteren Blick zu. „Die Sache ist kein Geheimnis im Revier. Captain Varner glaubt kein bisschen von dem Blödsinn über den Stalker, und die anderen auch nicht."

Trace biss die Zähne zusammen. Mark war ein Typ, der die Fakten überprüfen würde, bevor er so etwas sagte. Die Geschichte über die unbegründete Vergewaltigungsanklage stimmte zweifellos.

„Sie ist eine attraktive Frau, Trace, aber ich würde ihr nicht trauen. Lass dich bloß nicht von ihr einwickeln."

Trace versuchte seine Wut zu unterdrücken. „Vielen Dank für den Hinweis, Kumpel."

„Hey, wir sind doch Freunde. Und du hattest ja schon mehr als genug Ärger mit Frauen."

Trace dachte an Carly. Er erinnerte sich an das hohle Gefühl im Magen, als er herausgefunden hatte, dass sie mit der Hälfte der Männer von Houston im Bett gewesen war. Sie war eine Lügnerin und Betrügerin. Er hasste Frauen, die lügen, und wenn sie noch so schön waren.

Er nickte seinem Freund zu, bevor er ging.

7. KAPITEL

Maggie verstaute lächelnd die Kamera in der Tasche, legte sie auf den Rücksitz zurück und schloss die hintere Tür. Dann stieg sie vorn wieder ein. „Wie ist es gelaufen?"

„Wird sich zeigen."

„Haben Sie ihnen von der Unterschlagung erzählt?"

„Habe ich." Mehr sagte Trace nicht, und so angespannt, wie er den Mund zusammenpresste, hielt Maggie sich mit weiteren Fragen zurück. Er startete den Motor, schaltete den Gang ein und schoss so schnell los, dass sie in ihrem Sitz nach hinten gedrückt wurde. Er umklammerte das Lenkrad, als hätte er am liebsten den ganzen Wagen auseinandergenommen. Was auch immer vorgefallen war, es war nicht gut gelaufen.

Maggie hielt den Mund. Sie ließ ihm besser erst mal etwas Zeit. Während sie Richtung Houston rasten, wollte sie eine Unterhaltung anfangen. Doch ein Blick auf Traces Profil änderte ihre Meinung.

Schweigend fuhren sie zurück. Den ganzen Weg über zu ihrem Stadthaus sagte keiner ein Wort. Als sie ankamen und Trace den Motor ausstellte, hielt Maggie es nicht mehr länger aus.

„Okay, was ist los?", fragte sie. „Wenn es der Mord ist, kann ich es verstehen. Wenn es was anderes ist, irgendwas, das ich gesagt oder falsch gemacht habe …"

Er drehte sich zu ihr um. „Sie sind eine Lügnerin, Maggie. Für mich ist das das Schlimmste, was man mir antun kann."

Bei seinem Blick drehte sich ihr der Magen um. „Was meinen Sie?"

Trace stieg aus, lief um den Wagen herum und riss ihre Tür auf. „Ab jetzt werde ich nicht mehr für Sie arbeiten. Suchen Sie sich einen anderen Idioten, der Ihnen Ihre Storys abkauft."

Sie riss die Augen auf. Nun wurde sie selbst wütend. „Wovon zum Teufel reden Sie? Sie könnten mir zumindest eine Erklärung dafür geben."

Statt zu antworten, packte er sie am Arm und zog sie aus

dem Wagen. Aus seiner Tasche holte er einen Schlüssel, den er ihr reichte.

„Die neuen Schlösser sind eingesetzt. Die Installateure haben mir heute Morgen den Schlüssel gegeben. Einen zweiten finden Sie im Haus. Ich hole jetzt Ihre Tasche und die Kameraausrüstung."

Sie baute sich direkt vor ihm auf und stemmte die Hände in die Hüften. „Ich gehe nirgendwohin, bevor Sie mir nicht gesagt haben, was vorgefallen ist und warum Sie jetzt so ausrasten."

Er biss die Zähne zusammen und sah aus, als würde er sie am liebsten erwürgen. „Ich habe Ihnen gesagt, was passiert ist. Sie haben mich angelogen. Wenn Sie sich anstrengen, fällt Ihnen vielleicht wieder ein, welche Lüge genau mich ein bisschen verärgert hat."

Ein eisiger Schauer lief ihr über den Rücken. Er hatte mit den Polizisten gesprochen. Sie mussten sie gesehen und ihm etwas erzählt haben. Sie mussten ihm von ihrer großen Schande berichtet haben.

Sie ließ die Hände sinken. Ihre Finger zitterten leicht. „Es ist Josh Varner, oder?"

„Allerdings. Ihr ehemaliger Freund. Und nun schließen Sie bitte Ihre Tür auf, damit ich Ihre Sachen reintragen und weiterfahren kann."

Ihr Herz schlug viel zu schnell, hämmerte gegen ihre Rippen. Ihr wurde übel. Sie wollte keine Szene vor den Nachbarn provozieren und ging zu ihrer Haustür, schloss mit dem neuen Schlüssel auf und trat zur Seite, damit er das Gepäck hineintragen konnte.

Wortlos ging er an ihr vorbei in den Flur, stellte die Kameraausrüstung und die gelbe Badetasche auf den Boden. Seine Schultern schienen vor Anspannung zu vibrieren. Er war wütend. Außer sich. Und er hatte jedes Recht dazu.

Sie holte tief Luft. „Ich gebe zu, ich hätte es Ihnen wohl sagen müssen."

Trace wirbelte zu ihr herum. Der Blick seiner dunklen Augen bohrte sich in ihre wie Laserstrahlen. „Sie hätten es *wohl* sagen müssen?“

„Okay, ich hätte es sagen müssen. Ich habe es nicht getan, weil ich befürchtete, Sie könnten genau so reagieren, wie Sie jetzt reagieren.“

„Ich habe versprochen, Ihnen zu helfen, wenn Sie mir sagen, was ich wissen muss. Sie hielten es nicht für wichtig, mir zu verraten, dass Sie einen Feind im Polizeirevier haben? Dass Sie einen armen Jungen der Vergewaltigung angeklagt haben, der nichts anderes tat, als zu nehmen, was Sie ihm anboten?“

Es gefiel ihr nicht, wie Trace das klingen ließ, obwohl im Grunde alles stimmte. Früher hätte sie sofort losgeheult, aber diese Zeiten waren vorüber.

Stattdessen hob sie kampfbereit das Kinn. „Ich war sechzehn. Mein Vater hat mich dabei erwischt, wie ich um zwei Uhr morgens nach Hause kam, und ich hatte eine Heidenangst. Ich war in Panik, dass er die Wahrheit herausfinden könnte.“

„Hätte er Sie dann geschlagen?“

„Nein, aber …“

„Das reicht, Maggie. Sie haben mich vorher angelogen. Ich wüsste nicht, warum ich Ihnen jetzt glauben sollte.“

Maggie kämpfte um ihre Selbstbeherrschung. „Ich habe mich dafür geschämt und es deshalb nicht gesagt, verstanden? Es war das Schlimmste, was ich jemals getan habe.“

Er schien kein bisschen besänftigt. Mister Nice Guy hat sich verabschiedet, dachte sie. Den charmanten Gentleman aus dem Süden gab es nicht mehr. Stattdessen stand sie vor dem wütenden Army Ranger, der er gewesen war und der immer noch in ihm steckte. Seine Wangenmuskeln waren vor Rage angespannt.

„Leben Sie wohl, Maggie.“ Er drehte sich um, aber sie hielt ihn am Arm zurück.

„Trace, bitte. Geben Sie mir zumindest eine Chance, es zu erklären.“

„Sie haben bereits alles erklärt. Wir hatten einen Deal. Sie haben Ihren Part nicht eingehalten. Damit ist unsere Vereinbarung nicht mehr gültig."

„Aber was ist … mit dem Stalker?"

Er biss die Zähne zusammen. „Verständigen Sie die Polizei."

„Sie wissen genau, dass die mir nicht helfen werden."

„Die Schlösser sind ausgetauscht. Die Alarmanlage funktioniert. Ich schicke Ihnen jemand von JDT vorbei, der Ihnen erklärt, wie die Anlage funktioniert." Er verzog das Gesicht. „Aber wahrscheinlich werden Sie die gar nicht benötigen."

Er glaubte ihr nicht mehr. Seiner Meinung nach hatte sie sein Vertrauen verspielt.

„Dann danke ich dafür."

Trace erwiderte nichts. Ohne sich noch einmal umzusehen, stürmte er aus der Tür. Maggie musste sich zusammenreißen, um ihm nicht hinterherzulaufen. Sie hatte auch ihren Stolz, oder nicht? Sicher, sie hätte ihm von Josh erzählen sollen, hätte sich denken müssen, dass er es früher oder später sowieso herausfindet. Aber sie hatte dummerweise geglaubt, ihm alles erklären zu können. Hatte gedacht, Mister Nice Guy Rawlins würde Verständnis aufbringen.

Nun wusste sie, dass Trace Rawlins nicht der ruhige, beherrschte, sanfte Typ war, den sie in ihm gesehen hatte. Er war ein Mann mit strengen Prinzipien und feurigem Temperament.

Als sie ihn mit langen Schritten auf den Jeep zustürmen sah, rührte sich etwas in ihr. Irgendein Urinstinkt in ihr bewirkte, dass sie diesen entschlossenen Mann mit den strengen Prinzipien sogar noch attraktiver fand als den Gentleman.

Er riss die Fahrertür auf, stieg ein, und sie starrte ihm fasziniert nach. Sie beobachtete, wie er den Motor anließ, den Rückwärtsgang einschaltete und dann wegfuhr. Innerhalb weniger Minuten war er verschwunden.

Maggie fühlte sich wie ausgehöhlt. Es war lächerlich. Sie kannte diesen Mann doch kaum. Trotzdem spürte sie eine Hitze durch ihren Körper schießen, eine Sehnsucht, die sie bisher meist entschlossen unterdrückt hatte.

Doch sie war schon immer eine leidenschaftliche Frau gewesen. Mit Begeisterung für das Leben, für ihren Job, ihre Familie und Freunde. Es sollte sie nicht überraschen, dass sie nun so auf einen gefühlsbetonten Mann reagierte.

Maggie seufzte. Sie wünschte, dass die Dinge anders gelaufen wären. War dankbar, dass diese Beziehung sich nicht weiterentwickelt hatte, bevor sie auseinandergegangen war.

Sie sah sich um. Das Haus war ordentlich und sauber hinterlassen worden. Bis auf die Nachricht der *JDT Security Systems* auf ihrer Frühstückstheke und dem Zweitschlüssel gab es keine Anzeichen dafür, dass die Installateure hier gewesen waren.

Sie ging zum Tresen hinüber. Die Nachricht lautete: „Installation abgeschlossen. Trace kann Ihnen erklären, wie die Alarmanlage funktioniert."

Nur dass Trace nun nicht mehr da war.

Er würde einen Mitarbeiter vorbeischicken, hatte er gesagt. Sie war sich sicher, dass er das auch tun würde. Man konnte sich auf ihn verlassen. Aber sie hätte nicht erwartet, dass er so wütend werden würde. Sie hätte gern den Mann unter der ruhigen Oberfläche kennengelernt, das Feuer, das er so sorgfältig im Zaum hielt, die Anziehungskraft zwischen ihnen weiter erforscht.

Wenn alles anders verlaufen wäre …

Aber die Dinge hatten sich nun mal so entwickelt, es hatte nicht funktioniert, und nun war es vorbei.

Am Montagmorgen saß Trace in seinem Büro und las Zeitung. Bis auf seinen Ausflug am Samstag zur Küste hatte er ein mieses Wochenende gehabt. Hewitt Sommerset war tot. Parker Barrington hatte ihn mit großer Wahrscheinlichkeit umgebracht. Und Maggie O'Connell war nichts weiter als eine Lügnerin, wie alle anderen.

Er faltete die Zeitung zusammen und legte sie auf den Schreibtisch. Die Überschrift stach ihm ins Auge. „Vermisste Frau gefunden." Der Artikel berichtete über einen Teenager, der die Leiche einer Frau an einem der Strände hier im Ort gefunden hatte. Als der Artikel geschrieben worden war, hatte man sie noch nicht eindeutig identifiziert. Doch anhand der Kleidung und des Haars nahm die Polizei an, dass es sich um die junge Frau handelte, die kürzlich verschwunden war. Eine Autopsie sollte Aufklärung über die Todesursache geben.

Unwillkürlich fiel Traces Blick zur Tür in der Erwartung, dass Carly jeden Moment dort erschien, um seinen Schutz zu fordern. Für einen theatralischen Auftritt seiner Exfrau oder irgendeiner anderen Frau war er im Moment absolut nicht in der Stimmung.

Dann dachte er wieder an Maggie und daran, wie bitter enttäuscht er war. Sie hatte ihn angelogen, was diese Vergewaltigungsanschuldigung betraf und die Polizei und wahrscheinlich auch diesen Stalker.

Was noch schlimmer war: Er hatte die Beherrschung verloren.

Das passierte nicht oft. Genauso wie Ehrgefühl und Ehrlichkeit wurde die Selbstbeherrschung in seiner Familie immer sehr hochgehalten. Sein Vater hatte nur ein einziges Mal die Beherrschung verloren. Das war, als Trace ihm vorgelogen hatte, sich nicht hinausgeschlichen zu haben, um sich mit seinem Freund Willie Johnson zu treffen. Willie hatte aus dem medizinischen Vorrat seiner Mutter einen halben Liter Whiskey gestohlen, den sie trinken wollten. Trace war zehn Jahre alt gewesen, und sein Vater hatte einen Holzstock benutzt, um ihm klarzumachen, wie falsch das gewesen war.

Später war sein Vater zu ihm gekommen und hatte sich entschuldigt, als wäre er derjenige gewesen, der etwas ausgefressen hatte.

„Ich habe die Beherrschung verloren, mein Sohn. Das darf einem Mann nicht passieren. Niemals."

Und Trace sorgte später dafür, dass ihm so etwas nie passierte. Denn er wollte der Mann werden, den sein Vater in ihm zu sehen glaubte.

Nun, fast nie.

In der Armee hatte er den Spitznamen „Ghost" gehabt. Nicht nur weil er das Talent besaß, unbemerkt zu erscheinen und wieder zu verschwinden, was immer sehr nützlich gewesen war. Sondern auch aufgrund seiner Selbstbeherrschung. Er verlor nie die Ruhe, egal was passierte. Ruhig und beherrscht, unsichtbar agierend. Still wie ein Geist.

Aber Maggie O'Connell hatte seinen Schutzschild durchbrochen. Er hatte angefangen, ihr zu vertrauen, und alle Vorsicht fallen lassen.

„Sie ist eine von diesen Frauen", hatte Mark Sayers gesagt. Von der Sorte, die ständig Aufmerksamkeit fordert, die alles dafür tut, um sie zu bekommen. Aber so hatte sie nicht auf ihn gewirkt. Was nur wieder zeigte, wie schlecht Trace Frauen einschätzen konnte.

Was noch schlimmer war, ein Teil von ihm machte sich Sorgen, dass Sayers sich vielleicht geirrt haben könnte. Vielleicht gab es diesen Stalker tatsächlich. Vielleicht hatte Maggie zumindest in dieser Beziehung die Wahrheit gesagt.

Trace lehnte sich zurück. Er wollte nicht über diese Begegnung mit einer weiteren Frau denken, der er nicht vertrauen konnte. Seine Bürotür wurde geöffnet, und Annie kam herein. Sie wartete nie seine Aufforderung ab.

„Detective Sayers ist hier. Er möchte mit dir über die Informationen reden, die du ihm hast zukommen lassen."

Trace richtete sich gerade auf. „Schick ihn rein."

Mark kam ins Büro und schloss die Tür hinter sich. Wie immer war sein hellbraunes Haar etwas zerzaust und sein J.-C.-Penney-Anzug leicht zerknittert.

„Parker hat ein Alibi", sagte er ohne Einleitung. „Seine Frau behauptet, er wäre den ganzen Abend zu Hause gewesen."

„Blödsinn." Trace stand auf. „Sie deckt ihn. Emily hat sich schon immer von Parker einwickeln lassen."

„Wir haben immer noch die Anzeige wegen Veruntreuung. Der Bezirksstaatsanwalt ist dran. Er stellt eine Anklageschrift zusammen. Aber er will nichts unternehmen, bevor er nicht alles unter Dach und Fach hat."

„Ich spreche mit Jason, sage ihm, was los ist. Er soll mit seiner Schwester reden und sie zur Vernunft bringen, damit sie die Wahrheit sagt."

„Er weiß nichts von dem gestohlenen Geld?"

„Noch nicht", sagte Trace. „Aber er wird demnächst die Firma übernehmen. Er muss darüber informiert werden."

„Ist im Moment vielleicht keine gute Idee", entgegnete Mark. „Es heißt ja, dass der Junge ein ziemlicher Hitzkopf ist. Er könnte zu demselben Schluss kommen wie du und versuchen, selbst was zu unternehmen."

Trace dachte an den Sohn, der seinen starken Vater vergöttert hatte. „Da könntest du recht haben."

„Wir sind an dem Fall dran, Trace. Wenn Parker seinen Schwiegervater umgebracht hat, wird er dafür bestraft werden."

Trace nickte. „Die Beisetzung ist am Mittwoch. Wenn das vorbei ist, werden sich die Dinge etwas beruhigen. Ich werde selbst mit Emily reden, wenn ich ihr mein Beileid ausspreche. Ich werde ganz sicher nicht erwähnen, dass ihr nichtsnutziger Ehemann ein Vermögen von ihrem Vater gestohlen hat."

Mark lachte. „Klingt gut. Lass mich wissen, wie es gelaufen ist."

Trace begleitete seinen Freund aus dem Büro bis vor die Tür zu seinem unauffälligen braunen Chevy, der gut zu seinem billigen braunen Anzug passte.

„Was ist denn nun mit der Rothaarigen gewesen?", erkundigte sich Mark, während er die Wagentür öffnete.

„Keine Ahnung. Sie ist nicht mehr meine Klientin."

„Weise Entscheidung. Soweit ich weiß, hat sie die Polizei seitdem nicht mehr angerufen."

„Das ist wohl gut, denke ich." Allerdings hatte Maggie ja immer gezögert, die Polizei zu verständigen. Sie ging nicht davon aus, dass ihr dort jemand half, und da hatte sie wohl recht.

Trace gefiel das Gefühl gar nicht, das ihn bei diesem Gedanken befiel.

„Wie gesagt, halte mich auf dem Laufenden." Mark schlüpfte hinters Steuer und fuhr vom Parkplatz. Trace ging in sein Büro zurück. Sein junger Mitarbeiter Sol Greenway arbeitete an seinem Schreibtisch in dem durch Glas abgeteilten Büro neben Trace. Sein Kopf war hinter zwei 40-Zoll-Bildschirmen verschwunden. Trace war nicht schlecht im Recherchieren, aber der Junge war besser. Er fand alles heraus, auf legale oder illegale Weise. Trace bemühte sich allerdings, ihn zu Letzterem nicht zu ermutigen.

Meistens jedenfalls.

Die Tür stand offen. Trace trat ein, und Sol blickte zu ihm hoch. „Was gibt's, Chef?"

„Meinst du, du könntest dir Zugang zu einem alten Jugendstraffall verschaffen?"

Sol grinste. Er strich sich das glatte dunkle Haar aus dem Gesicht. „Aber sicher. Gib mir nur den Namen."

„Margaret O'Connell. Ich kann dir ihre Adresse und Telefonnummer geben und was auch immer du benötigst."

„Sollte nicht lange dauern." Sol knackte mit den Fingerknöcheln, eine Angewohnheit, die Trace ziemlich nervte. Dann flogen seine Hände wieder über die Tastatur.

Leise vor sich hin fluchend, weil er seiner Sorge um Maggie nachgegeben hatte, drehte sich Trace wieder um und verließ das Büro.

8. KAPITEL

Die Tage vergingen. Wie versprochen war innerhalb der nächsten Stunde, nachdem Trace sie von ihrem Ausflug an die Küste nach Hause gebracht hatte, ein Mann von *JDT Security Systems* an ihrer Tür erschienen. Mr Wilcox hatte ihr genau erklärt, wie sie die Alarmanlage aktivierte, und alles auf seine Funktionsfähigkeit überprüft.

„Die Anlage läuft kabellos", sagte er. „Eigentlich die Grundausstattung, aber mehr braucht man normalerweise auch nicht. Wenn der Alarm losgeht und Sie nicht den richtigen Code eingeben, um ihn auszustellen, wird automatisch die Sicherheitsfirma angerufen. Von dort geht eine Meldung an die Polizei. Sie sollten also sicher sein, solange Sie nicht vergessen, die Anlage einzuschalten."

„Vielen Dank, Mr Wilcox."

„Kein Problem."

Bislang war keins aufgetreten.

Sie musste zugeben, dass sie sich mit dieser Alarmanlage und den neuen Schlössern wirklich sicherer fühlte. Da es nun nach fast einer Woche keine Nachrichten oder anonyme Anrufe mehr gegeben hatte, glaubte sie fast, die Hilfe von Mister Alphamann Rawlins gar nicht mehr zu brauchen.

Es klingelte an der Tür. Freitagabend, endlich Wochenende, und Maggie hatte Pläne für heute Abend. Sie blickte durch den Türspion, lächelte und öffnete.

Roxanne kam in engen roten Lederhosen und einer roten Seidenbluse mit tiefem Ausschnitt hereingeschwebt. „Bist du fertig, Zuckerschnecke?" Mit ihrem schwarzen hochgesteckten Haar, von dem sich ein paar Strähnen über ihren Ohren kringelten, sah die dreißigjährige Roxanne umwerfend aus.

Maggie lächelte. „Ja, ich bin fertig." Sie trug einen kurzen schwarzen Rock, ein goldfarbenes Neckholdertop, dazu Goldschmuck und schwarze High Heels. „Ein bisschen Spaß ist jetzt wirklich schon überfällig."

Sie gingen ins *Galaxy*, einen exklusiven Nachtclub, den hauptsächlich Leute zwischen Ende zwanzig bis Anfang vierzig besuchten. Tanzen war Maggies Leidenschaft. Zu allem, ob modern, klassisch, Country oder Hip-Hop. Egal wann oder wo, es machte ihr immer Spaß. Besonders gut war sie in Swing und klassischen Tänzen, da ihr Vater sie zur Tanzschule geschickt hatte, um Paartanz zu erlernen.

Paartanz. Bei dem altmodischen Wort musste sie lächeln. Da sie keine Mutter gehabt hatte, die ihr „gewisse Dinge beibringen" konnte, hatte ihr Vater sie zu ihrem zwölften Geburtstag dort angemeldet und darauf bestanden, dass sie einmal die Woche dort hinging.

Inzwischen war sie froh, dass sie das getan hatte.

„Nimm deine Tasche, Mädchen. *Let's rock and roll!*" Roxanne war immer bereit zu feiern. Sie trank gern Martinis und unterhielt sich eigentlich lieber als zu tanzen, doch sie amüsierten sich so oder so. Da Roxanne für zwei Wochen nach New York flog, um Freunde zu besuchen, war das auch eine Art Abschiedsfeier.

„Der Wagen steht vor der Tür", sagte Rox. „Alonzo fährt heute Abend, wir brauchen uns also keine Gedanken zu machen, falls wir einen kleinen Schwips haben sollten."

Durch das von ihrem Vater geerbte riesige Vermögen aus dem Ölgeschäft besaß Roxanne mehr Geld, als sie ausgeben konnte. Sie hatten zur gleichen Zeit an der University of Houston angefangen zu studieren, obwohl Roxanne zwei Jahre älter war als Maggie. Vor dem Studium war Rox zwei Jahre durch Europa gereist.

Sie hatten sich im Kunstgeschichtsseminar kennengelernt, ein Metier, das Rox in- und auswendig kannte. Auf ihren Reisen hatte sie viele der alten Meisterwerke im Original gesehen und eine Liebe für die Kunst entwickelt. Sie waren schnell Freundinnen geworden und waren es immer noch, obwohl sie abgesehen von ihrem Interesse an der Kunst kaum etwas gemeinsam hatten.

Roxannes weißer Mercedes S550 parkte vor dem Haus. Der

gut aussehende Alonzo, der ab und zu als Fahrer für sie arbeitete, saß hinter dem Steuer. Sie stieg mit Maggie hinten ein, dann ging es zum *Galaxy*, das sich in der Nähe der Galleria befand.

Der Weg dorthin dauerte nicht lange. Vor der Disco öffnete Alonzo ihnen die Wagentür, um sie aussteigen zu lassen. Als sie sich der Eingangstür näherten, erkannte sie der Türsteher sofort und winkte sie in die vordere Reihe der Warteschlange.

„Vielen Dank, Süßer", sagte Roxanne mit theatralischem Südstaatenakzent zu dem schwarzen Rausschmeißer.

Der grinste nur. „Ich hoffe, ihr beide seid schön brav. Nicht dass ihr alle Jungs verzaubert, bis die sich um euch prügeln."

Maggie lachte über das Kompliment. „Wir werden uns ordentlich betragen."

Sie betraten den Saal mit dem Stahlfußboden und waren sofort von dem heißen Rhythmus der Musik gefangen. Die Disco war schick und hochmodern, eine Menge gebürsteter Chromstahl und dunkles Holz beherrschten die Einrichtung. Hinter der Bar und entlang der Wände strahlte malvenfarbenes und blaues Licht, an der Decke blinkten winzige weiße Strahler wie Sterne. Die Tanzfläche war riesig, und der DJ legte gute Musik auf. Meist spielte er eine Mischung aus den Top-Forty-Hits und Latin, dazu ein bisschen Disco und ab und zu einen Countrysong.

Maggie kannte als Stammgast bereits eine Menge der Leute hier, von denen die meisten etwa in ihrem Alter waren. Als sie sich mit Roxanne auf die hohen mit dunkelblauem Leder bezogenen Barhocker an den schwarzen Granittresen setzte, erkannte sie sofort ein Gesicht, das sie schon Monate nicht gesehen hatte.

Roxy lehnte sich zu ihr herüber. „Ist das nicht deine alte Flamme David da drüben?", rief sie ihr ins Ohr, um die Musik zu übertönen.

Da sie ihn bereits entdeckt hatte, blickte Maggie nur starr geradeaus. „Ja, ist er."

„Ich dachte, er hätte eine Freundin."

„Das dachte ich auch." Aber heute Abend war er ganz offensichtlich allein da. Ihre Trennung vor zwei Jahren war nicht so angenehm gewesen, und Maggie zog sich der Magen zusammen.

Ein attraktiver Barkeeper kam zu ihnen herüber. „Was kann ich den Ladys denn anbieten?"

„Einen Grey Goose Martini für mich bitte, Enrique." Roxanne hatte ein beeindruckendes Namensgedächtnis, wenn es um gut aussehende Männer ging. „Stark und sehr, sehr trocken."

„Ich möchte einen Cosmo", sagte Maggie. Einer oder zwei waren allerdings ihr Limit. Normalerweise trank sie gern Weißwein, doch ab und zu genoss sie einen starken, fruchtigen Cocktail.

Roxanne beugte sich wieder zu ihr herüber. „Sieh nicht hin, aber ich glaube, er kommt gerade auf dich zu."

Maggie stöhnte innerlich. Sie bemühte sich, nicht in Davids Richtung zu blicken, aber sie musste trotzdem hinsehen. Dann stand er schon vor ihr, ein großer schlanker, gepflegter Mann mit blondem Haar und hellblauen Augen.

„Schön, dich mal wiederzusehen, Maggie."

Sie lächelte und versuchte die aufsteigenden Schuldgefühle zu unterdrücken, die sie aufgrund der unschönen Trennung noch hatte. „Du siehst gut aus, David."

„Danke. Und du – schön wie immer." Sehr formell, immer höflich, das war David.

„Kennst du Roxanne noch?"

„Natürlich. Hallo, Roxanne."

Roxanne nahm einen Schluck von ihrem langstieligen Glas. „Ich bin überrascht, dich hier zu sehen, David. Du warst doch nie so fürs Tanzengehen."

David arbeitete für *Holder, Holder & Meeks* als Rechtsanwalt für Unternehmensrecht. Er schien am glücklichsten zu sein, wenn er am Schreibtisch saß und Schriftsätze bearbeitete oder für einen Fall recherchierte. Mit einem anderen Paar zum Dinner auszugehen war für David schon eine große Unternehmung. Was für Maggie ein Problem gewesen war, da sie durch ihren Job an vielen Vernissagen überall im Land teilnehmen musste. Leute zu treffen gehörte zu ihrem Business. Außerdem genoss sie diese geselligen Zusammenkünfte.

„Möchtest du tanzen?“, fragte David.

Der DJ spielte gerade einen langsamen Song. Sie wollte ihn nicht zu etwas ermutigen, aber andererseits auch nicht unhöflich sein. „Okay.“ Maggie glitt vom Barhocker und ließ sich von ihm durch die Menge von Leuten auf die Tanzfläche führen. Als er seine Arme um sie legte, fühlte es sich so vertraut an wie in den Monaten, die sie zusammengewohnt hatten.

Doch Maggie hatte feststellen müssen, dass eine bequeme Beziehung ihr nicht ausreichte. Sie wollte mehr, sehnte sich nach Leidenschaft, nach einer andauernden, heißen Liebe, wie sie in romantischen Romanen beschrieben wurde.

Vielleicht würde sie so etwas niemals finden. Aber sie war entschlossen, danach zu suchen.

„Maggie, ich habe dich vermisst.“

Sie sah ihn an und versuchte zu lächeln. „Ich dachte, du wärst mit jemandem zusammen.“

„War ich, aber es hat nicht funktioniert.“

„Das tut mir leid.“

„Ich dachte ... Ich habe mich mal umgehört. Du hast doch keinen Freund, oder?“

Sie wusste nicht, warum sie plötzlich Trace Rawlins vor sich sah. Dieser Mann konnte sie ja nicht einmal leiden. „Im Moment nicht.“

„Ich dachte ... Vielleicht könnten wir mal ausgehen. Wir sind ja beide jetzt älter und weiser. Vielleicht wäre es diesmal mit uns anders.“

Maggie unterdrückte einen Seufzer. „Nichts ist anders, David. Ich mag dich immer noch als Freund – aber mehr ist da nicht. Es hat keinen Sinn, das alles noch einmal durchzumachen.“ Mit „das alles“ war die Trennung gemeint, die David so schwer getroffen hatte. Und dieses fürchterliche Schuldgefühl, das sie noch immer befiel, weil sie ihn in dem Glauben an eine gemeinsame Zukunft gelassen hatte. Dabei war ihr im tiefsten Innern gleich klar gewesen, dass es nie funktionieren würde.

Der Song ging zu Ende, und er begleitete sie zu ihrem Platz an der Bar zurück. „Danke für den Tanz."

Sie brachte ein Lächeln zustande. „Es war schön, dich wiederzusehen, David."

Er lehnte sich zu ihr vor und gab ihr einen Kuss auf die Wange. „Gib auf dich acht, Maggie." Dann wandte er sich um und verschwand in der Menge.

Maggie hatte die Luft angehalten und atmete jetzt tief aus.

„Wie ist es gelaufen?", wollte Roxanne mit hochgezogenen Augenbrauen wissen.

„Rate mal."

Roxy hob ihr halb volles Martiniglas. „Also haben sich David und seine Freundin getrennt und jetzt hechelt er dir wieder hinterher."

„Ja, sie haben sich getrennt. Und ich hoffe, er hechelt mir nicht hinterher, das eben war eine einmalige Sache."

„Ich glaube, der Mann hat eine masochistische Ader. Du hast ihm doch ein Dutzend Mal erklärt, dass es mit euch nicht funktioniert."

„Ich weiß. Aber obwohl er in seinen Job eingespannt ist, fühlt er sich wohl sehr einsam. Er ist wirklich ein netter Typ und hat es verdient, eine Frau zu finden, die ihn liebt."

„Du hast es versucht, Süße. Mehr kannst du nicht tun."

„Wahrscheinlich." Doch sie hätte ihrem Instinkt folgen und von Anfang an bedenken müssen, dass sie ihm wehtun würde. Er war in Ordnung, aber sie wollte ihn nicht.

Ein anderer Mann näherte sich ihr.

„Das ist ein großartiges Lied. Möchtest du tanzen?" Er hieß Doug Winston, wie Maggie sich erinnerte. Anfang vierzig, attraktiv, wenn auch etwas zu geschniegelt und ein bisschen Fettansatz um die Taille. Aber er tanzte sehr gut. Und das war der Hauptgrund, weshalb sie ins *Galaxy* ging.

„Gern."

Roxy hob ihr Glas und prostete ihr zu, als Maggie ein weiteres Mal zur Tanzfläche aufbrach. Diesmal konnte sie sich ganz auf den heißen Rhythmus der Musik einlassen, sich entspannen und Spaß haben.

Sie hatte einen ausgelassenen Abend verdient.

Sie würde an nichts anderes denken, schwor sie sich und warf ihrem Tanzpartner ein Lächeln zu, während sie sich nach der Musik über den Tanzboden bewegte.

Es war kurz nach Mitternacht, als Trace in die Zweiergarage hinter seinem Haus fuhr. Er war mit Ben Slocum und seiner derzeitigen Freundin Rita DeStefani ins Kino und anschließend essen gegangen. Ritas Cousine Haley war gerade in der Stadt, eine hübsche Blondine, die Trace schon einmal kennengelernt hatte. Das Problem war nur, dass Haley gern redete, und zwar meist über sich selbst. Er war mitgegangen, um Ben einen Gefallen zu tun … und der schuldete ihm jetzt aber was!

Trace rieb sich den schmerzenden Nacken, während er die Stufen der hinteren Terrasse hochstieg. Er öffnete die Fliegengittertür, betrat den Vorraum und schloss die Hintertür auf. In der Küche schaltete er das Licht ein und gab den Code zum Ausschalten der Alarmanlage ein. Rowdy kam schwanzwedelnd angelaufen, und Trace bückte sich, um ihn hinter den Ohren zu kraulen.

„Das war ein langer Tag, Kumpel", begrüßte er den Hund. Und er war froh, endlich zu Hause zu sein.

Rowdy winselte, als würde er ihn vollkommen verstehen.

Trace fluchte leise, als sein iPhone klingelte. Um diese Zeit konnte es nichts Gutes bedeuten. Seufzend zog er das Mobiltelefon aus seiner Hosentasche und hielt es sich ans Ohr. „Rawlins."

„Trace …? Trace, hier ist Maggie. Bitte … bitte legen Sie nicht auf."

Er umklammerte das glänzende Plastikgehäuse. „Ich werde nicht auflegen. Sagen Sie mir, was passiert ist."

„Ich bin heute Abend tanzen gewesen, und als ich … als ich nach Hause kam, war eine Nachricht auf dem Anrufbeantworter.

Es ist nichts Schlimmes passiert, nicht seit dem letzten Vorfall. Deshalb habe ich gar nicht mehr daran gedacht. Aber diesmal hat er ... diesmal hat er nicht einfach aufgelegt. Als ich die Nachricht hörte ... oh mein Gott, dieser Typ macht mir echt Angst."

„Überprüfen Sie, ob alle Türen und Fenster verschlossen sind. Ich bin in zehn Minuten da." Trace dachte nicht eine Sekunde daran, nicht zu ihr zu fahren. Er hatte von Anfang an so ein Gefühl gehabt. Anfang der Woche hatte Sol ein bisschen in Maggies versiegelter Jugendstrafakte geschnüffelt. Es hatte ihn tief gerührt, als er den Bericht über ihre Aussage bei der Polizei gelesen hatte.

Ich liebe meinen Dad ... Ich wollte ihn nicht enttäuschen. (Aussagende beginnt zu weinen.) Als er mich erwischt hat, wie ich ins Haus geschlichen kam, fragte er mich, was passiert wäre, und ich ... ich konnte einfach nicht ... konnte ihm nicht die Wahrheit sagen. Josh und ich ... wir wollten eigentlich gar nicht ... wir sind einfach ... irgendwie ist es dann passiert. Ich habe angefangen zu weinen, und Dad hat mich gefragt, ob Josh mich gezwungen hätte, mit ihm ... mit ihm Sex zu haben. Ich habe ihn nur angesehen und konnte einfach nicht die Wahrheit sagen, deshalb habe ich genickt. Ich dachte, ich könnte das alles ... am nächsten Morgen irgendwie erklären. (Aussagende weint.) Dann habe ich erfahren, dass Dad zur Polizei gegangen ist, und ich ... ich hatte fürchterliche Angst um Josh. Aber ich wusste nicht, wie ich das wieder zurücknehmen könnte, was ich ... was ich schon getan hatte.

Beim Lesen des Berichts hatte Trace ein flaues Gefühl im Magen. Sie war zu der Zeit ja noch ein Teenager, sagte er sich. Ein junges Mädchen von sechzehn, immer noch unschuldig, das mit ihrer Situation klarzukommen versuchte. Wenn ihr Vater nicht zur Polizei gegangen wäre – was Maggie offensichtlich nicht geahnt hatte –, wäre der Junge nie festgenommen worden.

Maggie war entsetzt und voller Schuldgefühle gewesen. So schlimm das auch für Josh gewesen war, sie hatte ebenso ein Trauma durchlitten.

Trace fuhr mit dem Jeep auf den Parkplatz vor ihrem Haus und schaltete den Motor aus. Noch während er zum Eingang hochlief, öffnete sie die Tür und wartete auf ihn. Sie war blass, und ihr Atem ging heftig. Trace kam die Terrassenstufen hoch und zog sie in seine Arme.

„Geht es Ihnen gut?“, fragte er leise.

Maggie klammerte sich an ihn. Sie zitterte vor Angst. Das war keine Schauspielerei.

Sie nickte nur, hielt sich noch einen Moment an ihm fest, atmete tief durch und wandte sich dann ab. „Ja, mir geht es gut. Vielen Dank, dass Sie gekommen sind. Ich weiß, was Sie von mir halten, und …“

„Ich hatte unrecht und hätte Ihnen besser zuhören sollen.“

Sie schluckte und machte den Eindruck, als sehnte sie sich erneut nach einer Umarmung. Aber dann drehte sie sich um. „Kommen Sie mit, ich spiele Ihnen die Nachricht vor.“

Trace schloss die Tür hinter sich und legte seinen Hut auf der Garderobe ab. Zum ersten Mal sah er sie richtig. Mit schwarzem Minirock, goldfarbenem Seidentop, das Schultern und Rücken freiließ. Ihr schönes rotes Haar hatte sie an den Seiten festgesteckt, aber die rostfarbenen Locken kringelten sich über ihren Schultern.

Er war sofort wieder scharf auf sie. Den heutigen Abend hatte er mit einer attraktiven Blondine verbracht. Wahrscheinlich wäre sie nicht abgeneigt gewesen, mit ihm ins Bett zu gehen. Aber er hatte nicht den geringsten Drang dazu verspürt. Jetzt brauchte er nur einen Blick auf Maggie zu werfen und bekam schon einen Ständer.

Er atmete langsam aus. „Hören wir uns die Nachricht an.“

Trace folgte ihr in die Küche und versuchte dabei nicht auf ihren Po zu sehen.

Er sah das Festnetztelefon und die kleine schwarze Box daneben.

„Es ist ein bisschen altmodisch, aber wenn das rote Licht blinkt, kann ich sofort sehen, ob jemand angerufen hat.“

Er wartete, bis sie die Taste gedrückt hatte und die Nachricht abgespielt wurde. Zuerst hörte man ein kratzendes Geräusch, das er nicht einordnen konnte. Dann begann ein Song. „*I … saw … you … I knew you would be my one true love. I … saw you … a vision so pure and sweet, my only true love …*"

Es klang wie eine alte Schallplatte, ein bisschen zerkratzt und leiernd. Aber er kannte das Lied, hatte es schon ein Dutzend Mal gehört. Trotzdem fiel ihm nicht ein, wie es hieß.

Die elektronisch verzerrte Stimme, die folgte, jagte Trace eine Gänsehaut über den Rücken. „Mag-gie … Meine teure Mag-gie. Eines Tages wirst du mich erhören. Du wirst zu mir kommen, meine Mag-gie. Bald."

Trace drückte die Stopptaste und sah Maggie an. Die Farbe war vollständig aus ihrem Gesicht gewichen, sodass die Sommersprossen auf ihrer Nase noch deutlicher hervortraten.

„Ich weiß, dass sie manipuliert wurde, aber können Sie die Stimme irgendwie erkennen?"

Sie schüttelte den Kopf.

„Was ist mit dem Lied? Kennen Sie das?"

„Ich habe es schon mal gehört. Das muss Jahre her sein. Ich weiß aber nicht mehr, woher ich es kenne."

„Mir kommt es auch irgendwie bekannt vor. Es sollte aber nicht schwierig sein, den Titel herauszubekommen. Die Frage ist, ob es Ihnen irgendetwas bedeutet."

Sie atmete zitternd aus. „Gar nichts."

Trace drückte die Taste erneut und notierte sich die Anrufzeit. 23:00 Uhr. Dann spielte er die Nachricht erneut ab. Er hätte sie sich noch ein drittes Mal angehört, wenn Maggie nicht jedes Mal ein bisschen blasser geworden wäre.

„Sie haben sich zurechtgemacht." Er musterte ihre sexy Kleidung. „Ein heißes Date?" Trace versuchte seinen Tonfall neutral zu halten. Er hatte nichts mit Maggie O'Connell zu tun, und es ging ihn nichts an, was sie tat oder nicht tat. Trotzdem gefiel ihm der Gedanke nicht, dass sie einen Freund haben könnte.

„Roxy und ich sind tanzen gegangen. Ins *Galaxy*. Ich tanze

unheimlich gern. Das machen wir nicht sehr oft. Aber wenn wir losziehen, dann gehen wir normalerweise dorthin."

Er kannte die Disco, ein Laden gehobener Preisklasse, hauptsächlich für Leute um die dreißig. „Ist irgendwas Ungewöhnliches passiert? Hat irgendeiner von Ihren Tanzpartnern was Merkwürdiges gesagt oder getan?"

Sie zögerte einen Augenblick zu lange.

„Maggie, machen Sie den Fehler nicht noch einmal. Ich kann Ihnen nicht helfen, wenn Sie mir nicht vertrauen. Sie müssen die Wahrheit sagen."

Sie atmete einmal tief durch. „David Lyons war da. Der Mann, mit dem ich mal zusammengewohnt habe. Wir tanzten zusammen, aber nur ein Mal, und er hat nichts Ungewöhnliches getan oder gesagt. Er war sehr höflich."

„Warum wollten Sie mir das nicht sagen?"

Sie blickte auf ihre Füße hinunter, und Trace folgte ihrem Blick. Verdammt, sie hatte wirklich hübsche Beine und so zarte Fesseln. Er musste sich zusammenreißen und wieder in ihr Gesicht sehen.

„Von David kommt der Anruf nicht", sagte sie. „Dafür ist er einfach nicht der Typ. Er würde so was nicht tun, und ich wollte nicht, dass er irgendwelchen Ärger bekommt."

„Lieben Sie ihn noch?"

Sie schüttelte den Kopf. „Ich war nie in ihn verliebt. Das war das Problem. Ich habe ihm wehgetan. Das wollte ich nicht, aber es ist passiert. Ich will ihn nicht noch mal verletzen."

„Sie haben Josh Varner wehgetan – jetzt wollen Sie vermeiden, dass David Lyons Ärger bekommt. Ist es das?"

Sie schluckte. „Wahrscheinlich – zum Teil. Aber ich weiß einfach, dass David wirklich … traurig war, als unsere Beziehung in die Brüche ging. Er ist ein netter Typ und hat es nicht verdient, durch mich noch mehr Probleme zu bekommen."

„Ich werde versuchen darauf zu achten", sagte Trace trocken. Aber jetzt, wo er den Fall wiederaufgenommen hatte, was offensichtlich geschehen war, würde er es gründlich machen. David

Lyons war auf seiner Verdächtigenliste. Maggie zuliebe würde er den Mann nicht an die Spitze der Liste setzen, aber er würde ihn auch nicht streichen. Nicht bevor er den Stalker ausfindig gemacht hatte.

„Noch irgendetwas?"

Während sie darüber nachdachte, biss sie sich auf die Unterlippe. Ihr Mund war voll und sinnlich, und er spürte bei dem Anblick ein Ziehen im Bauch. Er hätte diesen Mund gern geküsst und diese vollen Lippen gekostet. Er hätte gern noch viel mehr als das getan.

Verdammt, das war gar nicht gut.

„Mir fällt nichts weiter ein", sagte sie. „Zumindest im Moment nicht."

„Es gibt jetzt einiges, was wir tun könnten. Sie haben die Anrufe, die Nachrichten und den Einbruch ja schon bei der Polizei gemeldet. Bisher waren die keine große Hilfe. Da wäre dann noch die Telefongesellschaft. Gleich Montagmorgen sollten Sie eine Rufnummernerkennung beantragen. Vielleicht haben wir Glück und können den nächsten Anruf zurückverfolgen, wenn es einen weiteren gibt. Falls die Rufnummernübertragung des Anrufers ausgeschaltet ist, was anzunehmen wäre, dann wissen Sie bei einer unterdrückten Nummer zumindest, dass er es ist, und gehen nicht ran."

„Okay."

„Die Telefongesellschaft könnte außerdem eine MCID einrichten, das ist so was wie eine Fangschaltung. Damit können die herausfinden, woher diese Anrufe kommen. Allerdings geht das nur, wenn Sie dann gerade zu Hause sind und die Zeit und das Datum notieren. Wenn die Telefongesellschaft die Nummer des Anrufers ermittelt hat, gibt sie die weiter an die Polizei, die dann ermittelt."

„Und wenn die Polizei das nicht macht?"

„Ich habe einen Freund im Revier, das sollte kein Problem sein. Das Dumme ist, wenn der Typ schon so vorsichtig ist und keine Fingerabdrücke hinterlässt, wird er wahrscheinlich mit einem Wegwerfhandy telefonieren. Selbst wenn wir die Nummer herausfinden, führt uns das nicht weiter." Es gab noch ein paar Alternativen, aber die Fangschaltung schien zunächst die beste Variante.

Maggie sah ihn an. „Wir sollten es wohl versuchen, oder?"

„Auf jeden Fall. Ich arbeite sehr oft mit der Telefongesellschaft zusammen. Ich rede mit denen und werde alles in die Wege leiten."

Trace sah auf die Uhr. Es war fast zwei. „Warum versuchen Sie nicht ein bisschen zu schlafen? Wir können dann vormittags noch einmal reden."

„Ich werde es versuchen." Sie schenkte ihm ein schwaches Lächeln. „Ich fühle mich jetzt besser, nachdem ich mit Ihnen gesprochen habe."

Das ging ihm genauso, wie er feststellen musste. Die ganze Zeit, nachdem er sie am Wochenende allein gelassen hatte, hatte er sich Gedanken gemacht. Ihm war immer durch den Kopf gegangen, dass sie sich noch in Gefahr befinden könnte. Aber jetzt war er da und würde für ihre Sicherheit sorgen.

Er unterdrückte ein Stöhnen. Dass er sich solche Sorgen um sie machte, passte ihm überhaupt nicht.

„Schließen Sie ab und stellen Sie die Alarmanlage wieder ein. Wenn Sie ausgeschlafen sind, rufen Sie mich an."

Maggie brachte ihn zur Tür. Sie blieb kurz stehen und sah ihn an. „Vielen Dank, dass Sie gekommen sind."

Er strich ihr leicht über die Wange. „Ich werde nicht zulassen, dass man Ihnen was antut, Maggie."

Sie brachte ein Lächeln zustande, als er seine Hand wieder zurückzog. Er hätte sie am liebsten erneut in die Arme genommen und an sich gedrückt. Er wollte sie küssen, ihr die Sachen ausziehen und sie lieben.

Das ist das Letzte, was du jetzt brauchst, sagte er sich, drehte sich um und ging.

9. KAPITEL

Maggie schaltete die Alarmanlage ein und ging die Treppe hoch. Sie versuchte, nicht an Trace zu denken, aber es gelang ihr nicht. Es war albern, wie sehr sie sich zu ihm hingezogen fühlte. Jedes Mal, wenn sie ihn sah, wurde es schlimmer. An seinem Blick konnte sie erkennen, dass es ihm genauso ging. Das Problem war allerdings: Trace traute ihr nicht richtig über den Weg, auch wenn er versprochen hatte, ihr zu helfen.

Was nicht gerade eine gute Voraussetzung für irgendeine Art von Beziehung darstellte.

Es geht nur um Sex, sagte sie sich. *Reine Chemie.* Diese Pheromone stellten schon merkwürdige Dinge mit Leuten an.

Maggie ging ins Schlafzimmer und schaltete das Licht ein. Sie zog sich aus und streifte ein übergroßes pinkfarbenes T-Shirt über, das man ihr bei einer Spendenaktion für den Kampf gegen Brustkrebs überreicht hatte. Sie legte sich ins Bett, konnte aber nicht einschlafen.

Während sie an die Decke starrte, dachte sie an die Nachrichten des Stalkers und die gruselige Stimme auf dem Anrufbeantworter.

Wer war das?

Jemand, dem sie auf einer ihrer Ausstellungen begegnet war? Der ein Foto von ihr gekauft hatte? Vielleicht handelte es sich auch um jemanden, den ihr Freunde einmal vorgestellt hatten. Seine Nachrichten deuteten an, dass sie ihn irgendwie kannte. Sie dachte an die vergangenen Monate zurück, wo sie gewesen war, welche Ausstellungen sie gehabt und wer Bilder gekauft hatte.

Ihr fiel nichts Außergewöhnliches ein. Ein paar Männer hatten an ihr persönlich Interesse gezeigt und sie war ein paarmal eingeladen worden. Aber keiner von ihnen war zudringlich geworden, nachdem sie abgelehnt hatte.

Als die Sonne langsam am Horizont auftauchte, war sie völlig erledigt und so müde, dass sie schließlich in einen unruhigen Schlaf fiel.

Es war nach neun, als sie von einem Klopfen an ihrer Tür geweckt wurde. Maggie schnappte sich den Morgenmantel vom Fußende des Betts und stieg schnell die Treppe hinunter.

Sie fragte sich, ob Trace wieder zurückgekommen war, bevor sie durch den Spion blickte. Dabei überkam sie ein unerwünschtes Gefühl von Hoffnung. Doch es war nicht Trace. Eine junge Frau mit einem Baby im Arm stand vor ihrer Tür.

Sie erschrak. Oh mein Gott! Maggie versuchte immer noch den Schock zu verarbeiten, während sie die Tür aufschloss.

„Hallo, Maggie. Lange nicht gesehen." Blond und schlank überragte ihre Halbschwester sie um mindestens zehn Zentimeter. Mit ihren hohen Wangenknochen, den feinen Gesichtszügen und großen blauen Augen mit dichten Wimpern war Ashley eine unglaublich schöne Frau geworden.

Schließlich fand Maggie ihre Stimme wieder. „Komm doch rein."

Ashley trat in die Diele. Das letzte Mal, als Maggie sie gesehen hatte, war sie ein aufsässiger, frecher Teenager gewesen. Maggie versuchte auszurechnen, wie lange das her war.

„Es ist sechs Jahre her, falls du am Nachrechnen bist."

Sie standen beide im Flur und fühlten sich unbehaglich. Maggie versuchte immer noch zu begreifen, dass ihre Schwester, die sie kaum kannte, jetzt hier in ihrem Haus stand. „Das könnte hinkommen. Damit wärst du …"

„Ich bin gerade einundzwanzig geworden."

Maggie lächelte gequält. „Und du hast ein Baby."

„Das stimmt." Das höchstens ein paar Monate alte Kind, eingewickelt in eine weiche blaue Decke, begann zu quengeln. Ashley wiegte es beruhigend hin und her.

„Lass uns ins Wohnzimmer gehen, damit du dich hinsetzen kannst." Maggie ging voran und spürte dabei kaum ihre Beine. Sie stand immer noch unter Schock und versuchte die Tatsache zu verarbeiten, dass Ashley ein Baby hatte. Und wahrscheinlich keinen Mann. Was ja heutzutage auch nichts Ungewöhnliches war.

Die junge Frau setzte sich auf das beigefarbene Polstersofa und bettete das Kind auf ihrem Schoß. Glücklicherweise hatte Maggie inzwischen fast alles ausgepackt. Zumindest waren die vielen Kartons mittlerweile aus dem Wohnzimmer verschwunden.

„Ich nehme an, du bist ziemlich überrascht, mich zu sehen", sagte Ashley.

Sie verzog die Lippen. „Das könnte man so sagen." Sie hatten nie ein enges Verhältnis zueinander gehabt. Tatsächlich hatten sie sich die wenigen Male, die Maggie ihre Mutter in Florida besucht hatte, nicht besonders gut verstanden. Mit fünfzehn war Ashley ziemlich ausgeflippt gewesen, hatte getrunken und Drogen genommen. Maggie, die bereits älter war und für ihren Lebensunterhalt gearbeitet hatte, hatte das abgelehnt.

„Also … was bringt dich hierher nach Houston?"

Ashley blickte zur Seite, und zum ersten Mal fiel Maggie auf, wie nervös ihre Schwester war.

Sie strich dem Kind über das feine dunkle Haar und hielt den Blick weiter auf dessen Kopf gerichtet. „Mom hat Dad vor einem halben Jahr rausgeworfen. Sein Geschäft ging pleite, und du weißt ja, wie sehr Mom Probleme hasst."

Das wusste Maggie allerdings. Etwas Ähnliches war mit ihrem Vater passiert. Tom O'Connells kleine Spedition hatte in finanziellen Schwierigkeiten gesteckt. Das Geld wurde knapp, und ihre Mutter kam damit nicht klar. Also hatte Celeste das Weite gesucht, ihn Hals über Kopf verlassen und war nach Florida zurückgekehrt. Kaum war die Scheidung rechtskräftig geworden, heiratete sie den ersten Mann, der ihr einen Antrag gemacht hatte. Nur um sich bald wieder scheiden zu lassen. In einer dritten Ehe im darauffolgenden Jahr war Ashley geboren worden. Diese Ehe hatte offensichtlich bis vor ein paar Monaten gehalten.

„Ich war im sechsten Monat, als sie sich von ihm getrennt hat. Dad hatte seine eigenen Probleme. Ich wusste nicht, wo ich sonst hingehen sollte, also bin ich nach seinem Auszug bei

Mom geblieben. Wir haben uns die ganze Zeit gestritten. Nachdem das Kind geboren war, ist es schlimmer geworden. Letzte Woche habe ich meine Sachen gepackt und bin ausgezogen. Ich dachte … Ich hatte gehofft, du könntest mir helfen."

Maggie blieb reglos sitzen. „Willst du Geld von mir haben?"

Ashley richtete sich gerade auf und hob das Kinn. „Ich hatte gehofft, du könntest mir bei der Jobsuche helfen. Bei der Wohnungssuche und so weiter." Sie stand auf, das Baby fest in den Armen. „Das war dumm von mir. Wir sind ja noch nicht mal richtige Schwestern." Sie wandte sich um und ging zur Tür. Der Anblick, wie sie mit stolz erhobenem Kopf ging und dabei das Kind verzweifelt an sich drückte, ging Maggie durch und durch.

„Warte!" Sie lief ihr hinterher und legte ihr die Hand auf die Schulter. „Wir sind Schwestern. Wir kennen uns nur nicht richtig." Sie hielt Ashley weiter an der Schulter fest. „Komm zurück und setz dich wieder. Wir besprechen alles miteinander, sehen, was wir tun können. Vielleicht wird das eine Weile dauern, aber wir bekommen das schon hin. Du kannst schon mal damit anfangen, indem du mir sagst, wie dein Baby heißt."

Ashley warf dem Kind in ihrem Arm einen zärtlichen Blick zu, und ein Lächeln breitete sich auf ihrem Gesicht aus. „Er heißt Robert. Nach meinem Vater. Ich nenne ihn Robbie."

Sie gingen ins Wohnzimmer zurück und setzten sich.

„Weiß Mom, dass du hier bist?"

„Ich habe ihr nur gesagt, dass ich gehe. Zu der Zeit wusste ich noch nicht genau, wohin."

„Du musst sie anrufen, sonst macht sie sich Sorgen."

„Das bezweifle ich."

„Trotzdem …"

Ashley zuckte die Schultern. „Wenn ich hierbleibe, rufe ich an."

Maggie betrachtete den Jungen. Er sah aus wie jedes andere Baby, das sie bisher von Nahem gesehen hatte. Pausbacken, große, neugierig blickende Augen, kleine Stupsnase. „Was ist mit … Robbies Vater?"

Ihre Schwester seufzte. „Ich war so dumm. Ich dachte, wir lieben uns. Aber Zig hat das gar nicht interessiert. Er will nur Sex."

„Er heißt Zig?"

„Sein Name ist Sigman Murdock. Ein bisschen merkwürdig, oder? Zig hasst seinen Namen und hat sich Ziggy genannt – na ja, nach diesem Zig-Zag-Zigarettenpapier. Das hätte mir ja eigentlich zu denken geben sollen. Aber er ist charmant und sieht unheimlich gut aus. Als mir klar wurde, was er für ein Typ ist, war es zu spät."

Ashley beugte sich hinunter und küsste den Kopf des Kleinen. „Mom und Dad wollten, dass ich abtreibe, aber ich … ich konnte es einfach nicht tun." Sie strich mit dem Finger über die Wange des Kindes, und mit seinen blauen Augen verfolgte es die Bewegung ihrer Hand. „Robbie ist das Beste, was mir jemals passiert ist. Egal wie, ich finde einen Weg, um für ihn zu sorgen."

Der Anblick ihrer Schwester ging Maggie zu Herzen.

„Du musst nicht gehen. Wir werden schon einen Ausweg finden."

Irgendwie würden sie das schaffen. Sie würde ihre Schwester nicht auf die Straße schicken.

Dennoch konnte sie nicht aufhören zu denken: *Oh Gott, wie soll ich nur mit einem Baby im Haus arbeiten?*

Sie hatte keine Ahnung von Kindern. Und sie kannte diese junge Frau kaum, die sie um Hilfe gebeten hatte.

Und dann gab es noch diesen Stalker. Es wäre nicht fair, wenn sie Ashley und ihr Baby dieser Gefahr aussetzte.

Maggie seufzte. Als sie geglaubt hatte, dass ihr Leben kompliziert wäre, hatte sie noch nicht geahnt, welches Problem nun gerade vor ihrer Haustür gewartet hatte.

Bei Sonnenaufgang fuhr Trace in sein Büro. Er wollte den Titel des Songs auf Maggies Anrufbeantworter herausfinden. Er wollte wissen, wie der Text weiterging. Vielleicht ergab das irgendwelche Anhaltspunkte zur Identität des Stalkers.

Heute war Samstag, normalerweise war Trace da nicht im Büro, aber im Sicherheitsbusiness gab es keine festen Arbeitstage. Er schaltete das Licht an, brühte sich einen Kaffee auf und ging mit dem dampfenden Becher in sein durch Glaswände abgetrenntes Büro.

Es dauerte einen Moment, um den Computer hochzufahren. Sobald er startbereit war, tippte Trace die erste Zeile des Songtextes in die Suchmaschine: *„I saw you, I knew you would be my one true love.“*

Zu seiner Überraschung erschien die Textzeile sofort. Auf der ersten Ergebnisseite gab es mindestens ein Dutzend Sites damit, dazu eine zu dem Film, aus dem das Lied stammte.

„The Prince and the Maiden“, sagte Trace laut. „Himmel noch mal, das ist ja gruselig!“

„Was ist gruselig?“

Er drehte sich um und sah Ben Slocum an der offenen Tür stehen. „Du schuldest mir noch was, Kumpel“, sagte Trace. „Das gestern Abend ging wirklich weit über das Pflichtprogramm hinaus.“

Ben lachte nur. „Heißt das, du bist mit Haley nach Hause gegangen, oder nicht?“ Er war genauso groß wie Trace, mit härteren Zügen und einer leicht geknickten Nase, nachdem sie einmal gebrochen worden war. Seine eisblauen Augen zogen Frauen magnetisch an. Seine derzeitige Flamme Rita DeStefani, ein umwerfend aussehendes Model, war nur eine aus einer langen und ständig wachsenden Liste.

„Machst du Witze?“, donnerte Trace. „Ich war verdammt froh, sie loszuwerden. Nächstes Mal such dir jemand anders als Opfer aus.“

Ben grinste. „Das sollte nicht allzu schwierig sein. Sie sieht gut aus und feiert gern.“

„Womit du sagen willst, sie ist oberflächlich. Ich fürchte, neuerdings reicht mir ein hübscher Hintern nicht mehr.“

Ben zog die Augenbrauen nach oben. „Das klingt ja sehr interessant. Wer ist es?“

Trace runzelte die Stirn. „Ich sagte nicht, dass es jemanden Bestimmtes gibt."

„Vielleicht nicht, aber ich wette, es gibt sie. Das sehe ich dir doch an."

Trace weigerte sich, dabei an Maggie zu denken. Er hatte nicht vor, sich wieder in eine Rothaarige zu verlieben. Er hatte seine Lektion gelernt.

Das hoffte er zumindest.

„Woran arbeitest du gerade?", erkundigte sich Ben.

„An dem O'Connell-Fall."

„Ich dachte, du hast diese Stalker-Geschichte aus persönlichen Gründen fallen lassen."

„Sie hat gestern Nacht einen Anruf von ihm bekommen. Er hat einen Song auf ihren Anrufbeantworter gespielt. Wir dachten beide, dass wir das Lied kennen, konnten uns aber nicht an den Titel erinnern." Er deutete auf den Computerbildschirm. „Der Song ist aus *The Prince and the Maiden*."

Ben beugte sich vor und las die Textzeile. „Dieser alte Zeichentrickfilm vom Prinzen und der Jungfrau? Das ist merkwürdig."

„Der Typ hat seine Stimme elektronisch verzerrt. Und ihr damit einen Höllenschreck eingejagt." Trace klickte die Play-Taste auf dem YouTube-Link, und die Musik begann zu spielen. Beide hörten einen Moment zu, dann schaltete Trace es wieder aus. „Ich habe ein ganz schlechtes Gefühl dabei."

Ben richtete sich wieder auf. „Das sind alles Verrückte. Lass mich wissen, wenn du meine Hilfe brauchst."

„Danke, Ben."

Ben ging in sein Büro, und Trace wandte sich wieder zum Computerbildschirm um. Er las den relativ kurzen Songtext wieder und wieder. „*I saw you, I knew you would be my one true love. I saw you, a vision so pure and sweet, my only true love …*" Dann spielte er das Lied noch einmal ab. Ein wunderschönes Lied über die große und einzige Liebe, was so gut wie alles bedeuten konnte.

Es war möglich, dass der Typ sie kannte oder irgendwo getroffen hatte. Oder sie war, wie man den Songtext auch interpretieren konnte, nur eine Vision in seinem Kopf.

Trace klickte noch ein paar Links an und erfuhr, dass der Film zuerst 1959 in die Kinos gekommen war. Was auch nicht viel bedeutete, denn er war über die Jahre wieder und wieder gezeigt worden. Fast jeder hatte den Streifen irgendwann mal in seinem Leben gesehen.

Er zog sein Handy aus der Tasche, suchte nach Maggies Nummer und rief sie an. Es dauerte eine Weile, bis sie sich meldete, und Trace fragte sich, ob sie vielleicht noch schlief. Plötzlich sah er sie nackt vor sich mit diesem wundervollen Haar auf dem Kopfkissen ausgebreitet.

Maggie klang ein bisschen atemlos, als sie sich meldete.

„Hallo, Maggie, hier ist Trace."

„Ach, hallo. Ich wollte Sie anrufen, aber dann bin ich … abgelenkt worden."

Er dachte an ihren Exfreund, mit dem sie am Abend vorher getanzt hatte. „Ich würde gern mal vorbeikommen, ist Ihnen das recht? Ich habe den Song gefunden und noch ein paar Fragen."

„Also, hmm … Klar, kommen Sie vorbei."

Trace versuchte ihr Zögern nicht so zu deuten, dass sie vielleicht mit ihrem Exfreund beschäftigt sein könnte. Er druckte den Songtext aus und fuhr den PC herunter. Nachdem er sich mit Maggie unterhalten hatte, würde er zum Immobilienmakler fahren, von dem sie ihr Haus gekauft hatte. Er musste mit denen reden, die direkt mit ihr verhandelt hatten. Aber zuerst wollte er wissen, ob ihr bei dem Film oder dem Lied irgendetwas einfiel.

Er winkte Ben zu, schnappte sich seinen Hut vom Haken neben der Tür und verließ das Büro. Wenige Minuten später fuhr er vor Maggies Stadthaus vor. Als er sich der Haustür näherte, konnte er von drinnen Stimmen hören. Die andere Person war eindeutig weiblich, stellte er fest, verstand aber nicht, was sie sagten.

Er klopfte, und Maggie öffnete die Tür.

„Guten Morgen, kommen Sie rein." Sie lächelte ihn an, und ihm wurde sofort heiß. Den ganzen Morgen hatte er an sie gedacht und ständig versucht, die Erinnerungen an das Gefühl ihres weichen Körpers in seinen Armen zu verdrängen. Offensichtlich hatte es nicht funktioniert. Er fluchte leise vor sich hin.

Trace nahm seinen Hut ab und fuhr sich mit den Fingern durchs Haar. „Haben Sie gut geschlafen?", fragte er, und sofort hatte er wieder das Bild von Maggie nackt im Bett vor Augen.

„Nicht besonders." Sie trat beiseite, und er ging an ihr vorbei in die Diele. „Bevor wir anfangen, möchte ich Ihnen jemanden vorstellen", sagte sie, während sie die Tür schloss.

Trace riss sich zusammen und konzentrierte sich wieder auf seine Aufgabe. Er folgte ihr ins Wohnzimmer. Auf dem Sofa saß eine junge Frau mit einem Baby auf dem Arm.

„Das ist meine Schwester Ashley Hastings. Und ihr Sohn Robbie. Ashley, das ist Trace Rawlins. Er … also ihm gehört die Firma, die mein neues Alarmsystem installiert hat."

Trace runzelte die Stirn. Es war keine Lüge. Immerhin arbeitete er im Sicherheitsbusiness. So ganz richtig war es aber auch nicht.

„Nett, Sie kennenzulernen", begrüßte er Ashley. Dabei ging ihm durch den Kopf, dass Maggie O'Connell mehr Geheimnisse hütete als die CIA.

Er musterte die junge Frau, eine außergewöhnlich schöne Blondine, groß und schlank, mit feinen Gesichtszügen. Das lockige Haar hatte sie kurz geschnitten. Sie hätte glatt ein Model für die *Vogue* sein können.

„Ich hoffe, es stört Sie nicht, wenn ich Ihre Schwester mal einen Moment in Anspruch nehme?", fragte Trace. „Wir müssten noch kurz ein paar Einzelheiten besprechen."

Ashley lächelte. „Überhaupt nicht. Nett, Sie kennengelernt zu haben, Trace."

„Ebenfalls."

„Warum richtest du dich nicht schon mal ein?", sagte Maggie zu ihr. „Das hier dauert bestimmt nicht lange. Im Kühlschrank ist was zu essen, falls du Hunger haben solltest."

Trace legte Maggie die Hand auf den Rücken, schob sie raus zu seinem Jeep, und beide stiegen ein. Er warf den Hut auf den Rücksitz, startete aber den Motor nicht. „Warum erfahre ich denn erst jetzt, dass Sie eine Schwester haben?"

Maggies Kopf fuhr herum. „Ich bin sicher, dass ich sie erwähnt habe. Dass meine Mutter in Florida wieder geheiratet und ein zweites Kind bekommen hat."

Er schnaufte. „So wie Sie das erzählt haben, bin ich nicht davon ausgegangen, dass es sich um eine erwachsene Frau handelt."

„Ich habe Ashley seit Jahren nicht gesehen. Heute Morgen stand sie vor meiner Tür mit dem Baby im Arm. Ich konnte sie nicht einfach wieder wegschicken."

„Stimmt wohl. Aber das macht die Sache natürlich etwas komplizierter."

„Ich weiß."

„Ich habe den Eindruck, als wenn Sie ihr noch nichts von dem Stalker erzählt haben."

„Noch nicht, aber das werde ich. Ich wollte nicht, dass sie denkt, ich würde sie nur loswerden wollen."

„Wollen Sie das?"

Maggie seufzte. „Sagen wir mal so, ich habe schon genug Probleme im Moment und brauche nicht noch mehr. Ich kenne Ashley kaum. Als ich sie das letzte Mal gesehen habe, war sie fünfzehn."

„Was noch?", drängte er, weil er spürte, dass da noch mehr war.

„Na gut. Da Sie ja so auf die Wahrheit Wert legen, sag ich es: Ich habe Ashley immer abgelehnt, weil sie die Tochter war, die meine Mutter liebte. Ich sehnte mich nach einer Mutter, aber für mich existierte sie kaum. Ich weiß, es ist dumm, aber so habe ich mich gefühlt."

Er lächelte. „Sie sind jetzt beide erwachsen."

Maggie atmete seufzend aus. „Ich weiß. Und sie hat ein Baby. Sie und unsere Mutter sprechen nicht mehr miteinander, was bedeutet, dass ich ihr helfen muss. Ich kann sie nicht abweisen."

Trace sagte nichts dazu. Sie hatte recht, wenn er es richtig bedachte. Die junge Frau gehörte zu Maggies Familie. Sie waren Schwestern. Er hatte sich heimlich immer einen Bruder gewünscht. Vielleicht war das der Grund, warum er so ein enges Verhältnis zu Dev und Johnnie, seinen Freunden aus Armeezeiten, hatte. Die beiden waren für ihn mehr wie Brüder als nur Freunde.

„Maggie, ich habe heute Morgen im Internet nach dem Song gesucht, den Sie auf dem Anrufbeantworter hatten. Das Lied ist aus einem alten Zeichentrickfilm, *The Prince and the Maiden*."

Maggie sah ihn mit großen Augen an. Sie hatte beinahe so dichte Wimpern wie ihre Schwester. „Sie machen Scherze! Ich habe den Film als kleines Mädchen gesehen."

„Erinnern Sie sich an irgendwas in dem Zusammenhang, das uns vielleicht weiterhelfen könnte?"

Sie dachte einen Moment nach. Dann schüttelte sie den Kopf. „Ich liebte diesen Film. Vielleicht weil er so romantisch war, obwohl ich das zu der Zeit noch gar nicht verstanden habe. Aber ansonsten fiele mir dazu nichts ein."

Er reichte ihr den Ausdruck mit dem Songtext. „Das ist der vollständige Text. Irgendwas Besonderes? Irgendeine Erinnerung, die irgendwas bedeuten könnte?"

Maggie las den Text, der hauptsächlich aus der Wiederholung der ersten Zeilen bestand. Sie seufzte und ließ die Seite auf ihren Schoß fallen. „Ich habe keine Ahnung, was dem Typen durch den Kopf gehen könnte, Trace, das schwöre ich."

Er nahm die Seite von ihrem Schoß, faltete das Blatt zusammen, öffnete seine Hemdtasche und schob den Zettel hinein. „Es ist ja nicht Ihre Schuld. Der Mann ist offensichtlich verrückt. Sie denken anders als er. Wahrscheinlich ist das auch besser so."

„Was wollen wir also unternehmen?"

„Ich muss mit dem Immobilienmakler reden."

Sie warf ihm einen hoffnungsvollen Blick zu. „Kann ich mitkommen? Das Büro ist nur ein paar Blocks entfernt. Ich muss mal eine Weile aus dem Haus und meinen Kopf freikriegen."

Vielleicht sollte er besser Nein sagen. Je mehr Zeit er mit ihr verbrachte, desto schärfer wurde er auf sie. „Ich wüsste nicht, was dagegen spricht.“ Wenigstens wäre sie sicher, wenn er bei ihr war.

„Ich werde nur Ashley Bescheid sagen.“

Anderseits, so scharf, wie er auf sie war ... Vielleicht war sie ja sicherer, wenn sie zu Hause blieb.

10. KAPITEL

Maggie lehnte sich in dem weichen Ledersitz zurück, als Trace den Jeep von ihrer Auffahrt fuhr. Das Büro von *Garmin Real Estate* befand sich in einem kleinen Shoppingcenter auf der Bissonnet Street etwa drei Kilometer entfernt.

Nachdem sie ausgestiegen waren, spürte Maggie auf dem Weg durch das Center wieder Traces Hand auf ihrem Rücken. Diese leichte Berührung ließ sofort Wärme durch ihren ganzen Körper strömen.

Das Immobilienbüro war ziemlich leer, als sie eintraten. Nur ein paar Makler saßen hinter ihren Metallschreibtischen. Im Schaufenster waren Fotos von zu veräußernden Häusern aufgestellt, an der Wand hingen Verkaufskonzessionen.

„Mike Jenkins war für alle sechs Stadthäuser zuständig", sagte Maggie und zeigte auf einen untersetzten Mann mit schütterem Haar an einem Schreibtisch im hinteren Teil des Raumes. „Der, der da hinten sitzt."

Sie gingen auf den Schreibtisch zu. Mike stand auf, als sie bei ihm ankamen, und lächelte ihnen zu. „Hallo, Maggie. Nett, Sie zu sehen. Ich hoffe, Sie genießen Ihr neues Heim."

„Es ist wunderbar, danke, Mike. Darf ich Ihnen Trace Rawlins vorstellen? Er ist Privatdetektiv. Bei mir hat jemand eingebrochen. Trace hofft, dass Sie ihm weiterhelfen können."

Mike wandte sich an Trace. „Ich tue, was ich kann."

„Ich muss wissen, wer Zugang zu Maggies Hausschlüssel gehabt hat."

„In letzter Zeit niemand. Nicht nachdem das Haus verkauft wurde. Davor hatten wir alle Zugang." Er umschloss mit einer Handbewegung das gesamte Büropersonal. „Während das Haus zum Verkauf stand, hing der Schlüssel am Brett. Die Makler tragen sich ein, wenn sie einen benötigen."

„Dann haben Sie ja sicher eine Liste von denen, die ihn benutzt haben."

„Das ist richtig. Die wird zu der Akte gelegt, wenn der Verkauf abgeschlossen ist." Er ging zur hinteren Wand des Büros, wo eine Reihe von Metallaktenschränken stand, und zog eine der Schubladen auf. Nachdem er einen Ordner herausgenommen hatte, schloss er das Fach wieder und kam zurück zu seinem Schreibtisch.

Mike schlug den Ordner auf, nahm eine Seite heraus und reichte sie Trace. „Das ist die Liste derjenigen, die den Schlüssel benutzt haben."

„Sind das alles Makler?"

„Größtenteils. Dazu kommen die Leute von der Reinigungsfirma, der Kammerjäger und die Bauaufsicht."

Trace presste die Lippen zusammen. „Also jeder auf der Liste hätte eine Kopie anfertigen können."

„Im Prinzip schon, ja. Aber wir sind hier alle Profis. Bisher gab es noch nie ein Problem."

„Zumindest keins, von dem Sie gehört hätten. Sie sollten vielleicht in Betracht ziehen, neue Schlösser einzusetzen, sobald Sie eine Wohnung verkauft haben."

„Auf jeden Fall. Wir raten unseren Käufern immer dazu, genau das zu tun."

Trace warf Maggie einen strengen Blick zu, und eine leichte Röte stieg ihr ins Gesicht. „Mike hat mir geraten, neue Schlösser einzubauen. Ich bin einfach nicht dazu gekommen."

Ein Lächeln breitete sich auf dem dicklichen Gesicht des Maklers aus. „Wir kümmern uns um unsere Kunden so gut wir können."

„Hat irgendjemand Interesse an dem Haus gezeigt, nachdem Maggie es besichtigt hat?"

„Das können nicht viele gewesen sein", mischte sich Maggie ein. „Ich habe mich ziemlich schnell nach Erscheinen der Anzeige gemeldet und bald den Zuschlag erhalten."

„Das stimmt. Als wir den Vertrag aufsetzten, wurde das Haus sofort vom Markt genommen." Mike nahm Trace die Liste wieder aus der Hand und überflog die Namen und Daten. „Ich habe Maggie am Freitag, dem ersten März, das Haus gezeigt." Er schlug den Ordner auf und blätterte darin herum. „Am Montag, dem vierten, haben wir ihr das Angebot gemacht, und am selben Tag wurde das Objekt vom Markt genommen.“

Mike warf noch einmal einen Blick auf die Liste. „Jim Brewer hat den Schlüssel am dritten März benutzt, das war der Sonntag, bevor wir Maggie das Angebot machten. Das wäre dann gewesen, nachdem sie es gesehen hat. Jim hatte einen Besichtigungstermin.“

„Ich muss unbedingt mit ihm sprechen“, sagte Trace. „Wissen Sie vielleicht, wann er hier sein könnte?“

„Er ist gerade bei einem Besichtigungstermin in der Wood Dale 2255. Die geht vom Braeswood Boulevard ab. Da können Sie ihn antreffen.“

„Okay, das wär's dann.“ Trace reichte dem Makler die Hand. „Vielen Dank, Mike.“

„Sagen Sie mir Bescheid, wenn ich noch irgendwas für Sie tun kann.“

Trace und Maggie verließen das Büro und stiegen wieder in den Jeep.

„Ich nehme an, wir besichtigen jetzt ein Haus“, sagte sie.

Erst dachte sie, er würde Nein sagen, aber er startete den Motor, ohne sie anzusehen. „Ja, ich denke, das tun wir“, sagte er schließlich.

Maggie dachte an die Dutzende von Leuten, die in ihrem Stadthaus gewesen waren, Leute, die eine Kopie des Schlüssels angefertigt haben könnten. Es schien unmöglich herauszufinden, ob einer von ihnen der Stalker war.

„Warum sollte der Stalker zu einer Hausbesichtigung gehen? Woher sollte er denn überhaupt wissen, dass ich an dem Haus interessiert war?“

„Ich bin mir nicht sicher, ob es so war. Aber er ist ziemlich leicht hereingekommen. Entweder er hatte einen Schlüssel oder kannte sich zumindest in dem Haus gut aus, oder auch beides. Vielleicht ist er Ihnen gefolgt, als Mike Ihnen das Haus gezeigt hat. Wenn das der Fall ist, hat er eventuell mitbekommen, dass

Sie das Kaufangebot machten. Er wollte sich vielleicht ansehen, wo Sie leben werden. Er kann auch nur zur Besichtigung gegangen sein, weil Sie dort gewesen waren und er in Ihrer Nähe sein wollte."

Maggie lief eine Gänsehaut über den Rücken. „Ich kann nicht … Ich kann nicht glauben, dass er so besessen ist."

Trace warf ihr einen kurzen Seitenblick zu. „Können Sie nicht?"

Sie dachte an die Nachrichten, die gruselige Ansage auf dem Anrufbeantworter gestern Abend, und ihr zog sich der Magen zusammen. Wie gefährlich war dieser Mann? Wie weit ging er, um ihr Angst einzujagen?

Und was war mit Ashley und dem kleinen Robbie?

An der Straße tauchte ein Schild „Hausbesichtigung" mit einem Richtungspfeil auf.

„Geradeaus." Trace folgte den Hinweisschildern bis zu einem älteren weißen Haus im Ranchstil, das von großen Bäumen mit dichtem Blattwerk beschattet wurde.

Sie parkten und betraten die Eingangshalle, wo sie von einem Makler Anfang, Mitte dreißig, mit kurzem sandfarbenem Haar und haselnussbraunen Augen begrüßt wurden. Er trug einen Anzug mit Krawatte und hatte ein breites Lächeln aufgesetzt.

„Mike Jenkins hat uns gesagt, dass wir Sie hier finden", erklärte Trace sofort. „Wir sind nicht wegen des Hauses hier, sondern möchten Ihnen nur ein paar Fragen stellen."

Das Lächeln erblasste. „Aha."

„Ich heiße Maggie O'Connell und habe vor Kurzem eins der Stadthäuser auf der Broadmoor über Ihr Büro gekauft. Sie hatten an dem Sonntag, bevor wir den Vertrag abgeschlossen haben, noch eine Hausbesichtigung gehabt."

„Ich erinnere mich an das Haus. Sie haben einen guten Kauf gemacht."

„Das denke ich auch."

Trace deutete mit einer Kopfbewegung auf das aufgeschlagene Gästebuch auf dem Tisch in der Diele. „Haben Sie an dem

Tag der Besichtigung auch eine Liste geführt?"
„Das habe ich. So finden wir unsere Kunden."
„Haben sich viele an dem Tag das Haus angesehen?"
„Nein, nur ein paar Leute."
„Haben sich alle eingetragen?"
„Ich denke schon." Er ging zu dem aufgeschlagenen Buch hinüber und blätterte ein paar Seiten zurück. „Hier ist es ... Broadmoor 2818, Einheit A. An dem Tag kamen nur zwei Paare." Er sah auf und runzelte die Stirn. „Moment, das stimmt nicht. Da war noch ein Mann ... er meinte, er wollte eigentlich nicht kaufen, zumindest jetzt noch nicht. Er wollte sich nur umsehen, um sich einen Eindruck vom Markt machen zu können, bevor er selbst kauft. Da die Wohnung leer war, hatte ich nichts dagegen, dass er sich ein bisschen umsieht. Er ist nicht lange geblieben."
„Wie sah er denn aus?", wollte Trace wissen.
„Ziemlich groß. In den Vierzigern. Korpulent. Ein paar graue Strähnen im Haar. Nichts besonders Auffallendes an ihm. Ich erinnere mich nur an den Mann, weil er sich nicht eintragen wollte."
„Dunkles Haar?"
„Ja, aber mit silbernen Strähnen. Er sah ziemlich kultiviert aus. Machte den Eindruck, als hätte er etwas Geld. Das war noch einer der Gründe, warum ich ihn durchlaufen ließ."
Trace sah Maggie an. „Klingelt da was bei Ihnen?"
Sie schüttelte den Kopf. „Vielleicht ein Sammler, der meine Bilder gekauft hat. Erinnert mich aber an niemanden Spezielles."
Trace wandte sich wieder an den Makler. „Vielen Dank. Wir wissen Ihre Hilfe zu schätzen."
„Nichts für ungut."
Sie verließen das Haus und gingen zum Wagen zurück.
„Glauben Sie, dass es der Mann war, den Jim bei der Hausbesichtigung gesehen hat?", fragte Maggie, als sie in den Jeep stiegen.
„Kann man nie wissen, zumindest jetzt noch nicht. Aber es ist ein erster Anhaltspunkt." Trace setzte sich hinters Steuer.

„Wenn wir noch einen Hinweis bekommen, der auf einen Typ deutet, zu dem die Beschreibung passt, wissen wir, dass wir dran sind."

„Wenn er es ist, kann es jedenfalls nicht David sein. Er ist jünger, schlank, blond und hat blaue Augen."

Trace machte ein verächtliches Geräusch. „Klingt ja nach einem richtig hübschen Kerl."

Maggie unterdrückte ein Lächeln. „Ich denke, so könnte man ihn bezeichnen." Sie sah Trace schelmisch an. „Sie sind auch ganz hübsch, finde ich."

Er lachte. Im Vergleich zu seinem attraktiven männlichen Gesicht sah David aus wie ein Weichling. Dann sah er zu ihr herüber, und beide wurden plötzlich ernst. Er streckte die Hand aus und strich über ihre Wange. Sie spürte die vom Arbeiten rauen Fingerkuppen und die Kraft, die in ihm steckte. Er lehnte sich zu ihr herüber und küsste sie erst leicht auf den Mund, dann wurde der Druck seiner Lippen stärker.

Maggies Puls raste. Sie atmete schneller, und Hitze überfiel sie. Der sanfte Kuss ging ihr durch und durch, und Verlangen breitete sich in ihr aus. Dann wurde es intensiver, erotischer. Sie stöhnte leise auf. Er schmeckte so himmlisch. Nach Zimt und Kaffee, so heiß und aufregend männlich.

Mein Gott, sie wollte diesen Mann. Maggie war sich nicht im Klaren darüber, ob sie mehr als Sex wollte. Aber ein solches Verlangen, eine so starke Anziehungskraft, hatte sie nie vorher verspürt. Und sie wollte wissen, wohin das führen würde.

Als Trace den Kuss beendete, wusste Maggie überhaupt nicht mehr, wo sie sich befanden. Alles, was sie wahrnahm, war dieser fast schmerzende Hunger, den sie im ganzen Körper spürte.

Trace setzte sich wieder gerade hinter das Lenkrad und war selbst etwas außer Atem.

„Das hatte ich befürchtet", sagte er und klang fast verärgert.

„Was befürchtet?" Maggie war noch vollkommen durcheinander. Sie konnte nur daran denken, wie gern sie ihn noch einmal geküsst hätte.

„Befürchtet, dass du genauso süß schmeckst und ich noch viel mehr will.“

Ihr wurde heiß. Sosehr sie diesen Mann auch begehrte, sie stieg nicht so schnell mit jemandem ins Bett. Zuerst musste sie wissen, worauf sie sich einließ, musste sich vergewissern, dass sie keinen Fehler beging. So wie mit David.

Sie holte zitternd Luft und bemühte sich, gleichmäßig zu atmen, entschlossen, sich wieder auf sicherere Pfade zu begeben. „Also … wie suchen wir denn nun weiter?“

Trace lehnte sich vor und drehte den Zündschlüssel um, bis der Motor zum Leben erwachte. „Wir hoffen, dass er anruft, nachdem wir eine MCID installiert haben.“

Maggie studierte sein Profil und versuchte nicht an diesen umwerfenden Kuss zu denken. Sie war zwar unglaublich scharf auf ihn, aber sie konnte im Moment keine weiteren Probleme gebrauchen. Und dieser Mann brachte bestimmt Ärger. „Du wirkst nicht sehr optimistisch.“

Er zuckte die Schultern. „Es besteht eine Chance. Aber wie ich schon sagte, dieser Typ scheint sehr vorsichtig zu sein. Er benutzt bestimmt ein Wegwerfhandy.“

„Diese Dinger, die man im Supermarkt kaufen kann?“

„Genau.“ Trace lenkte den Jeep auf die Straße. „Ich werde Rex Westcott heute Nacht dein Haus überwachen lassen. Er ist gut. Du wirst ihn überhaupt nicht bemerken. Und dein Stalker auch nicht, falls er heute auftaucht.“

Sofort war sie hellhörig. „Du meinst, das könnte passieren?“

Trace machte sich nicht die Mühe, darauf zu antworten. Der Mann war schon einmal dort aufgetaucht. „Du musst mit deiner Schwester reden.“

Maggie fuhr sich mit der Zunge über die Lippen, die sich plötzlich trocken anfühlten. „Ich spreche mit ihr, sobald ich wieder zu Hause bin.“

Trace brachte Maggie zurück zu ihrem Stadthaus. Er war immer noch wie berauscht. Ein einfacher Kuss nur. Verdammt, er hätte es besser wissen müssen. Mit Frauen hatte er kein Glück, vor allem nicht mit rothaarigen. Aber wenn es um Maggie ging, fehlte ihm jede Willenskraft.

„Wohin fährst du als Nächstes?“, erkundigte sie sich. Was ihn glücklicherweise wieder an seinen Job erinnerte.

„Ich muss mit Emily Barrington sprechen. Wir haben heute Morgen telefoniert. Da hatte ich mich für heute Nachmittag bei ihr angekündigt.“

„Hewitts Tochter?“

„Genau.“

„Du arbeitest also weiterhin an dem Mordfall.“

„Es gibt immer noch keine Beweise, dass es Mord war. Ich muss herausfinden, ob Parker Barrington in der Nacht, als sein Schwiegervater starb, tatsächlich mit seiner Frau zu Hause war.“

„Das sagt Emily?“

„Das hat sie behauptet.“

„Also laufen die Ermittlungen noch.“

„Der Bezirksstaatsanwalt arbeitet eine Anklageschrift wegen Unterschlagung gegen Parker aus. Währenddessen werde ich selbst auch ein bisschen recherchieren.“ Trace lenkte den Jeep in die Broadmoor. Maggies Haus befand sich nur einen Block entfernt. „Ich möchte, dass du mich immer von deinen nächsten Schritten unterrichtest. Auf keinen Fall soll dich dieser Typ irgendwo allein abfangen, ist das klar?“

Maggie versteifte sich. „Ich muss arbeiten, Trace. Mir fehlen immer noch ein paar Fotos, die anderen muss ich rahmen und für die Ausstellung vorbereiten. Am Freitag habe ich eine Vernissage in der *Twin Oaks Gallery*. Das ist unheimlich wichtig für mich.“

„Ist es das? Bevor wir den Typ nicht überführt haben, wirst du zu dieser Party einen Begleiter mitnehmen.“

„Einen Begleiter? Ich nehme niemanden mit, das ist Arbeit für mich.“

„Vielleicht hätte ich besser *Bodyguard* sagen sollen.“

Sie hob die Augenbrauen. „Meinst du dich?“

„Ganz genau."

Sie musterte ihn, als würde sie abschätzen wollen, inwieweit er dafür geeignet wäre. „Du müsstest einen Smoking tragen."

Er grinste. „Ich glaube, das kriege ich gerade noch hin."

„Tatsächlich?"

„Tatsächlich."

Maggie sagte nichts weiter. Er fragte sich, ob sie ihn gerade mit dem hübschen David Lyons verglich. Sie hatte behauptet, nicht in den Typen verliebt gewesen zu sein. Carly hatte keinen der Männer geliebt, mit denen sie geschlafen hatte. Aber das hatte sie nicht davon abgehalten, mit ihnen ins Bett zu gehen.

„Ich nehme an, du willst mich nicht mit zu Emily nehmen, oder?", fragte Maggie. „Ich könnte im Wagen warten."

Trace grinste. „Was ist das Problem? Die Schwester oder das Baby?"

„Beide. Ich kenne Ashley kaum, und von Babys habe ich auch keine Ahnung."

Er lachte. „Also komm schon, Maggie, für einen Feigling habe ich dich eigentlich nicht gehalten."

Sie musste auch lachen. „Das zeigt nur, wie wenig du mich kennst."

Seine Heiterkeit verschwand. Das war nur zu wahr. Er kannte sie kaum, und er war ein ganz schlechter Menschenkenner, wenn es um Frauen ging. Maggie schien anders zu sein, aber er konnte sich auch verdammt noch mal täuschen.

Er ließ sie vor ihrem Haus aussteigen. Ihr angespannter Gesichtsausdruck versöhnte ihn wieder. „Es wird schon alles gut gehen", tröstete er sie.

„Danke fürs Herbringen", sagte Maggie nervös. Dann straffte sie die Schultern und ging die Terrassenstufen hoch, als wäre sie auf dem Weg zum Schafott.

Von Maggies Haus fuhr Trace zu einem Viertel am Allen Parkway. Es war eine exklusive Gegend, in der einige der teuersten Häuser Houstons standen. Parker Barringtons Haus sah aus wie die Villa einer Südstaatenplantage, strahlend weiß, mit zwei massiven korinthischen Säulen an der Front und einer Veranda, die um die gesamte erste Etage führte.

Nachdem Trace die Klingel neben der großen Flügeltür betätigt hatte, öffnete ihm ein kleiner, dünner, dunkelhaariger Mann in schwarzem Anzug und weißem Hemd die Tür. Der Butler. Das war Parkers Stil.

Trace fragte sich, wie der Mann sich an eine acht mal acht Fuß große Gefängniszelle gewöhnen würde, die er sich mit irgendeinem bulligen Schläger teilen musste. Bei dem Gedanken musste er fast grinsen.

„Ich bin Trace Rawlins“, stellte er sich vor, „und wollte Mrs Barrington sprechen. Wahrscheinlich erwartet sie mich schon.“

„Ja, Mr Rawlins. Bitte kommen Sie doch herein.“ Der Butler nahm Traces Hut entgegen, den er in der Hand hielt. „Mrs Barrington bittet Sie, in der Galerie auf sie zu warten. Ich sage ihr Bescheid, dass Sie da sind.“

„Vielen Dank.“

Von der langen Galerie aus konnte man in einen riesigen gepflegten Garten hinaussehen, in dem eine Reihe von hohen Bäumen stand. Gruppen von gelben Krokussen, rosa Petunien und lila und gelben Stiefmütterchen blühten entlang der Wege.

Er setzte sich auf einen mit rotem Samt bezogenen Sessel neben einem passenden Sofa, von dem aus er durch kleine Glasfenster auf das Grundstück blicken konnte. Er hatte Emily über die Jahre mehrere Male getroffen, war aber nie in ihrem Haus gewesen. Sie schien ihm nicht der Typ gewesen zu sein, der solchen Wert auf gesellschaftliche Stellung legte. Vor allem hätte er nicht gedacht, dass sie einen so schwülstigen Geschmack hatte. Doch zu Parker passte dieses Haus perfekt.

Trace warf einen Blick auf die Porträts an der Wand, goldgerahmte Ölbilder von diversen Familienmitgliedern. Emilys Eltern Hewitt und Caroline Sommerset hatten einen Sonderplatz erhalten. Er nahm an, das blonde Paar auf dem Bild zur Linken waren Parkers Eltern.

Wenige Minuten später betrat Emily in einer beigefarbenen Hose und einer bestickten blauen Seidenbluse die Galerie. Das schwarze Haar hatte sie zu einem modernen Bob geschnitten. Sie besaß die gleichen blauen Augen und den makellosen Teint wie ihr Bruder Jason. Trace stand auf, als sie mit ausgestreckter Hand auf ihn zukam.

„Hallo, Trace. Danke, dass Sie vorbeigekommen sind."

Er nahm ihre Hände, drückte sie leicht und lehnte sich vor, um ihr einen Kuss auf die Wange zu geben. „Ich wollte Ihnen mein Beileid aussprechen, Emily. Ich habe Ihren Vater sehr bewundert. Und sehr gemocht."

Ihre Augen wurden feucht. „Er war … Mein Vater war ein großartiger Mann. Ich kann es immer noch nicht fassen, dass er nicht mehr da ist."

„Er hatte so viel Energie. Ich dachte, er würde hundert werden."

Emily sah aus dem Fenster und beobachtete einen Vogel, der gerade auf einem kleinen Marmorbrunnen landete. „Ich kann immer noch nicht verstehen, warum er sich umgebracht hat."

Das war das Stichwort, auf das Trace gewartet hatte. „Sind Sie sich denn sicher, dass er das getan hat?"

Sie sank auf das Samtsofa, und Trace setzte sich wieder auf den Sessel ihr gegenüber.

„Ich wüsste nicht, warum er das getan haben sollte. Er schien glücklich zu sein. Jason und er wollten eine Reise auf die Bahamas machen. Ich hatte den Eindruck, als wenn er sich darauf wirklich freute."

„Ich denke, das hat er auch."

Sie sah Trace an. „Jason glaubt, dass ihn jemand ermordet hat. Deshalb sind Sie hier, oder? Sie glauben das auch."

Trace wappnete sich. „Ja, Emily, das stimmt. Ich denke, jemand hat ihn erschossen und wollte es so aussehen lassen, als hätte er selbst abgedrückt."

„Ist denn so was … überhaupt möglich?"

„Es ist nicht unbedingt einfach, aber es geht."

Sie verschränkte die Finger in ihrem Schoß. „Dann war es sicher auch so. Ich glaube nicht, dass Dad sich selbst umgebracht hätte."

„Es gab da etwas, Emily. Bevor das passiert ist, hatte mich Ihr Vater gebeten, Recherchen ... in Zusammenhang mit dem Firmenkonto anzustellen, weil er auf Ungereimtheiten gestoßen ist. Wissen Sie etwas davon?"

Sie runzelte die Stirn. „Nein, warum sollte ich?"

„Weil Parker etwas damit zu tun hatte."

„Parker? Sie ... Sie wollen doch nicht etwa andeuten ..."

Trace schwieg dazu.

„Sie müssen sich irren, Trace. Parker würde meinen Vater nie bestehlen. Er ... er würde so was einfach nicht machen."

„Ich habe nichts von Stehlen gesagt, Emily. Ich glaube, Sie haben geahnt, dass etwas nicht stimmte. Aber da Sie Parker lieben, wollen Sie der Wahrheit nicht ins Auge blicken."

Sie wurde blass und stand vom Sofa auf. „Ich glaube, Sie sollten jetzt lieber gehen", sagte sie steif.

Trace stand ebenfalls auf. „War Parker an dem Abend zu Hause, als Ihr Vater starb, Emily? Oder kam er erst nach Mitternacht zurück? Nachdem ihr Vater getötet worden ist?"

Sie begann zu schwanken und schien in sich zusammenzusinken. „Oh mein Gott, so was würde er nicht tun. Er kann doch nicht ..."

„Sie müssen der Polizei die Wahrheit sagen, Emily. Damit sie herausfinden können, was passiert ist."

Sie schluckte und wischte sich die Tränen von der Wange. „Er ... er war an dem Abend nicht zu Hause. Er ... er ist erst spät gekommen. Als ich ihn fragte, wo er war, meinte er, er wäre unten in der Bibliothek gewesen. Wir haben beide ... gewusst, dass es nicht stimmte. Ich hatte ja dort nach ihm gesucht." Sie richtete sich auf, schien innerlich Kraft zu sammeln. „Trace, finden Sie heraus, was passiert ist. Finden Sie heraus, ob mein Mann ... ob Parker meinen Vater umgebracht hat."

„Ich muss es der Polizei sagen, Emily. Sie müssen Bescheid

wissen, damit sie die Untersuchungen fortführen können."

Sie nickte und sank auf das Sofa zurück. „Sagen Sie es ihnen. Finden Sie heraus, was passiert ist."

„Sie dürfen Parker gegenüber nichts erwähnen. Noch nicht."

Harte Züge bildeten sich um ihren Mund. „Das dürfte kein Problem darstellen. Er ist ja nie zu Hause."

„Geben Sie auf sich acht, Emily." Trace drehte sich um und ging zur Tür, nahm seinen Hut vom Butler entgegen und verließ das Haus.

Als Erstes rief er Mark Sayers an.

11. KAPITEL

„So, jetzt weißt du, wie es aussieht“, sagte Maggie, nachdem sie endlich ihrer Schwester alles erzählt hatte. „Ein Verrückter ist hinter mir her, und wenn ihr hierbleibt, seid ihr beide nicht sicher.“

Ashley kitzelte Robbie, der auf ihrem Schoß lag, und der Kleine verzog den Mund zu einem Lächeln. „Und du hast diesen Trace Rawlins angeheuert, um den Kerl zu schnappen.“

„So ist es. Ich hätte dir das gleich sagen müssen, als ihr angekommen seid, aber irgendwie war mir das alles zu viel auf einmal.“

Das Baby griff nach dem Daumen seiner Mutter und gurrte. Ein sanftes Lächeln breitete sich auf Ashleys Gesicht aus, dann blickte sie hoch. „Hast du das ernst gemeint, als du angeboten hast, mir und Robbie zu helfen?“

„Natürlich. Erst war ich etwas schockiert, als ich dich da auf meiner Terrasse mit dem Kind gesehen habe. Aber ich meinte es ernst. Du bist meine Schwester. Ich würde alles tun, um dir zu helfen.“

Ashley richtete sich gerade auf. „Dann bleiben wir. Dieser Rawlins arbeitet ja an dem Fall – übrigens ein echt scharfer Typ. Jetzt wo du ihn angeheuert hast, wird er doch nicht zulassen, dass dir was passiert, oder?“

„Das behauptet er jedenfalls.“ Sie ging nicht näher auf die Bemerkung zu dem „scharfen Typ“ ein, obwohl sie voll zustimmte. „Das Problem ist, dass wir nicht wissen, was der Kerl als Nächstes tut. Bis wir ihn schnappen, könnte alles Mögliche passieren.“

Ashley zuckte mit den Schultern. „Ich bin von zu Hause abgehauen, als ich noch auf der Highschool war. Das hat dir Mom wahrscheinlich nie erzählt.“

Maggie schüttelte den Kopf. „Nein, hat sie nicht. Aber wir reden auch nicht besonders oft miteinander. Und wenn, dann sagt sie immer nur, dass alles bestens ist.“

„Ich habe eine Weile auf der Straße gelebt. Auf den Strich bin ich nicht gegangen oder so was in der Art, aber ich habe im Freien geschlafen und mich mit ziemlich merkwürdigen Typen herumgetrieben. Ein paar meiner Freundinnen waren Prostituierte. Die haben von Kerlen gesprochen, die sich gern schlagen lassen und solche Sachen. Es gibt eine ganze Menge Perverse da draußen. Ich habe ziemlich schnell gelernt, mich von bestimmten Typen fernzuhalten."

Maggie zog sich das Herz zusammen, wenn sie daran dachte, wie dieses junge Mädchen sich allein durchgeschlagen hatte. „Es tut mir leid, dass du dich dazu getrieben gefühlt hast. Ich bin froh, dass du wieder nach Hause zurückgekehrt bist."

„Ich hatte ziemlich bald begriffen, dass Mom und Dad doch nicht so schlecht waren. Ich meine, sie hatten sich die ganze Zeit gestritten und sich kaum um mich gekümmert. Aber wenigstens hatte ich ein Zuhause. Ich bin wieder zur Highschool gegangen und habe den Abschluss gemacht, bevor ich ausgezogen bin."

Maggie beobachtete, wie dem Kleinen die Augen zufielen. Mit drei Monaten schlief er die meiste Zeit. Er war so winzig und süß. „Wohin bist du nach der Highschool gegangen?"

„Ich habe eine eigene Wohnung gemietet und in einer Cocktaillounge gearbeitet. Der Lohn war nicht besonders hoch, aber die Trinkgelder haben das ausgeglichen. Unglücklicherweise habe ich da Ziggy kennengelernt."

„Robbies Vater", sagte Maggie finster, die den Mann immer weniger mochte.

„Ja. Wie schon gesagt, Zig sah wirklich super aus. Sämtliche Kellnerinnen waren scharf auf ihn, aber er wollte mich. Ich nehme an, das gab mir das Gefühl, wichtig zu sein. Ich war einverstanden, dass er eine Weile bei mir einzieht, und habe sogar seine Rechnungen bezahlt." Sie presste die Lippen zusammen. „Aber eins muss ich ihm lassen, Ziggy hat mir beigebracht, mich selbst zu verteidigen. Wenn der Typ auftauchen sollte, der dich belästigt, dann wird er sich auf was gefasst machen müssen."

Maggie grinste. Langsam schien es ihr, als steckte noch mehr in ihrer Schwester als eine rebellische Natur und das Talent, in Schwierigkeiten zu geraten.

„Traces Leute haben die Schlösser ausgewechselt und ein Alarmsystem installiert. Solange wir hier im Haus sind, sollten wir eigentlich sicher sein."

„Ich würde gern eine Weile hierbleiben, Maggie. Wenn du nichts dagegen hast."

Maggie streckte den Arm aus und griff nach der Hand ihrer Schwester. „Ich möchte wirklich, dass ihr beide bei mir wohnt."

Ashleys Augen begannen zu glänzen. „Danke. Willst du ihn mal halten? Er ist schon fast am Einschlafen und wird ganz ruhig bleiben."

Maggie schluckte und stand auf. „Ich habe noch nie ein Baby im Arm gehabt. Ich weiß gar nicht, wie man das macht."

„Das ist ganz einfach." Ashley zog die Babydecke zurecht und legte den Kleinen vorsichtig in Maggies Arme. „Du musst einfach nur immer darauf achten, dass du seinen Kopf abstützt."

Sie tat, was Ashley ihr sagte, und bettete das Baby an ihrer Schulter. Die Wärme des kleinen Körpers ging ihr durch und durch. Es war, als würde etwas in ihrem Innern besänftigt.

„Stillst du ihn?", fragte sie.

Ashley schüttelte den Kopf. „Ich wollte, aber ich habe nicht so viel Milch gehabt. Die Ärztin meinte, Robbie bekommt nicht genug Nährstoffe, deshalb habe ich aufgehört. Jetzt geht es ihm viel besser."

Maggie sah zu dem Kind in ihrem Arm hinunter. „Er scheint sich wohlzufühlen."

Ihre Schwester lächelte. „Robbie weint wirklich selten. Er ist so ein einfaches Baby."

Maggie begann das Kind vorsichtig hin und her zu wiegen, und die großen blauen Augen des Kleinen fielen langsam zu. „Ich bin Tante", sagte sie, und unwillkürlich breitete sich ein Grinsen auf ihrem Gesicht aus. „Das ist ein komisches Gefühl." Sie sah Ashley an. „Aber auch ein sehr schönes."

Ihre Schwester wischte sich eine Träne von der Wange. „Ich

hatte mir so sehr gewünscht, dass Mom ihn liebt. Aber sie hasste Ziggy so, dass sie keinen Zugang zu Robbie bekam."

„Also ich liebe ihn jetzt schon", sagte Maggie. „Und wir werden dafür sorgen, dass Robbie alles bekommt, was er braucht."

Ashleys Schultern schienen sich zu entspannen, als wären sie von einer schweren Last befreit. „Danke, Maggie." Dann wurde ihr Gesichtsausdruck entschlossen. „Und wir werden Trace Rawlins dabei helfen, diesen Verrückten zu schnappen, der dich belästigt."

Maggie sah besorgt auf das winzige Kind in ihrem Arm hinunter. Wenn nun etwas passierte? Sie hoffte wirklich, dass sie das Richtige tat, wenn sie Ashley mit dem Baby bei sich aufnahm.

Trace rief Mark Sayers an, um ihm von der Unterhaltung mit Emily zu berichten. Dann organisierte er die Überwachung von Maggies Haus in dieser Nacht durch Rex Westcott. Er wusste, dass er sich vollkommen auf Westcott verlassen konnte. Seinem Angestellten würde es nicht entgehen, ob sich irgendjemand in der Nähe des Hauses herumtrieb, während er selbst unsichtbar blieb.

Trotzdem machte Trace sich Sorgen. Da war etwas an diesem Stalker, das bei ihm alle Alarmglocken läuten ließ. Irgendetwas sagte ihm, dass noch mehr hinter dieser Sache steckte. Der Typ war vielleicht nur ein einsamer Verrückter, wie die meisten Stalker. Aber er könnte auch besonders gefährlich sein, wovon ihn sein Instinkt zu überzeugen versuchte.

Und inzwischen befand sich noch eine weitere junge Frau mit ihrem Baby im Haus.

Natürlich hatte es der Stalker nur auf Maggie abgesehen. Ihre Schwester interessierte ihn nicht, doch es bestand immer das Risiko, dass auch Unbeteiligte zu Schaden kamen. Und dieser Gefahr wollte Trace Ashley und ihr Kind nicht aussetzen.

Nach einer unruhigen Nacht fuhr er am Sonntagmorgen ins Büro. Die Sonne war noch nicht ganz aufgegangen, doch sie wärmte schon. Im nächsten Monat hätten sie schon richtiges Sommerwetter.

Trace brühte sich eine Kanne starken Kaffee auf, goss sich einen Becher ein und setzte sich an den Schreibtisch. Ein weiteres Mal beschäftigte er sich mit Maggies Namensliste und versuchte über die Personen darauf irgendetwas Aussagekräftiges im Internet zu finden.

Kurz nach acht Uhr kam Rex Westcott herein. Er war etwa eins achtzig groß, Ende dreißig, schlank, hatte mittelbraunes Haar und intelligent blickende haselnussbraune Augen. An seinem Gang bemerkte man ein ganz leichtes Humpeln, das noch von einer alten Verletzung aus seiner Zeit bei der Army stammte.

Trace kam aus seinem Büro und ging zu ihm, um ihn zu begrüßen. „Ging alles glatt?"

Rex gähnte. „Ein bisschen zu glatt. Ziemlich ruhig da in der Gegend, ich musste ganz schön kämpfen, um wach zu bleiben."

„Kaffee?", bot Trace ihm lächelnd an.

„Für eine Tasse könnte ich morden."

Die beiden gingen zur Küchenzeile hinüber, und Trace goss für Rex eine Tasse ein. „Kein Anzeichen von einem Stalker also?"

„Nein. Ich habe mich auch ziemlich genau in der Gegend ums Haus umgesehen. Aber ich konnte nichts finden, was darauf hingedeutet hätte, dass er am Tag vorher da rumgeschlichen ist. Keine Zigarettenkippen, Fußspuren im Blumenbeet, abgebrochene Äste in den Büschen, nichts."

„Wir werden es heute Nacht noch einmal versuchen. Danach warten wir ab."

Rex leerte seinen Kaffeebecher mit wenigen großen Schlucken. „Das hält mich zumindest so lange wach, bis ich zu Hause ankomme. Ich werde ein bisschen schlafen und bin dann für heute Abend wieder bereit."

„Klingt gut."

Rex verließ das Büro, und wenige Minuten später kam Alex Justice herein. Er schnüffelte und grinste breit, sodass seine Grübchen zu sehen waren. „Kaffee! Gott sei Dank!"

„Lange Nacht gehabt?"

„Früh aufgestanden. Ich arbeite an dem Einbruch beim *Consolidated Boatyard*. Ich muss wieder hin und mich noch mal umsehen."

„Keine Rast für die Müden."

„Das kannst du laut sagen."

Alex blieb nur, um seine Nachrichten abzuhören, seine E-Mails abzurufen und nachzusehen, ob irgendwelche Notizen auf seinem Schreibtisch gelandet waren. Dann war er schon wieder weg.

Trace rief Maggie an und berichtete ihr von Westcotts ereignisloser Nacht. Dann recherchierte er noch einmal im Internet, fand aber nichts Interessantes. Schließlich fuhr er wieder nach Hause. Wozu er wirklich Lust hatte, war, zu Maggie zu fahren.

Was genau der Grund war, weshalb er das nicht tat.

Der Montag verlief mehr oder weniger genauso. Nur das geschäftige Treiben im Büro sorgte dafür, dass Trace etwas entspannter war. Das und die Nachricht von Rex, dass auch in der Nacht von Sonntag auf Montag kein Anzeichen von Maggies Stalker zu sehen gewesen war. Trace hatte bei ihrem Telefonanbieter angerufen, der eine MCID schalten wollte, die ab dem nächsten Morgen zur Verfügung stand. Er musste mit Maggie reden, sie daran erinnern, dass sie Datum und Uhrzeit notieren sollte, wenn der Stalker anrief oder jemand einfach auflegte. Bis dahin konnten sie nur noch abwarten.

Trace sah auf die Uhr und überlegte, dass es noch zu früh wäre, um Maggie anzurufen, vor allem mit einem Baby im Haus. Da im Büro noch jede Menge zu erledigen war, schien heute genau der richtige Tag, um sich darum zu kümmern und liegen gebliebene Arbeit aufzuholen.

Um zehn Uhr rief er in Maggies Stadthaus an. Ashley kam ans Telefon.

„Hallo, Ashley, hier ist Trace Rawlins. Ich muss mit Maggie sprechen."

„Maggie ist nicht zu Hause. Sie meint, sie müsste noch was für ihren Fotoband machen. Vor ungefähr einer Viertelstunde ist sie aus dem Haus."

Trace schlug wütend mit der Faust auf den Tisch. Verdammt, er hatte ihr gesagt, sie sollte ihm Bescheid sagen, wenn sie das Haus verließ. „Wissen Sie, wo sie hinwollte?"

„An die Küste. Sie war sich nicht so ganz sicher, wo sie landen würde. Wo immer sie die besten Fotos machen könnte, sagte sie."

Er wurde immer wütender. Sofort musste er an die junge Frau denken, von deren Verschwinden die Zeitung berichtet hatte. Und dass ihre Leiche am Strand gefunden worden war. Die Polizei ging von einem Mord aus.

„Ich versuche sie auf dem Handy zu erreichen", sagte Trace. Er dachte an den Stalker und war besorgt, dass Maggie genau das Gleiche passieren könnte. „Wenn sie anruft, sagen Sie ihr, dass sie sich sofort bei mir melden soll. Ich muss unbedingt mit ihr sprechen."

„Okay."

Als sie auflegten, biss Trace die Zähne zusammen. Was zum Teufel dachte sich Maggie dabei, einfach so allein loszufahren? Er musste sich beherrschen, um ruhig zu bleiben, aber Maggie hatte eine Art, die ihn aufregen konnte. Wahrscheinlich war es einfach nur dieses verdammte rote Haar. Aber er wusste, es war mehr als das. Ihm war klar, dass sie ihn bereits viel zu sehr beschäftigte.

Er wählte ihre Handynummer, wurde aber sofort zur Mailbox umgeleitet.

In seinen Ärger mischte sich Besorgnis. Er hätte sie am liebsten erwürgt. Verflucht noch mal, er dachte, er hätte sich klar und deutlich ausgedrückt. Er wollte vermeiden, dass der Typ sie allein antraf.

Er stand auf und holte sich noch einen Kaffee, obwohl er schon mehr als genug getrunken hatte.

Wo war sie?

Verflucht noch mal, sie war einfach verschwunden.

Zum ersten Mal seit Tagen fühlte sich Maggie frei. Sie war früh aufgewacht, hatte auf ihrem Trimmrad ein paar Runden absolviert und mit ihren Hanteln einige Übungen gemacht. Dann hatte sie sich geduscht und angezogen. Vor einer halben Stunde war sie aus dem Haus, gerade als Ashley aufstand, um das Baby zu füttern. Spät genug, um sicher zu sein, dass ihr Wachhund Rex Wie-auch-immer schon abgezogen war.

Gestern Nacht hatte es wieder keinerlei Anzeichen von ihrem Stalker gegeben. Jedenfalls nahm sie das an, ansonsten hätte Trace sie sicher angerufen. Oder ihr Wachhund hätte die Polizei verständigt, um ihn verhaften zu lassen.

Trotzdem war der Typ immer noch irgendwo da draußen. Nur weil er sich gestern Nacht nicht hatte blicken lassen, musste das nicht heißen, dass er ihr nicht heute Morgen irgendwo auflauerte. Mit diesem Gedanken hatte sie ihre Umgebung immer wieder im Auge behalten, während sie ihren Ford Escape aus der Garage fuhr, vorbei an Ashleys altem, zerbeultem babyblauem Chevy, der auf dem Gästeparkplatz vor der Einheit A parkte.

Während Maggie auf die Straße und Richtung Schnellstraße fuhr, merkte sie sich alle Wagenmodelle und deren Farben, die hinter ihr fuhren. Selbst ein paar Kennzeichen notierte sie sich, um zu sehen, ob jemand dieselbe Strecke fuhr wie sie.

Je weiter sie an den Stadtrand kam, desto übersichtlicher wurde es. Als sie Houston auf dem Highway 45 mehr als dreißig Kilometer hinter sich gelassen hatte, folgte ihr keines der Fahrzeuge, die sie vorher gesehen hatte.

Sie war sich absolut sicher, dass ihr niemand hinterherspionierte, was sie unglaublich erleichterte.

Ihr Ziel war Galveston. Es wurde noch immer eine Menge dort gebaut, nachdem Hurrikan Ike vor ein paar Jahren eine ziemliche Zerstörung hinterlassen hatte. Die arbeitenden Männer mit den Maschinen vor dem Meer im Hintergrund ergaben manchmal dramatische Fotomotive.

Sie schlenderte im Hafen von Galveston umher und lief bis

zum Strand. Hier und da blieb sie stehen, um ein Foto zu machen. Die Kinder befanden sich immer noch in der Schule. Heute, an einem Montag, war um diese Uhrzeit kaum jemand am Strand. Fasziniert von dem Kontrast zwischen dem weißen Sand und dem blauen Wasser, schoss sie ein paar Aufnahmen. Das Motiv von den Rettungsschwimmern, die ihr Training für Rettungsmaßnahmen in der bevorstehenden Sommersaison absolvierten, gefiel ihr besonders.

Als ihr Magen zu knurren begann, fuhr sie mit dem Wagen auf den Parkplatz vor einem kleinen Lokal namens *Lunch Shack*, das sich in einem strohgedeckten Haus befand. Köstliche verlockende Düfte strömten durch das Verkaufsfenster. Sie machte ein paar Fotos von dem asiatischen Küchenchef, der mit seiner hohen weißen Mütze am Grill arbeitete.

Maggie bestellte knusprigen gebratenen Fisch mit Pommes frites, was wahrscheinlich ihre Kalorienration für die nächsten Tage abdeckte. Als sie fünfzehn Minuten später die letzten Tropfen der köstlichen Weinsoße von den Fingern leckte, klingelte ihr Mobiltelefon.

Trace hatte vorher schon angerufen, sie hatte aber nicht abgenommen. Sie wusste, er würde ihr die Leviten lesen, aber sie musste einfach einmal wegkommen. Ashley hatte angerufen, um ihr zu sagen, dass er nach ihr suchte. Maggie hatte versprochen, sich bei ihm auf dem Weg zurück in die Stadt zu melden.

Sie zog das Handy aus der Tasche, um nachzusehen, ob er es wieder war. Aber die Nummer gehörte Roxanne, und sie ging ran.

„Hallo, Fremde“, sagte Roxanne. Sie war immer noch bei Freunden in New York zu Besuch, ein Pärchen, das sie in Rom kennengelernt hatte, und ein schwuler Freund, den sie vom Karneval in Venedig kannte. „Ich wollte schon längst angerufen haben, aber die Zeit vergeht so schnell. Mir war klar, dass du dich melden würdest, wenn irgendwas passiert, aber ich habe mir trotzdem Sorgen gemacht.“

Eine Menge war passiert, aber darüber wollte sie jetzt nicht reden. „Meine Schwester ist bei mir aufgetaucht. Das war eine ziemliche Überraschung. Und sie hat ein Baby."

„Deine Schwester? Ashley? Die Kleine, die in Florida lebt?"

„Sie ist gar nicht mehr so klein. Jetzt wohnt sie eine Weile bei mir. Aber das ist eine lange Geschichte. Wenn du nach Hause kommst, kannst du sie kennenlernen."

„Also das ist ja wirklich eine Neuigkeit. Und was ist mit dem Stalker?"

„Ach, Trace hat den Fall wieder übernommen. Wir haben miteinander geredet und alles wieder geradegerückt."

„Geredet, so, so. Mehr nicht?"

„Vorerst nicht." Sie erzählte Roxy von dem Einbruch und der kleinen Skulptur und allen anderen Vorkommnissen.

„Hör zu, wenn du mich brauchst, fliege ich ein bisschen früher zurück."

„Danke, ich komme schon klar. Inzwischen wurde ein Alarmsystem im Haus installiert. Trace scheint schon zu wissen, was er tut."

„Ich bin immer für dich da, wie du weißt. Wenn was passiert, ruf mich an."

Maggie lächelte. Sie konnte sich auf Roxanne verlassen. „Das tue ich, versprochen. Genieß den Rest deiner Reise."

Roxy lachte. „Machst du Witze? Ich gehöre praktisch zum Inventar der Fifth Avenue! Ich liebe New York."

Maggie grinste, als sie das Mobiltelefon wieder einsteckte. Nach der Unterhaltung fühlte sie sich besser und schlenderte noch ein bisschen mit der Kamera umher. Dabei machte sie ein paar Aufnahmen vom Meer, von denen sie glaubte, dass sie Potenzial hätten. Lächelnd kehrte sie zu ihrem Wagen zurück.

Das Lächeln verschwand sofort von ihrem Gesicht, als sie das braune Papier entdeckte, das hinter den Scheibenwischer geklemmt war. Ihr wurde übel. Ihr Herz klopfte wie wild. Mit zitternder Hand griff sie nach dem Zettel und zog ihn vorsichtig unter dem Gummiblatt vor.

Meine geliebte Maggie,
es ist fast so weit, dass wir uns endlich treffen. Jetzt noch nicht, aber demnächst. Bald, meine teure, teure Maggie.

Himmel noch mal, wie hatte er sie hier gefunden? Sie war so vorsichtig gewesen, so sicher, dass ihr niemand gefolgt war. Nervös blickte sie sich auf dem Parkplatz des *Lunch Shack* um. Sie sah aber nur einen braun-schwarzen Hund, der im Abfall schnüffelte, und ein hispanisches Paar mit zwei kleinen Kindern, das zum Bestellfenster hinüberschlenderte.

Die Nikon D3s hing noch am Gurt um ihren Hals. Mit zitternden Fingern nahm sie die Kamera. Sie versuchte die Hand an ihrem langen 28-300 Tamron-Objektiv ruhig zu halten und fotografierte jeden Wagen, der auf dem Parkplatz stand, und deren Kennzeichen. Wahrscheinlich war das vollkommen zwecklos – der Mann, der ihr diese Nachricht hinterlassen hatte, war sicher wie immer schon längst verschwunden. Aber vielleicht auch nicht.

Vielleicht war er hier irgendwo in der Nähe und beobachtete sie, wartete darauf, dass sie losfuhr. Ihre Haut begann zu kribbeln. Vielleicht hatte sie diesmal Glück und sein Kennzeichen auf einem der Fotos.

Sobald sie fertig war, verstaute sie die Kamera in der Fototasche, stieg in ihren kleinen Geländewagen und zog das Handy wieder aus der Handtasche. Sie suchte nach Traces Nummer, dann stellte sie fest, dass nach dem langen Gespräch mit Roxy nun ihr Akku leer war.

„Verdammt …“ Sie warf das Mobiltelefon wieder in die Tasche und startete den Motor. Trace hatte ihr eindringlich zu verstehen gegeben, nicht das Haus zu verlassen, ohne ihm Bescheid zu sagen. Aber sie war es gewohnt, selbstständig zu handeln. Und außerdem hielt sie es nicht lange im Haus aus. Sie fragte sich, ob er seine hochgeehrte Selbstbeherrschung verlieren und sein Temperament zeigen würde.

Sie hätte darüber gelächelt, wenn die Situation eine andere gewesen wäre. Dann hätte sie den Gedanken an eine weitere Kostprobe des Mannes unter der eisern kontrollierten Oberfläche, an diesen temperamentvollen Typ, den er so bemüht war zu verbergen, genossen.

Doch auf dem Weg zum Highway 45 dachte sie nicht an den wütenden Trace, dem sie nach der Rückkehr in die Stadt bald gegenüberstehen würde. Stattdessen blickte sie während der ganzen Fahrt nach Houston in den Rückspiegel und suchte die Straße nach dem Mann ab, der ihr das Leben unerträglich machte.

12. KAPITEL

Trace legte leise fluchend in seinem Büro den Hörer auf. Maggie hatte ihn nicht angerufen, und sie meldete sich nicht, wenn er ihre Handynummer wählte. Ashley hatte seine Nachricht an sie weitergegeben, aber Maggie hielt es nicht für nötig zurückzurufen.

Er schob seinen Stuhl zurück, stand vom Schreibtisch auf und ging zum vorderen Teil des Büros, um aus dem Fenster zu starren. So wie er es heute schon ein Dutzend Mal getan hatte.

„Du wirst noch Löcher in den Teppich laufen", sagte Annie mit einem Blick über den Rand ihrer Lesebrille, die ihr auf die Nasenspitze gerutscht war.

„Verdammt noch mal, diese Frau macht nichts als Ärger."

„Das machen doch deiner Meinung nach alle Frauen."

Er warf ihr einen düsteren Blick zu, aber das ließ die Empfangsdame kalt.

„Sie ist Fotografin, oder?" Annie lehnte sich in ihrem Stuhl zurück. „Sie hat demnächst eine Ausstellung, hast du gesagt. Die Frau muss noch einiges erledigen."

„Ja, klar. Aber dieser Typ ist wirklich verrückt. Bisher können wir noch nicht einschätzen, wer er ist und wozu er fähig ist."

„Du bist also davon überzeugt, dass er existiert?"

„Wie bitte?" Trace drehte sich zu ihr um.

„Es ist ja noch nicht lange her, dass du den Fall nicht weiter übernehmen wolltest, weil du meintest, sie hätte sich das alles nur ausgedacht."

„So war das nicht. Ich dachte, dass sie nicht ehrlich zu mir ist, und so war es ja auch."

Annie seufzte. „Frauen dürfen ein paar Geheimnisse haben, mein Lieber. Das ist ein Gesetz."

Seine Mundwinkel zuckten, aber er blieb ernst. „Ich werde in meinem Büro sein und versuchen, noch etwas Arbeit zu erledigen." Er drehte sich um, um an seinen Schreibtisch zurückzukehren. Dabei versuchte er Maggie aus seinem Kopf zu verbannen, die wahrscheinlich einen wunderbaren Tag erlebte, während er hier vor Wut kochte und sich Sorgen machte.

„Wenn ich mich richtig erinnere, kam sie an dem Tag, als sie dich angeheuert hat, mit einem kleinen roten Geländewagen."

Er blieb stehen und drehte sich um. „Ja und?"

„Der parkt gerade da unten ein."

Trace atmete erleichtert aus. Er lief zur Tür und holte noch einmal tief Luft, um sich zu beruhigen, bevor er hinausging. Maggie stieg gerade aus ihrem Wagen. Mit ihrem feurig roten Haar, das vom Wind etwas zerzaust war, und den geröteten Wangen sah sie sexy wie die Sünde aus. Er versuchte sich nicht daran zu erinnern, wie köstlich sie schmeckte, versuchte jeden Gedanken an den Kuss zu vertreiben, um nicht schon wieder von seinem Verlangen nach ihr überwältigt zu werden.

Als sie auf ihn zukam und er ihren Gesichtsausdruck sah, war er sofort alarmiert.

„Verdammt noch mal, wo bist du gewesen? Ich habe stundenlang versucht, dich auf dem Handy zu erreichen!"

„Ich musste noch ein paar Fotos machen. Da dachte ich an Galveston. Heute Morgen bin ich hingefahren." Sie trug Jeans und Turnschuhe und ein einfaches weißes Top. Warum ihn dieses Outfit erregte, konnte er sich nicht erklären, aber so war es.

Er bemühte sich um Selbstbeherrschung. „Du warst an der Küste?"

Sie nickte.

„Warum hast du meine Anrufe nicht angenommen?"

„Ich weiß, hätte ich machen müssen. Aber ich wusste, dass du sauer sein würdest. Ich musste einfach aus dem Haus. Und ich hatte Arbeit zu erledigen, das habe ich getan." Sie hielt ein Stück braunes Papier hoch. „Dummerweise fand ich das hier an meiner Windschutzscheibe, nachdem ich vom Mittagessen kam."

Trace zog sich der Magen zusammen. „Verdammt noch mal, Maggie." Er nahm ihr den Zettel aus der Hand, las die Nachricht und fluchte leise. „Hast du ihn gesehen?"

„Nein. Aber ich habe alle Autos auf dem Parkplatz fotografiert, auch die Nummernschilder."

„Gute Idee. Vielleicht bringt das ja was."

„Trace, ich war wirklich vorsichtig. Bis kilometerweit außerhalb von Houston habe ich mir jeden Wagen hinter mir genau angesehen. Wenn er mir gefolgt wäre, hätte ich ihn bemerkt. Ich kann mir nicht erklären, warum ich ihn nicht gesehen habe."

„Es ist nicht immer so einfach, einen Verfolger zu bemerken."

„Ich wollte … ich wollte dir nur sagen, dass ich vorsichtig war. Ich weiß nicht, wie er das gemacht hat."

Maggie war nicht dumm. Wenn sie so genau aufgepasst hatte … Eine Alarmglocke ging in seinem Kopf los. „Warte mal hier, ich bin gleich wieder zurück."

Er verschwand im Haus, ging in die Ausrüstungskammer und suchte einen Wanzendetektor heraus. Das Ding war klein, aber eins der besten Geräte auf dem Markt. Er kam zum Parkplatz zurück, ging zu Maggies Wagen und untersuchte ihn von vorn bis hinten. Als er sich dem Kofferraum näherte, flackerte das rote Warnlicht am Suchgerät, und der Signalton erklang.

Leise fluchend tastete er die hintere Stoßstange ab und förderte ein kleines kreisförmiges Plastikteil mit einem Metallstück im Zentrum zutage.

Er hob es hoch. „So hat er das gemacht – ein GPS-Sender."

„Er hat einen Sender an meinem Auto befestigt?", rief Maggie entsetzt. „Oh mein Gott!"

Trace begutachtete das Stück Kunststoff in seiner Hand. „Ziemlich gutes Teil. Mit Bewegungssensoren. Geht erst los, wenn sich der Wagen bewegt. Das spart Batterie." Trace steckte den Sender in seine Tasche. „Dieser Typ ist kein einfacher Verrückter, Maggie. Er ist ziemlich raffiniert. Wir müssen dein Haus durchsuchen."

Ihr Kopf fuhr hoch. „Mein Haus? Oh Gott, du glaubst doch nicht … Du denkst doch nicht etwa, er hat mein Haus verwanzt?"

„Wenn er einen Schlüssel hat, konnte er sicher irgendwo ein Mikrofon verstecken, bevor du eingezogen bist. Oder an dem

Tag der Hausbesichtigung – wenn man davon ausgeht, dass er der unbekannte Interessent war."

„Er … er könnte doch aber keine Kamera versteckt haben, oder? Ich meine, das hätte ich doch bemerkt, oder?"

Trace wollte sich gar nicht vorstellen, dass dieser Mistkerl unanständige Fotos von Maggie gemacht hatte. „Das kommt auf die Größe des Geräts an und wie gut es versteckt wurde."

Maggie erschauderte. „Er könnte mich wochenlang beobachtet haben."

Trace erwiderte nichts darauf. Sie wüssten es erst, nachdem sie das Haus durchsucht hatten. „Ich hole meine Ausrüstung und folge dir zu deinem Stadthaus."

Maggie nickte. Sie war leichenblass.

Trace ging wieder in die Ausrüstungskammer, um einen leistungsstärkeren Detektor zu holen, einen, der außer GPS-Sendern auch Videogeräte, Mikrofone und Abhöranlagen im Telefon aufspürte. Maggie wartete in ihrem Wagen, als er in seinen Jeep stieg. Dann fuhren sie nacheinander vom Parkplatz.

Als sie bei Maggie zu Hause ankamen, öffnete Ashley die Tür. „Du sollst Trace anrufen", sagte sie zu Maggie. „Er klang ziemlich wütend."

Maggie warf ihm über die Schulter ein ironisches Lächeln zu. „Trace hat eine eiserne Selbstbeherrschung. Er wird nie wütend. Ist es nicht so?"

Er brummte nur und trug seine Ausrüstung ins Haus. „Wenn jemand es schafft, mich wütend zu machen, dann du."

Maggie grinste, als würde sie das als Kompliment auffassen.

Frauen. Er würde sie nie verstehen.

Maggie saß neben Ashley auf dem Sofa und beobachtete nervös, wie Trace systematisch das gesamte Haus mit einem schmalen silberfarbenen Kasten durchsuchte, der wie ein Laptop aussah. Entsetzt bei dem Gedanken daran, was der Stalker alles gesehen haben könnte, hatte sie ihn gedrängt, im oberen Stockwerk zu beginnen.

„Im Schlafzimmer und im Bad ist nichts!“, rief er herunter. „Keine Kameras, keine Mikros.“

Sie atmete erleichtert aus. „Gott sei Dank.“

„Ich kann’s kaum glauben“, schimpfte Ashley. „Ein Sender an deinem Auto? Der Typ hat ja Nerven.“ Ashley, in Kakishorts, die viel von ihren langen Beinen zeigten, einem pinkfarbenen kurzen Top und ihren leicht zerzausten kurzen Locken, strahlte eine Energie aus, die sie bei ihrer Ankunft nicht gehabt hatte. Maggie freute sich darüber.

Trace überprüfte den Flur in der oberen Etage und ging dann in ihr Arbeitszimmer. Als Maggie den Piepton hörte, zog sich ihr der Magen zusammen. Sie sprang vom Sofa und rannte die Treppe hoch.

„Wo hast du was gefunden?“

„Oben an der Schranktür. Bei geschlossener Tür ist sie praktisch unsichtbar. Selbst wenn die Tür geöffnet wird, kann man sie kaum sehen.“ Trace zeigte ihr die winzige Kamera, dann zog er eine Plastiktüte aus der Hosentasche und legte das Gerät hinein.

„Meinst du, er könnte Fingerabdrücke hinterlassen haben?“, wollte Maggie wissen.

„Das bezweifle ich. Aber es kann nie schaden, das zu überprüfen.“ Trace ging nach unten und durchsuchte das Gästezimmer. Diesmal benutzte er Kopfhörer, weil das Baby gerade schlief. Er ging in das Gästebad und die Toilette. Nachdem er dort nichts gefunden hatte, machte er sich ans Wohnzimmer und dann schließlich an die Küche.

Er war fast durch, als der Piepton wieder ertönte. Maggies Magen zog sich erneut zusammen. „Wo?“

„Hinter der Zierleiste über dem Spülbecken.“ Er zeigte nach oben. Die Linse ist hinter dem Lochmuster.“

Maggie ging zu ihm hinüber, als Trace eine zweite Minikamera hervorzog. „Warum installiert er sie im Arbeitszimmer und in der Küche statt im Schlafzimmer?“

Trace legte die Kamera in seine Plastiktüte und runzelte die

Stirn. „Ich denke, er wollte dir nicht zu nahe treten. Seine Nachrichten klingen mir nach einem Kavalier alter Schule sozusagen. *Meine teure Maggie.* Der Song, den er spielte, stammte aus *The Prince and The Maiden*, ein Musical, das in Zeiten der Ritterlichkeit spielte. Vielleicht sieht er sich so."

„So was wie der Ritter in der glänzenden Rüstung?" Maggie verdrehte die Augen. „Jetzt mach mal halblang."

„Könnte doch sein."

„Das ist ja gruselig", sagte Ashley, die ebenfalls in die Küche kam.

Trace presste die Lippen zusammen. „Allerdings."

Es klopfte laut an der Tür, und Maggie fuhr zusammen. Sie schlug sich die Hand vor die Brust und wollte öffnen, aber Trace kam ihr zuvor. Er sah durch den Spion, dann zog er die Tür auf.

„Jason! Was machen Sie denn hier?"

Ein junger Mann kam herein, er war schätzungsweise eins fünfundachtzig groß, blond und sah umwerfend aus.

„Sie waren bei Emily", sagte er aufgeregt. „Aber meine Schwester wollte mir nicht verraten, worüber Sie gesprochen haben. Jedenfalls ist sie völlig fertig. Ich möchte wissen, was Sie ihr erzählt haben."

Trace schloss die Tür. „Jetzt beruhigen Sie sich bitte."

„Ich beruhige mich nicht! Mein Vater ist tot. Ich glaube nicht, dass er sich selbst umgebracht hat, und Sie bestimmt auch nicht. Ich will wissen, was zum Teufel da vor sich geht!"

Trace atmete einmal tief durch. „Sie haben recht. Sie sollten wirklich die Wahrheit erfahren. Ich hätte es Ihnen letzte Woche sagen sollen. Wenn Sie sich beruhigen, können wir gleich jetzt darüber reden."

Maggie spürte, wie seine Kampflust etwas nachließ. Jetzt schien er erst zu bemerken, welche Szene er hier im Haus anderer Leute heraufbeschworen hatte.

„Tut mir leid", sagte er.

Trace wandte sich zu Maggie um. „Maggie, das ist Jason Somerset, Hewitts Sohn. Jason, das ist Maggie O'Connell und das ist ihre Schwester Ashley."

Jason nickte Maggie zu. „Nett, Sie kennenzulernen." Er trug eine perfekt sitzende braune Hose, einen kurzärmeligen burgunderfarbenen Sweater und teure italienische Mokassins. Als er sich an Ashley wandte, bekam er zuerst kein Wort heraus. Ihre Schönheit schien ihn sprachlos zu machen.

„Nett, Sie kennenzulernen, Jason", sagte sie lächelnd, sodass er Zeit hatte, seine Worte wiederzufinden.

„Ganz meinerseits, Ashley."

„Woher wussten Sie denn überhaupt, dass ich hier bin?", wollte Trace wissen.

„Von Annie. Ich habe sie mehr oder weniger zum Reden gezwungen."

Trace lachte. „Niemand zwingt Annie. Sie war bestimmt der Meinung, dass Sie ein Recht darauf haben, zu erfahren, was los ist." Er deutete mit dem Kopf zur Tür. „Wir können uns draußen unterhalten." Dann drehte er sich kurz zu Maggie um. „Ihr entschuldigt uns doch einen Moment, oder?"

„Die Terrasse ist sehr gemütlich, und da seid ihr ungestört. Draußen stehen auch Stühle. Ich bringe euch ein Glas Eistee."

Jason starrte immer noch Ashley an. Sie besaßen beide die gleichen kristallblauen Augen, die sie gerade wie in einem Wettkampf jeweils auf den anderen gerichtet hatten, als ginge es darum, wer als Erster wegsah.

Trace legte dem jungen Mann die Hand auf die Schulter. „Kommen Sie. Ich hätte meinem Instinkt trauen und Ihnen gleich sagen sollen, was los ist."

Traces Bemerkung schien den Bann zu brechen, und Jason wandte sich zu ihm um. „Das wird aber wirklich Zeit."

Die beiden Männer gingen durch die Glasschiebetür im Wohnzimmer nach draußen auf die Veranda, und Ashley sah ihnen hinterher.

„Wer ist das jetzt genau?", fragte sie in einem betont desinteressierten Tonfall, der das genaue Gegenteil von Desinteresse verriet.

„Jasons Vater war Hewitt Sommerset, der Gründer von *Sommerset Industries*."

„Jason sagte was von seinem Vater ... Dass er nicht glaubt, er hätte sich selbst umgebracht. Glaubt Trace, dass er ermordet wurde?"

„Das will er herausfinden."

Durch die Glastür beobachteten sie, wie Trace und Jason sich an den Gartentisch unter dem Sonnenschirm setzten, den Maggie nach dem Einzug ins Haus gekauft hatte.

„Gut aussehender Typ, was?", sagte Maggie mit einem Seitenblick auf ihre Schwester.

Ashley zuckte die Schultern. „Die gut aussehenden Typen kenne ich zur Genüge. Die meisten sind es nicht wert."

Maggie lächelte. „Es sollte aber schon noch ein paar davon geben, die in Ordnung sind." Ihr Blick wanderte zu Trace, der auf der Veranda saß, als wäre er hier zu Hause. Wenn er auch nur zur Hälfte so war, wie er schien, musste er zu den Guten gehören.

„Wird wohl so sein", erwiderte Ashley wenig überzeugt.

„Jason scheint mir sehr nett zu sein."

„Das scheinen sie alle", entgegnete Ashley trocken.

Maggie verfolgte das Thema nicht weiter. Die Erfahrung mit Ziggy hatte ihre Schwester ganz offensichtlich für Männer unzugänglich gemacht. Zumindest für den Moment.

Sie ging in die Küche, nahm zwei Gläser und gab Eiswürfel hinein. Aus dem Kühlschrank nahm sie eine Karaffe mit Tee, goss die Gläser voll und stellte sie auf ein Tablett. Als sie zur Veranda gehen wollte, bemerkte sie, dass Ashley durch die Glastür zu Jason sah.

Mehr als nur einmal registrierte sie, wie Jason ihren Blick erwiderte.

Jason schlug mit der Faust auf den Verandatisch. „Sie erzählen mir, dass mein Schwager, der Mann meiner Schwester, womöglich meinen Vater ermordet hat?"

„Das wissen wir nicht. Wir wissen, dass er Geld unterschlagen hat. Und dass er es auf ein Konto in Übersee überwiesen hat. Es könnte möglich sein, dass Ihr Vater ihn zur Rede gestellt hat. Alles andere sind nur Vermutungen."

„Parker war in dieser Nacht nicht wie behauptet zu Hause, sondern unterwegs. Emily hat Ihnen das erzählt."

„Das hat sie so gesagt."

Jason sprang vom Stuhl auf. „Dieser Dreckskerl hat meinen Vater umgebracht. Ich weiß es!"

Trace stand ebenfalls auf. „Sie wissen nichts Genaues. Und bis Sie Klarheit haben, müssen Sie sich zusammenreißen. Wenn nicht, werden Sie alles nur noch schlimmer machen."

„Ich bringe ihn um, das schwöre ich!"

„Na, das ist ja wunderbar. Dann gehen Sie für den Rest Ihres Lebens ins Gefängnis – genau das, was Ihr Dad sich für Sie gewünscht hätte. Ihre Reaktion ist genau der Grund, warum ich Ihnen das nicht gleich erzählt habe."

Jason sank auf seinen Stuhl zurück. Er ließ den Kopf sinken und fuhr sich mit den Fingern durch das goldblonde Haar. Schließlich richtete er sich wieder gerade auf. „Ich nehme an, Sie haben recht."

„Das nehmen Sie an?"

„Okay, Sie haben recht."

„Das kommt schon eher hin. Wenn Sie das Oberhaupt der Familie werden und *Sommerset Industries* führen wollen, müssen Sie sich zusammenreißen und ein paar schwierige Entscheidungen treffen. Dies ist eine davon."

In diesem Moment wurde die Glasschiebetür von innen geöffnet, und Maggie kam mit einer Karaffe und zwei Gläsern heraus. Als die Sonne ihr feurig rotes Haar aufflammen ließ, spürte er Schmetterlinge im Bauch. Sie setzte das Tablett auf dem Tisch ab und stellte vor jeden von ihnen ein Glas.

„Vielen Dank", sagte Jason.

„Es sah so aus, als würde es hier draußen ein bisschen heiß werden", sagte sie lächelnd.

Jason errötete leicht bei dieser Anspielung. Trace wusste, dass die Hitze, die sich in ihm breitmachte, nichts mit dem Wetter zu tun hatte. Er konnte an gar nichts anderes mehr denken, als wie gern er diese Frau mit in sein Bett nehmen würde. Als sie sich wieder umdrehte und ins Haus zurückging, starrte er auf ihren kleinen, niedlichen Po, der in den engen Jeans so gut zur Geltung kam.

„Also, was wollen wir jetzt unternehmen?“, sagte Jason und riss Trace aus seinen gefährlichen Gedanken.

„Wir haben unsere Hausaufgaben gemacht. Die Polizei ist an dem Fall dran. Sie wollen Parker fast genauso gern festnageln wie Sie.“

„Nicht mal ansatzweise.“

„Vielleicht nicht, aber das Resultat ist dasselbe. Parker wird den Rest seines Lebens im Gefängnis verbringen.“

Jason biss die Zähne zusammen. „Er gehört auf den elektrischen Stuhl.“

„Ja, sicher. Aber das hier ist noch besser. Stellen Sie sich vor, wie Parker sich als Spielzeug all dieser Schlägertypen innerhalb der Gefängnismauern fühlt. Die bequemen Tage seines Lebens sind gezählt.“

Jason verzog das Gesicht zu einem grimmigen Lächeln. „Ich denke, mit dem Gedanken könnte ich leben.“

„Das ist schon besser. Ich denke, so wäre Ihr Vater durchaus mit Ihnen zufrieden.“ Trace nahm einen Schluck von seinem Eistee, der ihm kalt die Kehle hinunterrann. Er warf kurz einen Blick zur Schiebetür und wünschte, das Getränk könnte sein in Wallung geratenes Blut kühlen.

Jason folgte seinem Blick. „Die Rothaarige … ist das Ihre Freundin?“

„Meine Klientin“, sagte Trace.

„Sie ist ziemlich heiß.“

Trace nahm einen weiteren kühlenden Schluck. „Ja, das ist sie.“

„Was ist denn mit, äh, dieser blonden Schwester von ihr?“

Auf diese Frage hatte er gewartet. Es war nicht zu übersehen gewesen, dass es zwischen Jason und Ashley knisterte. „Ich weiß nicht allzu viel über sie. Sie ist Maggies Halbschwester. Hatte es wohl nicht leicht. Scheint sich aber inzwischen ziemlich gut gemacht zu haben. Sie hat ein kleines Kind."

Jasons Kopf fuhr hoch. „Ein Kind? Sie ist doch noch ein junges Mädchen."

„Sie ist alt genug, nur ein paar Jahre jünger als Sie. Maggie sagt, sie wäre gerade einundzwanzig geworden."

Jason nahm einen Schluck von seinem Tee. „Dann ist sie also verheiratet."

Trace schüttelte den Kopf. „Nein, ist sie nicht."

„Wo ist denn der Vater des Kindes?"

„Abgehauen wahrscheinlich. Oder vielleicht hat sie ihm den Laufpass gegeben. Er war wohl nicht besonders zuverlässig. Sie können sich glücklich schätzen, so einen Vater wie Ihren gehabt zu haben."

Jason blickte wieder zur Glasschiebetür, hinter der Ashley stand. Sie würden beide ein wirklich unglaublich attraktives Paar abgeben, wie Trace fand.

„Wenn das alles hier vorbei ist ... Meinen Sie, ich könnte sie mal zum Essen einladen?"

„Das müssen Sie entscheiden. Aber Vorsicht, Ashley hat man bisher schon genug wehgetan, noch mehr Probleme braucht sie ganz sicher nicht."

Jason nickte ernst.

Maggie erschien wieder an der Tür, als sie bemerkte, dass die Unterhaltung der beiden wohl zu Ende war. Sie schob die Glastür auf und kam auf die Terrasse heraus. Als sie Trace anlächelte, fühlte der sich, als flatterten Unmengen von Schmetterlingen durch seinen Bauch. Er warf Jason einen Blick zu und fragte sich, ob es ihm genauso gegangen war, als ihm bei Ashleys Anblick plötzlich die Stimme versagt hatte.

Was auch immer diese beiden Frauen an sich hatten, es schien wohl in der Familie zu liegen.

Trace fand keine Fingerabdrücke an der Wanze und den Kameras. Das hatte er auch nicht erwartet. Am Dienstag installierte ein Team Überwachungskameras am vorderen und hinteren Teil von Maggies Haus.

Trace rief außerdem Mark Sayers an, um ihn von den in Maggies Wohnung versteckten Kameras und dem GPS-Sender an ihrem Auto zu unterrichten.

„Sie hat sich diese Sache nicht ausgedacht", sagte Trace zum Detective. „Was immer sie auch als Teenager getan hat, das hier ist kein Scherz. Maggie befindet sich in ernsthaften Schwierigkeiten."

„Tja, klingt ja fast so, als wäre das bei dir auch der Fall. Sei bloß vorsichtig, Kumpel. Du hast ja nicht unbedingt das große Glück, was Frauen angeht – vor allem rothaarige."

Trace biss die Zähne zusammen. „Mach einfach nur deinen Job, Sayers. Sieh zu, dass die im Revier darüber Bescheid wissen, was da vor sich geht."

„Sie muss Anzeige erstatten."

„Das hat sie bereits getan. Wenn du willst, kann ich gerne auch noch eine Dienstaufsichtsbeschwerde obendrauf legen."

„Okay, okay, ist ja gut. Ich werde Bescheid sagen."

„Vielen Dank." Trace beendete das Gespräch und blieb einen Moment grübelnd sitzen. Er dachte an das Revier und Hoyt Varner. Und er fragte sich, wie weit der Captain gehen würde, um seinen Sohn nach all den Jahren zu rächen. Weit genug, um Maggies Leben aufs Spiel zu setzen? Der Typ war Polizeibeamter. Trace konnte sich so etwas eigentlich nicht vorstellen.

Zumindest war die Fangschaltung eingerichtet. Allzu viele Hoffnungen machte er sich damit allerdings nicht, vor allem nachdem er die hochwertigen elektronischen Geräte gesehen hatte, die im Haus und am Wagen installiert gewesen waren. Trotzdem, vielleicht würde der Kerl anrufen und sie hätten Glück und könnten seinen Standort ermitteln.

Die Woche verging wie im Flug. Es gab keine neuen Vorkommnisse, und die Aufzeichnungen der Überwachungskameras zeigten auch nichts. Trace machte sich am meisten Sorgen wegen Maggies bevorstehender Vernissage.

Die Eröffnung am Freitagabend, die auch gleichzeitig eine Benefizveranstaltung für das hiesige Kinderheim war, wurde in den Zeitungen und im Lokalfernsehen angekündigt. Es sollte ein sehr exklusives Event nur für geladene Gäste werden, auf dem Maggies neueste Arbeiten gezeigt wurden. So viel Aufmerksamkeit könnte Ärger bedeuten.

Andererseits bot sich damit auch die bislang beste Gelegenheit, den Stalker zu schnappen.

Überwachungsgeräte waren nicht billig, vor allem nicht in der Qualität, von der die Geräte in Maggies Haus und Wagen waren. Dieser Typ musste Geld haben. Bei einem Preis von fünfhundert Dollar für die Eintrittskarte würde keine Laufkundschaft in der Galerie erscheinen. Doch dieser Stalker konnte es sich bestimmt leisten.

Die einzige Beschreibung, die womöglich infrage kam, stammte von dem Makler Jim Brewer: ziemlich groß, in den Vierzigern, korpulent, ein paar graue Strähnen im Haar. Dummerweise passte die Beschreibung zu vielen Männern.

Trace würde die Augen offen halten und einsatzbereit sein, falls es irgendwelche Probleme gab. Aber der Mann war clever und würde sich bestimmt nicht verraten. Es bestand die große Chance, dass er gar nicht erschien und der Abend reibungslos verlief.

Wenn das der Fall wäre …

Trace dachte an das bevorstehende Wochenende. Er verzehrte sich nach Maggie O'Connell. Und er hatte keine Lust mehr, den Gentleman zu spielen.

Wenn seine Arbeit ihn nicht daran hinderte, würde er am Freitagabend eine ganze Menge mehr für Maggie tun, als sie nur zu begleiten.

13. KAPITEL

Zum Ende der Woche hin änderte sich das Wetter, der Himmel bewölkte sich. Am Freitagabend hingen dicke, dunkle Wolken über der Stadt, die ein heftiges Gewitter ankündigten.

Maggie überlegte, ob deshalb weniger Leute zur Eröffnung kommen würden, aber vermutlich nicht. Da die Einnahmen von den Eintrittskarten an das *Weyman's Children's Shelter* gingen, war die Publicity für die Ausstellung überwältigend. Es wurde ein regelrechtes Promi-Event.

In ihrem eng anliegenden, langen smaragdgrünen Abendkleid, das mit Pailletten besetzt war und von Strassträgern gehalten wurde, wanderte Maggie vom Wohnzimmer zur Eingangstür und wieder zurück.

Ashley saß auf dem Sofa und sah sich gerade irgendwas auf dem Kochsender an, nach dem sie süchtig zu sein schien. Der Kleine auf ihrem Schoß schmatzte an der Nuckelflasche, die seine Mutter ihm hinhielt.

Ashley sah lächelnd auf den Bildschirm. „Ist sie nicht großartig?"

„Wer?" Maggie, die nervös auf Trace wartete, sah abgelenkt auf den Bildschirm.

„Giada De Laurentiis. Sie ist nicht nur schön, sondern eine wahnsinnig gute Köchin." Ashleys Traum war, demnächst in einem der besseren Restaurants der Stadt zu arbeiten. Irgendwann, so hoffte sie, könnte sie an einer der exklusiven Kochschulen Houstons anfangen und Chefköchin werden.

„Sie hat jedenfalls eindeutig eine Fangemeinde", bemerkte Maggie, der Ashleys Ambitionen gefielen. Davon, dass ihre Schwester so gern mit neuen Rezepten experimentierte, profitierte sie eindeutig. Was allerdings auch hieß, dass sie unbedingt zum Racquetballplatz musste, um wieder ein paar Kalorien zu verbrennen.

Sie sah auf die Uhr, ging schnell noch mal ins Bad, um ihr Make-up zu überprüfen, und kehrte ins Wohnzimmer zurück, um ihre Wanderung wieder aufzunehmen.

„Weißt du nicht, dass man einen Mann warten lassen muss?", sagte Ashley vom Sofa her. „Du bist mindestens fünfzehn Minuten zu früh fertig."

„Ich weiß, ich weiß. Ich bin wegen meiner Ausstellung ein bisschen nervös."

„Ach so, und ich dachte schon, du wärst es, weil du ein Date mit deinem heißen Cowboy hast."

Maggie warf ihr einen finsteren Blick zu. „Er ist nicht mein Cowboy, er ist mein Bodyguard. Das war von vornherein klar."

„Na gut. Aber falls du heute Nacht nicht nach Hause kommen solltest, werde ich nicht in Panik geraten, okay? Ich stelle die Alarmanlage an, wenn du gehst. Wenn dieser Irre anruft, schreibe ich Datum und Uhrzeit auf."

Maggie dachte unwillkürlich an die Nacht, als sie die Porzellanfigur auf dem Küchentresen gefunden hatte, und machte sich sofort Sorgen. „Du hast meine Handynummer, falls irgendwas sein sollte …"

„Die habe ich. Jetzt hör auf, dir Gedanken zu machen."

Maggie ging in die Küche. Sie hatte kein gutes Gefühl dabei, wenn sie Ashley mit dem Baby hier allein ließ. Aber das Alarmsystem funktionierte und halb Houston wusste, dass Maggie bei der Vernissage sein würde. Wenn der Typ wirklich so besessen von ihr war, tauchte er bestimmt dort auf.

Das hoffte sie jedenfalls. Sie hoffte, dass sie ihn erkennen würde und die Belästigung ein Ende hätte, damit sie endlich wieder ihr normales Leben weiterführen konnte.

Sie sah aus dem Fenster über dem Spülbecken. „Oh Gott, da ist er." Aber so ganz sicher war sie sich nicht, ob die weiße Stretchlimousine, die gerade vorfuhr, nicht vielleicht für jemand anders sein sollte. Bis der Fahrer die hintere Tür öffnete. Trace stieg mit eingezogenem Kopf aus und hielt dabei seinen Hut fest.

Er richtete sich auf und kam mit einer goldfarbenen Schachtel in der Hand auf das Haus zu. Maggie rannte zur Tür, um ihm zu öffnen. Ihr Herz klopfte heftig. Das war albern, aber sie konnte diese Vorfreude einfach nicht unterdrücken.

„Sei doch nicht so übereifrig", rief ihr Ashley aus dem Wohnzimmer hinterher. „Du musst so tun, als wenn du nicht leicht zu haben wärst."

Maggie grinste. „Ich *bin* nicht leicht zu haben, aber danke für den Rat." Sie holte tief Luft und zog die Tür auf, kaum dass Trace geklopft hatte. Dann trat sie beiseite, damit er eintreten konnte.

Bis auf sein blütenweißes Hemd war er ganz in Schwarz gekleidet: schwarzer Westernsmoking, schwarze Lederschuhe, schwarzer Filzhut mit einem silberfarbenen Zierband. Er sah aus wie der Marlboro-Mann auf dem Weg zum Dinner im Weißen Haus – zum Anbeißen.

Leichte Hitze überkam sie, und sie spürte wieder dieses Kribbeln im Bauch. „Eine Limousine? Das war aber nicht nötig." Trotzdem freute sie sich, dass er so aufmerksam war.

„Du bist heute der Star. Dann musst du auch wie ein Star behandelt werden." Er reichte ihr die goldfarbene Schachtel. Als sie den Deckel anhob, kam eine wunderschöne Orchidee mit purpurrotem Kelch und weißen Blütenrändern auf goldfarbenes Seidenpapier gebettet zum Vorschein.

„Die ist ja unglaublich", sagte sie leicht atemlos.

„Genau wie du." Mit seinen whiskeybraunen Augen betrachtete er sie: die auf die Schultern fallenden roten Locken, auf einer Seite zurückgesteckt, um einen Diamantohrring zur Geltung zu bringen, das aufregende Dekolleté und ihr Kleid bis hinunter zu ihren mit Strass besetzten High Heels. „Du wirst heute Abend alle umhauen."

Trace nahm den Blumenschmuck aus dem Kästchen und befestigte ihn an Maggies Handgelenk. Plötzlich kamen ihr fast die Tränen.

„Ich bin nie zum Abschlussball gegangen", sagte sie. Nach dem Vorfall mit Josh hatte sie sich zu Hause verstecken müssen. Dann war sie an eine andere Schule übergewechselt, und keiner der Jungen dort hatte die neue Schülerin eingeladen. Sie lächelte.

„Ich fühle mich heute Abend wie die Ballkönigin.“

Auf seinem Gesicht erschien ein verständnisvoller Ausdruck, der ihr sofort zu Herzen ging.

„Der Abend hat gerade angefangen, Darling.“ Bei dem heißen, flammenden Blick seiner dunklen Augen blieb ihr fast der Atem weg.

„Amüsiert euch gut, Kids!“, rief Ashley aus dem Wohnzimmer. „Ich verspreche, dass ich nicht aufbleibe, um auf euch zu warten.“

„Sehr clever von dir“, rief Maggie zurück, und Trace lachte.

„Sie haben doch meine Handynummer gespeichert, ja?“, erkundigte sich Trace bei Ashley.

„Ich habe eure beiden Nummern. Jetzt geht einfach los!“

Trace legte Maggie die Hand um die Taille und führte sie hinaus zum Wagen. Der große schlanke Fahrer in voller Chauffeursuniform, inklusive einer feschen kleinen Kappe, öffnete ihnen die Tür.

Maggie stieg ein und ließ sich auf den roten Ledersitz sinken, Trace setzte sich neben sie. Der Fahrer war durch eine undurchsichtige Scheibe vom Fahrgastraum getrennt. Das Innere war durch winzige weiße Lämpchen beleuchtet. Auf der Bar aus dunklem Holz stand ein silberfarbener Sektkühler mit einer Flasche Dom Pérignon.

„Du hast aber auch an alles gedacht“, sagte Maggie beeindruckt.

„Das werden wir sehen.“ Trace blickte ihr in die Augen, als die Limousine vom Parkplatz fuhr. Er griff nach der Flasche, löste den Draht und zog den Korken heraus. Er goss die prickelnde Flüssigkeit in ein langstieliges Champagnerglas und reichte es Maggie, dann goss er sich selbst einen kleinen Schluck ein. „Ich bin heute im Dienst, deshalb ist das alles, was ich heute trinke.“

„Das Gleiche gilt für mich. Ich muss heute in Bestform sein.“

„Aber Darling, das bist du zweifellos.“ Er hob sein Glas. „Auf die erfolgreichste Ausstellung, die du je hattest.“

Sie hob ihr Glas und fügte in Gedanken dazu: *Und dass wir*

den Verrückten schnappen, der mir mein Leben versaut. Sie stieß mit Trace an und betete im Stillen, dass der Stalker dort wäre. Hoffte, dass er irgendetwas sagte oder tat, das ihn verriet.

„Deine Schwester scheint sich ja gut eingelebt zu haben", sagte Trace und lehnte sich zurück.

„Sie will Chefköchin werden." Maggie lächelte. „Sie ist bereits eine verdammt gute Köchin."

„Das klingt vielversprechend."

„Ich mag sie echt gern. Sie hat Humor und ist clever. Und Ashley ist eine großartige Mutter. Sie liebt ihr Baby wirklich."

„Wie steht es mit dir?" Er nahm einen Schluck von seinem Champagner. „Magst du Kinder?"

Maggie zuckte die Schultern, und sie spürte die leichte Reibung der strassbesetzten Träger an ihren nackten Schultern. „Bisher hatte ich nie die Zeit, um richtig über Kinder und Familie nachzudenken. Für mich war das Wichtigste, in meinem Beruf erfolgreich zu werden. Das zu erreichen hat mich meine ganze Zeit gekostet."

„Und jetzt?"

„Jetzt hätte ich Zeit zu überlegen, was wirklich wichtig für mich ist." Sie warf ihm einen Seitenblick zu. „Und wie sieht es mit dir aus?"

Er antwortete nicht sofort und nahm erst einen weiteren Schluck aus seinem Glas. „Ich war mal verheiratet und wollte eigentlich Kinder haben. Der Plan ging nicht auf."

Sie spürte, dass sie über ein sensibles Thema redeten, aber sie war neugierig. „Das war mal, aber wie ist es jetzt?"

Er wandte seinen Blick aus dem Fenster. „Das alles hat einen ziemlich schlechten Nachgeschmack bei mir hinterlassen."

Maggie bedrängte ihn nicht weiter. Sie war nicht auf der Suche nach einer festen Beziehung. Offensichtlich ging es ihm genauso. Eine unverbindliche Affäre war alles, was sie wollte. Das sagte sie sich jedenfalls. Und dass es einfach gut laufen sollte. Es wäre für sie beide angenehm, oder etwa nicht?

Es dauerte nicht lange, bis die Limousine in die Westheimer

Road einbog und sich in die lange Reihe von Autos vor der *Twin Oaks Gallery* einreihte. Parkwächter übernahmen die Wagen, die vor der Eingangstür aus geschliffenem Glas vorfuhren, und parkten sie ein. Vom Bürgersteig bis zur Tür war ein roter Teppich ausgerollt.

Eine Gruppe von Reportern der Zeitungen und vom lokalen Fernsehsender fotografierte und filmte die glamourösen Gäste auf ihrem mit Samtbändern gekennzeichneten Weg zur Eingangstür.

Nicht unbedingt eine Oscar-Verleihung, aber für Maggie war es die erste Veranstaltung der Art, an der sie teilnahm. Sie war ziemlich aufgeregt und mehr als ein bisschen nervös. Plötzlich war sie froh, dass Trace sie begleitete, ob nun als Bodyguard oder nicht. Er wirkte irgendwie beruhigend auf sie und gab ihr Sicherheit.

Nun, zumindest solange sie ihn nicht ansah. Denn dann dachte sie sofort an heißen Sex und musste sich zusammenreißen.

„Wir sind fast da", sagte er und lehnte sich vor, um aus dem Fenster zu sehen. Direkt vor ihnen fuhren ein glänzender roter Ferrari und zwei schwarze Limousinen mit abgedunkelten Scheiben vor dem Eingang der Galerie vor.

„Der Ferrari ... das ist Matthew Bergman", sagte Maggie. „Sein Vater ist ein großer Kunstmäzen und ein bekannter Philanthrop. Matthew ist Fotoliebhaber."

„Ich habe mal einen Auftrag für seinen Vater erledigt", bemerkte Trace, und Maggie stellte sich vor, wie endlos viele Geschäftskontakte er haben musste. Wahrscheinlich war Trace ein äußerst respektierter Mann.

Der erste schwarze Wagen hielt vor der Galerie. „Das ist Senator Logan mit seiner Frau." Maggie beobachtete den Mann mit dem silbergrauen Haar, der aus dem Wagen stieg, gefolgt von einer attraktiven Frau in einem langen, mit Perlen besetzten burgunderroten Abendkleid. „Im zweiten Wagen sitzen wahrscheinlich sein Assistent Richard Meyers und der Pressesprecher Duncan Ross. Seitdem sich Logan als Gouverneur zur Wahl stellt, reist er kaum noch ohne seine Entourage." Sie kamen als Nächste. Die Limousine blieb vor dem Eingang stehen, und einer der vielen Bediensteten in roter Weste öffnete den Wagenschlag. „Willkommen in der *Twin Oaks Gallery*", sagte der junge Mann.

„Los geht es", bemerkte Trace, und Maggie holte noch einmal tief Luft. Als sie ausstieg, flammten die Blitzlichter auf, und ein paar Reporter hielten ihr ein Mikrofon vor die Nase.

„Das ist wirklich eine große Veranstaltung, Ms O'Connell", sagte ein klein geratener und leicht übergewichtiger Reporter und lehnte sich zu ihr vor. „Der Erlös der Eintrittskarten geht an wohltätige Zwecke. Haben Sie so etwas schon einmal getan?"

„Ich habe bereits Fotografien für einige gemeinnützige Organisationen gestiftet, aber nicht in einem solchen Rahmen. Das *Weyman's Children's Shelter* ist sehr unterstützungswürdig. Als man mir vorschlug, die Eröffnung der Ausstellung mit der Benefizveranstaltung zu kombinieren, habe ich sehr gern zugesagt."

„Wer ist denn Ihr Begleiter?", erkundigte sich eine der Journalistinnen. Sie begutachtete Trace wie ein saftiges Steak und verzog die Lippen zu einem süffisanten Lächeln.

„Nur ein Freund", sagte Trace, bevor Maggie zu Wort kam. Nicht dass es lange ein Geheimnis bleiben würde.

Sie liefen über den roten Teppich und betraten die Galerie, die sich langsam mit Besuchern füllte. Sanfte Musik spielte im Hintergrund, während Kellner in kurzen weißen Jacketts mit silbernen Tabletts voller Champagnergläser umhereilten.

Gleich neben der Tür stand Faye Langston, die Inhaberin der Galerie. Als sie Maggie sah, kam sie ihr mit einem Champagnerglas in der Hand entgegen. Sie war groß und schlank, dichtes dunkles Haar umrahmte streng geschnitten ihr schmales Gesicht. Ihre Nase war sehr lang, was sie zwar nicht klassisch schön, dafür aber äußerst beeindruckend aussehen ließ.

Faye beugte sich vor und küsste Maggie auf die Wange. „Wir haben alle Eintrittskarten verkauft", sagte sie stolz. „Das Kinderheim bekommt einen schönen Batzen Geld. Jetzt müssen wir nur noch ein paar Bilder von dir verkaufen."

Das hoffte Maggie. Sowohl sie als auch Faye würden einen Prozentsatz ihrer Einnahmen ebenfalls dem Heim stiften, was den Verkauf hoffentlich noch förderte.

„Faye, darf ich dir Trace Rawlins vorstellen. Ihm gehört *Atlas Security*. Trace, das ist Faye Langston, die Besitzerin der Galerie."

„Angenehm, Sie kennenzulernen, Ms Langston", sagte Trace und setzte seinen schwarzen Filzhut ab. Sofort erschien einer der Angestellten wie aus dem Nichts, um ihm den Hut abzunehmen. Trace fuhr sich mit den Fingern durch das dichte Haar, das einwandfrei saß. Maggie musste sich beherrschen, um nicht die Hand auszustrecken und das Gleiche zu tun.

Faye lächelte ihn an. „Ich freue mich auch, Sie kennenzulernen, Trace. Sie werden doch hoffentlich Faye zu mir sagen. Ich bin sicher, Sie werden sich heute Abend sehr gut um unseren Ehrengast kümmern", sagte sie mit einem wissenden Lächeln.

Trace warf Maggie einen Blick zu. „Das habe ich fest vor." Er sagte das in einem so lasziven Tonfall, dass Maggie sofort wieder ein Kribbeln im Bauch spürte.

„Ach, da ist ja Senator Logan ..." Faye winkte ihm zu und lächelte. „Ihr entschuldigt mich doch bitte." Mit einem Zwinkern für Maggie verschwand sie.

Jetzt, wo Maggie endlich hier war, entspannte sie sich. Dutzende von ihren Fotos hingen an den Wänden. Farbe, Licht, Hintergrund und Thematik wurden dabei sorgfältig berücksichtigt.

Die Rahmen hatte sie selbst ausgewählt, und Faye hatte die kleinen Schilder unter jedem Bild von einem Kalligrafen anfertigen lassen. Dort standen die jeweiligen Titel, die Maggie ihnen gegeben hatte, das Datum und der Ort der Aufnahme. Bei jedem zum Verkauf stehenden Foto handelte es sich um eine limitierte Auflage. Für diese Ausstellung waren es fünfundzwanzig Stück, die von jedem Foto abgezogen wurden, jedes gerahmt und signiert. Wenn sie die Bilder jetzt sah, war sie stolz und sehr zufrieden mit ihren Arbeiten.

„Deine Fotos gefallen mir", sagte Trace, der gerade eine Hafenaufnahme betrachtete, die während eines herannahenden Gewitters entstanden war. Maggie hatte sie „Ferocity" genannt. Eine bedrohliche Wand von brodelnden schwarzen Wolken bewegte sich auf die Küste zu, und das Tageslicht hatte sich bereits verdunkelt. In der Ferne war ein winziges Segelboot zu erkennen, das offensichtlich im Wettlauf mit den Wolken auf den Hafen zuraste, um sich noch rechtzeitig vor dem Unwetter in Sicherheit zu bringen. „Jedes Bild hat etwas ganz Besonderes, das aus dem Üblichen herausragt."

Maggie lächelte, besonders erfreut über das Kompliment, weil es von Trace kam. „Ich kann mich noch sehr gut an diesen Tag erinnern. Die Szene hat mich so fasziniert, dass ich stehen bleiben und Aufnahmen machen musste. Aber gleichzeitig hatte ich auch Angst um das kleine Schiff. Ich habe noch so lange da im Hafen gestanden und gewartet, bis es dort sicher eingetroffen ist."

Trace betrachtete sie interessiert, sagte aber nichts. Gäste kamen auf sie zu, drängten sich um sie und wollten ein Wort mit ihr wechseln.

„Ich werde mich ein wenig umschauen", kündigte Trace an, damit sie ihre Aufgabe erfüllen und sich den Ausstellungsbesuchern widmen konnte. Sie war heute der Star des Abends. Sie würde Faye beim Verkauf ihrer Bilder unterstützen.

„Hallo, Trace, schön, Sie zu sehen."

Trace drehte sich um. „Mrs Logan. Es ist mir immer eine Freude." Mit inzwischen fünfzig konnte man Teresa Logan langsam die Strapazen des Lebens an der Seite des Senators ansehen. Feine Linien zeigten sich in ihren Augenwinkeln und um den Mund herum. Ihr blondes Haar war nicht mehr so voll wie früher. Es hatte Zeiten gegeben, da war sie sehr schön gewesen. Wie ihre Tochter.

Cassidy erschien im selben Augenblick. Sie sah ihn an und lächelte. „Hallo, Trace." Sie waren mal einen Sommer befreundet gewesen, nachdem Cassidy den Highschool-Abschluss gemacht hatte. Da war sie gerade achtzehn geworden, ein rothaariges Mädchen mit großen, unschuldigen blauen Augen und ein bisschen zu viel Speck auf den Rippen. Trace hatte schon zwei Jahre am kommunalen College studiert.

Inzwischen war Cassidy mit einem prominenten Chirurgen verheiratet, ihr blondiertes Haar hatte sie zu einer stilvollen Frisur hochgesteckt.

„Schön, dich zu sehen, Cassidy."

„Es ist ja wirklich schon eine Weile her." Sie lächelte. „Dir geht es hoffentlich gut?"

„Das Geschäft läuft, das Leben ist wunderbar. Wie geht es dir?"

Bevor sie antworten konnte, erschien ihr Vater, der Senator, an ihrer Seite. „Trace, nett, Sie zu sehen." Senator Logan war ziemlich groß, kräftig gebaut und ließ mit seinen sechzig Jahren immer noch die Herzen der Damen schneller schlagen. Heute Abend strahlte er über das ganze Gesicht. Dabei hatte er damals, als Trace sich mit seiner Tochter traf, alles ihm Mögliche getan, um diese Beziehung zu beenden.

Er hätte sich keine Sorgen machen müssen. Zwischen ihnen war nie etwas Ernsthaftes gewesen. Cassidy suchte nach einer besseren Partie, und Trace war entschlossen gewesen, in der Armee Karriere zu machen. Trotzdem hatten sie sich gemocht, was einem Mann wie Garrett Logan mit seinen politischen Ambitionen genug Grund zur Sorge gegeben hatte, auch damals schon.

„Trace, das ist mein Assistent Richard Meyers." Der schlanke Meyers trug einen auffallend teuren Anzug und eine goldene Fliegerbrille. Ein eitler Typ, dachte Trace, und sehr ehrgeizig.

„Das hier sind mein Pressesprecher Duncan Ross und seine Frau Elaine." Duncan war ein Mann in den Vierzigern mit beginnender Glatze, dem die Aufrichtigkeit ins Gesicht geschrieben stand. Elaine war klein und dick. Sie sah ein bisschen aus wie eine schick angezogene Hausfrau, was der Glaubwürdigkeit ihres Mannes nur noch zusprach.

„Nett, Sie kennenzulernen“, sagte Trace.
„Trace ist ein alter Freund von Cassidy.“
Cassidy verdrehte die Augen. „So alt auch wieder nicht, Daddy.“
Der Senator lachte. Sein schwarzer Smoking saß einwandfrei und bildete einen attraktiven Kontrast zu seinem vollen silberfarbenen Haar. „Trace und Cassidy waren mal in einem Sommer ein paar Wochen zusammen.“
„Wir waren nur Freunde“, sagte Trace. „Damals hatte ihr Vater fürchterliche Angst, dass sein kleines Mädchen wegrennen und einen hergelaufenen Cowboy mit Pferdedreck an den Stiefeln heiraten könnte. Aber Cassidy war dafür viel zu clever.“
Alle lachten.
„Trace ging zur Army und wurde ein Ranger, und ich habe mein Studium angefangen“, erklärte Cassidy. „Da habe ich dann Jonathan getroffen.“
Trace lächelte. „Und der Rest ist, wie man so schön sagt, Geschichte.“
„Es tut mir leid, dass Jonathan heute Abend nicht mitkommen konnte“, sagte Cassidy. „Ich hätte ihn dir gern vorgestellt.“
„Schade, ich würde ihn auch gern kennenlernen.“
Sie plauderten noch eine Weile. Trace war noch nie ein Anhänger von Garrett Logan und seinen politischen Ansichten gewesen. Bei den letzten Wahlen hatte er für den Gegenkandidaten gestimmt. Aber Logan war ein redegewandter Mann, zusammen mit seinem attraktiven Äußeren und seinem Stil gewann er eine Menge Wähler. Nun langweilte ihn das politische Parkett in Washington, D.C., und er bemühte sich um das Amt des Gouverneurs in Texas. Seine Chancen standen sehr gut.
Als das Gespräch etwas abebbte, entschuldigte sich Trace. Er ging zu Maggie hinüber, die er die ganze Zeit nicht aus den Augen gelassen hatte. Sie unterhielt sich immer noch mit einer Gruppe von Bewunderern. Er warf ihr einen Blick zu, den sie erwiderte, und wanderte wieder durch die Galerie. Er suchte nach jemandem, der auf die Beschreibung des Maklers passen würde

oder irgendwie mehr Interesse als normal an Maggie zeigte.

Er sah nur wenige Männer, die das richtige Alter und grau meliertes Haar hatten. Trace stellte sich jedem vor, merkte sich dessen Namen, hielt sich aber mit seinen Bemerkungen zurück. Vielleicht bestand die Chance, im Internet etwas Interessantes über sie zu finden.

Andererseits gab es eine endlose Menge von Männern, die ein mehr als normales Interesse an Maggie zeigten.

Einer stand gerade neben ihr, Ende dreißig, dunkles Haar und blaue Augen. Irgendwie hatte er es geschafft, sie aus der Gruppe ihrer Fans wegzulotsen. Trace spürte, wie ihm das Adrenalin durch den Körper schoss, und musste um seine Selbstbeherrschung ringen. Es ist keine Eifersucht, sagte er sich, und ging zu den beiden hinüber.

Maggie sah, wie Trace mit finsterem Gesicht auf sie zukam. Sofort blickte sie sich um, weil sie den Stalker irgendwo vermutete. Dann stellte sie fest, dass sein böser Blick auf Roger gerichtet war, und entspannte sich. Der Fotografie-Dozent war kaum eine Bedrohung. Ihm verdankte sie größtenteils ihren Erfolg.

„Trace, gut dass du hier bist. Ich würde dir gern Roger Weller vorstellen. Ich habe dir doch von ihm erzählt. Als ich noch zur Uni ging, habe ich für ihn gearbeitet. Er war so was wie mein Mentor, und ich schulde ihm so viel."

Roger lächelte sie an. „Und ich versuche es schon seit Jahren einzufordern." Dann musterte er sie, als wolle er keinen Zweifel aufkommen lassen, was er damit meinte. „Bisher hat es nicht geklappt."

Maggie spürte, wie Trace sich neben ihr anspannte. „Tatsächlich?"

„Roger und ich sind lediglich Freunde", stellte sie nachdrücklich fest. „Er wohnt ja nicht mal mehr in Houston, sondern in L. A." Sie warf Roger einen warnenden Blick zu. Damals hatte sie immer das Gefühl gehabt, dass er noch mehr von ihrer Beziehung zueinander erwartete, als Maggie zu geben bereit war. Doch gedrängt hatte er sie nie. „Ich war seine Assistentin. Roger hat mir praktisch alles beigebracht, was ich über Fotografie weiß."

„Ich hätte dir noch viel mehr beigebracht, wenn du es zugelassen hättest, meine Liebe", scherzte er.

„Roger, bitte." Sie warf Trace einen Blick zu und bemerkte, wie er die Zähne zusammenbiss. „Er macht nur Witze. Wir hatten durchweg eine absolut professionelle Beziehung."

„Das stimmt. Maggie vertrat immer die Ansicht, Geschäft und Spaß zu trennen."

Trace sah ihn finster an. „Zu Ihrem Bedauern, nehme ich an."

„War nett, dich zu treffen, Roger", sagte Maggie und nahm Trace beim Arm. „Wenn du mich jetzt entschuldigst, ich muss mich ein bisschen unters Volk mischen.“

„Ich bin noch eine Weile in der Stadt“, sagte Roger. „Vielleicht können wir ja zusammen Mittag essen, bevor ich wieder abreise.“

Maggie bemühte sich, nicht zu Trace zu sehen. Sie ahnte, was sie in seinem Gesicht ablesen würde. Er war ganz eindeutig nicht so ruhig, wie er gern angenommen hätte.

Sie bemühte sich um ein Lächeln. „Ich bin fürchterlich im Stress im Moment, aber vielleicht können wir ja was ausmachen.“

Roger verzog amüsiert die Mundwinkel.

Maggie drehte sich um und zog Trace mit sich, bevor er von seinem Testosteron überwältigt würde.

„Vielleicht könnt ihr ja was ausmachen?“, sagte er mühsam beherrscht.

„Ich wollte nur nicht unhöflich sein. Außerdem ist es ja nicht so, als hätten wir eine Beziehung. Du bist mein Bodyguard, nichts weiter. Es geht dich überhaupt nichts an.“

„Oh, wir haben sehr wohl eine Beziehung. Sobald wir hier raus sind, werde ich dir genau zeigen, was für eine.“

Maggie stockte der Atem. Als sie in seine braunen Augen blickte, setzte ihr Herzschlag kurz aus. „Du … du willst *was*?“

„Noch ein Wort über Roger, und ich schleife dich ins Hinterzimmer und zeige es dir auf der Stelle.“

Maggie riss die Augen auf. *Himmel noch mal, er meint es ernst!* Das sah sie an seinem verkniffenen Gesicht und wie er die Zähne zusammenpresste. Er war eifersüchtig … und mehr als scharf auf sie.

„Wir … wir können nicht gehen. Noch nicht.“

Trace verstand diese Bemerkung genau so, wie sie gemeint war. Sie würde ihn nicht aufhalten. Sie wollte, dass er sie küsste, sie berührte, dass er sie liebte.

Seine breiten Schultern unter der Smokingjacke entspannten sich. „Das ist schon okay, Darling. Wir haben die ganze Nacht vor uns.“

Ihr Puls begann noch schneller zu rasen. Jetzt, wo sie seine Absichten kannte und wusste, was passieren würde, wenn sie die Ausstellung verließen, wollte sie keine unnötige Zeit verschwenden.

Danach schien sich der Abend in die Länge zu ziehen. Der Champagner floss, Tabletts voller üppiger Horsd'œuvres wurden geleert, wieder aufgefüllt und gierig wieder verschlungen. Noch mehr Gäste kamen an. Der Polizeichef Charley Benton erschien, ein stämmiger Typ mit beginnender Glatze. Maggie sah ihn mit Senator Logan reden. Die beiden hatten die Köpfe zusammengesteckt, und Benton lachte über irgendetwas, was der Senator gerade gesagt hatte. In der Zeitung war ihre enge Freundschaft erwähnt worden und dass Benton die Bewerbung des Senators um den Gouverneursposten unterstützte.

„Du hast ganz schön viele Bilder verkauft", sagte Trace, als er den roten Punkt unter dem Foto mit dem Titel „Taste the Wind" erblickte. Es zeigte ein verlassenes Stück Strand. Palmen bogen sich elegant im Sturm, wie Balletttänzer schienen sie ihre Wedel nach dem endlosen Lied des Windes zu bewegen.

Eine gerahmte Fotografie Maggie O'Connells wurde je nach Größe für um die zweitausendsiebenhundert Dollar verkauft. Natürlich gab es jede Menge Ausgaben, und die Galerie nahm einen nicht geringen Prozentsatz vom Erlös.

Trace betrachtete die Fotografie daneben. „Mir gefällt das hier besonders. ‚Harbor Sunset.' Da möchte ich am liebsten gleich segeln gehen."

Maggie hatte diese Aufnahme in der Abenddämmerung gemacht. Sie zeigte eine lange Reihe von glänzenden weißen Jachten in der *Blue Fin Marina* neben Seabrook. Auf den Decks saßen Leute, meist nur kleine Punkte auf dem Bild, und genossen den sanften, rotgoldenen Sonnenuntergang bei einem kühlen Drink. „Offensichtlich hat es auch jemand anders gefallen", fügte Trace dazu.

Maggie sah auf den roten Punkt und lächelte. „Ich nehme an, dein Champagnertoast hat geholfen. Das war zweifellos die erfolgreichste Ausstellung, die ich je hatte."

Er sah sie interessiert an. „*War?* Vergangenheit? Heißt das, du bist bereit zum Aufbruch?" Seine dunklen Augen glitzerten. Sie sah die Hitze, das Versprechen darin.

„Ja …", war alles, was sie erwidern konnte.

Trace telefonierte kurz auf seinem Handy, und ein paar Minuten später erschien die Limousine in der Gasse hinter der Galerie. So wie Maggie es auch schon den ganzen Abend über getan hatte, überprüfte er sein Smartphone auf etwaige eingegangene Nachrichten von Ashley. Er wartete, bis Maggie sich von Faye Langston verabschiedet hatte, und ging zur Hintertür hinaus.

Trace zog seine Smokingjacke aus und warf sie auf den Rücksitz der Limousine. Dann half er Maggie beim Einsteigen und setzte sich neben sie. Beide lehnten sich seufzend zurück. „Hast du gut gemacht."

Maggie grinste. „Ja, nicht?"

Sie drehte sich zu ihm um, nahm ihm den Hut ab und legte ihn auf die Ablage des Rückfensters hinter ihnen. Dann fuhr sie ihm mit den Fingern durchs Haar und brachte die vollen Strähnen wieder in Ordnung. „Das wollte ich schon den ganzen Abend machen."

„Tatsächlich? Also, ich wollte die ganze Zeit über das hier tun …" Er umfasste ihr Gesicht und drückte die Lippen auf ihren Mund. Weiche, sanfte Lippen. Warmer, süßer Atem. Er war sofort erregt.

„Verdammt, ich will dich", sagte er zwischen kleinen, kostenden Küssen, bei denen sich ihr Atem beschleunigte. Als sie den Mund leicht öffnete und sich ihre Zungen berührten, drohte er die Kontrolle zu verlieren. Maggie erwiderte seinen Kuss mit Hingabe, und aus den Zärtlichkeiten, die eigentlich nur als kleine Einleitung gemeint waren, wurde etwas Heißes und Feuriges.

Einer der mit Strass besetzten Träger rutschte ihr von der Schulter. Trace presste seine Lippen auf ihre nackte Haut und sog den blumigen Duft ihres Parfüms ein. Maggie seufzte leise, als er den zweiten Träger von ihrer Schulter streifte und ihr Kleid bis zur Taille hinunterschob, um ihre Brüste zu entblößen. Ihre

Knospen waren groß, rosig und hübsch. Er nahm eine in den Mund, saugte daran, kostete sie und spürte, wie sie sich unter seinen Liebkosungen aufrichtete. Er stöhnte leise auf.

„Trace …", flüsterte sie und bog sich ihm entgegen, drängte ihn, noch mehr zu nehmen. Ihre Brüste waren voll und leicht nach oben gerichtet. Sie hatte helle Haut, die sich sanft wie eine Rosenblüte anfühlte. Er nahm, was sie ihm anbot, und entlockte ihr kleine lustvolle Laute.

Er wollte mehr.

Aber er konnte sie unmöglich jetzt nehmen, nicht hier. Nicht auf dem Rücksitz einer Limousine. Trotzdem griff er nach dem Saum ihres paillettenbesetzten Kleides und schob es ihr bis zur Hüfte hoch. Sie trug einen winzigen schwarzen Spitzentanga. Er zog ihn beiseite und betrachtete die roten Löckchen zwischen ihren Beinen. Das Elastikband riss zwischen seinen Fingern, als wäre es eine Aufforderung. Trace drückte Maggies Beine auseinander und begann sie zu streicheln.

Sie war feucht und zart und er sehnte sich danach, in sie einzutauchen. Die Lust vernebelte seine Sinne und hüllte ihn in einen Schleier, der ihn immer weitertrieb. Er konnte kaum noch atmen, geschweige denn denken.

„Ich sehne mich nach dir", sagte er und küsste sie erneut, eroberte ihren Mund, nahm ihren Duft in sich auf. Wieder umfasste er ihre Brüste, streichelte und liebkoste sie. „Ich will gar nicht mehr aufhören."

„Dann tu's nicht … hör nicht auf, Trace, bitte."

Sein Verstand setzte völlig aus und er ließ alle Zurückhaltung sinken. Es gab nur noch die Hitze und das unaufhaltsame Verlangen. Als sie sein weißes Hemd aufknöpfte und mit den Fingern über die Muskeln seiner Brust strich, war er so erregt, dass es schon wehtat. Er wäre fast gekommen, als sie das Hemd aus seinem Bund zog und am Reißverschluss seiner Hose zu hantieren begann.

„Maggie … Himmel noch mal …"

„Ich will dich, Trace. Ich kann nicht länger warten."

Er hätte es besser wissen müssen. Trace kämpfte um seine Selbstbeherrschung. Er hatte geplant, sie mit nach Hause zu nehmen und sie dort langsam zu verführen. Stattdessen streichelte er sie weiter, hörte, wie sie aufstöhnte, spürte ihr Zittern. Er konnte sich nicht mehr daran erinnern, wie er das Kondom aus der Packung genommen und sich übergestreift hatte. Alles, was er wahrnahm, war dieses heiße Lustgefühl, das ihn überkam, als er tief in sie eindrang.

Er versuchte es langsam anzugehen, wollte ihr Zeit lassen. Aber als sie sich bewegte und seinen Namen flüsterte, verlor er vollends die Kontrolle.

Mit langen Stößen nahm er sie. Tief und hart tauchte er in sie ein, eroberte sie. Und wollte immer mehr. Nahm sie und nahm sie, bis sie kam. Dann stieß er weiter zu. Erst als sie ein zweites Mal aufstöhnte, erlaubte er sich selbst zu kommen.

Sein Puls ging noch immer heftig, als ihre Lust langsam abebbte. Ihr Herz schlug unter seiner Hand genauso wild wie seins. Er hatte dem Fahrer gesagt, er solle sich Zeit lassen, und glücklicherweise hatte er darauf gehört. Erst als die tiefe Stimme über die Lautsprecheranlage verkündete, dass sie fast am Ziel waren, wurde ihm klar, was er gerade getan hatte.

Leise fluchend löste er sich von Maggie und beseitigte das Kondom, an das er Gott sei Dank noch gedacht hatte.

„Verdammt, das hatte ich wirklich nicht vor."

Maggie setzte sich wieder richtig hin, zog ihr Abendkleid zurecht und brachte die Strassträger wieder an ihren Platz. Dann hob sie den Kopf, und in dem Licht der winzigen weißen Lämpchen sah er, dass sie lächelte.

„Das war vielleicht ein Ritt, Cowboy."

Er erwiderte ihren Blick peinlich berührt. „Ich hatte eigentlich eine eher ausgeklügelte Verführung im Auge gehabt."

Maggie strich ihm über die Wange. „Tatsächlich?"

Er küsste ihre Handfläche. „Glaub ja nicht, dass wir jetzt fertig sind. Ich habe noch einiges mit dir vor, und das dauert sicher ein bisschen."

Sie lächelte, als hätte sie genau das Gleiche geplant. „Ashley meinte, sie würde nicht auf uns warten."

Er verzog leicht den Mund. „Ich würde dich gern noch küssen, aber wenn ich das jetzt tue, weiß ich nicht, was der Fahrer zu sehen bekommt, wenn er die Tür öffnet."

Maggie lachte.

Sie stiegen aus dem Wagen und gingen zur Eingangstür hoch. Trace stellte die Alarmanlage aus, dann nahm er Maggie auf den Arm und trug sie ins Haus. Während er hinter sich die Tür schloss, hörte er die Hightech-Hundeklappe quietschen. Ein Zeichen, dass Rowdy vom hinteren Garten in die Küche gekommen war. Trace ging weiter bis ins Schlafzimmer. Drinnen setzte er Maggie ab.

Es war schon spät, aber er fühlte sich kein bisschen müde. Er würde mit Maggie O'Connell ins Bett gehen, beabsichtigte aber keineswegs zu schlafen.

Das Gewitter hatte freundlicherweise so lange gewartet, bis sie sicher in Traces Haus angelangt waren. Maggie lag an seinen muskulösen Körper geschmiegt unter einer leichten Decke in seinem Bett, während jenseits des Schlafzimmerfensters Blitz und Donner tobten. Sie genoss die Wärme und Sicherheit seiner Gegenwart, während vom Deckenlüfter eine leichte kühlende Brise wehte.

Seit sie ins Bett gegangen waren, hatten sie sich zweimal geliebt. Beim ersten Mal war es die langsame Verführung gewesen, die er versprochen hatte, ein Verschmelzen von Zärtlichkeiten, das Geben und Nehmen einer sanften Vereinigung. Das zweite Mal verlief feuriger, fordernder. Ihr Cowboy hatte genau den sexuellen Appetit, den sie bei ihm vermutet hatte. Er genoss den Sex und zeigte keine Hemmungen, das zu nehmen, was er wollte.

Das war keinesfalls einseitig. Trace gab so viel, wie er forderte.

Er hatte einen starken Arm um ihre Taille gelegt, und Maggie lag an ihn gekuschelt da. Sie lauschte im Dunkeln seinen Atemzügen, draußen prasselte der Regen aufs Dach, der Wind heulte ums Haus.

Sie dachte an die Lust, die sie genossen hatte. Die tiefe Leidenschaft, überwältigender als alles andere, was sie bisher erlebt hatte. Wie er sie küsste, liebkoste ... und sofort erfasste sie wieder die Sehnsucht nach ihm.

Er hatte sich von hinten an sie geschmiegt, und als sie sich bewegte, spürte sie, wie er bereits wieder hart wurde. Sie konnte es kaum glauben. Er würde doch nicht schon wieder wollen!

„Ich kann deinen Herzschlag spüren“, flüsterte er an ihrem Ohr. „Ich weiß genau, was dir durch den Kopf geht.“ Er biss leicht in ihr Ohrläppchen. „Ich denke das Gleiche.“

Er rutschte kurz ein Stück weg, um sich vorzubereiten. Maggie stöhnte auf, als er sich an ihr rieb und in sie eindrang. Mit seinen rhythmischen Bewegungen feuerte er ihre Leidenschaft weiter an. Er war groß und hart, seine langen und tiefen Stöße ließen ihren Puls ansteigen und berauschten ihre Sinne. Sie zog sich um ihn zusammen, umfing ihn mit ihrem Liebessaft, während er sie ritt. Sie wurde von heißer, fiebriger Lust überwältigt, die sie mit sich riss. Ihr Höhepunkt schien nie enden zu wollen. Ihr Körper hatte sich schon auf seinen eingestellt, erwartete ihn, lechzte nach seiner Eroberung.

Trace stöhnte auf, als er ihr in die Erlösung folgte, und hielt sie fest, bis sich ihr Herzschlag beruhigt hatte. Die Sekunden vergingen, langsam entspannten sie sich. Seine Atemzüge wurden tiefer und länger, und sie wusste, er war wieder eingeschlafen.

Maggie schloss die Augen, erschöpft und wundervoll befriedigt. Doch sie schlief nicht ein, sondern horchte auf den Regen draußen, den Wind, der durch die Baumkronen pfiff. Sie dachte an die vergangenen Wochen, an den Tag im *Texas Café*. Sie hatte sich einzureden versucht, dass ihre Gefühle für Trace rein körperlich waren. Er war wirklich ein heißer Typ, der sie unglaublich anzog. Solch eine Leidenschaft hatte sie noch nie erfahren, und sie wollte dem weiter nachspüren. Wollte herausfinden, wohin das führte.

Im College hatte sie sich von Michael Irvings Intelligenz angezogen gefühlt. Der Sex war für sie mehr eine persönliche Herausforderung, etwas, mit dem sie dem Trauma nach der Nacht mit Josh Varner entgegenwirken konnte. Sie hatte David Lyons kennengelernt und seine Verlässlichkeit gemocht, seine tröstende Freundschaft. Doch sie besaß auch noch andere Bedürfnisse, wie sie in der Zeit ihrer Freundschaft hatte feststellen müssen. Die körperliche Liebe war mehr von ihr ausgegangen als von ihm und nie richtig befriedigend gewesen.

Was sie für Trace empfand, war anders. Es ging tiefer, war leidenschaftlicher. *Besorgniserregend.*

Sie war sich nicht im Klaren darüber, was sie außer diesem unglaublichen, schwindelerregenden Sex von ihm wollte.

Doch sie redete sich ein, dass dies alles war.

15. KAPITEL

Maggie betrachtete Trace, der aus der Dusche kam und sich das Haar mit einem flauschigen weißen Handtuch trocken rieb. Ein zweites war locker um seine Hüfte geschlungen. Mit diesen langen muskulösen Beinen, dem flachen Sixpack-Bauch, dem eindrucksvollen Brustumfang und breiten Schultern sah er einfach zum Anbeißen aus.

„Ich bin gleich angezogen", sagte er.

„Ist gut, aber ich will dabei zusehen."

Er grinste nur und begann in einem Schubfach nach Unterwäsche zu suchen. Maggie hatte dank ihres Gastgebers bereits Kaffee und frisch aufgebackene Brötchen genossen. Trace hatte sie zuerst duschen lassen, und Maggie war bereits fertig und angezogen. Sie trug ein Paar leichte graue Jogginghosen zu einem schwarzen T-Shirt mit einem goldenen Adler und darunter dem Schriftzug „Rangers Up" auf der Vorderseite aufgedruckt.

Nicht gerade sehr kleidsam, aber auf diese Art musste sie nicht in einem langen grünen Abendkleid nach Hause gehen.

Während Trace sich ein Paar Jeans überstreifte, nahm sie das Gummiband von der Zeitung, die sie in der Küche gefunden hatte, um sich das Haar zu einem Pferdeschwanz zusammenzubinden. Die ganze Zeit über beobachtete sie ihn und genoss den Anblick dieses Muskelspiels seiner männlichen Brust mit den gekräuselten schwarzen Härchen auf seiner glänzenden sonnengebräunten Haut.

„Wenn du mich weiter so ansiehst, kommen wir aber in der nächsten Stunde nicht hier raus."

Maggie lachte, aber sie spürte ein Kribbeln im Bauch. Nach der vergangenen Nacht und heute Morgen sollte sie eigentlich nicht schon wieder Sex im Kopf haben.

„Okay, ich verschwinde. Ich brauche sowieso noch eine Tasse Kaffee."

Sie ging wieder in die Küche. Mit diesen roten Plastikstühlen um einen Metalltisch mit Melamin-Platte, den rot-weiß karierten Gardinen am Fenster, alles ein bisschen im 50er-Jahre-Retrostil, wirkte diese Küche für einen Junggesellen ziemlich gemütlich. Die restliche, hochmoderne Ausstattung war in Weiß gehalten. Ebenso die Schränke und Arbeitsplatten.

Trace hatte sie heute Morgen herumgeführt. Es gab drei Schlafzimmer, zwei Bäder und eine Toilette, die er selbst eingebaut hatte. Dazu noch ein Esszimmer mit einem Duncan-Phyfe-Tisch aus Mahagoni mit sechs passenden Stühlen.

„Das gehörte meiner Großmutter", hatte er erklärt. „Später stand es bei meinen Eltern im Haus, bevor ich geboren wurde. Und nun ist es bei mir gelandet. Irgendwie gefällt mir der Gedanke an diese alten Zeiten. Alles ein bisschen ruhiger und so. Deshalb behielt ich das Zeug von meinem Vater und habe alles andere drum herum nach meinem Geschmack eingerichtet."

Eines der Schlafzimmer benutzte er als Büro. Das war mit dem Neuesten ausgestattet, was man auf dem Markt bekommen konnte: ein iMac, ein Laptop, ein Drucker mit Kopierer, Fax und Scanner. An den Wänden reihten sich Mahagoni-Schrankregale. Der dazu passende Schreibtisch war ausladend und ziemlich aufgeräumt.

Der riesige, mindestens 120 Zoll große Flachbildschirm im Wohnzimmer verbarg sich in einem Mahagoni-Einbauschrank, sodass er nicht den Raum beherrschte. Die mit burgunderrotem Stoff überzogene Couch und die passenden Sessel schienen sehr bequem. Ein dicht gewebter, beigefarbener Teppich von hoher Qualität komplettierte die Sitzecke. An den Wänden hingen ein paar geschmackvoll gerahmte Bilder, größtenteils texanische Landschaften im impressionistischen Stil.

Trace hatte sich gut eingerichtet. Es war ein Ort, an den ein Mann gerne heimkehrte. Oder auch für ein junges Paar, das eine Familie gründen wollte. Von Trace wusste sie, dass er dies einmal vorgehabt hatte.

„Ich glaube, wir machen uns besser auf den Weg", sagte er, als er ins Wohnzimmer kam. Zu den üblichen Jeans trug er ein hellblaues Strickhemd und ein Paar braune Bootsschuhe.

Kein Hut heute. Trace war ein Mann mit vielen Facetten. Maggie begann jede davon zu mögen.

Ein Gedanke, der sie beschäftigte. Er durfte ihr nicht *zu sehr* gefallen.

„Ich muss um Mittag in der Galerie sein", sagte sie. „Faye wollte mit mir die Verkäufe durchgehen, damit ich weiß, was ersetzt werden muss. Die verkauften Bilder lasse ich noch einmal abziehen und rahmen. Ich bestelle immer nur eins nach dem anderen. Auf die Art ist die Gefahr geringer, dass eins beschädigt wird."

„Ich wollte dich um etwas bitten."

Sie sah ihn an. „Was denn?"

„Gib mir eine Liste von deinen Kunden, Leute, die deine Fotos gekauft haben. Du hast doch eine, oder?"

„Klar. Aber wenn das auch alle Verkäufe übers Internet einbezieht, handelt es sich hier um eine Menge Leute."

„Wir haben keine andere Wahl. Mir gehen etwas die Ideen aus. Zuerst könnten wir die Zeit einschränken und nur die letzten zwei Jahre nehmen. Dabei geht es um Sammler, Leute, die … sagen wir mal, mindestens drei Bilder erworben haben."

„Okay. Es wird ein bisschen dauern, die Liste so zusammenzustellen, dass man damit arbeiten kann. Einige meiner Kunden kaufen auch über Kunstmakler, diese Namen rauszufinden wird etwas länger dauern."

„Mach, was du kannst."

„In Ordnung."

„Ich muss in mein Büro und ein paar Sachen checken. Das ist direkt auf dem Weg zu deinem Haus und wird nicht lange dauern."

„Kein Problem."

Wenige Minuten später parkte Trace vor dem Bürogebäude und stellte den Motor aus. „Du kannst mit reinkommen, wenn du möchtest. Sieht nicht so aus, als wenn jemand hier wäre."

Sie blickte an sich hinunter auf ihre geliehene Kleidung. Auf keinen Fall würde sie damit irgendwohin gehen außer nach Hause. „Ist schon okay, ich warte hier auf dich."

Er stieg aus und verschwand im Haus. Nur wenige Minuten später erschien auf dem Parkplatz ein schnittiges kleines silberfarbenes BMW Kabriolett. Maggie beobachtete, wie eine zierliche Rothaarige auf der Fahrerseite ausstieg. Sie trug schicke Designerjeans und auffällige High Heels. Mit ihrem sehr weiblichen Körper, den hellblauen Augen und dem glatten roten seidigen Haar war sie nicht nur hübsch, sondern schön.

In diesem Moment wurde die Haustür von drinnen geöffnet, und Trace kam heraus. Sofort warf sich die Rothaarige in seine Arme.

Trace stöhnte innerlich, als er Carly sah, die mit schwingenden Hüften und einem Lächeln auf ihrem perfekt geschminkten Gesicht auf ihn zustolziert kam.

„Guten Morgen, mein Schatz." Bevor er ihre Absicht erkannte, hatte Carly die Hände um seinen Nacken geschlungen und küsste ihn direkt auf den Mund. „Was siehst du aber heute wieder gut aus!"

Er umfasste ihre Handgelenke und löste sich von ihr. Dabei warf er kurz einen Blick zum Jeep hinüber, wo Maggie sie vom Beifahrersitz aus beobachtete.

Carly griff nach seinem obersten Hemdknopf und öffnete ihn. „So, das ist schon besser. Kein Grund, diese wunderbaren Muskeln zu verstecken."

Trace machte den Knopf wieder zu. „Ich habe eine Freundin dabei, Carly. Wolltest du irgendetwas Bestimmtes?"

„Mein Gott, was sind wir doch heute gereizt!" Sie drehte sich zum Jeep um. „Wer ist sie denn? Kenne ich sie?"

„Nein. Hör zu, ich muss los. Was wolltest du von mir?"

„Ich bin nur zufällig hier vorbeigefahren. Da sah ich deinen Wagen und dachte, du würdest mich vielleicht zum Frühstück einladen."

„Ich habe schon vor Stunden gefrühstückt. Da hast du wahrscheinlich noch geschlafen." Er warf einen Blick auf ihren kleinen Sportwagen. *Vielleicht ja auch nicht.* „Ich dachte, du hast einen Freund. Bestimmt ist er nicht sehr erfreut, wenn er erfährt, dass du dich mit deinem Exmann triffst."

„Ich sehe dich überhaupt nicht als meinen Exmann, Süßer. Und wen interessiert es schon, was Howard denkt? Es ist ja nicht so, dass wir zusammenwohnen oder so was."

„Das ist sein Wagen, oder?"

Sie warf ihm ein katzenhaftes Lächeln zu. „Es ist *mein* Wagen. Howard hat ihn mir gekauft."

„Ich muss gehen, Carly. Gib auf dich acht." Trace ging auf den Jeep zu. Er musste vollkommen verrückt gewesen sein, sie zu heiraten. Himmel noch mal, was hatte er sich dabei gedacht? Wahrscheinlich war das eine Entscheidung seines kleinen Freundes gewesen, nicht seines Kopfs.

Er öffnete die Fahrertür des Jeeps, stieg ein und ließ den Motor an.

„Eine alte Freundin?", erkundigte sich Maggie. Ihm entging nicht der schneidende Tonfall.

„Meine Exfrau."

Sie riss die Augen auf. „*Das* ist deine Exfrau?"

„Ich hätte sie dir ja vorgestellt, aber ich glaube kaum, dass du Carly gern kennenlernen würdest."

Maggie richtete sich gerade auf. „Sie sah mir aber nicht nach einer Ex aus. Auf mich wirkte sie eher wie eine aktuelle Was-weiß-ich."

Er wandte sich zu Maggie um. „Wenn du sie kennen würdest, könntest du das verstehen. Hat Carly einen erst mal im Griff, lässt sie nicht so schnell wieder los. Ich versuche sie seit vier Jahren davon zu überzeugen, dass wir geschieden sind. Bisher hat sie das noch nicht begriffen."

„Wie oft schläfst du denn mit ihr?"

Trace riss das Lenkrad herum. Er bremste ab und fuhr an den Straßenrand. „Ich schlafe nicht mit Carly. Die Hälfte der Männer von Houston war in ihrem Bett, aber ich seit vier Jahren nicht mehr."

Maggies Kampflust verebbte. „Hör zu, es geht mich ja gar

nichts an. Wir hatten die letzte Nacht nur ein bisschen Spaß miteinander."

Ein Muskel arbeitete in seiner Wange. „Ein bisschen Spaß? Das war alles für dich?"

Sie zuckte die Schultern.

„Das ist doch Blödsinn, Maggie. Das war mehr als nur ein bisschen Spaß, das weißt du ganz genau." Er wurde langsam wütend. Verdammt, diese Frau wusste, wie sie ihn reizen konnte. Trace lehnte sich zu ihr hinüber, umfasste ihr Gesicht und drückte seine Lippen auf ihren Mund. Es war ein besitzergreifender, heftiger Kuss, der genau ausdrückte, was er fühlte.

Als er sie losließ, blinzelte Maggie ihn an.

„Das war nicht nur Spaß", sagte er.

Maggie schluckte.

„Gib es zu."

„Okay, es war nicht nur Spaß. Ich bin mir nicht sicher, was genau es war, aber das nicht. Nicht für mich jedenfalls."

Er entspannte sich. „Ich weiß nicht, wohin uns das führt, Maggie. Du offensichtlich auch nicht. Aber wir werden es herausfinden, okay?"

Sie nickte. „Okay."

Trace legte den Gang wieder ein, fädelte sich in den Verkehr ein und fuhr weiter. Die ganze Zeit ging ihm durch den Kopf, dass Maggie O'Connell ganz anders war als Carly.

Zumindest glaubte er das.

Sobald Maggie nach Hause kam, rannte sie ins obere Stockwerk, um die geliehenen Sachen auszuziehen. Ashley wartete an der Tür, als sie wieder herunterkam.

„War gestern Nacht alles in Ordnung?", fragte Maggie. „Du hast nicht angerufen, also nehme ich an, dass nichts passiert ist."

„Nichts vorgefallen." Ihre Schwester grinste wissend. „Hast du dich gestern Nacht amüsiert?"

Maggie musste lächeln. „Es war wirklich unglaublich. Bis auf den Auftritt seiner Exfrau heute Morgen jedenfalls."

Ashleys Grinsen verschwand. „Trifft er sich immer noch mit ihr?"

„Er sagt, nein. Die Sache ist, Carly ist rothaarig, wie ich."

„Und …?"

„Am ersten Tag, als ich ihn getroffen habe, sagte die Frau im Café, dass Trace auf Rothaarige steht. Vielleicht ist das der einzige Grund, warum er sich für mich interessiert. Er ist wohl irgendwie besessen in der Richtung."

„Wenn du blond wärst und er eine blonde Exfrau hätte, würdest du gar keinen Gedanken daran verschwenden."

Das stimmte. Sofort fühlte sie sich besser. Und Carly sah ihr eigentlich überhaupt nicht ähnlich. Sie war kleiner und kurviger. Auch ihr Haar war heller, mehr ein Kupferton. Carly war hübscher als Maggie, aber das ließ sich nun nicht ändern.

„Vielleicht hast du recht." Sie warf einen Blick zum Gästezimmer. „Macht Robbie gerade seinen Mittagsschlaf?"

Ashley nickte. „Hör zu, wir müssen mal was besprechen."

Maggie machte sich auf den Weg zur Küche. „Okay, dann sprich." Ashley folgte ihr. „Ich möchte einen Tee", sagte Maggie. „Willst du auch einen?"

„Ja, gern."

Maggie öffnete den Kühlschrank und holte die Karaffe mit dem gesüßten Tee heraus, den sie dort immer vorrätig hatte.

„Da ist noch Schmorfleisch mit Burgundersoße von gestern Abend übrig."

„Wow, das klingt gut." Seit ihre Schwester hier war, hatte Maggie wie eine Fürstin gespeist. Mit so einem Bonus hatte sie gar nicht gerechnet. „Aber ich muss zur Galerie. Heb mir was für ein Sandwich auf, wenn ich später wiederkomme."

Maggie füllte Eis in zwei Gläser und goss den Tee ein, dann reichte sie Ashley eins. „Also was gibt's?"

„Ich weiß nicht genau, wie ich es sagen soll. Nicht dass du denkst, dass ich undankbar bin oder so was. Aber ich wohne jetzt hier schon seit zwei Wochen und sitze dir auf der Pelle. Es wird Zeit, dass ich mir einen Job suche. Ich muss Geld verdienen, damit ich für meinen Sohn sorgen kann."

Maggie nahm einen Schluck Tee, um darüber nachzudenken. Tatsache war, dass sie ihre Schwester und Robbie inzwischen gern bei sich hatte. „Darüber brauchst du dir keine Sorgen zu machen, ich habe genug Platz hier."

„Das ist nicht der Punkt. Ich habe mit Mrs Epstein gesprochen. Sie meint, sie hätte dich bisher noch nicht kennengelernt, aber sie ist deine Nachbarin aus dem Haus nebenan. Ich habe sie draußen auf ihrer Terrasse gesehen und bin mit ihr ins Gespräch gekommen. Sie ist wirklich nett, und sie mag Kinder, vor allem so kleine. Ihr Mann ist vor vier Jahren gestorben. Ihre Tochter und ihr Sohn sind beide erwachsen und verheiratet. Sie hat sogar schon zwei Enkelkinder. Ich denke, es wäre wunderbar, wenn sie sich um Robbie kümmern würde, während ich arbeite."

„Ich sag's ja nicht gern, aber du hast doch gar keinen Job."

„Ich weiß, aber es wird Zeit, dass ich mich darum kümmere. Ich bin wirklich eine gute Köchin, Maggie. Noch keine Chefköchin, aber gut genug, um eine Mittagsschicht oder so was in einem Restaurant zu übernehmen. Auf diese Weise wäre ich die meiste Zeit zu Hause, und Mrs Epstein könnte Robbie übernehmen, wenn ich arbeite."

Das klang vernünftig. Wenn es andersherum gewesen wäre, hätte Maggie auch nicht gewollt, dass eine Verwandte für sie und Robbie sorgte.

„Okay. Warum machen wir es nicht so? Ich höre mich um und bitte Trace, sich auch umzuhören. Wir sehen, ob wir was finden können, ohne dass du Klinken putzen musst."

„Das wäre super. Ich kann auch in den Zeitungsannoncen suchen, ob jemand eine Küchenhilfe braucht."

„Na gut. Sieht so aus, als hätten wir einen Plan." Aus einem Impuls heraus umarmte Maggie ihre Schwester. „Ich bin so froh, dass du zu mir gekommen bist."

Ashley erwiderte ihre Umarmung. „Ich auch." Sie setzten sich an die Frühstückstheke, und Ashley trank ihren Tee. „Mir ist auch klar, dass du noch nicht so gedacht hast, als ich zuerst vor deiner Tür stand.“

Maggie zuckte die Schultern. Es hätte keinen Zweck, das abzustreiten. „Wir kannten uns ja kaum. Die Wahrheit ist, dass ich immer eifersüchtig auf dich war. Das hast du sicher auch bemerkt.“

„Eifersüchtig? Warum solltest du denn eifersüchtig auf *mich* sein?“

„Weil Mom dich liebte. Sie hat ja fast vergessen, dass ich existiere.“

„Machst du Witze? Mom hat die ganze Zeit von dir geschwärmt. Die Leute aus ihrem Bridge-Club suchten in den Zeitungen immer nach Artikeln über dich und haben sie für Mom ausgeschnitten.“

Maggie wurde ganz warm ums Herz. „Ehrlich?“

„Ich war gar nichts gegen dich. Eine totale Loserin. Das ist ganz schön hart für ein Kind, weißt du.“

Maggie schnürte sich die Kehle zu. „Du warst keine Loserin, sondern clever und schön. Du hattest viele Freunde.“

„Angebliche Freunde. Wenn es wirklich drauf ankam, steckte nichts dahinter.“

Maggie war nie klar gewesen, wie schwer es ihre Schwester gehabt hatte. „Für mich war es anders. Ich habe meine Mutter zwar immer vermisst, aber wenigstens hatte ich meinen Vater, der mich liebte.“ Auch nach ihrer großen Schandtat hatte er ihr verziehen und zu ihr gestanden.

„Mom und Dad haben mich auf ihre Art auch irgendwie geliebt“, sagte Ashley. „Aber sie haben sich ständig gestritten und sich kaum um mich gekümmert. Auf eine Art hattest du mehr Glück.“

Vielleicht war es so. Maggie hatte das nie so betrachtet. Sie griff nach Ashleys Hand. „Weißt du, was ich herausgefunden habe?“

„Was?“

„Ich mag dich sehr, Ashley Hastings. Wirklich.“

Ihre Schwester lachte. „Und nebenbei bin ich auch noch eine gute Köchin.“

16. KAPITEL

Maggie begann die Namen ihrer Kunden für Trace zusammenzustellen. Um ihre Kunden über Ausstellungseröffnungen und neue Fotoserien informieren zu können, führte sie eine Liste aller E-Mail-Adressen sowie Postanschriften. Alles hatte sie im Computer, was eine große Hilfe war. Sie ging bis auf zwei Jahre zurück, suchte nach Personen, die zwei oder mehr Bilder erworben hatten, aber die Liste war zu lang und unübersichtlich. Sie grenzte die Reihe auf Käufer von drei Bildern, dann von vier Bildern ein.

Das alles dauerte seine Zeit. Irgendwann sah sie auf die Uhr und stellte fest, dass sie aufbrechen musste, um ihren Termin in der Galerie einhalten zu können. Sie fuhr den Computer herunter.

Als Maggie in der Galerie ankam, war Faye noch damit beschäftigt, die gerahmten Bilder an die Käufer von der Vernissage auszuhändigen.

„Die Wände sind praktisch kahl", sagte sie strahlend zu Maggie, als sie zu ihr ans Auto kam, um sie zu begrüßen. „Eine echt erfolgreiche Ausstellung!"

Maggie nahm sich vor, Faye nach den Adressen der neuen Kunden zu fragen, und sie der Liste zuzufügen. Sie beugte sich zum Rücksitz hinüber und zog die ersten fünf gerahmten Bilder aus einer vorherigen Ausstellung hervor. Die wollte sie so lange aufhängen, bis sie es geschafft hatte, die Fotos aus der neuen Serie fertig abziehen und rahmen zu lassen.

„Komm, ich helfe dir." Faye nahm eins der 60 x 90-Fotos, das zum Schutz in Noppenfolie verpackt war.

„Das kann ich schon machen", sagte Maggie schnell. „Du hast wohl kaum die richtigen Klamotten dafür an." Die Galeristin trug einen eng geschnittenen blauen Rock und dazu eine leichte blaue Seidenbluse und Sandaletten.

„Ist schon okay", widersprach Faye. „Es geht schneller, wenn wir beide was tragen."

Zusammen brachten sie alle Bilder in die Galerie und wickelten sie aus. „Ich hoffe, du kannst die verkauften Bilder schnell ersetzen. Bis dahin muss ich was anderes nehmen. Ich will sie aber nicht länger als bis übernächste Woche hängen lassen."

„Das sollte kein Problem sein." Sie musste die Abzüge bei der Firma, mit der sie normalerweise zusammenarbeitete, bestellen. Aber *Fine Art Photo Images* war bisher immer schnell gewesen. Das Rahmen war dann noch eine andere Sache. Sie arbeitete eng mit *Frontier Framing* zusammen. Da sie viel bei ihnen in Auftrag gab, bekam sie immer bevorzugte Behandlung.

Die nächste halbe Stunde arbeitete Maggie mit Faye zusammen an der Hängung. Sie stiegen auf die Leiter und platzierten die älteren Bilder in den Lücken, die ihre verkauften Fotos hinterlassen hatten. Sie fügten noch die Arbeiten anderer Fotografen dazu, die Faye in einem Extraraum gehabt hatte, und richteten danach die Strahler aus, um die Bilder bestmöglich zu beleuchten.

„Die Vernissage war so ein Erfolg, dass die *Weyman*-Leute schon angerufen haben, um einen neuen Termin für eine Benefizveranstaltung nächstes Jahr zu verabreden", sagte die Galeristin, während sie die Leiter herunterstieg. „Ich hoffe, du kannst das noch einmal machen."

„Ich wüsste nicht, warum nicht."

Faye lächelte. „Die Ausstellung war ein echter Hit. Alle waren von deinen Arbeiten begeistert. Deine Bilder haben eine ganz bestimmte Intensität. Du hast wirklich das Talent, den richtigen Moment und Blickwinkel einzufangen, Maggie."

„Vielen Dank."

Die dunkelhaarige Frau streckte die Hand aus und rückte ein kleines Foto an der Wand gerade. „Und … was ist denn nun mit diesem Cowboy? Die Hälfte der weiblichen Vernissagegäste schwärmte von ihm."

Und ich war eine von ihnen, dachte Maggie. *Die eine, die in seinem Bett gelandet ist.* Diese Feststellung stimmte sie nicht ganz so froh, wie sie sollte.

„Eigentlich hat er mich als mein Bodyguard begleitet."

Faye zog die dunklen Augenbrauen hoch. „Erzähl."

Maggie berichtete ihr von dem Stalker, seinen Nachrichten und den Telefonanrufen. „Ich dachte, es könnte einer meiner Kunden sein. Im Grunde hatte ich gehofft, dass er bei der Vernissage auftaucht. Aber ich glaube nicht, dass er da war, Trace auch nicht."

„Kann ich dir vielleicht irgendwie helfen?"

„Halte einfach die Augen offen. Wir haben die Beschreibung von jemandem, der es eventuell sein könnte, aber sicher sind wir nicht. Ein großer Typ Mitte vierzig mit dunklem Haar und silbergrauen Strähnen. Wenn du jemanden kennst, der auf die Beschreibung passt, oder sich irgendjemand auffallend über mich erkundigt, lass es mich wissen."

„Das werde ich, keine Sorge. Ich hoffe, ihr findet diesen kranken Mistkerl."

„Das hoffe ich auch."

„In der Zwischenzeit bring mir diese Fotos so schnell du kannst. Was ich nicht hier habe, kann ich nicht verkaufen."

Maggie lächelte. Sie genoss ihren momentanen Erfolg. Sie wusste, so wie alles im Leben konnte das schnell wieder vorbei sein.

„Ein exzellentes Bild." Richard Meyers trat einen Schritt zurück, um das gerahmte Foto „Harbor Sunset" besser betrachten zu können, das er gestern Nacht im Auftrag gekauft und heute Morgen abgeholt hatte. Es handelte sich um eine eindrucksvolle Aufnahme der *Blue Fin Marina*, die in das rot-orangefarbene Licht eines flammenden Sonnenuntergangs getaucht war. „Wirklich schade, dass es vernichtet werden muss."

Garrett Logan starrte auf das Bild auf seinem Schreibtisch im Arbeitszimmer. „Du solltest besser hoffen, dass wir an die Originalaufnahmen kommen oder was auch immer. Negative sind es ja heutzutage nicht mehr."

„Den Speicherchip. Wir müssen zusehen, dass wir alles vernichten, was O'Connell an dem Tag fotografiert haben könnte. Das heißt, wir müssen den Chip finden, den sie an diesem Tag in ihrer Digitalkamera hatte." Richard ging zur Hausbar in der Ecke und goss sich den Rest der Diät-Pepsi in sein Glas mit Eiswürfeln. „Ich habe gestern Abend mit Faye Langston gesprochen. O'Connell macht immer nur jeweils einen Abzug pro Aufnahme und rahmt sie dann. Sie arbeitet zu Hause in ihrem Atelier. Wenn wir uns beeilen, könnten wir die ganze Serie verschwinden lassen, bevor es Probleme gibt."

Garrett sah auf das elegant beschriftete Infoschild, das beim Kauf des Bildes mitgeliefert worden war. Die Aufnahme stammte vom 20. April.

Ihm zog sich der Magen zusammen. „Es gibt bereits ein Problem." Er fuhr sich mit der Hand durch das dichte silbergraue Haar. „Ausgerechnet das noch."

Er griff erneut nach dem Vergrößerungsglas, mit dem er das Foto schon vorher untersucht hatte, und lehnte sich vor. Die Namen der teuren weißen Jachten am Dock B konnte man mit dem bloßen Auge nicht erkennen. Doch wenn er das Bild unter der Lupe betrachtete, gab es keinen Zweifel mehr, dass es sich bei dieser 51er Navigator mit dem Namen „Capitol Expense" um seine Jacht handelte. Es war außerdem unzweifelhaft er selbst, der dort an Deck saß.

Und die Frau ihm gegenüber …

Ihm wurde übel. Gott sei Dank, dass Richard da war. Auf ihn konnte er zählen. Er würde sich dieses Problems annehmen wie bisher auch schon allem anderen. Dieser Mann war inzwischen unersetzlich geworden. Was Garrett ein wenig Sorgen bereitete, da genau dies Meyers Absicht war.

„Wenn dieser Speicherchip erst mal verschwunden ist, wird es keine Beweise geben, dass ihr beide euch je begegnet seid. Es wird alles bald vorbei sein."

Der Senator wurde wütend. Bei Richard hörte sich immer alles so an, als wäre es ganz einfach. „Das ist ja alles schön und gut, aber wie genau willst du das denn schaffen?"

„Ich bin noch nicht hundertprozentig sicher. Wir müssen noch ein paar Informationen über Maggie O'Connell einholen – wo sie wohnt, wo sie arbeitet. Wenn wir rausgefunden haben, wo sich der Chip befindet, sehen wir zu, dass er wegkommt."

Garrett beruhigte sich wieder ein wenig. Solche Informationen zu bekommen war für ihn ein Leichtes.

„Ich habe gestern etwas Klatsch gehört", fuhr Richard fort. „Es waren lediglich Andeutungen, aber scheinbar hat O'Connell gerade Probleme. Angeblich hängt ihr ein Stalker an den Fersen, er ist sogar bei ihr eingebrochen. Ich dachte, du könntest deine Beziehungen zum Polizeirevier nutzen und herausfinden, was da wirklich los ist. Könnte sich als etwas für uns äußerst Vorteilhaftes herausstellen."

Garrett nickte. Er fühlte sich schon wieder viel besser. „Ich kümmer mich darum. Das werde ich sofort machen. Du bekommst von mir Bescheid, wenn ich mehr erfahren habe."

Richard lächelte. „Wunderbar."

Trace rückte den Hörer an seinem Ohr zurecht. „Danke für den Hinweis", sagte er zu Mark Sayers am anderen Ende der Leitung.

„Nichts für ungut. Wir wissen deine Hilfe in dem Fall zu schätzen." Trace legte auf und lehnte sich mit einem zufriedenen Lächeln zurück. Am Montagnachmittag war Parker Barrington wegen Unterschlagung von Geldern der *Sommerset Industries* verhaftet worden. Da es um ungefähr zehn Millionen ging, konnte der Staatsanwalt das Gericht davon überzeugen, dass Fluchtgefahr bestand, und eine Kaution wurde abgelehnt. Wenigstens war dieser Mistkerl im Gefängnis. Was ein verdammt guter Anfang war, aber immer noch nicht genug.

Nachdem Emily ihre Aussage revidiert und Parkers Alibi für die Nacht von Hewitts Tod widerlegt hatte, war die Polizei noch einmal auf den Fall angesetzt worden und hatte eine zweite Autopsie des Leichnams veranlasst. Die Ergebnisse waren noch nicht raus, müssten aber jeden Tag kommen. Der Gerichtsmediziner würde hoffentlich einen Beweis dafür finden, dass der

Schuss nicht von dem Toten abgefeuert worden sein konnte.

Im Büro herrschte viel Betrieb. Vorn am Empfang arbeitete Annie. Durch die Glaswand seines Büros konnte er Alex Justice sehen, der zurückgelehnt in seinem Sessel, die Füße auf dem Schreibtisch, mit dem Handy telefonierte. Ben starrte auf seinen Computerbildschirm, als enthielte der ungeheure Geheimnisse, während er Maus und Tastatur bearbeitete. Rex war kurz da gewesen und wieder gegangen. Er hatte täglich bei Maggie die Videoaufnahmen der kabellosen Kameras an Vorder- und Hintereingang daraufhin überprüft, ob sich irgendjemand außer den Nachbarn und den spielenden Kindern dem Haus genähert hatte. Doch niemand schien auf dem Grundstück herumgeschlichen zu sein, der dort nichts zu suchen hatte oder irgendwie verdächtig wirkte.

Trace stand auf und ging ins Büro nebenan. Sol sah von seinem Computerbildschirm auf, lehnte sich zurück und nahm die Hornbrille von der Nase.

„Was gibt's, Boss?"

„Ich möchte, dass du mal ein paar Namen überprüfst. Mich interessiert, ob einer dieser Typen irgendwelche Verbindungen zu Maggie O'Connell hat."

Sol rieb sich den Nasenrücken. „Denkst du, einer von ihnen könnte der Stalker sein?"

„Sie passen auf die Beschreibung, die wir haben. Allerdings habe ich am Freitagabend bei ihrer Eröffnung mit denen gesprochen und nichts Verdächtiges entdecken können. Was ja nicht heißt, dass wir nicht irgendwas finden." Er legte Sol die kurze Liste auf den Schreibtisch. „Und wenn du schon dabei bist, sieh dir noch mal die erste Namensliste an, die ich dir gegeben habe. Grabe noch ein bisschen tiefer, vielleicht haben wir beim ersten Mal was übersehen."

Sie waren beide die Liste von Maggies Bekannten durchgegangen, die Maggie am ersten Tag für Trace zusammengestellt hatte. Bisher hatte niemand von ihnen irgendetwas gefunden.

Vielleicht klappte es ja beim dritten Mal.

„Ich werd's versuchen", versprach Sol. Was bedeutete, er würde vielleicht in die eine oder andere nicht offizielle Datei hacken. Doch beide verloren kein Wort darüber. Sol wandte sich wieder dem Computer zu und begann auf sein Keyboard zu hämmern. Trace ging in sein Büro zurück.

Roger Weller befand sich auf Maggies ursprünglicher Liste. Doch manchmal bekam man die interessantesten Informationen nicht übers Internet.

Gestern Abend hatte Trace bei Johnnie Riggs angerufen, ein guter Freund und Kumpel von den Rangern, der in L.A. lebte. Riggs verdiente sein Geld damit, dass er Informationen beschaffte – und zwar solche, die von den Leuten geheim gehalten wurden. Meist arbeitete er abends, hing in Bars und Nachtclubs herum, redete mit Leuten auf der Straße und pflegte seine Kontakte. Wenn man irgendwas über jemanden in Südkalifornien erfahren wollte, war Johnnie Riggs der richtige Mann.

Trace hatte gestern Abend nicht mit Riggs gesprochen, aber eine Nachricht hinterlassen. Als das Telefon klingelte und er abnahm, war er nicht überrascht, die heisere Stimme seines Freundes am anderen Ende der Leitung zu hören.

„Hallo, Mann, nett, von dir zu hören", sagte Johnnie. „Ich hab schon gedacht, du hättest ins Gras gebissen."

Trace lachte. „Bin immer noch gesund und munter. Viel Arbeit, genauso wie bei dir. Ich würde dich gern bitten, ein bisschen zu schnüffeln."

„Aha. Und wie ist der Name?"

„Roger Weller, ziemlich bekannter Fotograf. Meine Klientin hat mal für ihn gearbeitet. Meint, er hätte ihr alles beigebracht, was sie weiß."

„Tatsächlich?", sagte Johnnie in einem zweideutigen Tonfall.

„Laut meiner Klientin nicht *das* alles. Sie ist inzwischen selbst in dem Metier bekannt. Nach den Preisen ihrer Fotos zu urteilen, scheint sie ganz gut zu verdienen, und Weller ist bei Weitem bekannter."

„Also hat der Kerl Kohle."

„Ich hatte schon mal ein bisschen im Internet gesucht. Er besitzt ein Haus in Laguna Beach. Hat da seine eigene Galerie."
„Ziemlich teures Pflaster dort."
„Ich wüsste gern was über seine nicht offizielle Geschichte. Nicht was die Zeitungen über ihn schreiben, wie talentiert er ist und so. Mich interessiert auch, ob seine Beziehung zu Maggie O'Connell über das Lehrer-Schüler-Verhältnis hinausging."
„Das ist deine Klientin?"
„Das ist sie."
„Rothaarig?"
„Zufällig ja", erwiderte Trace unwirsch.
Johnnie lachte.
„Sie wird von einem Stalker belästigt, Hambone." Das war Johnnies Spitzname, den er bei den Rangers bekommen hatte. Ein redlich verdienter, denn der Mann konnte massenweise Essen verdrücken, ohne ein Gramm zuzunehmen. „Dieser Typ hat Kameras in ihrem Haus installiert und ihren Wagen verwanzt. Der macht keinen Spaß."
„Hört sich nicht gut an."
„Nein, ist es auch nicht. Lass mich wissen, was du rausgefunden hast."
„Mach ich. Ich rufe dich an, sobald ich was erfahren habe." Johnnie legte auf, Trace ebenfalls.

Er musste mehr über Weller erfahren, aber er fühlte sich nicht gut dabei, in Maggies Vergangenheit zu schnüffeln. Er wollte ihr vertrauen. Größtenteils tat er das auch.

Doch seine Ehe mit Carly hatte bewiesen, dass sein Instinkt in Bezug auf Frauen zu wünschen übrig ließ. Er musste sich davon überzeugen, dass Maggie ihm die Wahrheit sagte.

Ashley drosch den Ball mit aller Kraft gegen die Wand, ihre Schwester schaffte es nicht mehr, ihn zu erreichen, und sie holte so den letzten Punkt in diesem Spiel. Endlich war ihre Racquetball-Match vorbei – Gott sei Dank. Seit sie das Baby hatte, war sie etwas außer Kondition geraten.

„Das hat Spaß gemacht", sagte Maggie, als sie zu ihr herüberkam. Ashley nahm das Handtuch, das ihre Schwester ihr reichte, um sich Gesicht und Hals trocken zu reiben. Beide schwitzten und waren außer Atem. Mrs Epstein, die Nachbarin, passte auf Robbie auf, während sie spielten. Ashley warf einen Blick auf ihre billige pink- und silberfarbene Plastikarmbanduhr. Als sie Robbie abgeliefert hatten, schlief er tief und fest. Aber inzwischen dürfte er schon wieder aufgewacht sein.

Sie beugte sich vor, stützte die Hände auf die Knie und atmete tief durch. Um sie herum war das Aufschlagen der Bälle von den benachbarten Courts zu hören. „Ich bin so aus der Form geraten." Weshalb ihre Schwester die ersten beiden Spiele gewonnen und sie das dritte gewinnen lassen hatte.

„Du musstest dich erholen", sagte Maggie. „Immerhin hast du gerade ein Baby bekommen."

Ashley richtete sich wieder auf und atmete aus. „Ich habe schon ewig nicht mehr gespielt."

„Ich versuche mehrmals die Woche herzukommen. Das schaffe ich aber nicht immer."

Ashley grinste. „Es hat echt Spaß gemacht, obwohl du mich extra hast gewinnen lassen."

Ihre Schwester lachte. „Das nächste Mal schlägst du mich auch so."

Ashley sah erneut auf ihre Uhr. „Wir sind schon fast zwei Stunden weg."

Maggie ging zur Bank an der Wand und begann die Ausrüstung in ihrer blau-weißen Sporttasche zu verstauen. „Ich weiß, du bist nervös. Es ist das erste Mal, dass du Robbie bei jemand anderem lässt. Selbst ich werde ein bisschen unruhig."

„Wir sollten nach Hause fahren." Ashley reichte ihr den Schläger, den sie sich geliehen hatte, und sie machten sich auf den Weg. Die ganze Fahrt über zum Stadthaus machte sie sich Sorgen, was wohl alle Mütter taten, wie sie annahm. Doch als sie bei Mrs Epstein klopften und die ältere Frau ihnen öffnete, schien alles in Ordnung zu sein.

Doris Epstein gab dem Kleinen gerade die Flasche, die Ashley vorbereitet hatte. Robbie nuckelte begeistert schmatzend und schien zufrieden.

„Wie geht's ihm?", fragte Ashley.

„Großartig." Mrs Epstein mit ihrem kurzen, leicht gewellten eisgrauen Haar wirkte körperlich fit, auch wenn sie die Schultern leicht gebeugt hielt, und schien immer zu lächeln. „Robbie ist so ein lieber Junge. Es macht solchen Spaß, ihn zu beobachten."

„Sieht aus, als hätte er jetzt genug", sagte Maggie, als die Flasche fast leer war und der Kleine sein Interesse daran verlor.

Mrs Epstein reichte Maggie die Flasche und hielt Ashley ihr Baby entgegen, das fröhlich mit den kleinen Ärmchen wedelte, gefolgt von einem gurgelnden Lachen. Er und Mrs Epstein kamen offensichtlich sehr gut miteinander aus.

„Ich denke, wir sollten jetzt besser gehen", sagte Ashley.

„Notieren Sie sich Ihre Stunden", erinnerte Maggie die Nachbarin. „Wir schreiben Ihnen einmal die Woche einen Scheck aus, wenn Sie damit einverstanden sind."

Doris Epstein strich ihre Paisleybluse glatt, die sie in den Bund ihrer blauen Hose gesteckt hatte, und schenkte ihnen ein warmes, mütterliches Lächeln. „Natürlich, meine Liebe, das ist in Ordnung."

„Vielen Dank noch mal, Mrs Epstein", sagte Ashley. Sie hoffte, bald einen Job zu finden, sodass sie den kargen Lohn der Frau selbst bezahlen konnte, statt auf ihre Schwester angewiesen sein zu müssen.

Dem Kleinen fielen langsam die Augen zu. Zu Hause angekommen, ging Ashley ins Schlafzimmer und legte ihn in die Krippe, die Maggie für ihn gekauft hatte. Lächelnd beobachtete sie, wie sich sein kleiner Mund im Schlaf öffnete.

Gerade als sie wieder hinausgehen wollte, klingelte das Telefon in der Küche. Bisher hatte es keinen weiteren Anruf vom Stalker gegeben, aber jedes Mal, wenn es klingelte, zuckten die beiden Schwestern zusammen.

Maggie ging zum Küchentresen und nahm den Hörer ab. Sie hörte einen Moment zu, lächelte und sah zu Ashley hinüber, als die im Flur auftauchte. „Es ist für dich", sagte sie.

„Ist es Mom? Sie und Dad sind die Einzigen, die wissen, dass ich hier bin."

Ihre Schwester grinste nur und gab ihr den Hörer.

„Hallo?"

„Ashley? Hier ist Jason Sommerset. Wir haben uns an dem Tag kennengelernt, als ich zu Ihnen kam, um mit Trace zu reden."

Als hätte sie Mister Groß, Blond und Gutaussehend vergessen können. „Ich erinnere mich. Hallo, Jason."

„Hören Sie, ich dachte … Die Dinge haben sich bei mir endlich etwas beruhigt. Ich habe mich gefragt, ob Sie vielleicht irgendwann mit mir zum Dinner ausgehen würden."

Dinner? Sie hatte sich mit niemandem verabredet, seit sie sich von Ziggy getrennt hatte – oder er sich von ihr. Es kam ganz darauf an, wie man es sah. „Ich habe ein Kind, Jason", platzte sie heraus, als wenn das bedeutete, dass sie sich deshalb nicht mit einem Mann zum Dinner treffen könnte.

„Das weiß ich, Trace hat es mir gesagt. Ich mag Kinder. Ich wüsste nicht, was das mit unserem Abendessen zu tun haben sollte."

Sie grübelte und strengte ihr Hirn an, suchte eine Ausrede. Bisher war sie noch nicht so weit, sich mit jemandem zu verabreden. Oder? „Kleine Kinder brauchen viel Zeit. Es könnte schwierig werden, hier wegzukommen."

„Aber bestimmt nicht unmöglich", sagte er.

Sie holte tief Luft. „Na ja, also, was halten Sie davon, wenn Sie zum Dinner hierherkommen?" Sie warf ihrer Schwester einen fragenden Blick zu, und die nickte nachdrücklich.

„Sind Sie sicher, dass es Ihnen nicht zu viele Umstände macht?", fragte Jason.

„Ich koche sehr gern. Für mich wäre es überhaupt kein großer Aufwand."

Sie hörte förmlich das Lächeln in seiner Stimme. „Das wäre

großartig. Ich würde gerne Ihre Kochkünste erleben. Welchen Abend schlagen Sie denn vor?"

Ashley drehte sich zu Maggie um und formte mit den Lippen: „Wann?"

„Morgen?", flüsterte Maggie.

Auf keinen Fall! dachte Ashley, sie musste erst mal ihren Mut sammeln. „Wie wäre es am Mittwoch?" Maggie nickte. „Mittwoch um sieben?"

„Das geht. Soll ich was mitbringen?"

Nur dich aufregenden Typen, dachte Ashley. „Vielleicht eine Flasche Wein."

„Abgemacht", erwiderte er. „Dann sehen wir uns am Mittwochabend."

Sie beendeten das Telefonat und Ashley stellte den Hörer zurück in die Station. „Ich habe ein Date", sagte sie aufgeregt. „Mit Jason Sommerset. Und er weiß, dass ich ein Kind habe."

Maggie kam zu ihr herüber und umarmte sie. „Trace meint, er wäre ein wirklich netter Typ."

Plötzlich legte sich Ashleys Aufregung wieder etwas. „Am Anfang scheinen sie alle immer nette Typen zu sein." Sie wandte sich um und ging ins Schlafzimmer, um nach dem Kleinen zu sehen.

Maggie beschäftigte sich mit ihrer Kundenliste und wurde durch das Läuten des Telefons unten abgelenkt. Ashley war mit Robbie in ihrem alten blauen Chevy zur Bücherei gefahren. Sie wollte sich ein Kochbuch ausleihen – für italienische Gerichte, irgendetwas Besonderes, das sie für Jason zubereiten konnte. Rezepte aus dem Internet wären einfach nicht dasselbe, meinte sie.

Maggie beeilte sich, die Treppe hinunter in die Küche zu kommen, und fragte sich, ob es Trace war. Lächelnd nahm sie ab. Musik erklang vom anderen Ende der Leitung, und ihr zog sich der Magen zusammen.

„*I … saw … you … I knew you would be my one true love. I … saw … you … a vision so pure and sweet, my only true love …*"

Ihr Herz begann zu rasen, ihre Handflächen wurden feucht. Sie überprüfte die Zeit auf der Küchenuhr und notierte sie auf dem Block neben dem Telefon. Leg auf, sagte sie sich, als das Lied immer weiter spielte. Du hast die Information, die sie brauchen, um den Anruf zurückzuverfolgen. Aber ihre Finger gehorchten ihr nicht.

Dann begann er zu sprechen. „Meine liebe ... teure Maggie ...“ Wieder diese elektronisch verzerrte Stimme, die ihr eine Gänsehaut über den Rücken jagte. „Ich habe dich so lange nicht gesehen, Maggie. Mir fehlt es so, dich betrachten zu können ... Bald, mein Liebling, bald wird es Zeit, dass wir zusammenkommen.“

Die Angst überkam sie. „Du Mistkerl!“, rief sie. „Lass mich endlich in Ruhe!“ Sie knallte den Hörer in die Basis und spürte eine leise Genugtuung bei dem Gedanken, wie das Geräusch in seinen Ohren schallte. Ihr Atem ging schneller, sie zitterte am ganzen Körper. Nachdem Trace sie an dem Morgen nach der Vernissage nach Hause gefahren hatte, hatten sie sich nicht mehr gesehen. Sie telefonierten jeden Abend, aber nachdem sie sich in jener Nacht geliebt hatten, brauchte jeder von ihnen etwas Abstand, um sich zu sammeln.

Vorhin hatte er ihr am Telefon berichtet, dass er die Männer überprüfte, die bei der Eröffnung gewesen waren und auf die diese Beschreibung passte. Bisher hätte er nichts Interessantes gefunden.

Mit zittrigen Fingern tippte sie seine Telefonnummer ein, und Trace meldete sich beim zweiten Klingeln.

„Hallo, Maggie“, sagte er.

„Trace, er hat wieder angerufen. Es war ... es war genauso wie vorher.“

„Wo ist Ashley?“

„In der Bibliothek.“

„Überprüfe deine Türen. Ich bin gleich da.“

Er musste nicht zu ihr fahren. Es hätte gereicht, wenn er nach der Zeit des Anrufs gefragt und die Telefongesellschaft verständigt hätte, damit die den Anruf zurückverfolgten.

Aber sie war froh, dass er vorbeikam. Sie wollte ihn sehen. Brauchte ihn.

Wenige Minuten später hämmerte er gegen die Tür. Maggie öffnete ihm. Vor ihr stand der bestaussehende Cowboy, der ihr je begegnet war, und sie warf sich in seine Arme.

Trace hielt sie fest. „Du zitterst ja." Er berührte ihr Haar und strich es ihr aus dem Gesicht. „Dieser Mistkerl. Ich schwöre, wenn ich den in die Finger bekomme ..."

Mehr sagte er nicht. Das war auch nicht nötig. Ihr gingen ein paar Dutzend Dinge durch den Kopf, die *sie* gern mit ihm angestellt hätte, wenn sie ihn schnappen würde.

Trace umfasste ihre Schultern und lehnte sich zurück, um sie anzusehen. „Geht es dir gut?"

Sie nickte und atmete zitternd aus. „Mir geht es gut." Sie lächelte. „Seit du hier bist, geht es mir besser." Sie ging zur Frühstückstheke hinüber und drückte die Wiedergabetaste des Rekorders, den sie mit dem Telefon verbunden hatten. Trace folgte ihr, nahm den Hut ab und legte ihn auf den Tresen.

Die Aufnahme spielte von Neuem ab. Genauso wie vorher auch erklang das gleiche Lied. Dann ertönte die verzerrte Stimme. „Ich habe dich so lange nicht gesehen, Maggie. Mir fehlt es so, dich betrachten zu können ..."

„Himmel noch mal", fluchte Trace, als die Ansage zu Ende war. „Es fehlt ihm, dich zu betrachten." Die Videokameras dieses kranken Typen waren verschwunden. Der GPS-Sender von ihrem Auto entfernt worden. „Darauf könnte ich wetten."

Trace nahm den Hörer auf und rief die Telefongesellschaft an, eine spezielle Kontaktnummer, die für die Fangschaltung eingerichtet worden war. Er gab ihnen die Informationen, die sie benötigten, und legte auf.

„Sie rufen uns gleich zurück. Wenn sie einen Standort ermittelt haben, rufe ich die Cops an und treffe mich da mit ihnen."

Nervös warteten die beiden. Fünfzehn Minuten später klingelte das Telefon, Trace nahm ab. Er hörte zu, was am anderen

Ende der Leitung gesagt wurde, schüttelte den Kopf und legte wieder auf. Dann wandte er sich an Maggie.

„Es war einen Versuch wert", sagte er frustriert. „Der Anruf kam von einem Mobiltelefon. Einweghandy, keine Möglichkeit, den Besitzer oder Standort zu ermitteln. So wie ich schon befürchtet hatte."

Maggie schloss die Augen. Langsam verzweifelte sie. Es kostete sie alle Mühe, nicht loszuheulen.

Trace nahm sie wieder in die Arme. „Wir kriegen diesen Kerl. Es wird alles gut."

Sie nickte, doch so richtig überzeugt war sie nicht.

„Da diese Fangschaltung nicht funktioniert, musst du deine Telefonnummer ändern lassen."

Maggie schüttelte vehement den Kopf. „Auf keinen Fall. Ich arbeite von zu Hause aus, Trace. Das ist meine Geschäftsnummer, die steht auf meiner Homepage, auf meinen Visitenkarten. Ich kann die nicht ändern. Diesem Irren werde ich nicht die Macht geben, mein Leben zu bestimmen."

Trace atmete tief durch. „Wenn dich das so durcheinanderbringt, leg zumindest gleich auf, wenn du merkst, dass er es ist. Die Anrufe sind alle registriert. Es besteht kein Grund, sich von ihm so schikanieren zu lassen."

Maggie nickte. Trace hatte recht. Es gab keinen Grund, dem Typen eine solche Macht über sie zu geben. „Okay, ich lege beim nächsten Mal gleich auf. Das hätte ich vorhin auch machen sollen."

„Gutes Mädchen. Ich weiß, wie dich das belastet."

„Ich nehme an, du hast bisher noch nichts Brauchbares gefunden."

Trace schüttelte den Kopf. „Von den Außenkameras wurde nichts Außergewöhnliches erfasst. Ich glaube nicht, dass es einer der Männer auf der Ausstellung war. Bisher konnte er seinen Aufenthaltsort geheim halten. Aber früher oder später wird er einen Fehler begehen."

„Das hoffe ich."

„Das tun sie immer. Bis dahin solltest du vorsichtig sein und so weitermachen wie bisher. Wenn du das Haus verlässt, musst du jemanden mitnehmen."

Maggie spannte die Schultern an. „Trace, ich muss arbeiten. Es gibt für mich noch jede Menge zu tun."

„Dieser Typ kann eine ernsthafte Bedrohung werden, Maggie. Er wird irgendwann seine Geduld verlieren."

Sie ging zum Spülbecken hinüber und starrte aus dem Fenster. Da waren nur die verlassene Straße, eine einsame Straßenlaterne und ein paar Bäume auf der anderen Seite ... Maggie fragte sich, ob der Mann jetzt gerade irgendwo da draußen in der Dunkelheit lauerte. Sie beobachtete. Wartete.

Sie drehte sich wieder zu Trace um. „Vielleicht hast du recht. Vielleicht wird er ungeduldig. Wenn das so ist, können wir die Sache möglicherweise beschleunigen und ihm irgendeine andere Falle stellen. Er ist hinter mir her. Soll er doch herkommen und mich holen."

Trace fuhr sich mit den Fingern durchs Haar. „Darüber habe ich auch schon nachgedacht. Das gefällt mir nicht. Ich mag den Gedanken nicht, dich als Köder zu benutzen. Eigentlich hatte ich gehofft, dass uns was Besseres einfällt."

„Nun, bis jetzt hat ja nichts funktioniert, und ich habe es satt, mich in meinem eigenen Haus wie eine Gefangene zu fühlen."

Er kam zu ihr ans Fenster. Einen Moment suchte er die beleuchtete Veranda und die dunkle Straße dahinter mit Blicken ab.

„Was macht deine Kundenliste? Wie weit bist du damit?"

„Ich arbeite noch dran, aber bisher gab es nichts Außergewöhnliches. Niemand hat eine auffällig große Anzahl von Bildern gekauft, jedenfalls habe ich bisher niemanden gefunden." Maggie sah ihn an. „Ich will, dass es vorbei ist. Wir müssen irgendwas tun, um diesen Kerl zu schnappen."

Trace ließ den Blick wieder aus dem Fenster schweifen. Ein paar Sekunden sagte er gar nichts, dann murmelte er: „Wir haben den GPS-Sender von deinem Wagen entfernt, er kann dich also nicht mehr aus der Entfernung aufspüren. Das heißt, um dich sehen zu können, muss er dir folgen. Vielleicht können wir ihn so aus seiner Deckung hervorlocken."

Maggies Verzweiflung schlug in Enthusiasmus um. Der Gedanke machte ihr Mut – mehr als das. Sie wollte, dass die Sache endlich aufhörte.

„Ich werde eine Reise planen. Zur Küste fahren, wie so oft. Das letzte Mal hatte er meinen Wagen verwanzt, um mich zu finden. Das kann er jetzt nicht mehr. Aber wenn ich ihn wissen lasse, dass ich fahre – es Faye in der Galerie erzähle, es im Fotolabor erwähne, wo ich immer meine Aufträge machen lasse, – vielleicht erfährt er es dann und folgt mir."

„Das könnte funktionieren. Irgendwie scheint er immer gut über deine Schritte informiert zu sein."

„Soweit wir wissen, könnte er jetzt im Moment da draußen sein. Vielleicht hat er mich an dem Morgen beobachtet, als ich wegfuhr."

Trace biss die Zähne zusammen. „Wenn er dich verfolgt, werden wir bereit sein."

Sie besprachen einen Plan, eine Fotoexpedition nach Kemah. Sie beide kannten sich in dem Ort aus, und die „Ranger's Lady" lag dort im Dock, sodass sie eine Operationsbasis besaßen.

„Ich werde ein paar von meinen Männern dorthin schicken, bevor du ankommst. Sie werden genau wissen, wonach sie zu suchen haben. Wenn er auftaucht, kriegen wir ihn."

Sie planten den Trip für nächsten Freitag. Dann würden noch nicht so viele Leute dort sein wie am Wochenende. Weniger Leute, um die man sich Sorgen machen musste, falls etwas schiefginge.

„Ein bisschen warten ist gut", sagte Trace. „Damit er ungeduldig und unruhig wird, vielleicht auch ein bisschen unvorsichtig."

„Meinst du wirklich, das könnte funktionieren?", fragte Maggie, die immer aufgeregter wurde.

„Ich denke, die Möglichkeit besteht."

Zum ersten Mal an diesem Abend entspannte sie sich. Trace streckte die Hände nach ihr aus und umfasste ihr Gesicht. Seine

Finger fühlten sich warm auf ihrer Haut an. Dann streifte er mit den Lippen leicht ihren Mund und kostete sie, bis sich die Hitze langsam in ihrem Körper ausbreitete.

„Mein Gott, ich habe dich so vermisst." Wieder küsste er sie sanft. „Jetzt, wo ich deinen Geschmack wieder auf meinen Lippen habe, bin ich vollkommen verrückt nach dir."

Ihr Puls beschleunigte sich. Er war so stark, so männlich. Sie spürte, wie er sich anstrengte, um sich zurückzuhalten. Das machte ihn nur noch begehrenswerter. Maggie verlor sich in einer Reihe von zärtlichen, verführerischen Küssen, die sie immer mehr anheizten und zum Zerfließen brachten. Tiefe, feuchte Zungenküsse. Intensive, lang anhaltende Liebkosungen, die ihr fast den Atem nahmen. Himmel noch mal, dieser Mann konnte küssen!

Sie schlang die Arme um seinen Hals und presste sich noch dichter an ihn. Dabei fühlte sie die harte Ausbuchtung in seiner Jeans. Er umfasste ihren Po und zog sie noch enger an sich, damit sie seine Begierde voll und prall spürte.

„Ich will dich so sehr." Wieder ein lang anhaltender Kuss. Dann widmete er sich ihren Brüsten, umfasste sie, reizte ihre Brustwarzen durch das dünne Baumwoll-T-Shirt. Er griff nach dem Saum des Shirts und zog es ihr über den Kopf. Sie trug keinen BH, bei dem Anblick verdunkelten sich seine whiskeybraunen Augen.

„So schön", flüsterte er, zog eine sanfte Spur mit dem Finger um die eine Brust, beugte sich hinunter und umschloss sie mit den Lippen. Maggie wurden die Knie weich. Sie stöhnte leise auf, als er sie hochhob und zur Treppe trug. In seinen dunklen Augen las sie sein Vorhaben, und der Gedanke an das letzte Mal, als sie sich geliebt hatten, verursachte ein aufregendes Prickeln an verschiedenen Körperstellen.

Er nahm die erste Stufe, dann die zweite. Beim Geräusch eines Schlüssels, der im Haustürschloss gedreht wurde, blieb er augenblicklich stehen.

„Ashley!", sagte Maggie. „Ach du meine Güte."

Trace ließ sie auf der Treppenstufe herunter, und sie rannte schnell in die Küche, um sich ihr T-Shirt zu schnappen. Sie hatte es gerade übergestreift, als die Tür geöffnet wurde.

Ihre Schwester schob den Kinderwagen in die Diele auf den Keramikfliesenboden. „Ich habe genau das Richtige gefunden! Jason wird begeistert sein!" Da erblickte sie Trace, und ihre Aufregung wechselte schnell zu Besorgnis. „Ist irgendwas passiert, während ich weg war?"

„Ich habe wieder einen Anruf bekommen", sagte Maggie und warf Trace einen Blick zu, während sie innerlich immer noch vor Verlangen glühte.

„Wir werden ihn uns schnappen", sagte er. „Es ist nur noch eine Frage der Zeit. Bis dahin werfen Sie bitte ein Auge auf Ihre Schwester, ja?"

„Das werde ich, keine Sorge", versprach Ashley.

Trace sah Maggie in die Augen, und sein Blick sagte ihr, dass er sie mit zu sich nach Hause nehmen und vollenden wollte, was sie begonnen hatten. „Wahrscheinlich wäre es keine gute Idee, deine Schwester heute Nacht hier allein zu lassen – nicht nachdem du dem Verrückten erklärt hast, er soll sich aus dem Staub machen. Man kann nie wissen, wie manche von diesen Irren reagieren."

Er hatte recht, natürlich. Sie konnte Ash und den Kleinen nicht verlassen. Nicht heute Nacht. Trotzdem sehnte sie sich so sehr nach weiteren heißen Küssen und diesem unglaublichen Erlebnis, sich mit ihm zu lieben, dass es schmerzte. Sein sengender Blick sagte ihr, dass es ihm genauso ging.

„Ich habe mein Handy immer dabei. Wenn irgendetwas passiert – irgendetwas –, dann ruf mich an. Und die Polizei. Ich habe mit Detective Sayers gesprochen. Er hat allen Bescheid gesagt, dass es sich um keinen Fehlalarm handelt. Sie werden kommen, wenn du sie alarmierst."

„Okay."

Ashley schob den Kinderwagen durch den Flur zu ihrem Zimmer, und Maggie brachte Trace zur Tür.

„So geht das mit den besten Planungen …“, bemerkte er und setzte sich seinen Hut auf.

Maggie zuckte nur die Schultern.

„Ich habe gehört, Jason kommt zum Dinner. Er hat mich angerufen, um es mir zu sagen. Irgendwie glaubt er wohl, ich wäre so was wie Ashleys Aufpasser. Er hat versprochen, sich zu benehmen.“

„Sein Glück.“

„Du willst die Turteltäubchen doch bestimmt allein lassen. Was hältst du davon, wenn ich an dem Abend ein Dinner für dich vorbereite?“

Sie hob die Augenbrauen. „Bringst du noch mehr zustande, als Frühstücksbrötchen aufzubacken?“

Er grinste. „Ein bisschen mehr, allerdings.“ Trace bedachte sie mit einem Blick, der heiß und sexy war. „Du solltest vielleicht besser deine Zahnbürste mitbringen.“

Maggie spürte ein Flattern im Bauch. Sie lächelte. „Abgemacht.“

17. KAPITEL

Richard Meyers stand im Dunkeln hinter einer verlassenen Lagerhalle. Obwohl es schon weit nach Mitternacht war, herrschte immer noch eine hohe Temperatur, die Luft war feucht und schwer. Der schwarze Himmel wurde nur von einer schmalen Mondsichel erleuchtet. Überall auf dem Grundstück rund um das alte Metallgebäude lagen Müll und rostige Eisenteile verstreut. Richard lief eine Gänsehaut über den Rücken, als eine Ratte in eine umgeworfene Abfalltonne huschte.

Diesen Platz hier hätte er nun als Allerletztes ausgewählt. Er kannte den Mann nicht, der diesen Treffpunkt bestimmt hatte. Ein Fremder am Telefon, der die richtigen Leute kannte – die den richtigen Preis verlangten.

Gestern hatte Senator Logan mit seiner Kontaktperson im Polizeirevier gesprochen, die sich bei einem Freund erkundigt hatte – ein Captain im Sittendezernat mit dem Namen Varner. Varner wusste alles über Maggie O'Connells angeblichen Stalker. Vor vielen Jahren hatte er mal einen Zusammenstoß mit der Frau gehabt. Dem Senator wurden alle finsteren Details dieser Vergewaltigungsanschuldigung zugetragen und dass Varner deshalb noch einen Groll gegen O'Connell hegte.

Wie Logan berichtete, hatte der Captain erst gedacht, ihr Anruf bei der Polizei wäre nichts weiter als eine Posse gewesen, um Aufmerksamkeit zu bekommen. Neuerdings glaubte er aber, dass „irgendein Spinner", wie Varner es ausdrückte, von ihr besessen wäre. Nach all den Problemen, die sie ihrem Sohn damals bereitet hatte, empfand Varner das als ausgleichende Gerechtigkeit.

Was Richard am meisten interessierte, war, dass Maggie O'Connell einen Feind hatte. Wenn dieser Typ nun bei ihr zu Hause einbrach und ihr Atelier zerstörte – nun, man konnte ja nie wissen, wozu so ein Verrückter fähig war.

Ein Geräusch im Dunkeln ließ ihn herumfahren. Schritte waren auf dem Kiesweg zu hören. Eine dunkle Gestalt in langem

Mantel mit hochgeschlagenem Kragen und Filzhut mit schmaler Krempe tauchte aus den Schatten auf und bog um die Ecke der Lagerhalle.

Direkt wie in einem Spionagefilm. Richard musste sich fast ein Lachen verkneifen. Er fragte sich, wie heiß es dem Typen wohl unter seinem Mantel wäre.

„Haben Sie das Geld?", wollte der Fremde ohne lange Begrüßung wissen.

„Habe ich", sagte Richard. „Die Hälfte heute Abend. Der Rest folgt, wenn der Job erledigt ist."

Der Mann nickte. In der Dunkelheit und mit dem Hut tief in der Stirn, war sein Gesicht unter der Krempe unmöglich zu erkennen.

„Es gibt eine Alarmanlage im Haus", erklärte ihm Richard. Ein weiteres kleines Detail, das der Senator erfahren hatte. Wenn es darum ging, den Leuten Informationen zu entlocken, war er genial. „Kommen Sie damit klar?"

Der Mann lachte rau. „Wenn es nicht gerade Fort Knox ist, dürfte es kein Problem sein."

„Draußen am Haus sind vielleicht Überwachungskameras."

„Ich werde sie finden und ausschalten."

„Es handelt sich um ein Stadthaus. Gleich daneben ist noch ein anderes Grundstück. Man sagte mir, Sie könnten den Job erledigen, ohne das Nachbarhaus zu gefährden. Wir wollen nicht, dass jemand verletzt wird."

„Ich kann nichts versprechen, aber es gibt immer Mittel und Wege. Ich tue mein Bestes."

Logan war unerbittlich gewesen. Aber der Senator sorgte für Richards Butter auf dem Brot. Und bis das Problem nicht beseitigt wäre, befanden sie sich beide in ernsthaften Schwierigkeiten. Er würde nicht zulassen, dass Jahre harter Arbeit jetzt den Bach runtergingen. Außerdem gab es in allem und jedem ein Risiko.

„Die Schwester der Frau ist auch in dem Haus. Sie hat ein Baby."

„Ich werde daran denken." Richtig besorgt klang er allerdings nicht. „Wollen Sie nun, dass ich das erledige, oder nicht?"

Richard atmete einmal tief durch. Er steckte schon so tief drin, er hatte gar keine andere Wahl. „Okay, machen Sie's." Er griff in die Tasche und zog einen Briefumschlag mit fünfzehntausend Dollar heraus.

„Wir bleiben in Verbindung", sagte der Mann, nahm den Umschlag und stopfte ihn in die Brusttasche seines Mantels. Dann drehte er sich um und verschwand wieder um die Ecke der Lagerhalle.

Richard sah ihm nach, bis er von den Schatten verschluckt wurde. Erst da bemerkte er, dass er genauso schwitzte wie der Typ in dem Mantel.

Am Mittwochmorgen bekam Trace einen Anruf von Johnnie Riggs. Er saß gerade an seinem Schreibtisch und versuchte, nicht an Maggie und an das Dinner zu denken, das er heute Abend für sie kochen würde. Es kostete ihn einige Mühe, sich nicht vorzustellen, wie er sie auf alle möglichen Arten nehmen würde.

Der Telefonanruf rettete ihn, gerade noch so.

„Hallo Kumpel, wie steht's?"

Trace hätte fast gelacht. Wenn sein Freund wüsste. Johnnies Bild tauchte vor seinem geistigen Auge auf. Ein Meter dreiundachtzig und nur harte Muskeln, dichtes dunkles Haar, dunkle Augen und ein Bartschatten schon um zehn Uhr morgens. „Hallo, Hambone, steht alles bestens. Was hast du rausgefunden?"

„Ich hab da was über diesen Weller gehört. Interessante Geschichte."

„Was denn?"

„Etwas sehr Geheimes. Nicht mal seine Freunde wissen davon. Er macht einen auf Playboy. Sieht sich gern in dem Ruf als Charmeur, der sich in der Aufmerksamkeit aller Damen sonnt. Das erspart ihm die Fragen, warum er nicht verheiratet ist oder eine feste Beziehung hat. Tatsache ist, dass der Typ durch die Schwulenbars streift und es sich von männlichen Prostituierten besorgen lässt. Dann führt er wieder sein anständiges Leben als prominenter Fotograf. Sex mit Frauen interessiert ihn nicht. Sieht so aus, als hätte deine Lady dir die Wahrheit gesagt."

„Du meinst meine Klientin."

„Sie ist ein Rotschopf. Ich wette sechs zu eins, dass du mit ihr ins Bett gehst."

Wut stieg in ihm auf. Johnnie kannte ihn zu gut. „Wenn ich mich recht entsinne, hast du ein Faible für Blondinen."

Johnnie lachte. „Ein Punkt für dich. Brauchst du noch irgendwas?"

„Im Augenblick nicht. Schick Annie deine Rechnung."

„Ich hoffe, die Information war hilfreich."

„Hilfreich in Bezug auf meinen Seelenfrieden", sagte Trace und legte auf. Er hatte über Weller Bescheid wissen müssen, redete er sich ein. Er war eben einfach gründlich. Und obwohl er leichte Schuldgefühle empfand, weil er Maggies Worte angezweifelt hatte, war er erleichtert zu hören, dass sie die Wahrheit gesagt hatte.

Er lächelte in Gedanken an die Nacht, die vor ihm lag, als das Telefon erneut klingelte. Diesmal war es Mark Sayers.

„Der Bericht des Gerichtsmediziners ist gerade gekommen", eröffnete ihm der Detective. „Ich dachte mir, das interessiert dich vielleicht."

„Erzähl." Trace nahm einen Bleistift und schrieb „Bericht des Gerichtsmediziners" auf den Block neben seinem Telefon.

„Sie fanden einen Einstich in Sommersets Nacken. Das ist ihnen beim ersten Mal entgangen, weil sie von Selbsttötung ausgingen. Es hat sie veranlasst, in anderer Richtung weiterzuforschen. Und weißt du, was sie gefunden haben?"

„Irgendein Schlafmittel."

„Genau. Ketamin. Das wird in Betäubungspfeilen benutzt, wenn man Tiere ruhigstellen will – Wild, Bären, Hunde, Affen und alles Mögliche. Man bekommt es von Veterinärärzten oder übers Internet."

Trace umklammerte den Bleistift fester. „Was wettest du darauf, dass man in Parkers Computer die Internetsuche nach Veterinärsedativen zurückverfolgen kann?“

„Die Kollegen sind in diesem Moment dabei, alles zu untersuchen.“

„Wenn sie was in der Art finden, könnt ihr den Mistkerl festnageln.“ Er schrieb „Ketamin“ auf seinen Block, um später zu recherchieren. „Habt ihr Jason schon davon erzählt?“

„Nein, aber er wird heute Nachmittag einen offiziellen Anruf bekommen.“

Trace schnaufte. „Ein Glück, dass Parker im Gefängnis sitzt.“

Mark lachte. „Könnte sein. Aber soweit ich es beurteilen kann, ist Jason ein reifer, verantwortungsvoller Junge. Er kommt schon damit klar.“

Trace konnte sich Jasons wütenden Gesichtsausdruck gut vorstellen. Er würde damit klarkommen, weil er es musste. Aber diese Nachricht würde ihn ziemlich treffen.

Sie beendeten das Telefonat, und Trace lehnte sich zurück. Parker war sich so sicher gewesen, mit dieser Sache davonzukommen.

Das würde nicht passieren.

Hewitt verdiente es, dass ihm Gerechtigkeit widerfuhr. Es sah so aus, als würde das auch geschehen.

„Ich habe einen Job!“ Ashley kam ins Haus gestürzt und tanzte im Kreis. In der Hand hielt sie eine braune Tüte vom Lebensmittelhändler, als wäre das ihr imaginärer Tanzpartner. „Freitagabend fange ich an!“ Sie wirbelte herum und steppte euphorisch, als Maggie die letzten Stufen herunterkam.

„Du hast Arbeit?“

Ashley grinste übers ganze Gesicht. „Jawohl!“

„Ich glaube, da ist mir was entgangen. Vielleicht fängst du noch mal von vorne an.“ Die vergangenen zwei Stunden war Maggie durch ihre Fotoordner gegangen, hatte Speicherkarten sortiert und alles vorbereitet, um die zu ersetzenden Bilder ins Labor zu bringen und abziehen zu lassen. Sobald sie fertig wären, würde sie alle zu *Frontier Framing* bringen, um sie mattieren und rahmen zu lassen. Dann konnte sie alle bei der Galerie abliefern.

Ashley trug die Lebensmitteltüte in die Küche und stellte sie auf dem Tresen ab. „Da war eine Anzeige in der Zeitung, weißt du? Ich habe diese Aushilfsjobangebote jeden Morgen studiert. Der Job ist nur für zwei Wochen, während Eddie – das ist der Koch – sich um seine kranke Mutter kümmert. Aber es ist Arbeit in einem Restaurant, und irgendwo muss ich ja anfangen."

Maggie lächelte. „Gratuliere. Das ist doch wunderbar, Ash. Und wo genau fängst du an?"

„Im *Texas Café*." Sie begann die Einkäufe auszupacken, alle Zutaten, die sie für das Abendessen mit Jason benötigte. Maggie vermutete, dass dafür der Rest von Ashleys kargen Ersparnissen, die sie aus Florida mitgebracht hatte, draufgegangen war.

„Meine Chefin ist eine Frau namens Betty Sparks. Ich sagte ihr, dass ich in Houston bei meiner Schwester Maggie O'Connell wohne. Sie meinte, sie würde dich kennen."

Maggie dachte an Traces Prügelei mit Bobby Jordane und erinnerte sich peinlich berührt an ihre verrückte Idee, Paparazzi-Fotos davon zu machen. „Wir haben uns vor ein paar Wochen kennengelernt."

„Sie wollte wissen, ob du dich mit einem Typen namens Trace Rawlins triffst. Als ich sagte, dass es so aussieht, hat sie gelacht."

Maggie spürte leichten Ärger aufkommen. „Das kann ich mir vorstellen." Sie fand das allerdings alles andere als komisch. Betty hatte sie gewarnt, dass Trace eine Schwäche für Rothaarige hatte. Offensichtlich war sie nur eine von vielen.

Dieser Gedanke gefiel ihr überhaupt nicht. Sie versuchte sich einzureden, dass ihr Interesse an Trace ebenfalls rein körperlich war, und bemühte sich um ein Lächeln.

„Also du hast jetzt einen Job im *Texas Café* und …?"

„Und ich fange Freitagabend an. Ich mag Betty, und ich denke, das beruht auf Gegenseitigkeit. Sie meinte, wenn ich kochen kann, braucht sie mir nur noch ein paar spezielle Dinge beizubringen, die ich wissen muss. Ich bin ganz aufgeregt deshalb!"

„Das ist ja auch großartig. Ich freue mich so für dich." Maggie warf einen kurzen Blick auf die Einkäufe, die auf dem Tresen ausgebreitet lagen. „Ich nehme an, Robbie ist bei Mrs Epstein?"

„Ich habe ihn ein bisschen früher rübergebracht, weil ich mich im Café vorstellen wollte. Das Rezept ist außerdem nicht so einfach. Ich muss mich wirklich konzentrieren."

„Du scheinst dich ja auf Jasons Besuch echt zu freuen."

Ashley nahm das tiefgefrorene ausgenommene Huhn aus der Zellophanverpackung, legte es ins Spülbecken und ließ Wasser darüberlaufen. „Ich weiß nicht so richtig. Auf jeden Fall bin ich irgendwie nervös. Mir ist klar, dass er in einer anderen Liga spielt. Da kann es eigentlich nur eins geben, was er von mir erwartet. Ich frage mich, warum ich mich darauf eingelassen habe."

Maggie kam um den Tresen zu ihr herum. „Das stimmt aber so nicht. Du bist schön und intelligent. Du hast deine Ziele und bist bereit, dafür zu kämpfen. Du hast bei Weitem mehr anzubieten als deinen Körper."

Ashley blickte auf, und ihre Gesichtszüge entspannten sich. „Das hast du wirklich nett gesagt. Danke, Schwesterherz."

Maggie zog sie in die Arme. „Ich habe es auch so gemeint. Jason kann von Glück reden, dass er eine Chance bekommt."

Ashley schüttelte den Kopf. „Er bekommt ein Dinner. Das ist alles."

Maggie lächelte. „Er bekommt deine wundervolle Gesellschaft für diesen Abend. Das ist schon mal einiges wert."

Ihre Schwester grinste. „Er bekommt Pollo Cacciatore mit Prosciutto Tortellini Gratinati. Und Zitronenmousse mit Himbeeren zum Nachtisch. Das ist eine Menge wert."

Beide lachten.

„Und was ist mit dir?", wollte Ashley wissen, während sie verschiedene Töpfe und Pfannen hervorholte, die sie für die Vorbereitung ihrer Mahlzeit benötigte. „Du gehst zu Trace, oder? Ist das was Ernstes zwischen euch?"

Maggie schnaufte. „Machst du Witze? Wir kennen uns ja kaum. Es ist reine Lust."

„Ich würde sagen, ihr kennt euch schon ziemlich gut. Er

scheint immer da zu sein, wenn du ihn brauchst. Das ist mehr, als man von den meisten Männern erwarten kann."

Sie dachte darüber nach und dass sie sich bei Trace immer sicher und beschützt fühlte. „Vielleicht nicht von den meisten", widersprach sie. „Von vielen nicht, das stimmt." Sie lächelte. „Ich hätte nie gedacht, dass ich mal so scharf auf einen Cowboy bin. Aber ich muss zugeben, dass es so ist."

„Natürlich ist es nichts Ernsthaftes", sagte Ashley amüsiert.

Maggie zuckte die Schultern. „Ich mag ihn. Ich glaube, er mag mich auch. Im Bett ist er umwerfend."

Ashley wollte gerade nach einer Schüssel greifen und hielt mitten in der Bewegung inne.

„Was ist denn?", fragte Maggie.

„Ich habe nie so über Sex gedacht. Also dass man scharf auf einen Typen ist. Ziggy … na ja, er war nicht der Erste. Aber es gab nicht viele vorher, und keiner war umwerfend."

Maggie streckte die Hand aus, um ihrer Schwester eine vorwitzige Locke hinters Ohr zu streichen. „Du bist jung. Du hast noch viel Zeit. Warte einfach, bis der Richtige kommt."

„Ist Trace der Richtige für dich?"

Maggie ignorierte das merkwürdige Kribbeln in ihrem Bauch. „Was den Sex betrifft, ganz bestimmt." Sie grinste und ging die Treppe wieder nach oben.

Langsam verblasste das Lächeln auf ihrem Gesicht. Sie hoffte nur, dass ihre Gefühle für Trace nicht viel tiefer gingen, als sie zugeben wollte.

18. KAPITEL

Alles stand bereit. Der Esstisch war mit einer weißen Leinentischdecke bedeckt, die Ashley bei *Bed Bath & Beyond* gekauft hatte, da Maggie so etwas nicht besaß. Außerdem hatte sie vier Services mit den gleichen weißen Tellern mitgebracht – die gleichen, die im Fernsehen immer von den Chefköchen benutzt wurden. Glücklicherweise fand sie bei Maggie ein ordentliches Besteck und ein Set von teuren Weingläsern aus Kristall.

„Ich habe sie gesehen und musste sie einfach haben", hatte ihre Schwester lächelnd mit einem Schulterzucken gesagt. „Warum, weiß ich nicht, aber Wein schmeckt aus einem schönen langstieligen Glas einfach besser."

Was merkwürdigerweise stimmte. Jason würde Wein mitbringen, also gab Ashley den Rest ihres Geldes für das Essen aus. Und für den kleinen Strauß bunt gemischter Frühlingsblumen, den sie in einer Glasvase arrangierte, die sie neben dem Spülbecken entdeckt hatte.

Das Essen stand auf dem Herd, das Huhn mit Tomaten und Gewürzen brutzelte in der Pfanne. Die Pasta war fertig und zum Warmhalten abgedeckt. Der Rucolasalat wartete nur darauf, dass sie ihre spezielle Vinaigrette dazufügte. Die Zitronenmousse stand im Kühlschrank.

Als es an die Tür klopfte, holte sie erst mal tief Luft, um ihren Herzschlag zu beruhigen. Sie strich ihr weißes ärmelloses Pikeekleid glatt, zu dem sie silberfarbene Sandaletten trug, und ging zur Tür.

Jason Sommerset stand vor ihr, als sie öffnete. Zuerst starrte sie ihn ein paar Sekunden nur an. Er sah aus wie ein Filmstar, nur noch maskuliner. Für einen kurzen Augenblick hätte sie am liebsten die Tür wieder zugeschlagen und so getan, als wäre sie gar nicht da.

„Darf ich hereinkommen?", fragte er amüsiert.

„Oh, ja, natürlich. Ich habe nur … Also es ist schon so lange her, dass ich mich mit jemandem verabredet habe und … um die

Wahrheit zu sagen, habe ich mich dabei noch nie so besonders geschickt angestellt."

Sein Lächeln wurde breiter. „Dann tun wir einfach so, als wäre es kein Date, sondern lediglich ein Treffen zweier Freunde, die sich besser kennenlernen wollen."

Sie entspannte sich ein wenig und erwiderte sein Lächeln. „Na gut."

Jason überreichte ihr den Blumenstrauß, den sie jetzt erst bemerkte. Sie griff mit zitternden Fingern danach. „Rosa Rosen. Die sind wunderschön. Danke, Jason."

„Nichts zu danken." Er ging an ihr vorbei ins Haus und stellte die Weinflaschen auf den Küchentresen. „Ich wusste nicht, ob Sie roten oder weißen möchten, deshalb habe ich beides mitgebracht."

„Mir schmeckt sowohl als auch, obwohl der rote wahrscheinlich besser zum Essen passt."

Sie trug die Blumen zum Tresen. Sie waren in einer hübschen pinkfarbenen Vase arrangiert, deshalb brauchte sie sich neben der Dinnerzubereitung nicht darum zu kümmern. Bisher hatte ihr noch niemand Rosen geschenkt. Irgendwie fühlte sie sich dabei besonders weiblich und sanft. Sie fragte sich, ob er die Blumen extra für sie ausgesucht hatte oder Frauen immer Rosen brachte.

Jason drehte sich zum Herd um und schnüffelte. „Oh Mann, das riecht ja lecker."

Sie lächelte. „Pollo Cacciatore mit Prosciutto Tortellini Gratinati. Zitronenmousse mit Himbeeren zum Nachtisch."

Er hob die hellen Augenbrauen. „Sie scheinen ja wirklich gern zu kochen."

„Allerdings. Ich hoffe, dass ich bald auf eine Kochschule gehen kann. Ich will Küchenchefin werden."

„Wow, ich bin beeindruckt."

„Noch ist es zu früh, um beeindruckt zu sein, aber das kommt bestimmt irgendwann …"

„Ganz bestimmt. Das schaffen Sie. Ich sehe ja in Ihren Augen, wie entschlossen Sie sind."

Ihr wurde ganz warm im Inneren. Er nahm sie ernst, das hatten wenige der Männer, die sie kannte, getan. Sie unterhielten sich, während er die Flasche entkorkte – ein französischer Rothschild Bordeaux, wie das Etikett sagte, und sicher sehr teuer. Ashley hielt ihm die kostbaren Gläser von Maggie hin, und er goss ihnen beiden ein.

„Wo ist denn das Baby heute Abend?", erkundigte sich Jason, als er ihr eines der Gläser reichte.

„Robbie ist bei der Nachbarin Mrs Epstein. Er scheint sie zu mögen. Ich mag sie auch."

„Das ist doch großartig. Aber Sie hätten keinen Babysitter besorgen müssen. Es hätte mir nichts ausgemacht, wenn er hier bei uns geblieben wäre."

Ashley sah ihn etwas überrascht an. Ziggy hatte überhaupt keine Geduld mit Kindern. Selbst wenn er bei ihr geblieben wäre, hätte er einen schlechten Vater abgegeben.

Das wunderbare Aroma des brutzelnden Huhns mit Tomaten und Kräutern breitete sich in der Küche aus. Jason hob sein Glas. „Auf unsere Freundschaft."

Sie hob ihres. „Auf unsere Freundschaft." Sie stießen miteinander an und nahmen einen Schluck. Sie war keine große Weinkennerin, aber dieser hier schien wirklich gut zu sein.

„Der Wein schmeckt mir", sagte sie. „Bis jetzt kenne ich mich noch nicht so gut damit aus, aber das muss ich alles lernen, wenn ich eine gute Chefköchin werden will."

„Das Grundlegende kann ich Ihnen schon sagen", bot Jason an. „Das zum Beispiel ist ein französischer Bordeaux. Das heißt, er stammt aus der Region Bordeaux. In dem aufgedruckten Jahr, 1999, wurden die Trauben des Weins geerntet."

Er erzählte ihr etwas über den weißen Wein, den er mitgebracht hatte, ein kalifornischer Chardonnay aus Napa Valley. „Tatsächlich kommen fast alle neuen französischen Weine aus kalifornischen Weinstöcken. Im frühen 19. Jahrhundert wurden die originalen Anpflanzungen durch Pilzbefall zerstört. Danach mussten wieder gesunde Weinstöcke nach Europa importiert werden."

Ashley lächelte, als er ihr von diesem interessanten Detail berichtete. Es war angenehm, sich mit jemandem zu unterhalten, der nicht mit ihr sprach, als hätte sie kein Hirn im Kopf. „Das ist cool. Davon hatte ich keine Ahnung. Ich könnte wetten, die Franzosen geben sich große Mühe, das geheim zu halten."

„Da bin ich ganz sicher."

Wieder lächelte sie. „Jetzt fangen sie an, in Texas Wein anzubauen. Ich weiß ja nicht, ob der gut ist."

Er grinste. „Hey, wenn er aus Texas kommt, muss er gut sein, verstanden?"

Sie lachte. Also dachte Jason wie ein echter Texaner, nicht nur wie irgendein reicher Jetset-Typ. Er überraschte sie. Das gefiel ihr an ihm.

„Sind Sie schon hungrig?", fragte sie. „Das Huhn scheint jetzt fertig zu sein."

„Aber ja." Er trug für sie die Salatteller aus dem Kühlschrank ins Esszimmer und ging noch einmal zurück in die Küche, um den Wein zu holen, während Ashley das Dinner auftrug. Alles war ansprechend arrangiert, genau wie sie es bei den Köchen im Fernsehen gesehen hatte.

Jason rückte ihr den Stuhl zurecht, damit sie sich setzen konnte, dann nahm er ihr gegenüber an dem viereckigen Tisch Platz.

„Es sieht alles großartig aus", sagte er und ließ den Blick über das Arrangement mit dem bunten Frühlingsstrauß und dem eleganten Tafelgeschirr gleiten, für das sie sich so viel Mühe gegeben hatte. „Das haben Sie wunderbar gemacht, Ashley. Ich fühle mich wie in einem Gourmetrestaurant."

Stolz überkam sie. „Ich hoffe, das Essen erfüllt Ihre Erwartungen."

Jason blickte mit großem Appetit auf den dampfenden Teller vor sich. Er beschloss, zunächst vom Salat zu probieren. „Der schmeckt hervorragend. Was für ein Gewürz ist das im Dressing? Ich kann es nicht erkennen."

„Curry. Das gibt der Vinaigrette und den anderen Gewürzen das gewisse Extra."

Jason hob sein Glas, dann setzte er es wieder ab, ohne einen Schluck getrunken zu haben. Stattdessen sah er Ashley ernst an. „Ich hätte heute fast angerufen und abgesagt. Am Nachmittag habe ich nämlich eine schockierende Nachricht erhalten. Ich war mir nicht so sicher, ob ich Ihnen nicht die Laune vermiese."

Sie hatte bemerkt, dass er manchmal etwas abgelenkt wirkte. „Was ist denn passiert?"

„Sie haben ja gehört, dass mein Dad tot ist. Als ich hier war, sprachen wir darüber, und es stand ja auch in den Zeitungen."

Sie nickte. „Ich habe es in den Fernsehnachrichten gehört. Einen Tag nachdem Sie hier gewesen waren, hat Trace uns erzählt, dass Sie nicht an Selbstmord glauben, und er auch nicht."

Jason schluckte. „Heute kam der Bericht des Gerichtsmediziners. Sie haben Spuren eines Medikaments im Blut meines Vaters gefunden. Ketamin, ein Beruhigungsmittel, das bei Tieren angewendet wird. Dieser Mistkerl, der mit meiner Schwester verheiratet ist, hat meinen Vater betäubt, ihn erschossen und es dann so aussehen lassen, als hätte Dad sich selbst umgebracht."

Ashley war voller Mitgefühl für Jason. Zu wissen, dass ein Familienmitglied das getan hatte, musste den Verlust des Vaters noch schmerzlicher machen. „Sind Sie sicher, dass er es war?"

„Er hat Geld von der Firma unterschlagen. Garantiert war er es. Wenn er nicht im Gefängnis sitzen würde, hätte ich ihn umgebracht, ich schwöre es." Jason wandte sich ab, die Zähne zusammengebissen. Als er sich wieder zu ihr umdrehte, wirkte er so erschüttert und abgespannt, dass Ashley den Arm ausstreckte und ihre Hand auf seine legte.

„Ich glaube kaum, dass Ihr Vater das gewollt hätte, Jason. Sicher würde er nur Gerechtigkeit erwarten. Und dafür können Sie auf jeden Fall sorgen."

Sie bemerkte, wie sich Jasons Augen kurz mit Tränen füllten, dann hatte er sich wieder im Griff. Er nahm ihre Hand und verschränkte die Finger mit ihren.

„Das hat Trace auch gesagt. Egal wie lange es dauert, ich werde dafür sorgen, dass meinem Vater die Gerechtigkeit widerfährt, die er verdient hat. Parker Barrington wird den Rest seines Lebens im Gefängnis verbringen."

Er ließ ihre Hand nicht gleich los, sondern drückte sie leicht. „Ich bin froh, dass ich doch hergekommen bin. Sie sind nicht wie die anderen Frauen, die ich kenne. Ich glaube, Sie haben wirklich Mitgefühl. Die meisten kümmern sich immer nur darum, wie sie aussehen oder wie viel Geld ich für sie ausgebe."

Ashley entwand ihm ihre Hand und vermisste sofort die Wärme seiner Berührung. „Ich freue mich auch, dass Sie hergekommen sind." Sie lächelte. „Und ich habe das Gefühl, dass Sie sich nach meinem Pollo Cacciatore noch besser fühlen werden."

Jason lachte, und sie fand, es hörte sich schon ein bisschen entspannter an als vorher.

„Ich habe seit Ewigkeiten nicht mehr im Restaurant gegessen. Selbst als meine Mutter noch lebte und wir eine Köchin hatten, haben wir selten zusammen gegessen."

Ashley konnte sich so ein Leben kaum vorstellen.

„Aber das nächste Mal bin ich dran. Wenn Sie immer noch nicht ausgehen wollen, gehen wir zusammen einkaufen und ich bezahle die Lebensmittel."

Ashley sah Jason an, und eine angenehme Wärme stieg in ihrem Inneren auf. Es war keine Lust. Es war etwas noch Beängstigenderes. Jason wollte sie wiedersehen. Sie hatten mehr gemeinsam, als sie vermutet hätte.

Weiter als heute Abend hatte sie noch gar nicht gedacht, doch sie wollte ihn auch gern wiedersehen.

Nun hoffte sie nur noch, dass ihm ihr Pollo Cacciatore schmeckte.

Trace öffnete die Tür und trat einen Schritt beiseite, um Maggie hereinzulassen. Er trug dunkelblaue Jeans und ein blütenweißes Hemd, seine schwarzen Boots waren auf Hochglanz poliert.

Sein dunkles Haar, ohne Hut, war ordentlich gekämmt. Er sah umwerfend aus.

Bei seinem Anblick machte sich sofort heiße Erregung in ihr breit. Er war so verdammt sexy, so männlich.

„Du siehst zum Anbeißen aus", bemerkte er, während er sie in ihrem gelben Sommerkleid betrachtete. Die winzigen aufgedruckten pfirsichfarbenen Blüten passten zur Farbe ihres Lippenstifts. Sein Blick blieb an ihrem Mund hängen. Er beugte sich zu ihr vor, küsste sie sanft auf die Lippen und schloss die Tür hinter ihr.

Sie fanden sich in einem Kuss zusammen, der lange genug dauerte, um das Feuer weiter zu entfachen, das sich bereits in ihrem Innern auszubreiten begann.

„Pfirsich", flüsterte er, als er ihren Lippenstift schmeckte. „Darling, du bist so lecker, wie du aussiehst." Er umfasste ihr Gesicht und küsste sie noch einmal, intensiver, glühender.

Sie spürte sein Verlangen, stark und mächtig, die Hitze seiner Haut und die angespannte, erwartungsvolle Körperhaltung.

Er zog sich zurück, wollte ihr Liebesspiel noch hinauszögern, aber ihr Herz hämmerte bereits heftig, und sie bebte innerlich. Sie stellte sich auf die Zehenspitzen und schlang die Hände um seinen Nacken, zog ihn zu sich herunter für einen weiteren Kuss. Der wurde tief und erotisch und ließ keinen Zweifel mehr an dem, was sie wollte. Als sie die Lippen öffnete, drang er mit der Zunge ein, spielte mit ihrer, steigerte ihre Erregung immer weiter. Sie hörte, wie Trace leise aufstöhnte, und spürte seine Anspannung.

„Wenn wir jetzt nicht aufhören, schaffen wir das mit dem Dinner nicht mehr", flüsterte er und küsste ihren Hals.

Maggie schnurrte förmlich, den Kopf nach hinten gelegt, während er weiter Küsse auf ihrem Hals und auf der Schulter verteilte.

„Du hast damit angefangen, Cowboy. Essen ist jetzt das Letzte, woran ich denken kann."

Er stöhnte auf und eroberte erneut ihren Mund in einem verzehrenden Kuss. Sie hatte nicht erwartet, dass der Abend so verlaufen würde. Aber jetzt, wo sie seine starken Muskeln und die harte Erektion an ihrem Körper spürte, war ihr einziger Gedanke nur noch, sich mit ihm zu lieben. Maggie sehnte sich nach mehr heißen Küssen, wollte ihn berühren und all das tun, was ihr bei ihrem ersten Mal bereits so sehr gefallen hatte.

Trace kostete wieder ihren Mund und drängte sie gegen die Wohnzimmerwand. Er streifte ihr die Träger von der Schulter, um das Kleid bis zur Taille hinunterzuschieben – glücklicherweise waren die Vorhänge zugezogen.

Für einen Moment stand er einfach nur da und betrachtete sie mit einem begehrlichen, fiebrigen Blick. Dann beugte er sich hinunter und umfasste ihre vollen Brüste, nahm eine ihrer Spitzen zwischen die Lippen. Maggie kam ihm entgegen, ihre Brustwarzen waren hart wie Diamanten. Sie fuhr mit den Fingern durch sein dichtes Haar und bog den Rücken durch, um ihm noch näher zu sein. Er nahm die Einladung sofort an.

Sie spürte ein fast schmerzhaftes Ziehen im Inneren. Das Gefühl seiner Lippen und Zunge an ihrer Haut, an ihren Knospen, war unglaublich. Maggie schloss die Augen, als er ihr den Rock bis zur Taille hochschob und mit den Fingern über ihren Bauch strich. Sie trug nur einen weißen Stringtanga. Als er den schmalen Streifen Stoff zwischen ihren Beinen ergriff, sie mit einem Ruck davon befreite, um den Satinfetzen über seine Schulter wegzuwerfen, stöhnte sie auf.

„Ich kaufe dir einen neuen“, flüsterte er heiser, bevor er seine Lippen wieder auf ihren Mund presste.

Maggie atmete heftig, inzwischen glühend vor Lust. Sie griff nach seinem weißen Westernhemd und riss die Druckknöpfe ungeduldig auf, um seinen wunderbar muskulösen Oberkörper zu berühren und die heiße Haut zu spüren.

Ihre Knie drohten nachzugeben, als Trace sie wieder mit einem intensiven, feurigen Kuss eroberte. Mit zitternden Fingern öffnete sie seine Gürtelschnalle und zog den Reißverschluss seiner Jeans hinunter.

„Ich will dich“, flüsterte sie. „Du machst mich verrückt.“
„Himmel noch mal, Frau …“, sagte er fast verzweifelt.

Er fand ihre empfindlichste Stelle und streichelte sie, bis sie sich nur noch in einem Nebel der Lust wand, nur noch die süße Qual und Freude des heißen Begehrens wahrnahm. Schnell befreite er sich von dem störenden Stoff und hob sie hoch. Maggie schlang die Hände um seinen Nacken und legte die Beine um seine Taille, als er tief in sie eindrang.

Sie stöhnte auf. Er war groß und hart. Bei jeder seiner Bewegungen steigerte sich ihre Lust. Trace nahm sie mit langen, tiefen Stößen, bis sie zitterte und kleine wimmernde Laute aus ihrer Kehle drangen. Sie schloss sich fester um ihn und spürte, dass sie jeden Moment kommen würde.

Mit einem lauten, wilden Schrei, seinen Namen auf ihren Lippen, sackte sie gegen seine Schulter. Als sie aufsah, entdeckte sie einen zufriedenen Ausdruck auf seinem Gesicht.

„Bleib so, mein Liebling, wir sind noch nicht fertig.“

Maggie riss die Augen auf, als er von Neuem begann. Nachdem er sich wieder besser unter Kontrolle hatte, verlangsamte er seinen Rhythmus, ließ ihr Zeit, die Flammen wieder zu entzünden.

Sie kamen zusammen mit einer solch intensiven Leidenschaft, die sie noch nie vorher erlebt hatte. Dieses süße Glücksgefühl überrollte sie mit einer Wucht, dass ihr fast die Tränen kamen.

Trace hielt sie noch einen Moment fest, dann küsste er sie sanft. „Alles okay?“

Sie lächelte nur und nickte.

Trace trug sie ins Schlafzimmer und ließ sie vor der Badezimmertür herunter. „Du brauchst wahrscheinlich einen Augenblick.“

Sie sah in diese fiebrigen braunen Augen. „Was hast du nur an dir?“

Er lachte. „Keine Ahnung. Aber ich glaube, ich gehe mal lieber runter und sehe nach dem Essen, bevor wir weitere Recherchen in dieser Angelegenheit anstellen.“ In seinem Blick las sie, dass er schon wieder bereit war. „Es sei denn, du möchtest das Dinner heute Abend ausfallen lassen."

Maggie lächelte. „Die Versuchung ist groß." Ziemlich groß. „Aber ich muss plötzlich feststellen, dass ich umkomme vor Hunger. Ich bin gleich wieder da." Sie warf ihm ein letztes verführerisches Lächeln zu, dann verschwand sie im Bad und schloss die Tür hinter sich. Sie lehnte sich erst mal dagegen, fühlte sich wie aus Gummi und durch und durch befriedigt.

Bis heute Abend hatte sie gar nicht gewusst, wie unersättlich und wild sie war.

Maggie musste grinsen.

Trace atmete tief durch. Er konnte sich nicht erinnern, wann ihn eine Frau dermaßen angeturnt hatte wie Maggie. Er machte *sie* verrückt? Diese Frau raubte ihm den letzten Verstand!

Während sie sich geliebt hatten, war er einen Moment so in seiner fiebrigen Lust gefangen gewesen, dass er glaubte, jede Kontrolle über sich zu verlieren. Das wird nicht passieren, sagte er sich, entschlossen, sich zurückzuhalten und Maggies Lust an erster Stelle stehen zu lassen. Zumindest jetzt erst mal.

Er lächelte auf dem Weg in die Küche. Seine Willensstärke hatte sich bereits Hunderte Male bewährt. Verdammt, es machte solchen Spaß mit ihr.

Trace hörte sie oben im Badezimmer, und plötzlich war sein Lächeln verschwunden. Ohne Zweifel war der Sex mit ihr großartig. Besser als das. Aber nach seiner Erfahrung mit Carly war er nicht bereit für eine Beziehung. Nachdem er endlich gemerkt hatte, was für ein Dummkopf er gewesen war und was in Wahrheit in seiner Ehe ablief, war er in einem Tief versunken.

Er hatte Carly nie richtig geliebt, trotzdem hatte es lange gedauert, bis er über seine Selbstzweifel hinweggekommen war und seine alte Sicherheit zurückgewonnen hatte. So etwas wollte er nie wieder durchmachen.

Maggie kam herein und unterbrach seine Grübeleien. Sie hatte sich wieder zurechtgemacht, aber es war nicht zu übersehen. Sie sah aus wie eine Frau, die gerade großartigen heißen Sex gehabt hatte.

Am liebsten hätte er den Herd ausgestellt und sie ins Bett getragen.

Der Abend ist noch jung, tröstete er sich und dachte dabei an all die möglichen Arten, wie er sie noch nehmen würde.

„Was gibt es denn?“ Maggie schnüffelte und goss sich ein Glas Weißwein ein. „Auf jeden Fall duftet es verführerisch.“

„Spaghetti mit Hackbällchen, Salat und Baguette. Magst du so was?“

„Darauf kannst du wetten.“ Sie hob ihr Glas. „Möchtest du auch eins?“

„Schwimmt der Fisch?“

Sie lachte, goss ein weiteres Glas ein und reichte es ihm. Sie stand so nahe neben ihm, dass er ihr Parfüm riechen konnte, und schon war er wieder erregt. Als Maggie sich auf die Zehenspitzen stellte und ihn auf den Mund küsste, war er bereits hart.

„Essen und Sex“, sagte sie. „Das klingt wunderbar.“ Trace erwiderte ihren Kuss. Als Maggie stöhnte und sich ihre Brustspitzen aufrichteten, war seine Entscheidung gefallen: *erst Sex, dann Essen.*

Maggie protestierte nicht, als er sie wieder ins Schlafzimmer trug.

19. KAPITEL

Maggie wachte um zwei Uhr morgens auf. Sie hatte schon immer einen zuverlässigen inneren Wecker gehabt, der ihr jetzt wieder zugutekam. Sie musste nach Hause fahren. Jason wäre jetzt sicher schon gegangen, und sie wollte Ashley nicht mit Robbie allein im Stadthaus lassen. Das Telefongespräch mit dem Stalker war erst vor Kurzem gewesen. Was, wenn dieser Irre versuchte, bei ihr ins Haus einzubrechen?

Sie sah zu Trace hinüber, der auf dem Bauch schlief, die Decke bis tief auf seine Hüften heruntergerutscht. Himmel, dieser Mann war umwerfend. Der breite muskulöse Rücken, die glatte sonnengebräunte Haut und ein festes, kleines rundes Hinterteil ... Er war so attraktiv wie kein anderer Mann, den sie kannte. Sich mit ihm zu lieben war so erfüllend wie niemals zuvor, und trotzdem spürte sie etwas, das noch tiefer ging als einfach nur sexuelle Anziehungskraft.

Ein Gedanke, den sie angesichts der vielen Ereignisse im Moment lieber verdrängen wollte.

Sie stand leise auf, zog sich ihr inzwischen ziemlich zerknittertes Kleid über und schlich zur Tür. Auf dem Notizblock neben dem Telefon hinterließ sie eine Nachricht: „Ich habe das Dinner genossen und auch alles Weitere, was dazugehörte – nicht unbedingt in dieser Reihenfolge ...“ Dann verließ sie die Wohnung, um zu ihrem Wagen zu gehen, der vor dem Haus parkte.

Während sie mit ihrem kleinen roten SUV nach Hause fuhr, klingelte, kurz bevor sie in die Broadmoor Street einbiegen wollte, ihr Handy. Sie lächelte, als sie Traces Nummer auf dem Display erkannte.

„Hallo, Cowboy.“

„Ich dachte, du bleibst noch bis zum Frühstück“, grummelte er. „Ich hatte eigentlich noch Pläne mit dir.“

Sie lachte. Schon überlief sie wieder ein Schauer der Erregung, was angesichts der letzten Stunden wirklich absurd war. „Ich habe mir Sorgen um Ashley gemacht. Ich wollte nicht, dass sie da ganz allein … Oh mein Gott!“

„Was ist los?“

Maggie brachte einen Moment überhaupt keinen Ton heraus.

„Maggie, um Himmel willen, was ist denn?“

„Das Haus! Das Haus brennt!“ Ihr schnürte sich die Kehle zu. „Oh Gott, Trace, das ganze Haus brennt!“ Sie warf das Handy auf den Beifahrersitz und trat aufs Gas, raste mit quietschenden Reifen die Straße entlang auf ihr Haus zu.

Orangefarbene und gelbe Flammen züngelten durch das Dach in den tintenschwarzen Himmel. Dicke graue Rauchschwaden sammelten sich in der Luft. Maggies Herz hämmerte wie wild gegen ihre Rippen. Ihre Kehle fühlte sich so trocken an wie das Holz, das in Flammen aufging.

Der erste Löschwagen war bereits da, ein weiterer kam hinter ihr um die Ecke gerast. Maggie riss das Steuer herum und fuhr zum Straßenrand gegenüber. Sie sprang aus dem Wagen, ohne die Tür hinter sich zu schließen. Ihr Puls raste, Tränen stiegen ihr in die Augen, sodass sie alles nur noch verschwommen sah.

Oh Gott, Ashley und Robbie! Sie rannte über die Straße auf die Haustür zu, stolperte dabei und wäre fast gestürzt, als sich ihr ein Feuerwehrmann in den Weg stellte.

„Sie können hier nicht rein, Miss.“

„Das ist mein Haus! Meine Schwester ist da drin, meine Schwester und ihr Baby!“

Der Feuerwehrmann legte ihr die Hände mit den riesigen Schutzhandschuhen auf die Schulter. „Denen geht es gut“, sagte er freundlich. „Die beiden sind in Sicherheit. Sie sind da drüben.“ Sein schwerer breitrandiger Helm neigte sich nach vorn, als er mit dem Kopf zur Straße hin deutete.

Maggie zog sich das Herz zusammen. Erleichtert holte sie zitternd Luft. Sie wischte sich die Tränen von der Wange und wirbelte wieder herum. Schnell lief sie zu der schmalen, in eine Decke gehüllten Gestalt hinüber, die am Straßenrand kauerte und den kleinen Robbie an sich drückte.

„Ashley! Ashley! Oh Gott, ist dir was passiert?“

Ihre Schwester stand mit Robbie im Arm auf, und Maggie schloss beide in die Arme. Sie zitterte am ganzen Körper, ihre Knie waren weich wie Gummi von der fürchterlichen Angst und vor Erleichterung.

„Uns geht es gut", sagte Ashley. „Es geht uns beiden gut."

Maggie schnürte sich die Kehle zu, und sie begann zu weinen. „Ich hätte euch nicht bei mir lassen dürfen. Ich hatte von Anfang an befürchtet, dass was passieren könnte. Wenn du und Robbie verletzt worden wäret oder … oder …" Sie schluckte, nicht in der Lage, diesen schrecklichen Gedanken zu Ende zu denken.

„Uns geht es beiden gut, Maggie, wirklich. Du hast daran keine Schuld."

Maggie warf einen Blick zu den Nachbarhäusern hinüber. Keins der anderen Stadthäuser hatte Feuer gefangen. Bisher war die Löschmannschaft in der Lage gewesen, die Ausbreitung des Brands zu verhindern. Die anderen Hausbesitzer schienen alle evakuiert worden zu sein. Im Dunkeln standen vereinzelte kleine Gruppen herum und beobachteten von Weitem den Kampf der Feuerwehrleute gegen die Flammen. Mrs Epstein saß auf einem Gartenstuhl, den jemand aufmerksamerweise herangeschafft hatte, und redete mit einem Nachbarn.

Maggie sah zu den Flammen hoch, die in den Himmel züngelten, der starken Wasserfontäne, die aus drei verschiedenen Schläuchen zum Dach hinaufschoss, der schwarzen Rauchwand, die langsam weiß wurde, und ihre Kehle schnürte sich noch mehr zusammen.

Jemand rief nach ihr, und sie fuhr herum. Eine große bekannte Gestalt kam auf sie zu. Trace.

„Maggie!" Er rannte zu ihnen herüber, ohne Hut, das Haar immer noch vom Schlaf zerzaust. Mit besorgtem Gesichtsausdruck blickte er zum brennenden Haus. Dann entdeckte er Ashley und Robbie, und er entspannte sich. „Sind alle heil rausgekommen?"

Maggie nickte. „Niemand ist verletzt." Ihr kamen sofort wieder die Tränen, und sie wandte sich ab, damit er es nicht sah. Er legte ihr von hinten sanft die Hände auf die Schultern. Langsam drehte er sie zu sich herum, zog sie in seine Arme und hielt sie fest.

„Alles okay“, sagte er. „Deine Schwester und das Baby sind in Sicherheit. Die Nachbarn sind auch nicht in Gefahr. Alles wird wieder gut.“

Sie schluchzte leise. „Das ist meine Schuld.“ Sie schluckte, um den Kloß in ihrem Hals loszuwerden. „Ich hätte ihn nicht verärgern dürfen. Oh Gott, Trace.“

Er hielt sie fest umarmt. „Es war nicht deine Schuld. Nichts von all dem ist deine Schuld.“ Er lockerte die Umarmung etwas und gab ihr einen sanften Kuss auf den Mund. „Du hast mir vielleicht einen Schreck eingejagt.“

Seine sanfte Stimme umfing sie wie eine Liebkosung. Sie wusste, dass sie ihn erschreckt hatte, die Besorgnis in seinem Blick ging ihr ans Herz. Sie schniefte und nahm dankbar das Taschentuch, das er aus seiner Jeanstasche zog und ihr reichte, damit sie sich die Nase putzen konnte.

„Ich hätte heute Abend nicht zu dir kommen dürfen, ich hätte zu Hause bleiben müssen.“

„Ich glaube kaum, dass deine Schwester und Jason sehr erfreut darüber gewesen wären, und es hätte auch sowieso nichts geändert.“ Trace wandte sich an Ashley, die wie in Trance das Feuer anstarrte. „Sagen Sie mir doch bitte, was passiert ist.“

Ashley drehte sich zu ihm um. Unter der Decke trug sie ihren kurzen mit pinkfarbenen Blumen bedruckten Morgenmantel und keine Schuhe. „Ich weiß es gar nicht so genau. Nachdem Jason gegangen ist, bin ich zu Mrs Epstein rüber, um Robbie abzuholen. Ich habe ihn in unser Zimmer gebracht und in die Krippe gelegt. Dann bin ich selber ins Bett gegangen. Ich hatte ziemlich tief geschlafen, als ich von irgendwas aufgeweckt wurde. Ich weiß nicht genau, was es war, irgendein Geräusch, glaube ich. Ich bin aufgestanden, um alles zu überprüfen. Als ich in die Küche kam, sah ich einen hellen gelben Lichtreflex im Garten. Mir war gar nicht klar, dass es brannte, bis einer der Nachbarn gegen die Tür hämmerte.“

Sie holte zittrig Luft. „Ich habe mir Robbie geschnappt, meine Tasche, die Wickeltasche und bin nach draußen gerannt. Die Leute strömten aus den anderen Häusern nebenan. Irgendjemand hatte schon die Feuerwehr angerufen."

„Das Feuer brach im oberen Stockwerk aus?", fragte Trace.

Ashley nickte. „Ich glaube, in Maggies Studio. Die Tür war geschlossen, und ich habe keine Flammen entdeckt, bis ich draußen war. Da sah ich, dass auf der Rückseite das ganze Dach brannte."

Maggie starrte auf die Flammen, die sich durch den Raum fraßen, in dem alle ihre Bilder archiviert waren. Wochenlange Arbeit, stundenlanges Bemühen. Ihr Computer war zerstört, zusammen mit den Ordnern, in denen sie alle Speicherchips aufbewahrte, ebenso die Liste der Käufer, die sie zusammengestellt hatte. Ihr drehte sich vor Übelkeit und Wut der Magen um.

„Er hat mein Arbeitszimmer zerstört", sagte sie und musste sich zusammenreißen, um nicht loszuheulen. „Er war sauer auf mich, weil ich aufgelegt habe."

„Es tut mir so leid, Liebling. Deine ganze harte Arbeit ist verloren, weil irgendein Verrückter dich haben will und nicht bekommen kann." Trace sah zum Haus hinüber, wo inzwischen fast nur noch Rauch herauskam. Aber es züngelten noch immer einzelne Flammen im oberen Stockwerk.

Maggie folgte seinem Blick. „Meinst du, die Überwachungskameras könnten irgendwas aufgezeichnet haben?"

„Möglich wäre es. Warte mal hier. Ich bin gleich wieder zurück." Er überquerte den Rasen vor dem Haus und ging auf einen der Feuerwehrmänner zu, der offensichtlich das Kommando hatte. Sie unterhielten sich eine Weile. Trace zeigte auf die Kamera, die unter dem Dachsims neben der Eingangstür installiert war. Der Mann sagte etwas, Trace nickte, dann drehte er sich um und kam zu Maggie und ihrer Schwester zurück.

„Die Brandermittler sind schon da", sagte er. „Seht ihr den roten Suburban? Sie werden heute Nacht ein paar Voruntersuchungen starten, Fragen stellen, Fotos machen. Morgen, wenn alles ein bisschen abgekühlt ist, kommen sie wieder, um das Haus innen zu untersuchen. Vielleicht bringen sie auch ihre Hunde mit. Sie werden uns sagen können, wie und wo das Feuer ausgebrochen ist und ob es sich um Brandstiftung handelt."

„*Er* war es. Du weißt auch, dass er das getan hat."

„Wer immer das getan hat, kannte sich mit elektronischen Geräten aus. Wir haben ein zuverlässiges System installiert. Er muss verdammt gut sein, um ins Haus zu kommen, ohne den Alarm auszulösen."

„Er hat Kameras in meiner Wohnung installiert. Ich nehme an, er wusste genug darüber Bescheid."

„Das hier war schon eine viel kniffligere Sache."

„Würdest du reinkommen?"

Er runzelte die Stirn. „Ja."

„Ich glaube, er kann so was auch."

Trace biss die Zähne zusammen.

„Was ist denn mit den Videokameras?", wollte Maggie wissen.

„Wenn sie nicht zerstört wurden, werden sich die Leute von der Brandermittlung mit den Aufnahmen befassen. Sie melden sich, wenn sie was gefunden haben." Er sah ihr ernst in die Augen. „Das wird dir nicht gefallen, aber du und deine Schwester kommt mit zu mir. Ihr bleibt erst mal dort, bis wir alles geklärt haben."

„Warum? Damit er dein Haus auch noch anzünden kann?"

„Vertrau mir, er kommt nicht in mein Haus. Sicherheitssysteme sind mein Job. Er kommt da nur rein, wenn ich es will."

Maggie diskutierte nicht. Sie hätte ihre kleine Familie lieber in einem Hotel untergebracht. Aber der Stalker war offensichtlich wirklich gefährlich.

Vielleicht dachte er sich auch, wenn er sie schon nicht für sich hatte, könnte er sie auch umbringen.

Die Morgensonne strömte durch die Küchenfenster. Es wurde jetzt schon ziemlich heiß. Zweiunddreißig Grad waren vorhergesagt worden, die Luftfeuchtigkeit würde auch keine Freude werden.

Trace goss sich einen Kaffee ein und trug die Tasse zum Küchentisch hinüber. Rowdy trottete neben ihm her und ließ sich neben seinem Stuhl auf dem Boden nieder, seine Schnauze auf Traces Stiefeln.

„Nun, mein Junge, wir haben jetzt Mitbewohner, ob es dir gefällt oder nicht."

Rowdy spitzte die Ohren, und Trace lachte. „Was sage ich denn da? Natürlich wird dir das gefallen. Zwei attraktive Frauen, die dich mit Aufmerksamkeit überschütten." Er stellte den Kaffeekrug auf die rote Melamin-Tischplatte neben den *Houston Chronicle*, den er gerade von der Terrasse geholt hatte. Er hatte aus Spaß oder aus einem Anflug von Nostalgie die Küche so eingerichtet, dass sie wie die auf der Ranch seiner Großmutter in den 1950er-Jahren aussah. Weiß und Rot und Chrom. Er genoss es immer noch, nach Hause zu kommen und hier zu sitzen.

Er warf einen Blick zum Flur hinaus, der zu den Schlafzimmern führte. In dem einen schliefen seine unfreiwilligen Hausgäste, die nach der Brandnacht noch ziemlich erledigt waren.

Trace lehnte sich zurück und fuhr sich mit den Fingern durchs Haar. Maggie fühlte sich für das Feuer verantwortlich, aber es war nicht ihre Schuld. Wenn jemand sich schuldig fühlen sollte, dann war er das. Sie bezahlte ihn dafür, dass er sie beschützte. Und dabei hatte er versagt.

Trace stieß frustriert den Atem aus. Er musste mit Anthony Ramirez, dem Captain bei der Brandermittlung, reden. Tony arbeitete schnell, er und Trace hatten bereits miteinander zu tun gehabt. Der Captain könnte ihm sicher bestätigen, was ihm sein Gefühl schon sagte – dass der Brand gelegt worden war.

Er wiederum wollte Ramirez in dem Fall des Stalkers mit dem bisschen, was er herausgefunden hatte, ein wenig unter die Arme greifen. Bevor er es nicht von Ramirez gehört hatte, konnte er wegen der Brandstiftung nicht sicher sein. Doch er schätzte die Chance auf fast hundert Prozent, nachdem er gestern Nacht kurz mit ein paar der Feuerwehrleute gesprochen hatte.

Er hatte den Verrückten in jeder Beziehung unterschätzt. Das Letzte, was er von dem Mistkerl erwartet hätte, war, Maggies Haus in Brand zu setzen. Der Typ war von ihr besessen. In seiner kranken Art liebte er sie. Selbst wenn er nach dem Telefongespräch wütend genug gewesen wäre, um ihr etwas anzutun, würde er bei einem solchen Typ eher eine direkte Konfrontation erwarten. Er würde sie allein abfangen und sie ganz für sich haben wollen, sie auf die Art bestrafen, die sie seiner Meinung nach verdiente.

Himmel, sie war gestern Nacht noch nicht mal dort gewesen – was er gewusst haben musste, da er ins Haus eingedrungen war, um das Feuer zu legen. Er hatte das Studio trotzdem in Brand gesetzt und Ashley und das Kind gefährdet.

Trace nippte an seinem Kaffee und versuchte sich in diesen Verrückten hineinzuversetzen. Irgendeine Logik in all dem auszumachen. Kam aber zu absolut keinem Ergebnis.

Wieder einmal.

Mit Ramirez zu reden kam zuallererst, aber er musste auch mit Mark Sayers sprechen. Die Cops waren gestern Nacht da gewesen und hatten schon erste Aussagen aufgenommen. Mark war offiziell nicht mit dem Fall beauftragt, aber er war ein Freund und ein Detective, und Trace wollte ihn auf dem Laufenden halten.

Er warf einen Blick auf seine Uhr und stellte fest, dass es noch zu früh war, um Sayers im Revier zu erreichen. Dann sah er erneut über den Flur zum Gästezimmer hinüber. Er hatte ein Dutzend Dinge zu erledigen, wollte aber nicht das Haus verlassen, bevor er Maggie nicht gezeigt hatte, wie die Alarmanlage funktionierte. Er würde kein Risiko mehr eingehen.

Trace stand auf und goss sich eine neue Tasse Kaffee ein. Sosehr es ihn auch drängte aufzubrechen, er wollte sie nicht wecken. Sie war erschöpft und stand unter Schock. Gestern Nacht hatte sie eine Heidenangst ausgestanden, und das konnte er gut verstehen.

Er war selbst fast in Panik geraten.

Durch das immer noch angeschaltete Handy hatte er gehört, wie sie vor Entsetzen geschrien hatte, bevor sie aus dem Wagen und auf das Haus losgerannt war.

Vielleicht war es die Erkenntnis gewesen, wie sehr sie an ihrer Familie hing.

Vielleicht auch weil er bemerkt hatte, wie sehr er sie inzwischen mochte.

Was immer es auch gewesen war, ihm hatte sich der Magen umgedreht, während er in Windeseile seine Kleidung übergezogen hatte und in die erstbesten Stiefel geschlüpft war, um so schnell wie möglich zu ihr zu fahren. Sein Herz hatte wild gehämmert, während er zu ihr unterwegs gewesen war. Den ganzen Weg über hatte er immer nur an Maggie denken können.

Himmel noch mal, er sehnte sich einfach nach ihr.

Und er erkannte langsam, dass er viel mehr von ihr wollte als Sex.

Dieser Gedanke ängstigte ihn beinahe zu Tode.

Er musste wieder daran denken, wie sie sich letzte Nacht feurig geliebt hatten, und sein Blut schoss sofort wieder Richtung Süden.

Die schlimmste Folter, die er sich selbst auferlegen konnte, war, Maggie O'Connell in seinem Haus schlafen zu lassen – aber nicht in seinem Bett.

20. KAPITEL

Jemand klopfte an die Tür, und Trace stand auf, um zu öffnen. Rowdy kam hinter ihm her in die Diele getrottet, als Trace durch den Spion blickte. Mark Sayers stand unter der breit überhängenden Terrassenüberdachung.

„Ich wollte dich gerade anrufen", sagte Trace. „Komm rein." Er trat beiseite, und Sayers ging durch die Diele ins Wohnzimmer. Sein hellbraunes Haar war leicht zerzaust, der billige Anzug bereits zerknittert.

„Hör zu, ich habe gehört, was gestern Nacht passiert ist. Inoffiziell ist von Brandstiftung die Rede. Ich glaube, ich muss mich bei dir entschuldigen. Sieht aus, als hätte O'Connell ernstere Probleme, als ich dachte."

„Entschuldigung angenommen. Aber ich brauche trotzdem deine Hilfe."

„Hey, ich bin Cop. Mein Job ist es, Leute zu beschützen. Ich will nicht, dass jemand verletzt wird. Sag mir, was du willst."

„Möchtest du einen Kaffee?"

„Gerne."

Trace führte den Detective in die Küche, nahm einen Becher und füllte ihn mit dem dampfenden dunklen Gebräu.

Sayers nahm die Tasse entgegen. „Danke. Also, was ist deine Meinung zu dem Feuer?"

„Na ja, das ist das Ding." Trace lud ihn an den Küchentisch ein, und die beiden Männer setzten sich. Rowdy kehrte wieder zu seinem vorherigen Platz neben Traces Füßen zurück. „Dieser Typ hat sie nicht mehr alle, das ist schon mal klar. Aber ich kann ihn trotzdem immer noch nicht so richtig einordnen. Maggie war gestern Nacht nicht mal zu Hause. Ihre jüngere Schwester war mit dem Kind allein da."

„Himmel noch mal."

„Dieser Irre konnte das Alarmsystem überwinden und ins Haus einbrechen. Er wusste also sehr genau, dass Maggie nicht da ist. Er zündete ihr Atelier trotzdem an. Das erscheint mir unlogisch."

„Er will sie vielleicht für irgendwas bestrafen, was sie seiner Meinung nach getan hat."

„Sie hat ihm bei seinem letzten Anruf erklärt, er soll sie in Ruhe lassen, und den Hörer aufgeknallt", sagte Trace. „Vielleicht war er wütend genug, um ihre Schwester zu töten und sie damit zu bestrafen, aber das ergibt für mich überhaupt keinen Sinn."

„Man kann nie wissen. Aber es wäre in der Tat eine ziemliche Überreaktion."

„Von den Nachrichten her zu schließen, die er bisher hinterlassen hat, ist er auf irgendeine verdrehte Art in sie verknallt. Ihre Schwester und deren kleines Kind umzubringen würde ihn bei ihr sicher nicht beliebter machen."

Sayers runzelte die Stirn. Er sah Trace über den Rand seiner Kaffeetasse an. „Du denkst doch nicht, das wäre einfach nur ein zufälliges Zusammentreffen von Ereignissen? Ein verrückter Feuerteufel zündet ihr Haus an, und die Polizei und alle anderen denken, es war der Stalker?"

Trace zuckte die Schultern. Er hatte es noch nicht richtig zu Ende gedacht, aber unterbewusst war der Gedanke durch seinen Kopf gegangen.

„Das kann ich mir nicht vorstellen", sagte Mark.

„Ich glaube eigentlich auch nicht an Zufälle. Wir werden mehr wissen, wenn die Brandermittler mit ihrer Arbeit fertig sind. Tony Ramirez ist ein fähiger Mann. Er wird die losen Enden zusammenführen."

„Du hast ein Sicherheitssystem in ihrem Haus installiert, wie ich mich erinnere."

Trace nickte. „Und Überwachungskameras am vorderen und hinteren Teil des Hauses. Er hat das Alarmsystem ohne Weiteres überwunden. Die Kameras konnte ich noch nicht auswerten, aber es ist anzunehmen, dass er die auch ausgeschaltet hat."

„Du meinst, der Stalker kann so was? Du sagtest, er hätte ihren Wagen verwanzt und Videokameras in ihrer Wohnung installiert."

„Wie gesagt, wenn ich mit Ramirez gesprochen habe, weiß ich mehr."

Sayers stand auf. „Wir sollten uns danach noch mal treffen. Ich habe mit dem Fall eigentlich nichts zu tun – also mische ich mich nicht ein. Verstanden?"

„Verstanden. Danke, dass du hergekommen bist, Mark."

In diesem Moment wurde die Gästezimmertür geöffnet, und Maggie kam heraus. Sie trug den Bademantel, den Trace ihr geliehen hatte, das rote Haar fiel ihr auf reizvolle Weise wirr auf die Schultern. Trace spürte sofort wieder dieses Flattern im Magen.

„Ich hoffe, ich störe nicht", murmelte sie. „Ich wusste nicht, dass du Besuch hast."

„Maggie, das ist Detective Mark Sayers. Er wollte gerade gehen."

„Das mit dem Feuer tut mir leid", sagte Mark. „Wir werden diesen Typen schnappen. Er ist nicht nur eine Bedrohung für Sie und Ihre Familie, sondern für die ganze Nachbarschaft."

„Ja, das stimmt. Ich bin Ihnen für jede Hilfe dankbar."

Trace begleitete Sayers zum Ausgang und schloss die Tür hinter ihm. Er war fast wieder in der Küche, als wieder jemand gegen die Tür hämmerte, diesmal noch energischer.

„Das ist hier ja wie auf der *Grand Central Station*", grummelte Trace und kehrte wieder um. Durch den Türspion erkannte er Jason Sommerset, der auf der Veranda stand.

„Haben Sie von dem Feuer gehört?" Jason ging an ihm vorbei ins Wohnzimmer. „Ich hab's heute Morgen in den Fernsehnachrichten gesehen. Maggies Haus ist gestern Nacht abgebrannt. Ich kann sie nicht erreichen, Ashley auch nicht. Inzwischen bin ich krank vor Sorge. Wissen Sie, wo sie sind?"

„Immer ruhig, Junge. Die beiden Frauen und der Kleine sind bei mir. Allen geht es gut."

Jasons Schultern entspannten sich.

„Hallo, Jason", rief Maggie von der Küche her und winkte ihm zu. Trace bemerkte, dass sich sein verräterischer Hund vor ihren Füßen zusammengerollt hatte. „Ashley schläft immer noch. Es war eine lange Nacht."

„Ich habe mir wirklich Sorgen gemacht", sagte Jason. „Jetzt bin ich echt erleichtert, dass es allen gut geht."

Im selben Augenblick wurde die Tür zum Gästezimmer erneut geöffnet, und Ashley kam ins Wohnzimmer. Verschlafen fuhr sie sich durch das zerzauste kurze blonde Haar. Sie trug denselben mit pinkfarbenen Blumen bedruckten Morgenmantel wie in der Nacht zuvor und keine Schuhe. Ihre langen Beine waren bis weit übers Knie entblößt. Sie erblickte Jason und erstarrte wie ein Reh vor dem Scheinwerferlicht eines Autos.

„Jason ..."

Er ging schnell zu ihr hinüber und nahm ihre beiden Hände. „Geht es dir gut? Was ist mit dem Kleinen? Ich hab Todesängste ausgestanden, als ich in den Fernsehnachrichten erfuhr, was passiert ist."

Ashley schluckte, ihre Augen füllten sich mit Tränen. Gestern Nacht war sie sehr stark gewesen. Jetzt erst schien der Schock einzusetzen. „Ich hatte solche Angst", sagte sie leicht zittrig, und Jason nahm sie in die Arme.

„Du hättest mich anrufen sollen. Ich wäre sofort vorbeigekommen."

„Wir ... wir kennen uns doch kaum."

Er nahm ihr Kinn und hob es leicht an. „Wir sind doch Freunde, oder nicht?"

Ashley schenkte ihm ein unsicheres Lächeln. „Ich denke schon, ja."

„Du kannst darauf wetten. Ich habe schon was für dich und deine Familie ausgekundschaftet, wo ihr wohnen könnt."

„Wie bitte?"

Jason wandte sich an Trace. „Ein Freund von mir ist gerade in Europa. Gleich nach den Nachrichten habe ich ihn angerufen." Ein Lächeln breitete sich auf seinem Gesicht aus. „Glücklicherweise war es für ihn in Frankreich nicht mitten in der Nacht."

„Und weiter?", sagte Trace.

„Jimmy gehört eine Wohnung in der Galleria, das ist nicht weit von meinem Haus entfernt. Ich habe ihm erzählt, was passiert ist, und er meinte, dass Ashley mit dem Baby und Maggie so lange bei ihm wohnen können, bis er zurückkommt. Er wird mindestens noch vier Wochen unterwegs sein."

Trace schüttelte den Kopf. „Das geht nicht. Maggie wird verfolgt. Ashley und das Baby wären dann nicht sicher. Denken Sie bloß daran, was gestern Nacht passiert ist."

Maggie kam zu ihnen herüber, ihr geborgter Frotteemantel schleifte dabei auf dem Boden. Trace musste sich ein Grinsen verkneifen. Verdammt, sie sah so zum Anbeißen aus.

„Trace hat recht", sagte sie. „Ashley sollte mit dem Kind nicht in meiner Nähe bleiben."

Jason warf der jüngeren der beiden Schwestern einen Blick zu. „Dann ziehst du allein mit Robbie ein. In dem Haus gibt es rund um die Uhr einen Sicherheitsdienst. Wir sagen denen Bescheid, was passiert ist, damit sie besonders gut aufpassen."

„Vielleicht sollte sie einfach hierbleiben", schlug Maggie mit einem Blick auf Trace vor.

„Ich bin doch nicht in Gefahr", sagte Ashley. „Der Typ ist nicht hinter mir her. Er hat in Maggies Studio Feuer gelegt. Auf sie ist er sauer, sie will er treffen. Ich war einfach nur im Weg."

„Er hätte Sie töten können", sagte Trace nachsichtig.

Ashley zuckte die Schultern. „So sind die Verrückten. Sie denken nicht an die Folgen."

Da hatte sie recht. Und Trace war ebenfalls der Meinung, dass sie am sichersten wäre, wenn sie und ihre Schwester nicht zusammenwohnten.

„Ich werde auf sie aufpassen", versprach Jason und betrachtete Ashley, als würde sie bereits zu ihm gehören. „Wenn sie irgendwas braucht, muss sie mich nur anrufen."

Verdammt, den Jungen hatte es schwer erwischt. Trace bemitleidete ihn fast. „Warten wir ab, was die Brandermittler zu sagen haben. Sie können uns vielleicht Informationen geben, die uns die Entscheidung über unser weiteres Vorgehen erleichtern."

„Ich werde auf keinen Fall meinen Job aufgeben." Ashley

stemmte die Hände in ihre schmale Taille, sodass der pinkfarbene Morgenmantel noch höher rutschte. Jason sah aus, als würde er gleich seine Zunge verschlucken. Der Arme befand sich echt im Ausnahmezustand.

„Sie brauchen Ihren Job auch nicht aufzugeben", versprach Trace. „Wir werden das alles schon regeln." Irgendwie.

Obwohl er im Moment noch nicht so genau wusste, wie sie das machen sollten.

Maggie duschte und zog dann das zerknitterte Kleid von gestern Abend an, das einzige Kleidungsstück, das ihr noch geblieben war. Es roch nach Rauch und beschwor sofort wieder die Erinnerungen an die Flammen und die Angst herauf, die sie lieber verdrängt hätte.

Sie dachte an den Brand und hoffte, dass sich die untere Etage in einem besseren Zustand befand als die obere, dass die Kleidung ihrer Schwester gewaschen und gereinigt werden konnte. Dass das wenige, was Ashley besaß, nicht durch das Wasser und den Rauch zerstört worden wäre. Es war aussichtslos, dass die Feuerwehr sie heute ins Haus lassen würde. Mit all den noch schwelenden Resten und dem heißen verkohlten Holz war es zu gefährlich.

Glücklicherweise gab es im University District eine Reihe von Textilläden. Trace rief seine Rezeptionistin an, weil er meinte, Mrs Epstein benötige noch ein oder zwei Tage Erholung. Annie bot an, ein paar Stunden auf Robbie aufzupassen, lange genug, damit die beiden im nahegelegenen *Rice Village* ein paar Noteinkäufe tätigen konnten. Maggie hatte Annie bereits im Büro getroffen und vertraute ihr vollkommen. Ashley war etwas besorgt, weil sie den Kleinen mit einer ihm Unbekannten allein ließ. Doch Maggie war sich sicher, dass sie besänftigt wäre, wenn sie Annie erst mal kennengelernt hatte.

Jason bestand darauf, sie zu begleiten. Beide Frauen, nach dem Brand immer noch ziemlich verstört, willigten ein. Natürlich würde er Maggies Wagen fahren müssen, da sein schnittiger, silberner Porsche zu klein für alle zusammen war.

Während sie auf Annie warteten, zog sich Ashley um. Sie kam mit einer dünnen Jogginghose und einem olivenfarbenen Militärhemd von Trace ins Wohnzimmer und setzte sich neben Jason auf die Couch, um Robbie die Flasche zu geben.

Trace griff nach Maggies Hand, und sie ließ sich von ihm in die Küche führen. Sie setzte sich an den Küchentisch, während er ihr einen Becher frisch gebrühten Kaffee eingoss. Er füllte sich ebenfalls eine Tasse und setzte sich ihr gegenüber. Seine besorgte Miene entging ihr nicht.

„Was ist denn? Du machst mich nervös."

„Nichts Bestimmtes. Es ist nur, wir haben über den Brand gesprochen, aber nicht darüber, was der Verlust deiner Arbeiten für dich bedeuten muss. Es sieht so aus, als wäre dein Atelier zerstört, mit all deinen Bildern. Du musst ja vollkommen von vorn anfangen. Ich wollte dir nur sagen, wie leid mir das tut."

Maggie streckte den Arm aus und nahm seine Hand. Seine starken Finger gaben ihr immer ein Gefühl der Sicherheit. Und sie wusste, wie geschickt sie waren …

„Gestern Nacht bin ich durchgedreht, ich hatte solche Angst um meine Schwester und Robbie. Und ich war wütend auf diesen Mistkerl, der meiner Familie so was antut. Aber meine Bilder sind nicht zerstört."

Trace runzelte die Stirn. „Ich dachte, du hebst deine Speicherchips im Atelier auf. Waren sie nicht dort?"

„Doch, sie waren da. In den vergangenen fünf Tagen habe ich mein Archivierungssystem umgestellt. Ich war fast fertig. Aber vor einem Jahr ungefähr hatte ich beschlossen, meine Bilder online zu archivieren. Es gibt einen Anbieter dafür, der heißt *Photodrive*. Das ist eine kommerzielle Fotoarchivierungs-Website hauptsächlich für Profifotografen. Wenn ich eine Serie fertig habe, lade ich jedes dieser Bilder auf diese Seite, für den Fall, dass mal irgendwas passiert. Obwohl du mir glauben kannst, dass ich nie daran dachte, es könnte tatsächlich mal der Fall eintreten."

„Meine Firma nutzt auch ein Online-Archiv. Zumindest für einige Dinge."

„Nicht für alles?"

Trace lachte. „Dafür bin ich ein bisschen zu paranoid. Wenn du mal so ein paar Computerfreaks bei der Arbeit beobachtest, dann weißt du, dass ein Typ mit der richtigen Ausbildung fast überall reinkommt. Himmel, ich bin selbst auch gar nicht so schlecht."

„Aha ... noch ein verstecktes Talent."

Er verzog die Lippen zu einem Grinsen. „Das kann man so sagen." Trace nahm einen Schluck von seinem Kaffee. „Also heißt das, du hast noch alle Ordner."

„So ist es. Alles ist bei *Photodrive*. Ich brauche die Bilder nur abzurufen, die ich bei der Eröffnung verkauft habe, sie ausdrucken und rahmen zu lassen und die Lücken wieder zu füllen. Schon bin ich wieder im Geschäft."

Er runzelte die Stirn. „Wer außer dir weiß noch, dass die Fotos nicht zerstört sind?"

„Niemand, warum?"

„Nur so ... war nur ein Gedanke. Irgend so ein komisches Gefühl. Ein Gespür, das man irgendwann entwickelt, wenn man den Job so lange macht wie ich. Ich möchte, dass du die Bilder nicht sofort neu ausdrucken lässt. Sag niemandem, dass du sie immer noch hast. Deine Galeristin Faye Langston wird darüber gar nicht erfreut sein, aber, hey, bei dir hat es gebrannt, oder nicht? Was kannst du schon tun?"

„Sie erwartet sowieso nicht, dass ich sie vor nächster Woche liefere."

„Großartig. Bis dahin habe ich mit Tony Ramirez gesprochen. Er ist der Chef der Brandermittlung. Ich würde gern wissen, was er zu berichten hat, bevor wir unseren nächsten Schritt unternehmen."

„In Ordnung." Sie musste anfangen. Es dauerte seine Zeit, um die Fotos zum Verkauf fertig zu machen, aber sie vertraute Traces Urteil. Und es würde alles nur um ein paar Tage verzögern.

„Meine Kundenliste ist auch bei *Photodrive* archiviert", sagte Maggie. „Ich muss allerdings mit dem Sortieren wieder von vorn anfangen und mir außerdem die Namen der neuen Käufer von der letzten Ausstellung von Faye geben lassen. Aber wenigstens ist sie nicht weg."

„Das sind gute Nachrichten. Und nun gehst du mit deiner Schwester einkaufen."

Maggie grinste. „Mit Jason Sommerset als Bodyguard."

Trace schüttelte lächelnd den Kopf. „Den Jungen hat es echt erwischt."

„Aber angenehm erwischt, oder was denkst du?"

Trace betrachtete sie mit seinen goldbraunen Augen. „Ich fürchte, ich habe das gleiche Problem wie er."

Maggie lachte. „Ich womöglich auch."

„Wenn Ash mit Robbie in die Galleria zieht, bleibst du aber bei mir."

Hitze stieg ihr in die Wangen. „Das wäre wahrscheinlich viel sicherer."

„Dir ist doch hoffentlich klar, dass du dann nicht im Gästezimmer schläfst."

Ihr Puls beschleunigte sich. „Nicht?" Der oberste Knopf seines Westernhemds stand offen, sie hätte am liebsten ihren Mund auf die sonnengebräunte Haut an seiner Kehle gepresst und seinen Duft tief eingeatmet.

„Es könnte für dich also nicht ganz so sicher sein, wie du denkst."

Sie hätte ihn gern geküsst. „Vielleicht nicht. Aber weißt du, ich habe schon immer gern gefährlich gelebt."

Trace betrachtete sie einen Moment und verzog die Lippen zu einem lasziven Lächeln. „Sieht so aus, als ginge es mir genauso."

Trace ließ die beiden Frauen mit Jason allein. Der Junge war an ein behütetes Leben gewöhnt. Aber er war auch Sportler, ein exzellenter Tennisspieler, ehemaliger Captain im Schwimmteam seiner Universität, und er hatte gelernt, auf sich selbst aufzupassen. Trace musste lachen, als ihm eine Geschichte einfiel, die Hewitt ihm erzählt hatte. Wie Jason einmal von der Highschool nach Hause kam und meinte, er wolle unbedingt boxen lernen. Seine Mutter hatte geweint und ihren Mann angebettelt, er möge es ihm verbieten. Als Verhandlungsgenie hatte Hewitt seinen Sohn überreden können, es mit asiatischen Kampfsportarten zu versuchen. Jason hatte dann sein Talent dafür entdeckt.

Wenn es notwendig werden sollte, konnte er sich verteidigen, und er hielt sich in Form. Jason konnte gut auf die Frauen aufpassen oder würde zumindest wissen, was im Fall von irgendwelchen Problemen zu tun wäre.

Inzwischen hatte Trace bei Tony Ramirez angerufen, der sich zu einer Unterredung im *Atlas*-Büro bereit erklärt hatte. Er wartete schon auf ihn, als Tony hereinkam. Ramirez war nicht besonders groß, aber stark wie ein Bulle mit kräftigen Schultern und Armen. Sein schwarzes Haar war kurz geschnitten. Und er war clever, weshalb er in seinem Beruf einer der Besten war.

„Schön, Sie zu sehen, Tony." Die beiden Männer schüttelten sich die Hand, und Trace führte ihn nach hinten in sein Büro. „Wollen Sie einen Kaffee oder eine Cola?"

„Ich komme gerade vom Mittagessen, danke."

Trace schloss die Tür, und die beiden Männer setzten sich. „Ich weiß es sehr zu schätzen, dass Sie vorbeigekommen sind. Was können Sie denn bisher sagen?"

Tony schlug den Ordner auf, den er mitgebracht hatte. Trace wusste allerdings, dass der Captain die meisten Informationen im Kopf hatte. „Wie Sie ja bereits wissen, ist glücklicherweise niemand verletzt worden. Die schlechte Nachricht ist, dass es sich um Brandstiftung handelt. Der Täter hat die Alarmanlage außer Betrieb gesetzt, bevor er ins Haus eingedrungen ist – er wird wahrscheinlich über die entsprechende Software verfügen. Das Gleiche gilt für die Überwachungskameras."

„Das habe ich befürchtet." Trace hatte vor Kurzem die gleiche elektronische Ausrüstung bei einer Rettungsaktion benutzt, die er mit seinen Freunden Dev Raines, Johnnie Riggs und Jake

Cantrell in Mexiko durchgeführt hatte. Mit dem Hightech-Gerät war es ihnen gelungen, auf ein gut gesichertes Grundstück und in die riesige Villa zu gelangen, in der ein Mädchen gefangen gehalten worden war. Der Rückzug verlief leider nicht so glatt, und sie hatten sich den Weg freischießen müssen.

„Der Täter ist durch die Verandatür reingekommen", sagte Ramirez. „Das Feuer wurde oben im Studio gelegt. Mehrere Brandherde. Benzin als Brandbeschleuniger. Er hat das Fenster für besseren Durchzug geöffnet. Alles in allem wusste er genau, wie er vorgehen musste. Das ganze Zimmer ist innerhalb kurzer Zeit in Flammen aufgegangen."

„Offensichtlich ein Profi."

Tony nickte. „Ganz bestimmt ein Profi, und zwar ein besonders guter. Und jetzt kommt noch was: Die Feuerwehr muss kurz nach der Brandlegung angerufen worden sein. Die Wache ist nur ein paar Blocks entfernt. Aber als die Löschmannschaft eintraf, war der Anrufer bereits verschwunden. Es sieht alles danach aus, als hätte der Brandstifter selbst die Feuerwehr alarmiert."

„Er wollte, dass der Brand gelöscht wird. Das Studio sollte abbrennen, aber nicht das ganze Haus. Es ging ihm nicht um die Frau und das Baby."

„Ich denke, er wollte verhindern, dass jemand verletzt wird oder die Nachbarhäuser Feuer fangen. So wie der Brand gelegt wurde, sollte das Innere des Studios verbrennen, aber das Feuer nicht auf Nebenräume übergreifen. Das wäre früher oder später natürlich passiert. Bei einem Brand kann immer etwas schiefgehen, genau berechenbar ist so ein Feuer nie."

„Also bestand das Risiko, Menschen zu gefährden, aber die Chancen waren hoch, dass es gut verläuft."

„So sieht es aus. Wie ich sagte, der Täter scheint sich exzellent auszukennen."

Trace lehnte sich zurück. „Das klingt mir nicht nach Maggies Stalker. Wie stehen die Chancen, dass der Irre, der es auf sie abgesehen hat, ein hochbezahlter Brandstifter ist?"

„Könnte sein, dass der Verrückte den Auftrag gegeben hat."

Trace dachte darüber nach. „Könnte sein, kann ich mir aber nicht vorstellen."

„Was also dann? Irgendjemand, der etwas gegen Maggie O'Connell hat?"

„Ich habe es in Erwägung gezogen. Bisher bin ich zu keinem Ergebnis gekommen. Inzwischen wissen viele Leute über den Stalker Bescheid. Polizei, Freunde, Leute, die wir befragt haben. Vielleicht hat jemand die Gelegenheit genutzt, um ihre Arbeit zu zerstören und den Verdacht auf den Stalker zu lenken."

„Ich habe gehört, sie ist ziemlich erfolgreich. Vielleicht hatte jemand was gegen die Konkurrenz."

„Vielleicht."

Tony stand auf und Trace folgte ihm. „Vielen Dank, Tony, ich weiß die Information sehr zu schätzen."

„Hey, wir stehen beide auf der gleichen Seite." Ramirez reichte ihm seine kräftige Hand, und Trace schüttelte sie. „Passen Sie gut auf Ms O'Connell auf. Das dürfte noch nicht vorüber sein."

Trace presste die Lippen zusammen. Es war auch nicht vorbei. Aber er würde alles tun, um dem ein Ende zu bereiten. Und zwar schnell.

Die Arme beladen mit Taschen und Schachteln, kehrten Maggie und Ashley am späten Nachmittag zu Traces Haus zurück. Jason, der ebenfalls eine Anzahl von Paketen trug, begleitete sie zur Tür, die Trace für sie öffnete.

Er lächelte. „Willkommen zu Hause."

Maggie beobachtete mit großen Augen, wie der kleine Robbie sich an seine breite Brust schmiegte.

„Was um alles in der Welt ..."

„Annie hatte noch was im Büro zu erledigen. Ich war auf dem Weg nach Hause, also haben wir die Plätze getauscht."

Maggie sah Ashley an, Ashley erwiderte ihren Blick und beide brachen in Gelächter aus.

Trace hob die Augenbrauen. „Was ist? Dachtet ihr, ich könnte keine Windeln wechseln?“ Er grinste. „Ich hab rausgefunden, wie's funktioniert.“

Ashley ließ ihre Pakete fallen und streckte die Arme nach dem Kleinen aus, den Trace ihr vorsichtig reichte. „Vielen Dank, Trace“, sagte sie. „Sie sind echt ein Schatz.“

„Nichts für ungut.“

Maggie betrachtete den toughen Cowboy. Der Anblick, wie er das winzige Kind in den Armen gehalten hatte, war ihr zu Herzen gegangen. Sie hatte noch nie einen Mann wie ihn kennengelernt.

Jason räusperte sich, um sich wieder bemerkbar zu machen. „Was ist also mit dem Apartment von meinem Freund, das Ashley benutzen kann?“, erkundigte er sich hoffnungsvoll.

„Ich finde, das ist eine gute Idee“, erwiderte Trace. „Bevor wir nicht wissen, was genau los ist, sind Ashley und Robbie sicherer, wenn sie nicht mit Magie zusammenwohnen.“

Jason grinste von einem Ohr zum anderen. Er wandte sich an Ashley, die ihren Sohn in der Armbeuge hielt. „Den Schlüssel kann ich schnell besorgen, ich würde dir beim Umziehen helfen, sobald du dazu bereit bist.“

„Je früher, desto besser“, bemerkte Trace.

„Morgen Abend arbeite ich.“ Ashley strich dem schlafenden Robbie zärtlich über die Stirn. „Ich habe Mrs Epstein angerufen. Sie sagt, das Haus riecht immer noch nach Rauch, aber die Feuerwache meint, es besteht keine Gefahr mehr. Sie ist bereit, sich um Robbie zu kümmern. Es gibt wohl keinen Grund, noch länger hierzubleiben.“ Sie hob eine der Einkaufstüten hoch und schüttelte sie grinsend. „Außerdem habe ich schon alles gepackt.“

Trace lachte. „In ein oder zwei Tagen könntet ihr beide bestimmt ins Stadthaus zurück. Maggie kann Ihnen Bescheid sagen, wenn es so weit ist.“

„Wunderbar.“

Die beiden Frauen gingen die Einkäufe durch und teilten die verschiedenen Sachen ein, die Kinderkleidung, Schuhe, Hosen,

Blusen, Jeans und T-Shirts. Dann trug Jason Ashleys Sachen zum Wagen und kam zurück, um Ashley und Robbie zu holen.

Maggie umarmte ihre Schwester zum Abschied. Ihr schossen Tränen in die Augen, als sie plötzlich ein Gefühl von Verlust überkam. „Ruf mich an, oder ich melde mich. Wir müssen in Kontakt bleiben."

„Ich rufe an, versprochen."

Noch eine kurze Umarmung, dann war Ashley mit Robbie auf der Terrasse verschwunden. Jason folgte ihnen und schloss die Tür.

Maggie wurde mit einem Mal traurig. Alles erschien ihr so chaotisch, merkwürdig verdreht. Das Haus war zerstört, ihre Schwester lebte wieder einmal aus dem Koffer. Sie hätte sich gern hingesetzt und einmal richtig geheult.

Sie spürte Trace hinter sich. Er legte ihr den Arm um die Taille und drehte sie zu sich um. „Ihr wird es gut gehen. Jason ist ein prima Kerl. Er wird dafür sorgen, dass sie alles hat, was sie braucht."

Maggie brachte ein Lächeln zustande. „Ich mag ihn. Und ich weiß, dass Ash ihn auch mag."

Trace strich mit dem Finger über ihr Kinn. „Es wird alles gut."

Sie nickte, doch tief im Innern glaubte sie nicht so richtig daran.

„Komm mit mir ins Bett", sagte Trace leise. „Ich verspreche dir, dass du das alles vergisst, zumindest für eine Weile."

Ihre Kehle schmerzte. Sie brauchte ihn, und irgendwie wusste er das. Statt zu antworten, stellte sie sich auf die Zehenspitzen und küsste ihn. Trace erwiderte ihren Kuss, dann hob er sie auf die Arme und trug sie ins Schlafzimmer.

Er hielt sein Wort. Zumindest für eine Weile sorgte er dafür, dass sie alles andere vergaß.

21. KAPITEL

Richard Meyers stand im Schatten der Brücke. Schwere schwarze Wolken verdeckten den Mond, die Dunkelheit und die feuchte Luft wirkten erdrückend. Um ihn herum die Geräusche der Nacht: Blätter raschelten, ein Nagetier huschte durch das schlammige Flussbett, der Wind seufzte in den Ästen der Bäume.

Er befand sich ein paar Kilometer außerhalb der Stadt an einer zweispurigen Straße, die ins Nirgendwo führte. Es war der Ort, an den er per Telefon bestellt worden war. Richard hatte diese Umstände gern auf sich genommen. Der Auftrag war genauso ausgeführt worden wie geplant. Der Mann, den er angeheuert hatte, war jeden Penny wert.

Er bemerkte die dunkle Gestalt, die sich aus den Schatten löste und näher kam. Derselbe lange Trenchcoat mit dem hochgeschlagenen Kragen. Ein Filzhut mit schmaler Krempe, tief in die Stirn gezogen. Das letzte Mal hatte Richard sich noch das Lachen verkneifen müssen. Heute überkam ihn der Drang, vor lauter Erleichterung zu grinsen.

„Haben Sie das Geld?“, fragte der Mann mit leicht heiser klingender Stimme.

Richard reichte ihm den Umschlag, die zweite Rate wie abgesprochen, weitere fünfzehntausend in Hundertdollarnoten. Dreißigtausend war eine satte Summe, aber er hatte den Besten gewollt. Wie es aussah, hatte er ihn auch bekommen.

„Danke.“ Er konnte kaum glauben, dass er jemandem dafür dankte, einen Brand gelegt zu haben. Aber seit diesem Abend im Hafen hatte sich alles in seinem Leben verändert.

Der Mann erwiderte nichts, drehte sich einfach um und ging wieder in die Richtung, aus der er gekommen war. Der Saum seines Trenchcoats flatterte im Wind, als er in einem Wäldchen auf der anderen Straßenseite verschwand.

Es war vorbei. Die Gefahr war beseitigt. Zum ersten Mal seit Wochen konnte er wieder nach vorn blicken, statt ständig an die

Vergangenheit denken zu müssen.

Richard atmete erleichtert aus.

Als Maggie das Klopfen hörte, beeilte sie sich zur Tür zu kommen. Das Alarmsystem war eingeschaltet. Trace hatte ihr gezeigt, wie es funktionierte, und ihr versichert, dass niemand unentdeckt ins Haus käme. Sie erwartete keine Besucher. Trace arbeitete im Büro. Sie war mit Rowdy allein im Haus.

Der Hund stand neben ihr. Mit aufgestellten Ohren und die schwarz-weiße Schnauze nach oben gewandt, lauschte er auf die Geräusche von der Veranda. Nicht besonders beunruhigt lugte Maggie durch den Spion, dann juchzte sie erfreut.

Schnell tippte sie den Code der Alarmanlage ein und beeilte sich, die Tür zu öffnen. „Roxanne! Ich kann es kaum glauben, dass du hier bist! Himmel noch mal, als ich heute Morgen angerufen habe, bin ich nicht davon ausgegangen, dass du gleich den nächsten Flieger nimmst und zurückkommst!"

Die große schlanke Brünette kam ins Wohnzimmer und zog Maggie in die Arme. „Machst du Witze? Du rechnest nicht damit, dass ich nach Hause komme, wenn jemand versucht, meine beste Freundin umzubringen?"

Maggie seufzte. „Ich glaube nicht, dass er mich umbringen wollte." Sie führte Roxy in die Küche. „Ich war in der Nacht ja nicht mal zu Hause." Heute Morgen hatte sie Roxy in New York angerufen. Nach allem, was passiert war, hatte sie das dringende Bedürfnis verspürt, mit der Freundin zu reden.

„Ich habe gesagt, er soll mich in Ruhe lassen, und den Hörer aufgeknallt. Wahrscheinlich ist er deshalb wütend gewesen und wollte mich bestrafen."

„Dich bestrafen? Du hast doch nichts getan! Ich hoffe, die finden diesen Scheißkerl und einer erschießt ihn."

Maggie lachte. „Es tut mir leid, wenn du den Eindruck hattest, du müsstest herkommen. Aber ich freue mich so, dass du hier bist."

Roxy lächelte. „Ich hab dich auch vermisst." Sie verdrehte die blauen Augen und schüttelte ihr weiches dunkles Haar, das sich an den Schultern wellte. „Außerdem habe ich mich gelangweilt. Wie lange kann eine Frau denn shoppen gehen?“

Maggie grinste. Sie fühlte sich so gut wie seit Tagen nicht mehr. „Trace ist gerade im Büro. Wie wäre es mit einem Glas Eistee?“

Ihre Freundin schnaufte. „Also mein Schatz, ich hätte lieber einen Martini. Aber ich nehme an, um diese Tageszeit werde ich mich wohl mit einem Eistee begnügen müssen.“ Während Roxy sich an den Küchentisch mit der Melamin-Platte setzte, füllte Maggie zwei Gläser mit Eiswürfeln und goss den kalten gesüßten Tee aus dem Kühlschrank darauf. Sie trug die beiden Gläser zum Tisch und setzte sich ihrer Freundin gegenüber.

„Ich denke, du solltest mir mal langsam berichten, was eigentlich vor sich geht“, sagte Rox. Sie blickte sich in dem ordentlichen, nostalgisch eingerichteten Raum um. „Es sieht so aus, als hätte sich seit meiner Abreise eine Menge geändert.“

Maggie nahm einen Schluck Tee. „Das kann man so sagen. Ich habe unerwarteten Familienzuwachs bekommen, die erste Etage meines Hauses ist ein rauchender Haufen Müll, und derjenige, der das getan hat, läuft noch irgendwo herum.“ Sie hatte ihr schon am Telefon einiges berichtet, ging aber nun ins Detail. Sie erzählte ihrer Freundin alles über den Stalker, ihre Schwester und den Kleinen, Jason Sommerset und das Feuer.

„Sprichst du von *dem* Jason Sommerset, dem Sohn von Hewitt Sommerset?“

„Genau von dem. Jason ist ein Bekannter von Trace. Er hat Ashley jetzt unter seine Fittiche genommen. Rox, meine Schwester ist wunderschön. Und sie ist entzückend. Jason scheint total in sie verknallt zu sein.“

„Na ja, sie hätte es ganz sicher schlechter treffen können als mit dem Erben von *Sommerset Industries*.“

„Es ist schon komisch. Meiner Schwester scheint es wirklich egal zu sein, wie viel Geld Jason besitzt. Sie hat ziemlich viel durchgemacht. Der Vater von ihrem Kind ist ein echter Loser.

Im Grunde wünscht sie sich nur jemanden, der sie gut behandelt."

Maggie berichtete Roxanne von dem Apartment, das Jason für Ash und Robbie für die Zeit organisiert hatte, bis alles wieder normal verlief. „Ashley hat mich angerufen, nachdem sie dort eingezogen ist. Sie war ganz aufgeregt, ich nehme an, die Wohnung ist der absolute Luxus. Es soll dort Marmorfußböden geben, ein Fernsehzimmer in der Größe eines kleinen Kinos und Goldarmaturen in den Badezimmern – von denen es nicht wenige gibt. Das ist doch mal schön für sie."

Und solange Ashley eine Unterkunft hatte, blieb Maggie Zeit, alles in Ordnung zu bringen. Es würde Wochen dauern, bis das Stadthaus wieder hergerichtet wäre, wenn nicht länger. Sie musste für diese Zeit eine neue Wohnung für sie beide finden. Das konnte sie aber nicht, solange sie den Stalker nicht gefunden hatten.

„Jason Sommerset hat doch alles Geld der Welt", sagte Roxanne. „Und soweit ich unterrichtet bin, war er auch noch nie in irgendwelche Skandale verwickelt. Keine Trunkenheit am Steuer, kein Drogenentzug oder Ähnliches."

„Er scheint wirklich in Ordnung zu sein. Ich bin mir nicht sicher, was Ashley für ihn empfindet. Das wird sich mit der Zeit noch rausstellen."

„Das denke ich auch." Roxanne nippte an ihrem Tee und verzog das Gesicht. Offensichtlich wünschte sie sich tatsächlich lieber etwas Alkoholisches. „Du hast mir ja nun wirklich alles genau geschildert, meine Liebe. Aber eine Kleinigkeit hast du ausgelassen."

„Was denn?"

„Den Cowboy. Du wohnst bei ihm im Haus. Jetzt sag mir nicht, dass zwischen euch nichts läuft."

Maggie stieg die Hitze ins Gesicht. „Na ja … Also man könnte sagen, wir haben eine Beziehung. Aber es geht hauptsächlich um Sex."

Roxanne betrachtete sie kritisch. „Tatsächlich?"

„Na ja, größtenteils. Du hast ja selbst gesagt, dass er ein geiler Typ ist."

„Das stimmt, das ist er ja auch. Aber dass du die schmutzigen Sachen nur so aus Spaß machst, ist eigentlich nicht dein Stil. Bist du sicher, dass nicht mehr dahintersteckt?"

Maggie fuhr mit dem Finger über den feuchtkalten Rand ihres Glases. „Ich hoffe es. Ich meine, das ist das Letzte, was ich will, eine ernsthafte Beziehung."

„Manchmal passieren die Dinge einfach."

„Wahrscheinlich. Trace ist schon erstaunlich. Um ehrlich zu sein, muss ich schon ganz schön aufpassen, dass ich mich nicht in ihn verliebe."

Roxanne zog die dunklen Augenbrauen hoch. „Wo bleibt denn da der Spaß? Sich zu verlieben ist doch das Wichtigste im Leben."

„Vielleicht. Aber manchmal gibt es anderes zu berücksichtigen."

„Das wäre?"

„Zum Beispiel ... Was ist, wenn ich wie meine Mutter bin? Celeste läuft immer davon. Wenn etwas schiefläuft, ist sie weg. Sie hat meinen Vater verlassen und ihren zweiten Ehemann. Jetzt ist sie wieder mal abgehauen und hat sich von Ashleys Vater getrennt. Bisher hab ich das auch immer so gemacht. Wenn es zu eng wird, gehe ich. Ich habe Angst davor, was passiert, wenn ich mich mal richtig verliebe."

Roxanne streckte den Arm aus und griff nach Maggies Hand. „Vielleicht bin ich nicht dafür geeignet, um dir in der Hinsicht einen Rat zu geben. Ich kann gar nicht mehr zählen, wie oft ich schon verliebt war. Was bedeutet, ich habe nie richtig geliebt. Aber ich glaube, wenn der Richtige kommt, merkst du das. Und dann hast du nicht mehr den Wunsch wegzulaufen."

Maggie sagte nichts dazu. Sie hatte in ihrem Leben bereits Männern wehgetan, die ihr etwas bedeuteten. Zuerst Josh, dann Michael, dann David. Sie wollte nicht, dass Trace ein Opfer ihrer schwankenden Stimmungen wurde.

Andererseits hatte Trace eine gescheiterte Ehe hinter sich, und sein Sexualleben schien aus einer Reihe von Rothaarigen zu bestehen, die er offensichtlich wie getragene Schuhe ausrangierte.

Dieses Schicksal wollte sie ebenso wenig erleiden.

„Im Moment genießen wir es einfach, zusammen zu sein", sagte sie schließlich.

„Und er passt auf dich auf."

„Das stimmt." Doch ihr Herz befand sich trotzdem in Gefahr. Davor, dass sie sich hoffnungslos in Trace Rawlins verliebte, konnte er sie nicht beschützen.

Roxanne stand auf. „Ich werde besser mal aufbrechen. Zu Hause gibt es noch jede Menge zum Auspacken, und ich bin ziemlich zerschlagen. Wenn du eine Unterkunft brauchst, sag mir Bescheid."

„Danke, Rox."

„Ich erwarte, dass du mir alle zwei Tage Bericht erstattest. Wenn du dich nicht meldest, rufe ich an. Und vergiss nicht, ich bin immer da, wenn du mich brauchst."

Maggie brachte sie zur Tür, und die beiden umarmten sich zum Abschied.

„Pass auf dich auf, meine Liebe. Bis bald."

Maggie brachte ein Lächeln zustande. „Klar." Doch sie musste daran denken, was Roxanne und Ashley gesagt hatten, und versuchte sich einzureden, dass Trace nicht *der Richtige* war.

Am Freitagabend erschien Ashley etwas früher zur Arbeit. Das *Texas Café* war bereits voll. In den pinkfarbenen Sitznischen lachten und unterhielten sich die Gäste, Paare saßen an zerschrammten Holztischen. Durch das Servicefenster hinter der langen Essenstheke mit den pinkfarbenen Vinylhockern davor wurden Teller mit Spaghetti, Burgern und Pommes frites, hausgemachten Tortenstücken und Eiscreme gereicht.

Auf dem Weg zum Café hatte Ashley ihren Sohn zu Mrs Epstein gebracht. Ihr Haus roch ein bisschen nach geräucherten Würstchen. Doch es war kein richtiger Schaden bei ihr entstanden, und der Geruch verschwand auch langsam. Obwohl ihr zerbeulter Chevy in der Tiefgarage ihres vorübergehenden Apartments stand, hatte Jason darauf bestanden, sie zur Arbeit zu fahren. Vor dem Café hatte er sie mit dem Versprechen abgesetzt, sie zum Ende ihrer Schicht wieder abzuholen.

Ashley dachte an ihn, als sie neben Betty Sparks, der grauhaarigen Besitzerin des Lokals, am Grill arbeitete. Betty zeigte ihr, wie sie die perfekten Burger briet. Ashley war wild darauf, alles zu lernen.

„Erst mal müssen Sie gutes Fleisch dafür nehmen", sagte Betty. „Das ist das ganze Geheimnis. Gutes Fleisch gerade richtig durchgebraten – nicht zu kurz, nicht zu lange. Dazu ein knackiges Brötchen. Für die braucht man unbedingt die Sesamkörner."

Sie lernte ein Chili zuzubereiten und wie sie Fish & Chips frittieren musste. Ashley konnte Gourmetgerichte zubereiten, lernte hier aber, für viele zu kochen, mit dem Zeitdruck fertig zu werden und dafür zu sorgen, dass alles zur rechten Zeit vom Grill kam.

„Ich muss vorne mal nach dem Rechten sehen", sagte Betty und wischte sich die Hände an einem Küchentuch ab. „Keine Sorge, Sie machen das schon richtig."

Ashley nickte. Als Vertretung für den Koch, der sich um seine kranke Mutter kümmerte, wurde sie nur ein bisschen nervös, wenn sie alles allein machen musste. Es war heiß und stickig in der Küche, Rauch stieg vom Herd und vom Grill auf, aber es gefiel ihr hier. Endlich kam ihr Leben in Bewegung, sie arbeitete für ihr Ziel, um für ihre und Robbies Zukunft vorzusorgen.

Eine Bestellung für Hähnchenschnitzel kam herein. Betty hatte ihr gezeigt, wie sie das Fleischmedaillon mit der Spezialpaniermischung des Cafés vorbereitete. Ashley lächelte, als sie das Schnitzel perfekt goldbraun gebraten aus der Pfanne nahm. Ein Löffel dicke weiße Bratensoße kam darüber, ein Löffel gebutterter Mais, dann schob sie den Teller durch die Servierluke, damit eine der Kellnerinnen ihn abholen konnte.

Dann checkte sie die nächsten Bestellungen, bereitete zwei

cremige Schokoshakes zu und ging wieder zum Grill, um noch zwei medium gebratene Burger fertig zu machen.

Ihre Schicht war fast zu Ende, als die Türglocke wieder ertönte und ein neuer Gast eintraf. Ashley erschrak beim Anblick des schmalen, auf exotische Art gut aussehenden Mannes mit den hohen Wangenknochen und dem dichten schwarzen Haar, das er mit einem Lederband im Nacken zu einem Zopf zusammengebunden hatte. Er trug schwarze Jeans und eine Lederweste auf der nackten Brust, die mit einer Kette mit silbernen Perlen geschmückt war.

Er sah aus wie ein Rockstar.

Ziggy.

Da war er, eine Vision aus ihrer Vergangenheit, die nun in ihr neues Leben eindrang. Sie hätte ihm am liebsten den Hals umgedreht.

Ashley lehnte sich aus der Servierluke hinter dem Tresen, wo Betty stand. „Ob ich mal eine kurze Pause machen kann? Ich habe ein Problem, um das ich mich kümmern muss."

„Aber sicher, meine Liebe." Bettys scharfer Blick schoss zu Ziggy hinüber, der zur Theke schlenderte und sich auf einen der gepolsterten runden Barhocker setzte. „Ich mache weiter, bis Sie das erledigt haben."

Ashley öffnete die Bänder ihrer weißen Baumwollschürze, streifte sie ab und ging aus der Küche zu dem Mann am Tresen.

Ziggy stand auf, als sie auf ihn zukam. „Hallo, Baby." Mit seinen schwarzen Augen musterte er sie. „Du siehst gut aus. Man würde nicht denken, dass du gerade ein Kind bekommen hast."

„Das ist schon drei Monate her, Ziggy. Was zum Teufel willst du hier?" Sie zuckte zusammen, als sie unwillkürlich wieder in ihren alten scharfen Umgangston verfiel.

„Weshalb fragst du denn das, mein Schatz? Ich bin hier, weil ich dich sehen will – und unseren Sohn, natürlich."

„So ein Schwachsinn. Wie hast du mich gefunden?"

„Ich habe mit Tommy gesprochen. Megan meinte, du hättest

sie angerufen und von deinem neuen Job erzählt."

Megan Wiseman war ihre engste Freundin in Florida gewesen. Sie hatten wochenlang nicht mehr miteinander gesprochen. Aber als Ashley den Job im Café zugesagt bekommen hatte, war sie so aufgeregt gewesen, dass sie bei ihr angerufen hatte. Nun stellte sie fest, dass es ein Fehler gewesen war. Megans Freund Tommy Jensen war mit Ziggy befreundet.

„So ist das also. Du hast herausgefunden, dass ich arbeite, und bist jetzt hergekommen, um mich um Geld anzuhauen?"

Er schlug sich theatralisch die Hand vors Herz. „Du verletzt mich, Liebling. Ich hatte mir nur Sorgen um dich gemacht, das war alles."

„Mir geht es gut, Ziggy. Ich arbeite, wie du sehen kannst, und alles ist bestens. Jetzt geh bitte wieder und lass mich allein."

„Das meinst du doch nicht so, mein Schatz." Er streckte die Hand aus und umfasste ihr Kinn. Ashley schlug seine Finger weg. „Ich bin der Vater deines Kindes", sagte er ungerührt. „Und du weißt genau, wie sehr ich dich liebe."

„Die einzige Person, die du liebst, bist du selbst. So war das schon immer. Und das wird sich auch nicht ändern. Jetzt geh. Verlass dieses Café und lass mich in Ruhe, bevor ich irgendwas tue, was ich später bereuen könnte."

Hinter ihm erschien ein wohlbekanntes Gesicht. Der blonde Mann war etwas größer als Ziggy und sah auf seine vollkommen andere Art viel attraktiver aus. Und im Gegensatz zum Besuch ihres Exfreundes verursachte sein Erscheinen bei ihr sofort heftiges Herzklopfen.

„Sie haben gehört, was die Lady gesagt hat", meldete sich Jason. „Ich würde Ihnen raten zu verschwinden. Und zwar jetzt sofort."

Ziggy drehte sich um. „Wer zum Teufel bist *du* denn?"

„Ich bin ein Freund. Und ich bitte Sie zu gehen. Wenn Sie das nicht freiwillig tun, werde ich etwas nachhelfen."

Ashley wollte ihren Augen nicht trauen. Jason verteidigte sie. Und nach seinem Gesichtsausdruck zu urteilen und der Art, wie er breitbeinig dastand, würde er seine Drohung auch wahr machen.

Ziggy musste ebenfalls begriffen haben, dass der andere nicht bluffte. Er trat einen Schritt zurück, um etwas Abstand zu wahren. „Na gut, du willst sie haben, nimm sie dir. Zusammen mit diesem kreischenden Gör, das sie hat."

Jasons Gesichtsausdruck wurde noch härter. Im Lokal herrschte um sie herum plötzlich Stille. Jason ging einen Schritt auf Ziggy zu, der sich schnell umdrehte und zum Ausgang lief. Die Glocke erklang, als er am Griff zog. Nach einem letzten Blick zurück zu Ashley stolzierte er in die Nacht hinaus. Hinter ihm schlug die Tür wieder zu.

Ashley brannten die Augen. Sie starrte Jason nur an.

Die Gäste beschäftigten sich wieder mit ihrem Essen und unterhielten sich weiter, lachten, als wäre nichts geschehen. Für ein Lokal wie das *Texas Café* war das vielleicht auch so.

Betty tauchte neben ihr auf. „Alles in Ordnung?"

Ashley schluckte. „Ja, alles in Ordnung."

„Es ist schon fast Feierabend. Warum gehen Sie nicht einfach schon mit Ihrem Freund nach Hause?"

„Aber Sie wollten mir doch heute Abend zeigen, wie ich das Lokal schließe."

„Sie arbeiten ja morgen auch. Ich zeig's Ihnen morgen."

Ashley wurde es eng in der Brust. Sie hatte hier Freunde gewonnen. Leute, die ihr hilfreich zur Seite standen.

Betty lächelte und ging wieder hinter den Tresen. Ashley wandte sich zu Jason um. „Danke. Bisher hat sich noch niemand für mich geprügelt."

Er strich ihr über die Wange. „Ich würde immer für dich kämpfen, Ashley. Immer wenn es notwendig wäre."

Ihr traten Tränen in die Augen. Jason hatte ein Talent, ihre Schutzmauer zu durchbrechen. „Kannst du mich bitte nach Hause bringen?"

Er nickte nur. Während sie ihre Tasche holte, wartete er am Ausgang, dann verließen sie das Café. Als sie sein Auto erreichten, blieb er vor dem schnittigen Sportwagen stehen.

„Du brauchst keine Angst zu haben, Ashley. Ich werde nicht zulassen, dass er dir was antut."

Leichte Röte stieg ihr ins Gesicht. „Ich wünschte, du hättest ihn nicht gesehen. Jetzt weißt du, dass ich blöd genug bin, um mich mit so einem Mistkerl einzulassen." Sie schüttelte den Kopf. „Ich fühle mich jetzt wie verwandelt. Als wäre ich tausend Jahre älter."

„Du bist auch nicht mehr dieselbe Person wie früher. Du bist jetzt Mutter, das ändert alles."

Sie betrachtete sein attraktives Gesicht. „Ja, das stimmt."

Jason beugte sich vor und küsste sie sanft. Es war der zarteste, süßeste Kuss, den sie je bekommen hatte.

„Komm, lass uns Robbie abholen."

Ashley nickte. Ihr Hals fühlte sich eng an.

Jason öffnete die Beifahrertür für sie und blickte sich in dem engen Innenraum des Porsche um.

„Sieht aus, als bräuchte ich einen größeren Wagen", murmelte er, während sie sich setzte.

Ashley wusste nicht, ob er mit ihr oder sich selbst geredet hatte.

Wie auch immer, sie musste bei der Bemerkung grinsen.

22. KAPITEL

Während Trace duschte und sich fürs Büro anzog, wünschte er, er könnte den Samstagvormittag mit Maggie im Bett verbringen. Als er ins Wohnzimmer kam, wanderte sie hin und her, die glänzenden roten Locken flogen bei jeder Drehung um ihre Schultern.

Sie wirbelte zu ihm herum. „Also ... du gehst jetzt zur Arbeit und ich muss hierbleiben."

„Ich muss ein paar Dinge erledigen", sagte er nur. Er hatte ein Geschäft zu führen, sich um seine Angestellten zu kümmern. Außerdem würde er Maggies Stalker nicht finden, wenn er im Bett blieb – auch wenn ihm diese Vorstellung am besten gefiel.

„Trace, ich kann nicht länger so eingesperrt bleiben." Mit diesen engen Jeans über ihrem niedlichen, kleinen Po und einem T-Shirt, das ihre wunderschönen Brüste aufregend betonte, sah sie zum Anbeißen aus. Sofort waren seine Gedanken wieder im Schlafzimmer. Mit geradezu übermenschlicher Kraft zügelte er sich.

Maggie beendete ihre rastlose Wanderung und blieb vor ihm stehen. „Ich habe einen Job, genauso wie du und alle anderen auch. Außerdem bin ich es gewohnt, mich im Freien zu bewegen, wenn ich meine Fotos mache. Ich muss raus, Trace."

Er schüttelte den Kopf. „Nicht allein. Das ist zu riskant, du weißt es."

Maggie stöhnte frustriert. „Wir müssen diesen Kerl schnappen. Was ist mit der Falle, die wir ihm stellen wollten? Können wir das nicht endlich mal in Angriff nehmen?"

Er seufzte. „Wir müssen was unternehmen, das ist verdammt noch mal sicher." Er hatte ihr von dem Meeting mit Tony Ramirez erzählt und dass es sich bei dem Brandstifter um einen Profi gehandelt habe. Was er nicht erwähnt hatte, war seine Theorie, dass wahrscheinlich mehr dahintersteckte als nur ein Verrückter, der von ihr besessen war.

Noch war er nicht so weit, diese schlechte Neuigkeit weiterzugeben.

„Es würde eine Weile dauern, die Nachricht zu verbreiten", sagte Maggie. „Aber der Brand könnte dafür vorteilhaft sein. Die Geschichte wurde überall im regionalen Fernsehen gezeigt. Ich kenne Sally Grimshaw vom KGEO. Hier in der Region bin ich ziemlich bekannt. Bestimmt wäre es möglich, dass sie ein Interview mit mir macht, bei dem ich über die Zerstörung meines Ateliers reden kann und wie meine zukünftigen Pläne aussehen."

Es war keine schlechte Idee. Solange Maggie keine weiteren persönlichen Details von sich verriet und nur die Informationen weitergab, die für den Stalker wichtig waren. Wenn sie ihn schnappten, hätten sie schon mal eines von Maggies Problemen gelöst.

Die Sache war die, dass Trace sich auch irren konnte und die Möglichkeit bestand, dass der Stalker tatsächlich den Brand gelegt hatte. Verdammt, vielleicht hatte dieser Irre wirklich einen Profi angeheuert, um Maggies Atelier abzufackeln. Verrückte waren nun mal so – verrückt. Es war kaum möglich, genau vorherzusagen, was sie als Nächstes tun würden.

„Also, was denkst du?", drängte sie und holte ihn wieder in die Gegenwart zurück. „Ich könnte im Interview sagen, wie ich darauf brenne, wieder mit der Arbeit anzufangen. Dass ich am Wochenende einen Trip nach Kemah plane, um neue Aufnahmen zu schießen. Wir können es genauso planen wie vorgesehen."

„Es könnte funktionieren", sagte Trace schließlich. „Solange wir Zeit haben, um uns vorzubereiten. Ich muss mit Ben und Alex reden. Wenn der Typ auftaucht, möchte ich sie dabeihaben." Bisher hatte er seine beiden Freunde von Maggie fernhalten können. Er verspürte einen merkwürdigen Widerwillen dagegen, sie diesen beiden gut aussehenden Männern vorzustellen, denen die Hälfte der Frauen von Houston zu Füßen lag.

Doch er hatte ihr gesagt, wie kompetent diese beiden waren und wie glücklich er sich schätzte, dass sie für *Atlas* arbeiteten, auch wenn es nur freiberuflich war.

Maggie sah ihn an und lächelte. „Okay. Während du im Büro bist, mache ich mir eine Liste und schreibe auf, was ich von meiner Seite aus tun kann, um die Dinge ins Rollen zu bringen."

„Okay. Aber lass uns die Einzelheiten absprechen, bevor du irgendjemanden anrufst."

„Einverstanden." Die Aufregung stand ihr ins Gesicht geschrieben. Es glühte förmlich, und die grünen Augen leuchteten. Nachdem sie bei ihm eingezogen war, hatte sie seinen Laptop mit Beschlag belegt und intensiv an ihrer Kundenliste gearbeitet. Sie hatte die Namen überprüft und nach Käufern gesucht, die ein ungewöhnliches Interesse an ihren Bildern zeigten. Bisher war ihr niemand aufgefallen.

Nebenbei hatte sie E-Mails von mitfühlenden Freunden und Kunden beantwortet, die aus dem Fernsehen von dem Brand wussten. Sie hatte mit der Versicherungsfirma über den Schadenersatz gesprochen und eine Baufirma gesucht, die das Stadthaus wieder herrichten sollte.

Aber Maggie war es nicht gewohnt, zu Hause zu sitzen. Sie war ganz offensichtlich frustriert.

„Ich habe ziemlich viel zu tun", sagte Trace. „Vor heute Abend werde ich nicht zurückkommen. Wir könnten irgendwo was essen, oder ich hole unterwegs was und bringe es mit."

Maggie trat auf ihn zu und legte ihm die Hände um den Nacken. „Wie wär's, wenn ich was für uns koche? Ich habe in die Kühltruhe gesehen. Du hast eine Packung Koteletts. Normalerweise mariniere ich die mit ein bisschen Teriyaki-Sauce."

Ihm lief das Wasser im Mund zusammen. „Ich hätte nicht gedacht, dass du kochen kannst."

„Im Gegensatz zu meiner Schwester sind meine Kochkünste ziemlich begrenzt. Aber ein paar Koteletts in Teriyaki mit Salat bekomme ich noch hin."

„Klingt großartig." Und mit Maggie zu Hause zu bleiben klang viel besser, als irgendwo mit ihr in einem Restaurant zu sitzen und sich zu wünschen, mit ihr ins Bett zu gehen und sie zu lieben. „Versuch dir nicht die Decke auf den Kopf fallen zu lassen. Wir sehen uns dann heute Abend."

Sie gab ihm einen leidenschaftlichen Kuss, der es ihm schwer machte, sich von ihr zu lösen und zu gehen.

Himmel noch mal, er war schon wieder scharf.

Er musste über sich selbst lachen. Sein Sexleben war noch nie besser gewesen. Inzwischen sollte er schon wieder bereit für Neues sein. Aber er fühlte sich weit davon entfernt, Langeweile mit dieser forschen Rothaarigen zu empfinden. Tatsächlich konnte er einfach nicht genug von ihr bekommen. Früher oder später würde sich das ändern, das war ihm klar. Solange er sich nicht zu sehr emotional darauf einließ, wäre das in Ordnung.

Trace schwor sich, dass so was niemals passierte.

Den ganzen Nachmittag, während er am Schreibtisch saß, dachte Trace an Maggie. Er konnte sich kaum auf die Rechnungen konzentrieren, die Annie ihm zur Überprüfung vorgelegt hatte, oder die zu unterzeichnenden Honorarschecks sowie eine Unzahl anderer Kleinigkeiten, die er die ganze Woche vor sich hergeschoben hatte.

Dazu war noch ein weiteres Problem gekommen.

Nach Aussage von Detective Sayers bestand die Möglichkeit, dass Parker Barrington aus dem Gefängnis entlassen wurde.

Emily Barrington hatte ihre Aussage widerrufen. Sie hatte der Polizei erzählt, dass sie wütend auf ihren Ehemann gewesen sei und genötigt worden wäre, zu behaupten, ihr Mann sei in der Nacht des Mordes erst spät nach Hause gekommen. Unglücklicherweise war derjenige, der sie angeblich dazu gedrängt habe, Trace gewesen.

Parkers hochbezahlte Anwälte walzten nun die Geschichte der reuigen Ehefrau aus, die solche Sachen erzählte, weil ihr Ehemann sie vernachlässigte. Des Weiteren behaupteten sie, dass jemand anders Parkers Computer benutzt und sich übers Internet Informationen über Beruhigungsmittel geholt hätte. Es wurde angedeutet, dass es sich dabei um Jason handelte, der Zugang zu dem Gerät hatte.

Jason würde explodieren, wenn er davon erfuhr.

Glücklicherweise gab es da noch den schwerwiegenden Umstand des durch Parker unterschlagenen Geldes. Die Anklagevertretung war noch immer der Meinung, dass Fluchtgefahr bestand, und bisher stimmte der Richter dem zu. Trace hoffte nur, dass Parkers Luxusanwälte sich nicht noch etwas Neues ausdachten und ihn doch noch aus dem Gefängnis freiboxten.

Trace war davon überzeugt, dass der Mann verschwunden wäre, sobald er aus der Haft freigelassen würde. Und er würde seine ihn anbetende Ehefrau Emily ganz sicher nicht mitnehmen.

Jemand klopfte leise an die Bürotür, und Trace blickte von seinem Computerbildschirm hoch. Hinter der Glaswand sah er den schlaksigen Sol Greenway, und er winkte ihn herein.

„Ich habe dich vor Kurzem hereinkommen sehen“, sagte Trace zu seinem jüngsten Angestellten, den er vor etwas mehr als einer Stunde ins Büro nebenan hatte gehen sehen. „Was gibt’s denn?“

„Ich bin eigentlich gekommen, um für Alex ein paar Informationen zu besorgen. Aber einer der Namen auf deiner Liste geht mir ständig durch den Kopf.“ Sol streckte sich auf dem Sessel neben dem Schreibtisch aus und schob sich seine Hornbrille zurecht. „Ist mir zwar peinlich zuzugeben, dass es mir vorher nicht aufgefallen ist, selbst beim zweiten Mal nicht. Ich weiß nicht, warum ich den Typ noch mal durchgecheckt habe. Muss was mit dem Timing zu tun haben, nehme ich an. Bis heute ist mir der Zusammenhang nicht aufgefallen.“

Trace lehnte sich zu ihm hinüber, um den Bogen Papier zu nehmen, den Sol in der Hand hielt. „Was ist das?“

„David Lyons kam eine Woche, nachdem Maggie O’Connell bei ihm ausgezogen ist, ins Krankenhaus. Es hieß, es wäre irgendein Unfall in der Küche gewesen. Er hat sich beim Kochen geschnitten. So was passiert ständig, aber es hat mich irgendwie beschäftigt. Ich glaube, es war das Datum, so kurz nach ihrem Auszug. Egal, ich bin jedenfalls noch mal in die Krankenakten und …“ Sol verstummte, als ihm klar wurde, dass er bereits zu viel über seine Hackertätigkeit ausgeplaudert hatte, und schüttelte den Kopf. „Das willst du ja gar nicht wissen.“

„Nein, will ich nicht. Sag mir einfach, was du rausgefunden hast."

„Lyons hat versucht, sich umzubringen. Er war depressiv, weil er seine Freundin verloren hatte. Hat sich die Pulsadern aufgeschnitten und wäre fast dabei draufgegangen."

Trace versuchte die Nachricht zu verdauen. David Lyons war so in Maggie verliebt gewesen, dass er sich das Leben hatte nehmen wollen, nachdem sie ihn verlassen hatte.

Was auch bedeuten konnte, dass er einfach verrückt war.

„Es wurde streng geheim gehalten. Lyons hat sich große Mühe gegeben, das nicht an die Öffentlichkeit dringen zu lassen. Drei Tage nachdem das passiert ist, wurde dem Krankenhaus eine riesige anonyme Spende für den damals gerade angefangenen Bau des neuen Flügels überwiesen. Ich kann wahrscheinlich rausfinden, von wem das Geld kam, aber ..."

„Aber du tippst darauf, dass es von Lyons stammt."

„Von ihm oder seinen Eltern. Seine Familie ist stinkreich. Eine emotionale Schwäche wie diese hätte seine Karriere gefährden können."

Aber Maggie musste es gewusst haben. Sie hatte etwas für den Mann empfunden. Offensichtlich tat sie das immer noch. Wahrscheinlich hatte sie ihn sofort besucht, als sie davon erfahren hatte. Maggie hatte davon gewusst, ihm aber nichts davon gesagt. Tatsächlich hatte sie sich alle Mühe gegeben, damit er es nicht herausfand.

Wut machte sich in ihm breit. Er wollte ihr vertrauen. Er hatte seine Wachsamkeit mehr und mehr vernachlässigt. Maggies Schweigen empfand er als einen Betrug der schlimmsten Art.

Seine Kiefermuskeln schmerzten, so hart presste er die Lippen zusammen. „Gibt es noch was?", erkundigte er sich schließlich.

„Ich kann weiter recherchieren, wenn du möchtest."

„Ja, genau das möchte ich. Vielleicht ist Lyons immer noch verrückt nach ihr. Es könnte sein, dass zu seiner Besessenheit noch verdrehte Rachegelüste kommen."

Sol nickte und stand auf. „Ich werde mal sehen, was ich noch finde."

„Ruf mich auf dem Handy an, wenn du was hast."

Sol verließ Traces Büro und setzte sich an seinen Computer. Derweil nahm Trace seinen Hut, schob ihn sich in die Stirn, nahm seine Aktentasche und ging ebenfalls. Draußen auf den Straßen hatte bereits der Samstagabendverkehr eingesetzt. Er hatte sich darauf gefreut, nach Hause zu kommen.

Angespannt umklammerte er das Steuer. Dass Maggie ihm die Wahrheit über Lyons verschwiegen hatte, war eine weitere Lüge. Trace hätte es besser wissen müssen, als ihr zu vertrauen. Er wollte sie aus seinem Haus haben, aus seinem Leben. Aber im Moment gab es keinen Ort, an dem sie sicher wäre.

Noch schlimmer war, ein Teil von ihm wollte, dass sie bei ihm blieb.

Als er in die Gasse hinter seinem Haus einbog, hatte er sich so hochgeschaukelt, dass er vor Wut kochte. Er versuchte seine übliche Gelassenheit aufzubringen, aber es gelang ihm nicht. Er konnte es kaum abwarten, sie zur Rede zu stellen. Wahrscheinlich würde sie ihm nur noch mehr Lügen auftischen. Trotzdem, im tiefsten Innern wollte er gern glauben, dass sie ihn nicht hatte täuschen wollen.

Er parkte seinen Jeep in der Garage hinter dem Haus und ging den Weg zum Hintereingang hoch. Maggie schaltete die Alarmanlage aus und öffnete ihm lächelnd die Küchentür.

„Hallo, Cowboy." Sie nahm ihm seinen Hut ab und hängte ihn an den Haken neben der Tür. „Ich hatte schon gedacht, du würdest unser Date vergessen." Sie trug ein aufregendes schwarzes Kleid, das knapp ihren Po bedeckte. Silberne Ohrringe und Armbänder klimperten bei jeder ihrer Bewegungen.

Ihr Anblick machte ihn sofort wieder scharf. „Ich wusste nicht, dass es ein Date ist", sagte er düster.

„Es ist immer ein Date, wenn ich schon mal koche."

Er folgte ihr ins Speisezimmer und sah, dass sie den Tisch mit dem Geschirr und Silberbesteck seiner Großmutter gedeckt hatte. Kerzen brannten, und in der Mitte des Tisches stand ein Arrangement mit pinkfarbenen Nelken und hübschen weißen Gänseblümchen.

Es ließ wieder seine alte Sehnsucht nach einem Heim, einer Frau, die ihn liebte, und Kindern aufkommen.

Dabei kochte sein Ärger in ihm noch hoch, und sein Magen fühlte sich wie zugeschnürt an. Er versuchte seine Gefühle zu unterdrücken. Aber als sie sich umdrehte, sich auf die Zehenspitzen stellte und ihm die Arme um den Nacken legte, um ihn zu küssen, drehte er durch.

Er spürte jede sanfte Kurve, ihre vollen Brüste und die aufgerichteten Knospen. „Dann haben wir wohl auch ein Date, nehme ich an." Er küsste sie mit einem wütenden Feuer, das er kaum verbergen konnte. Sein Herz klopfte wild, und das Blut schoss ihm heiß durch die Adern.

Maggie vertiefte den Kuss, spielte mit seiner Zunge und nahm seine Unterlippe zwischen die Zähne. Mit den Fingern glitt sie herunter zur vorderen Knopfleiste seines Hemdes. Sie zog die Druckknöpfe auf und fuhr mit beiden Händen über seine muskulöse Brust. Er war nahe daran, seine Selbstbeherrschung zu verlieren, befürchtete, dass es gleich passierte, aber Maggie schien es überhaupt nicht zu stören.

„Du hast mich wohl vermisst", flüsterte sie an seinem Mund und presste sich gegen seine harte Erektion. Mit jedem Pulsschlag wuchs seine Erregung, ein heißes Verlangen, das nach Erfüllung strebte.

„Du hast mir gefehlt." Er küsste sie leidenschaftlich, während er ihr die schmalen schwarzen Träger des Kleides von den Schultern streifte, das Oberteil nach unten schob und ihre wundervollen Brüste umfasste. Sie waren üppig und verlockend. Er neigte den Kopf, um sie zu kosten, umkreiste die Spitzen mit der Zunge.

Maggie stöhnte auf. Er spürte, wie sie erzitterte, fühlte ihre sich steigernde Erregung. Sie wollte ihn und, verdammt noch mal, er wollte sie auch.

Er fuhr mit den Fingern durch ihr seidiges rotes Haar und hielt sie fest, während er ihren Mund eroberte. Maggie hatte im Wohnzimmer alle Vorhänge zugezogen, ein paar Kerzen brannten auf dem Kaffeetisch vor dem Sofa.

Er musste an ihre Täuschung denken, an David Lyons und wie weit sie gegangen war, um ihn zu schützen. Wieder kochte der Ärger in ihm hoch. Er schob den kurzen Rock ihres Kleides bis über ihre Hüften hoch, während sein Kuss noch wilder wurde. Als er das winzige Satindreieck zwischen ihren Beinen ertastete, schob er es beiseite und streichelte sie.

Sie war feucht und bereit. Maggie atmete heftig und drückte sich gegen seine Hand, eine stumme Aufforderung, alles zu erkunden.

Trace ließ seine Finger tiefer in sie hineingleiten und liebkoste sie, bis sie fast den Höhepunkt erreichte. Er schob sie zum Sofa herum und drückte sie auf die Armlehne hinunter, bis sie vornüber gebeugt vor ihm stand. Sie breitete einladend die Beine aus. Trace zog den Reißverschluss seiner Jeans herunter und fand die heiße weiche Öffnung, die sie ihm bot.

Mit einem einzigen Stoß nahm er sie. Dann hielt er kurz inne, um seine Beherrschung zurückzugewinnen. Er bewegte sich tief in sie hinein, nahm, was er sich ersehnte, während er sich einredete, das sei die Strafe für ihren Betrug. Doch tatsächlich bestrafte er sich nur selbst.

Mit jedem Stoß wurde sein Verlangen nach ihr größer. Bei jedem ihrer kleinen süßen Lustschreie wuchs sein Hunger nach ihr. Er umfasste ihre Hüften und stieß noch fester zu, schneller, tiefer.

Er wollte Maggie O'Connell.

Doch als sie zusammen kamen und sie seinen Namen rief, wusste er, dass er mehr von ihr wollte als nur ihren wunderbaren Körper.

Er wollte ihr Vertrauen.

Vielleicht sogar ihr Herz.

Das ängstigte ihn beinahe zu Tode.

„Du bist sauer“, sagte Maggie, als sie aus dem Bad zurückkam, das zerzauste Haar gekämmt, das kurze schwarze Kleid wieder am richtigen Platz. „Das habe ich gleich gesehen, als du zur Tür reinkamst.“

Er verfolgte jede ihrer Bewegungen mit seinen dunklen Augen, als sie auf ihn zukam. Himmel, er sah so umwerfend aus. Die Kinnpartie war nicht mehr ganz so verkniffen wie vorher, und seine Schultern wirkten gelöster. Trotzdem spürte sie immer noch die Anspannung in seinem ganzen Körper.

„Ich war sauer“, gab er zu. „Und ich bin es immer noch. Aber ich hätte aufgehört, wenn du es gewollt hättest.“

„Das weiß ich.“ Sie stellte sich dicht vor ihn. „Ich wollte nicht, dass du aufhörst. Du bist anders bim Sex, wenn du wütend bist. Deine ganze Leidenschaft kam zum Vorschein. Das hat mir gefallen.“

Wieder presste er die Lippen zusammen. „Verdammt noch mal, Maggie.“

„Sag mir, weshalb du wütend bist.“

Trace holte tief Luft. Er ging zum Esstisch hinüber, nahm eine der hübschen silbernen Gabeln, die neben den mit Blumen gemusterten Porzellantellern lagen, legte sie zurück und sah Maggie an. „Du hast mich wieder angelogen.“

Sie runzelte die Stirn. „Das denke ich nicht. Ich habe dir gesagt, dass ich das nicht mehr tun werde, und habe es auch nicht getan.“

„Ich habe die Sache mit David Lyons herausgefunden.“

Ein leichter Schauer des Unbehagens überkam sie. „Ich habe dir von David erzählt. Dass wir ein paar Monate zusammengelebt haben.“

Mit seinen braunen Augen musterte er sie intensiv. Es fühlte sich an, als würde er sie berühren. „Du hast mir aber nicht erzählt, dass er versucht hat, sich umzubringen.“

Ihr zog sich der Magen zusammen. Sie hätte wissen müssen, dass Trace es herausfand. Informationen zu beschaffen war sein Job, deshalb hatte sie ihn engagiert. Aber sie fand, dass sie dem

Mann, der sie so sehr geliebt hatte, eine gewisse Loyalität schuldig war.

„David schämte sich deshalb. Ich dachte, die Information war nicht so wichtig, um ihm solchen Schmerz zuzufügen, den es unweigerlich gebracht hätte."

Trace richtete sich gerade auf und wirkte nun noch größer. „Irgendjemand ist wütend genug, um dein Haus abzufackeln, in dem sich deine Schwester mit dem Jungen aufhält. Und du meinst, es wäre nicht wichtig genug, um es mir zu erzählen?" Seine Wut flammte erneut auf. Sie fragte sich unwillkürlich, ob sie womöglich am Ende noch einmal eine weitere Runde heißen, leidenschaftlichen Sex haben würden.

„David ist nicht der Stalker."

Trace kam auf sie zu und umfasste ihre Schultern. „Das kannst du nicht wissen. Nicht sicher. Der Mann ist offensichtlich labil. Vielleicht ist vor Kurzem etwas vorgefallen, das ihn wieder aufgebracht hat. Ich muss mit ihm reden. Ich möchte ganz sicher sein, dass er nicht unser Mann ist."

Trace hatte recht, das wusste sie. Sie hätte es ihm gleich am Anfang sagen müssen. Nach dem Brand hätte sie nicht mehr zögern dürfen. Aber sie war sich einfach so sicher, dass David es nicht war.

„Okay, dann rede mit ihm. Aber ich komme mit."

„Gut. Allerdings müssen wir das auf der Stelle tun."

„Jetzt? Es ist Samstagabend. Wahrscheinlich hat er irgendwo eine Verabredung."

„Ruf ihn an. Wenn er sich mit uns trifft, verschieben wir das Dinner und essen, wenn wir zurückkommen."

„Ich sage dir, er ist es nicht. Er hätte auch keine Ahnung, wie er Wanzen installieren und Häuser in Brand setzen könnte."

„Vielleicht nicht. Aber er hat eine Menge Geld – genug, um jemanden dafür zu bezahlen. Wenn er es war, können wir nicht voraussagen, was er als Nächstes tut und wann er es tut."

Ein Schauer überlief sie.

„Wir müssen als Erstes feststellen, ob wir Lyons von unserer

Verdächtigenliste streichen können. Erst wenn wir wissen, dass er nicht der Stalker ist, können wir in einer anderen Richtung weitersuchen."

Sie musterte Traces Gesicht, doch er verriet in keinster Weise, was er dachte. „Irgendwas läuft, wovon du mir nichts erzählst."

Er zögerte kurz, dann holte er tief Luft und atmete langsam aus. „Hör zu, es besteht die Möglichkeit, dass dein Stalker jemanden bezahlt hatte, um das Feuer zu legen. Die Sache ist, dass der Brandstifter ganz eindeutig nur dein Studio zerstören wollte."

„Weil er nach dem Telefonat wütend auf mich war."

„Das ist möglich." Trace wandte einen Moment den Blick von ihr ab.

„Aber du glaubst es nicht." Und plötzlich schien alles klar. „Du meinst, das Feuer ist aus einem anderen Grund gelegt worden. Etwas, das gar nichts mit dem Stalker zu tun hat."

Seine Gesichtszüge wurden etwas weicher. „Das können wir nicht ausschließen."

Maggie runzelte die Stirn und dachte über diese Möglichkeit nach. „Wenn das stimmt, wer würde sich denn solche Mühe geben, um meine Fotos zu zerstören?" Sie blickte auf. „Jemand, der mir den Erfolg nicht gönnt?"

Trace sah ihr ernst in die Augen. „Oder jemand, dem nicht gefiel, was auf einem deiner Bilder zu sehen ist. Deshalb wollte er es aus der Welt schaffen." Er machte eine kurze Pause, um diesen Gedanken wirken zu lassen. „Deine Speicherchips waren im Studio. Niemand außer dir weiß, dass deine Arbeiten auch noch bei *Photodrive* gespeichert sind. Wer auch immer das Feuer gelegt hat, war ein absoluter Profi. Jemand hat ihm sehr viel Geld gegeben, damit er diesen speziellen Job durchführt."

„Was tatsächlich bedeutet, dass es jemandem sehr wichtig gewesen sein musste, die Fotos zu zerstören."

„Wir müssen mit Lyons sprechen. Wenn wir davon überzeugt sind, dass er es nicht war, dass er niemanden angeheuert hat, um dein Studio aus irgendwelchen krankhaften Rachegelüsten abzufackeln, dann müssen wir diese Theorie weiterverfolgen."

Maggie sank auf das Sofa, ihr wurde leicht übel. „Oh mein Gott."

„Hör zu, wir sollten nichts überstürzen. Im Moment gehen wir davon aus, dass David Lyons jemanden angeheuert hat, um dein Haus abzufackeln, nur um dir wehzutun. Er könnte es sich leisten. Wenn er behauptet, dass du ihn fast in den Selbstmord getrieben hättest, gäbe es auch ein Motiv. Ruf ihn an. Wir werden sehen, wo uns das hinführt."

Als Maggie aufstand, um ihr Handy zu holen, gingen ihr zwei Dinge durch den Kopf: Erst mal hatte sie heute Abend wieder ein bisschen von Traces Vertrauen eingebüßt, dabei war es ihr inzwischen so wichtig.

Und dass er womöglich recht haben könnte und ihre Probleme sich gerade verdoppelt hatten.

23. KAPITEL

David war so freundlich, sie in seine Wohnung einzuladen, die er nach der Trennung angemietet hatte. Das Haus Riverway Nummer 7 war ein exklusives zwanzigstöckiges Gebäude am Buffalo Bayou westlich vom Loop 610.

Er öffnete ihnen die Tür. Das blonde Haar war sorgfältig gekämmt, die Kakishorts und das Polohemd korrekt gebügelt. Mit einem warmen Blick begrüßte er Maggie, als sie hereinkam. Trace blieb hinter ihr.

„Danke, dass du zugestimmt hast, mit uns zu reden“, sagte Maggie. Sie blickte sich im Apartment um, das in Dunkelbraun und Weiß gehalten und mit braunen Marmorböden und hohen Decken äußerst luxuriös und ultramodern aussah. Das spartanische Design passte zu dem ordnungsliebenden David, wie Maggie fand. Sie selbst bevorzugte es gemütlicher und weniger streng. Das war einer von Dutzenden Gründen, weshalb sie nie richtig zusammengepasst hatten.

„Ich habe in den Morgennachrichten vom Feuer erfahren“, sagte er. „Eigentlich wollte ich dich anrufen und dich fragen, ob es dir auch gut geht.“

„Letztendlich ist niemand verletzt worden“, erwiderte sie und drehte sich zu Trace um. „David, ich möchte dir Trace Rawlins vorstellen. Er ist Privatdetektiv und ermittelt in dem Brandstiftungsfall und noch ein paar anderen Dingen, mit denen ich in letzter Zeit zu tun hatte.“

David musterte den Mann an Maggies Seite mit seinen hellen blauen Augen. Die Männer waren etwa gleich groß, aber David hatte einen eher schmalen Körperbau im Gegensatz zu Trace mit seiner athletischen Figur. Sie waren der absolute Gegensatz – wie Tag und Nacht.

„Nett, Sie kennenzulernen. Warum gehen wir nicht ins Wohnzimmer? Kann ich euch was zu trinken anbieten?“

„Nein, danke“, sagte Trace. Vielleicht entging David ja, wie er von Trace eingehend gemustert wurde und wie angespannt der die Lippen aufeinanderpresste. Maggie allerdings nicht.

„Danke, David. Trace hat ein paar Fragen an dich. Wir hoffen, dass es bei den Untersuchungen zum Fall weiterhelfen kann."

„Natürlich." David führte sie ins Wohnzimmer mit der hohen Decke, dem braunen Marmorkamin und der dezent eingebauten Hightech-Anlage. Aufwendig gestaltete Glasskulpturen schmückten die Regale und den Metallkaffeetisch vor dem braunen Polstersofa mit der passenden Sesselgarnitur.

„Im Moment sind wir noch dabei, Informationen zu sammeln", begann Trace. „Wir müssten wissen, wo Sie am Abend des 13. Mai gewesen sind."

David runzelte die Stirn. „Ich war mit Freunden unterwegs zum Dinner. Warum?"

„Das ist die Nacht, als Maggies Haus in Brand gesteckt wurde."

David richtete sich auf. „Und Sie denken, ich hätte was damit zu tun?"

„Jemand war wütend genug auf sie, um ihr Studio anzuzünden. Man hatte es auf ihre Arbeiten abgesehen. Nach dem, was zwischen Ihnen vorgefallen ist, hätten Sie sich vielleicht rächen wollen."

David warf Maggie einen Blick zu. Dann sah er Trace reserviert an. „Ich fürchte, ich verstehe nicht ganz, was Sie meinen."

Maggie verspürte einen Anflug von Schuldgefühl. „Ihm ist bekannt, dass unsere Beziehung ziemlich unschön geendet hat, David. Er weiß von deinem Selbstmordversuch."

„Hast du ihm das erzählt?"

„Es ist passiert", mischte Trace sich ein, bevor sie sich verteidigen konnte. „Das ist das Wichtigste. Und die Trennung von Maggie war die Ursache. Die Frage ist, wie weit Sie gehen würden, um sie für das zahlen zu lassen, was vorgefallen ist."

David rutschte zum Sesselrand vor. „Sie sind verrückt. Ich würde Maggie niemals etwas antun. Ich habe sie geliebt." Er wandte sich zu ihr um. „Und ein Teil von mir wird das immer tun."

Ihr zog sich das Herz zusammen. Bevor sie zusammengezogen waren, hatte sie gewusst, was David für sie empfand. Sie hatte gewusst, wie sehr er sie liebte und dass sie seine Liebe nicht erwidern könnte. Es war nie ihre Absicht gewesen, ihm wehzutun, aber das hatte sie.

„Du glaubst doch nicht, dass ich das Feuer gelegt habe, Maggie, oder? Wie ich schon sagte, war ich mit Freunden zum Dinner aus, das kann ich auch beweisen. Selbst wenn ich es nicht könnte, würdest du doch bestimmt nicht glauben, dass ich zu so was fähig bin?"

Maggie stand auf und ging zu seinem Sessel hinüber. Sie kniete sich neben seine Armlehne, nahm seine Hand und drückte sie leicht. „Ich glaube nicht, dass du dafür verantwortlich bist, David. Das habe ich nie gedacht. Es ist nur ... Trace musste sich vergewissern." Sie stand auf, und die beiden Männer erhoben sich ebenfalls.

„Das Feuer ist von einem Profi gelegt worden", sagte Trace. „Ein Brandstifter, der viel Geld bekommen hat, um Maggies Arbeit zu zerstören." Er blickte sich in dem teuren, luxuriösen Apartment um. „Sie hätten jedenfalls genug Geld, um sich so jemanden zu leisten."

„Ich habe nichts mit dem Feuer zu tun. Maggie habe ich in den vergangenen zwei Jahren nur einmal gesehen – an dem Abend, als sie im *Galaxy* tanzen war. Wenn Sie jetzt nicht gehen, werde ich die Polizei rufen."

„Vielleicht wäre das eine gute Idee", entgegnete Trace kampflustig.

David seufzte, dann machte er einen zweiten Erklärungsversuch. „Hören Sie, an diesem Abend im Club ... Maggie hat noch einmal betont, dass es zwischen uns nie funktionieren würde. Im Grunde war mir auch klar, dass sie recht hat. Sie kann nichts dafür, dass wir so unterschiedlich sind. Es ist nicht ihre Schuld, dass sie mich nie richtig geliebt hat. So ist das eben im Leben. Ich habe es akzeptiert. Und ich würde ihr niemals wehtun."

Traces Schultern entspannten sich etwas. Er musterte David noch ein letztes Mal, dann nickte er langsam. „Ich weiß Ihre Offenheit zu schätzen. Und Ihre Kooperation. Alles, was wir eben besprochen haben, bleibt unter uns."

David schluckte. „Danke."

Er brachte die beiden zur Tür. „Und ihr beide ... sind Sie ...?"

Maggie versuchte zu lächeln. „Trace ist nur ..."

„Ja", sagte Trace bestimmt.

David lächelte traurig. „Ich bin froh, dass sie jemanden hat, der auf sie aufpasst. Gib auf dich acht, Maggie."

Ihr traten die Tränen in die Augen. „Wiedersehen, David. Vielen Dank."

Sie verließ das Apartment. Trace folgte ihr in den Hausflur und schloss die Wohnungstür hinter ihnen. Sie drehte sich um und hob ihr Kinn an. „Und? Bist du jetzt überzeugt?"

„In meinem Job muss ich meinem Instinkt folgen. Ich musste ihn sehen, mit ihm reden. Es war klar, dass er nichts von dem bezahlten Brandstifter wusste. Außerdem ist er immer noch in dich verliebt, aber er ist nicht besessen, einfach nur einsam. Er ist nicht der Stalker. Und er hat auch niemanden dafür bezahlt, dass er dein Haus abfackelt."

„Das habe ich dir doch gesagt."

Trace verzog die Mundwinkel. „Ich nehme an, du hast selbst auch einen ganz guten Instinkt."

Ein wenig besänftigt ließ sie sich von ihm zum Fahrstuhl führen. Kurz darauf durchquerten sie die Tiefgarage, um zum Jeep zu gelangen.

„Werden wir jetzt unsere Falle stellen?", fragte sie, als er ihr die Beifahrertür öffnete, damit sie einsteigen konnte.

„Jawohl. Jetzt werden wir unsere Falle stellen. Und nur um sicherzugehen, werden wir einen Blick auf deine letzten Fotos werfen. Vielleicht finden wir irgendwas, das jemanden dazu getrieben haben könnte, einen Batzen Geld zu zahlen und das Leben von Menschen zu riskieren, nur damit es keiner mehr sehen kann."

Jason stand im sanften gelben Lampenlicht auf der riesigen Eingangsveranda der bombastischen mit weißen Säulen geschmückten Villa. Er hämmerte so wild gegen die Tür, dass ihm die Fingerknöchel schmerzten. Billings, der Butler, öffnete ihm in seinem obligatorischen schwarzen Anzug und weißem Hemd.

„Ach, Mr Jason. Wie schön, Sie zu sehen. Bitte kommen Sie doch herein."

Jason mochte den kleinen Mann mit dem dunklen Haar und dem freundlichen Lächeln auf dem Gesicht. Dennoch fand er es geradezu lächerlich, dass sein Schwager einen Butler beschäftigte. „Ich muss meine Schwester sprechen. Können Sie ihr bitte sagen, dass ich hier bin?"

Es war fast neun Uhr. Er hatte sich vorgenommen, bis zum Morgen zu warten, aber seine Wut hatte sich dermaßen hochgekocht, dass er nicht mehr länger hatte warten können.

„Ich gebe ihr Bescheid", sagte der kleine Mann. „Warum warten Sie nicht solange im Blauen Zimmer auf sie?"

„Danke, Carl." Weder Parker noch Emily nannten Billings beim Vornamen.

Der Butler führte ihn den Flur entlang zum Zeichenraum. Er verschwand wieder, und Jason begann auf dem blassblauen Teppich unter zwei Kristalllüstern hin und her zulaufen. Das Haus war für Jasons Geschmack überladen und kitschig mit den Samtsofas, goldfarbenen Sesseln und den Porzellanfiguren auf den Rosenholztischchen.

Er war in einem ziemlich stattlichen Haus aufgewachsen, das aber nicht so protzig und weitaus geschmackvoller eingerichtet gewesen war. So etwas hier gefiel Parker, aber nicht seiner Schwester. Emily hatte nie den Mut gehabt, einmal Nein zu ihrem Mann zu sagen – weshalb Jason überhaupt hier war.

Emily erschien in der Tür und kam in ihren lockeren schwarzen Hosen und einer fließenden rosa Seidenbluse auf ihn zugeschwebt, das kurze schwarze Haar glänzte im Lampenschein. Selbst zu dieser Stunde war ihr Make-up tadellos, doch darunter erkannte er die Blässe und Angespanntheit.

Jason holte einmal tief Luft, um sich etwas zu beruhigen, und ermahnte sich zu bedenken, unter welchem Stress sie stand.

„Jason, wie schön, dich zu sehen." Sie stellte sich auf die Zehenspitzen und küsste ihn auf die Wange.

„Hallo, Schwesterherz. Ich weiß, es ist spät. Aber wir müssen reden."

Sie warf kurz einen Blick zum Butler hinüber, der noch an der Tür stand. „Soll Billings uns einen Tee holen?"

Jason presste die Zähne zusammen und kämpfte um seine Selbstbeherrschung. „Nein, danke."

Billings nahm das als sein Stichwort, sich zurückzuziehen, und schloss die breite hohe Holzdoppeltür hinter sich.

„Setzen wir uns doch." Emily nahm auf dem blauen Samtsofa Platz, Jason setzte sich ihr gegenüber.

„Ich habe heute einen Telefonanruf bekommen", begann er. „Die Polizei hat mich davon unterrichtet, dass du deine Aussage zu der Nacht von Dads Ermordung geändert hast."

Emily blickte zur Seite. „Ich habe sie nicht direkt geändert. Es war nur eine … Art Klarstellung."

Jason fürchtete, die Beherrschung zu verlieren. „Du meinst, du hast gelogen. Parker ist erst nach Mitternacht nach Hause gekommen, das weißt du. Was ist los mit dir, Emily? Wie kannst du wollen, dass ein Mann wie Parker, der unseren Dad umgebracht hat, ungestraft davonkommt?"

Emily straffte den Rücken. „Parker war es nicht. Er ist davon überzeugt, dass es ihm jemand anhängen will. Mir hat er beteuert, dass er unschuldig ist. Und ich als seine Frau muss ihm das glauben."

„Glaubst du auch, dass er die Firma nicht um Millionen Dollar betrogen hat? Dass er das Geld nicht in einem halben Dutzend Überseekonten angelegt hat? Dein Name taucht auf keinem der Konten auf, Em. Parker hat nie vorgehabt, dich mitzunehmen, wenn er das Land verlässt."

Sie schluckte und sah Jason ins Gesicht, obwohl es sie offensichtlich große Überwindung kostete. „Ich weiß, dass er das Geld genommen hat. Er war es leid, für einen Bruchteil dessen zu arbeiten, was er wert ist."

Jason schoss aus seinem Sessel hoch. „Das sind seine Worte, Em, nicht deine. Der Mann ist ein Dieb und ein Mörder. Dad hat ihm den Posten nur deinetwegen gegeben! Parker macht sich überhaupt nichts aus dir, das war nie der Fall. Er hat dich des Geldes wegen geheiratet. Uns alle hat er bestohlen und unseren Vater ermordet! Wie kannst du denn nur so dumm sein?"

Emily begann zu weinen. „Er meint, er wäre unschuldig."

Jason ging zu ihr hinüber, setzte sich neben sie und legte ihr einen Arm um die Schulter. „Ich weiß, dass du ihn liebst. Du hast ihn vom ersten Augenblick an geliebt. Parker ist attraktiv und charmant. Er hat dir vorgegaukelt, so zu sein, wie du ihn wolltest. Aber das war alles Theater, Em, und inzwischen ist dir das auch klar. Du verdienst einen Mann, der mindestens zehnmal so viel wert ist wie er, einen, der dich so liebt wie du ihn. Einen Mann, der dir und deiner Familie niemals was antun würde."

Emily schniefte, und Jason zog sie in seine Arme. „Du musst die Wahrheit sagen, Em. Keine Halbwahrheiten oder das, was du glauben möchtest, obwohl du im tiefsten Innern weißt, dass es nicht stimmt."

„Ich liebe ihn immer noch, Jason. Ich liebe ihn so sehr."

„Aber du liebst Dad auch. Erinnerst du dich daran, dass er immer gesagt hat, egal wie alt du bist, du wirst immer sein kleines Mädchen sein?"

Sie zitterte. „Ich weiß. Ich vermisse ihn so."

„Dad hat Gerechtigkeit verdient. Das weißt du auch, Em. Tu, was für unseren Vater richtig ist. Was für dich selbst das Richtige ist."

Sie atmete zittrig ein und wischte sich mit den Fingerspitzen die Tränen von der Wange. „Ich weiß, du hast recht. Ich habe versucht mir einzureden, dass es nicht stimmt, was du sagst. Aber es ist wahr. Parker liebt mich nicht. Hat mich noch nie geliebt." Sie schüttelte den Kopf. „Ich weiß, ich muss ihn aufgeben, aber ich weiß nicht, wie ich ohne ihn klarkommen soll."

Jason drückte ihre Hand. „Ich helfe dir, Schwesterherz, das verspreche ich." Er lächelte sie liebevoll an. „Ich habe nie verstanden, wieso du so blind in Parker verliebt bist. Aber zum ersten Mal in meinem Leben kann ich mir das vorstellen. Ich habe jemanden kennengelernt, Em."

Sie blickte auf, und ein trauriges Lächeln lag auf ihren Lippen. „Du hattest doch ständig Freundinnen, Jason. So viele du nur wolltest."

„Ashley ist anders. Sie ist intelligent und süß. Sie arbeitet hart und hat Ziele im Leben."

„Du bist ein Sommerset. Vielleicht ist es ihr Ziel, dich zu heiraten, um alles zu bekommen, was sie möchte. Sieh doch nur, wie es mir geht."

„Ich glaube, Ashley macht sich überhaupt nichts aus Geld. Was die Heirat betrifft: Ich denke, sie will lieber Küchenchefin werden als Ehefrau." Er grinste. „Ich hoffe, wenn ich langsam und vorsichtig vorgehe, kann ich ihre Meinung ändern."

Emily musterte ihn. „So kenne ich dich gar nicht."

„So habe ich mich auch noch nie gefühlt. Sie hat einen Sohn, Em. Der niedlichste kleine Junge, den ich je gesehen habe. Du musst die beiden unbedingt kennenlernen."

Emilys Augen füllten sich mit Tränen. „Parker hat gesagt, er will Kinder, aber er meinte immer, es wäre nicht die richtige Zeit."

„Sag die Wahrheit, Em. Damit Parker bekommt, was ihm gebührt. Wenn du das tust, dann bin ich ganz sicher, dass du irgendwann auch das Glück findest, das du verdienst."

Wieder tropften Emily die Tränen auf die Wangen. Sie nickte. Jason stand auf, seine Schwester ebenfalls. Während sie ihn zur Tür brachte, wischte sie sich die Tränen aus dem Gesicht.

„Ich hole dich gleich morgen früh ab", sagte er. „Dann fahren wir gemeinsam zur Staatsanwaltschaft. Für die ist es nicht gerade hilfreich, wenn du deine Geschichte immer wieder abänderst. Aber wenigstens wird das Klarheit schaffen."

„Okay."

„Du tust das Richtige, Em."

Emily brachte ein zittriges Lächeln zustande, als Jason sich zu ihr hinunterbeugte und ihre Wange küsste. Er verließ Emilys Haus und stellte mit einem kurzen Blick auf die Uhr fest, dass es fast schon Zeit war, Ashley von ihrer Schicht abzuholen. Sie war bereits zu einem Teil seines Lebens geworden. Obwohl er wusste, dass er die Dinge langsam angehen und erst abwarten sollte, ob es wirklich etwas Ernstes zwischen ihnen war, war er sich dessen im tiefsten Innern ganz sicher.

Jason lächelte, während er den Zündschlüssel umdrehte und den kraftvollen Motor seines Porsche anwarf. Er musste sich unbedingt nach einem neuen Wagen umsehen.

24. KAPITEL

Das Licht der Morgensonne strömte durchs Küchenfenster und erwärmte das Innere des Hauses. Es würde nicht lange dauern, bis sich die Klimaanlage einschaltete.

Rowdy bellte und lenkte Maggies Aufmerksamkeit auf ihr klingelndes Handy. Sie tätschelte dem Hund den Kopf, fuhr ihm spielerisch durchs Fell und ging zum Küchentisch, auf dem ihr Mobiltelefon lag. Ihre Mutter rief nur sehr selten an, aber Maggie erkannte sofort ihre Nummer auf dem Display.

„Hallo, Mom."

„Maggie – Gott sei Dank, dass ich dich endlich erreiche! Ich habe mir solche Sorgen gemacht! Neulich ist mir Megan Wiseman im Supermarkt begegnet, eine alte Freundin von Ashley. Sie hat mir erzählt, dass der nichtsnutzige Ziggy in Houston ist. Ist das zu glauben? Ashley ist doch nicht etwa wieder mit ihm zusammen, oder? Himmel noch mal, das Mädchen hat ja keinen Verstand."

Maggie umklammerte das Handy. „Ashley ist *nicht* wieder mit Ziggy zusammen, Mom. Mit so einem Idioten lässt sie sich nicht mehr ein."

„Ach, du kennst sie nicht. Wenn es um diesen Kerl geht, ist sie schwach. Du brauchst dir ja nur anzusehen, was er ihr schon angetan hat – lässt sie mit dem Baby im Stich, allein ohne einen Vater, der für das Kind sorgt. Wenn du ihr nicht geholfen hättest, ich weiß ja nicht, was dann aus dem Mädchen geworden wäre."

Maggie musste sich beherrschen, um ihre Wut im Zaum zu halten. Sie hatte sich nie mit ihrer Mutter verstanden. Warum vergaß sie das nur immer wieder? „Ashley kommt ganz gut allein klar, Mom. Sie hat jetzt einen Job. Nächste Woche wird sie sich beim *Houston Art Institute* für das Kulinarische Ausbildungsprogramm bewerben. Sie hofft, dass die Ausbildung durch ein Stipendium gefördert wird, und ich glaube, das wird klappen."

Schweigen entstand. „Du meinst, sie will in Texas bleiben? Sie

kommt nicht zurück nach Hause?"
„Ashley braucht ihre Unabhängigkeit, Mom. Wie gesagt, sie geht ihren eigenen Weg, und es geht ihr richtig gut dabei."
„Na ja …"
„Ich werde ihr sagen, dass du angerufen hast, Mom, und dass du dir Sorgen um sie gemacht hast."
„Pass bloß auf, dass sie sich nicht wieder mit diesem nichtsnutzigen Ziggy einlässt."
Maggie konnte ihren Ärger kaum noch unterdrücken. „Mach dir keine Sorgen deshalb, Mom. Hör zu, ich habe gerade Besuch", log sie. „Ich muss auflegen, es war nett, von dir zu hören."
„Sag ihr, dass ich angerufen habe, ja?"
„Das mache ich." Und Ashley würde sie wahrscheinlich zurückrufen. Sie kam mit ihrer Mutter auch nicht besser aus als Maggie, aber sie hatte sich vorgenommen, ihre Lebensweise zu ändern und sich richtig zu verhalten. „Tschüs, Mom." Damit unterbrach sie die Verbindung.
„Wer war das?", erkundigte sich Trace, der inzwischen hereingekommen war.
„Meine Mutter." Sie winkte ab. „Frag bloß nicht weiter."
„Wenn ich deinen Gesichtsausdruck sehe, brauche ich das auch gar nicht."
„Ich muss Ashley anrufen und ihr sagen, dass unsere Mutter sich Sorgen um sie macht."
„Tut sie das?"
Maggie seufzte. „Auf ihre Art schon, nehme ich an."
Trace ging zum Tresen und goss sich eine Tasse Kaffee ein. „Wenn du damit fertig bist, müssen wir ein paar Dinge besprechen."
Sie blickte an ihrem kurzen Bademantel hinunter, einer ihrer letzten Einkäufe. „Kann ich vorher noch duschen?"
Trace war bereits fertig. Seine Augen verdunkelten sich und er verzog die Lippen zu einem sinnlichen Lächeln. „Ich hatte vorhin schon gewartet und gehofft, du würdest mir Gesellschaft leisten."

Sie wünschte, das hätte sie getan und den Anruf nicht bekommen. „Das nächste Mal“, versprach sie mit einem verführerischen Unterton. Sie waren spät aufgewacht, hatten sich geliebt und anschließend wieder ein bisschen geschlafen. Es war Sonntag. Da war es schon okay, ein bisschen herumzubummeln.

Maggie sah Trace an, und dieses warme innere Gefühl machte sich erneut in ihr breit, das sie jedes Mal verspürte, wenn sie ihn betrachtete. Er stand dort in seinen Jeans, mit einem kurzärmeligen gelben Hemd, frisch rasiert, das Haar noch feucht von der Dusche, und erwiderte ihren Blick voller Begehren – was eigentlich nach der vergangenen Nacht fast unmöglich sein sollte.

Er kam mit einem Gesichtsausdruck auf sie zu, der unübersehbar seine Absicht verriet, als jemand leise an die Tür klopfte. Nachdem er ihr noch einen heißen Blick zugeworfen hatte, drehte er sich um und sah durch den Türspion. Er zögerte kurz, dann löste er den Riegel und öffnete.

„Trace, Gott sei Dank, du bist zu Hause!“ Seine umwerfende Exfrau kam hereingestürzt. Maggie verdrängte den unerwünschten Stich von Eifersucht, der sie befiel.

„Ich bin nicht allein, Carly. Was willst du denn?“

Die Rothaarige wandte sich zu Maggie um, die den unwiderstehlichen Drang verspürte, ins Badezimmer zu flüchten. Sie wusste genau, wie sie aussah: immer noch in ihrem kurzen Bademantel, der ihre nackten Beine bis weit über die Knie zeigte, das Haar zerzaust, ohne Make-up.

Trace schien sich seinem Schicksal zu ergeben. „Carly, kann ich dir Maggie O'Connell vorstellen?“

„Hallo, Carly“, sagte Maggie und bemühte sich um ein Lächeln, das nicht bösartig wirkte.

Die andere Frau presste die Lippen zusammen. Ohne zu antworten, wandte sie sich wieder an Trace. „Sie war auch in deinem Büro.“

„Das ist richtig. Und was wolltest du nun?“

„Howard und ich haben uns getrennt. Er war wütend wegen dieser albernen Sache mit dem Bademeister, und jetzt will er meine Miete nicht mehr bezahlen." Sie warf Maggie einen bedeutsamen Blick zu, um ihr klarzumachen, dass sie mit Trace allein sprechen wollte.

„Wenn ihr beide mich entschuldigt, ich muss noch duschen", sagte Maggie und war froh über die Gelegenheit zu entkommen.

Aus zweifelhaftem Grund verärgert und merkwürdig verlegen ging sie ins Schlafzimmer und schloss die Tür hinter sich. Nachdem sie einmal tief durchgeatmet hatte, rief sie ihre Schwester an, um ihr von dem Gespräch mit ihrer Mutter zu berichten. Allerdings gab sie ihr eine leicht abgewandelte Version wieder. Gerade als sie das Telefonat beendete, klingelte ihr Handy erneut. Es war Roxanne.

„Ich bin es, meine Liebe, wie geht es dir?"

„Roxanne – ich wollte dich schon anrufen, aber es ist alles so chaotisch. Mir geht es gut. Kein weiteres Feuer, keine Nachrichten unter dem Scheibenwischer. Natürlich bin ich irgendwie eine Gefangene hier, aber abgesehen davon …"

Roxanne lachte.

„Ich nehme an, du kannst nicht mal ausbrechen, um tanzen zu gehen?"

„Oh Gott, das würde ich gern." Sie war seit der Nacht damals im *Galaxy* in keiner Disco mehr gewesen. Bei allem, was gerade passierte, bekam Maggie fast ein schlechtes Gewissen, weil sie solche Lust darauf hatte. „Hör zu, ich muss mich beeilen. Im Augenblick ist Traces Exfrau im Wohnzimmer, und ich hab noch nicht mal geduscht."

„Ich dachte, die beiden treffen sich nicht mehr."

„Das stimmt auch. Zumindest bin ich mir ziemlich sicher, dass es so ist."

„Dann sieh zu, dass du sie loswirst, und nimm deinen Marlboro-Mann mit unter die Dusche."

Maggie lachte. „Gute Idee. Wir reden später noch mal."

Auf dem Weg zum Badezimmer sank Maggies Laune wieder. Vielleicht täuschte sie sich ja, und Trace liebte seine Exfrau doch noch. Traf sie womöglich noch ab und zu. Immerhin stand die

Frau ja gerade in seinem Wohnzimmer, oder nicht? Das musste doch etwas bedeuten.

Maggie drehte den heißen Wasserhahn auf und hoffte, sie könnte sich von den Gedanken an das Paar im Nebenzimmer ablenken.

Das funktionierte nicht.

Himmel noch mal, es hatte sie schwer erwischt.

„Also du und Howard habt euch getrennt", sagte Trace. „Was habe ich damit zu tun?"

Carly ignorierte seine Frage. Sie warf einen Blick zur Schlafzimmertür hinüber. „Ist es was Ernstes zwischen euch?"

Er war sich nicht sicher, was er darauf antworten sollte. Maggie faszinierte ihn, mehr als das. Sexuell erregte sie ihn so wie keine der Frauen, die er bisher gekannt hatte. Gestern Abend war er eifersüchtig auf ihre Beziehung zu David Lyons gewesen. So ein besitzergreifendes Verhalten hatte er bisher in keiner seiner Beziehungen an den Tag gelegt – auch nicht in seiner Ehe.

Trotzdem fehlte etwas. Nach seiner Scheidung von Carly war er kaum noch in der Lage, jemandem zu vertrauen. Schon wenn er Carly gegenüberstand, musste er sofort wieder daran denken, wie schmerzlich es für ihn gewesen war, dass sie ihn mit einer Reihe von Männern betrogen hatte. Maggies ständiges Verheimlichen von Dingen machte es ihm fast unmöglich, Vertrauen zu ihr zu fassen. Und ohne Vertrauen sah er keine Zukunft für ihre Beziehung.

„Sie ist meine Klientin", sagte er ausweichend und hoffte, dass Carly das Thema fallen ließ.

Wieder wanderte ihr Blick zur Schlafzimmertür. „Sieht für mich aber so aus, als wäre sie mehr als nur eine Klientin."

Trace presste die Lippen zusammen. „Wir sind liiert, okay? Jetzt sag mir bitte, was du möchtest."

Carly ging einen Schritt auf ihn zu, legte ihm die Handflächen auf die Brust und blickte ihn mit ihren blauen Augen an. Sie reichte ihm gerade bis zur Schulter. „Ich hatte gehofft, du könntest mir etwas Geld leihen. Nur ein bisschen, damit ich meine Miete bezahlen kann."

Trace umfasste ihre Handgelenke und schob sie von sich. „Was ist mit den Alimenten, die ich dir zahle? Das ist mehr als genug, um davon die Miete abzudecken und alles andere, was du brauchst."

„Na ja, da gab es noch was Unvorhergesehenes. Diesen Monat bin ich ein bisschen knapp."

Er brauchte nicht zu fragen, was dieses „Unvorhergesehene" war – entweder eine teure Reise mit einem ihrer Liebhaber oder ein Shoppingtrip. „Wie viel brauchst du?"

„Zweitausend würden reichen."

„Du willst also, dass ich dir zweitausend Dollar gebe", sagte er düster.

„Wie gesagt, ich will es nur leihen."

„Na gut, du bekommst das Geld. Aber bitte mich nie wieder. Wir sind fertig miteinander, Carly. Das sind wir schon seit Jahren. Ich bin nicht dein Ehemann. Wir sind nicht mal mehr Freunde."

„Sag so was nicht!"

Er ließ sie stehen und ging ins Schlafzimmer, wo er sein Scheckbuch im obersten Wäscheschubfach aufbewahrte. Trace nahm es heraus und stellte einen Scheck über zweitausend Dollar aus.

Gerade als er wieder ins Wohnzimmer zurückgehen wollte, kam Maggie nur mit einem flauschigen weißen Handtuch bekleidet aus dem Badezimmer. Ihr wunderschönes Haar umrahmte ihr Gesicht in Wellen. Die Brustspitzen ragten verführerisch nach oben, ihre helle Haut war noch feucht und glänzend. Am liebsten hätte er auf der Stelle die kleinen Tropfen an ihren Beinen abgeleckt. Er war scharf auf sie, und es juckte ihn, ihr das Handtuch wegzuziehen und ihre nackte Haut zu küssen.

„Mach dir nicht die Mühe, dich anzuziehen", sagte er rau. „Ich bin gleich wieder da."

Maggie wollte etwas erwidern, aber er gab ihr nicht die Gelegenheit dazu. Schon war er wieder im Wohnzimmer verschwunden und reichte Carly den Scheck. Dann drängte er sie zur Tür.

„Denk daran, was ich gesagt habe. Wir sind fertig miteinander, Carly. Komm nicht wieder her."

Sie verzog schmollend den Mund und steckte den Scheck in ihre Tasche, während er sie hinausschob.

Trace schloss die Tür hinter ihr und kehrte ins Schlafzimmer zurück. Doch als er hereinkam, war Maggie bereits angezogen. Sie trug Jeans und T-Shirt. Er sah sie enttäuscht an.

„Was wollte sie denn?", fragte Maggie mit vor der Brust verschränkten Armen.

„Irgendwas ist es immer. Diesmal war es Geld."

Sie warf den Kopf zurück, sodass die feuchten roten Locken herumwirbelten. Der Anblick juckte ihn in den Fingern.

„Sie muss dir ja immer noch was bedeuten, wenn du ihr gibst, was sie will."

„Sie tut mir leid. Ihr Leben ist ein einziges Chaos. Solange sie sich nicht ändert, wird das auch so bleiben."

„Und du lässt dich weiter an ihrer Kandare herumführen."

Er schüttelte den Kopf, ohne den Blick abzuwenden. „Nein, das war heute das letzte Mal."

„Warum heute?"

„Weil du hier bist und weil du mir wichtig bist. Carly nicht. Nicht mehr. Ich habe ihr gesagt, dass wir fertig miteinander sind, und so ist es auch."

Maggie betrachtete ihn einen Moment und überlegte, ob sie ihm das abnehmen sollte oder nicht. Sie ging einen Schritt auf ihn zu. „Bist du dir sicher?"

Trace schob die Finger in ihr seidiges Haar, zog ihren Kopf etwas zurück und presste die Lippen besitzergreifend auf ihren Mund.

„Verdammt sicher", flüsterte er an ihrem Hals. „Ich will dich, nicht sie."

Als er sie wieder küsste, wehrte Maggie sich nicht. Er mochte vielleicht Zweifel bezüglich ihrer Beziehung haben, aber das hier war ein Bereich, in dem unter ihnen vollkommene Einigkeit herrschte.

Es dauerte nicht lange, bis beide wieder nackt und zurück im Bett waren.

Die ganze Woche spielte Trace den Bodyguard. Tony Ramirez rief an, um Bescheid zu sagen, dass es jetzt sicher genug war und die Frauen ins Stadthaus zurückkonnten. Mrs Epstein passte auf Robbie auf, während die beiden Schwestern die wasserdurchtränkten, rußgeschwärzten Räume durchsuchten.

Jason hatte darauf bestanden, sie zu begleiten. Als Ashley ihre wenige Habe zum größten Teil zerstört vorfand, war Trace froh, dass der junge Mann dabei war.

„Oh nein." Ashley patschte durch die Wasserpfützen, um einen durchweichten kleinen braunen Teddybär aufzuheben. Eines seiner Augen fehlte und die Füllung quoll an einigen Nahtstellen heraus. Der Bär hatte sich bereits vorher in einem erbärmlichen Zustand befunden, aber bei den Löscharbeiten hatte er nun den Rest bekommen.

„Das ist Brownie", sagte sie. Sie nahm den Bären in die Arme und begann zu weinen. „Ich weiß, das ist albern, aber ich hab ihn schon als kleines Kind bekommen."

Jason ging zu ihr hinüber und umarmte sie. „Ist schon okay, Liebling. Damit sind ja deine ganzen Erinnerungen verbunden." Er strich über ihre kurzen Locken, dann umfasste er ihr Kinn, damit sie ihn ansah. „Aber die Erinnerungen kann dir niemand nehmen."

Ashley klammerte sich förmlich an ihn, und die beiden hielten sich fest umschlungen, bis Trace, dem selbst schon fast die Tränen kamen, wegsehen musste. Als er zu Maggie hinüberblickte, schluckte er. Himmel noch mal, sie weinte auch.

Frauen, dachte er. Aber eigentlich konnte er es ihnen nicht verdenken. Trace zog Maggie in die Arme. „Ist schon gut, Darling. Das sind einfach Dinge. Dinge kann man ersetzen."

„Ich weiß." Sie schmiegte sich in seine Umarmung, und er

dachte nur daran, wie richtig es sich anfühlte, sie so zu halten.

Schließlich atmete Maggie tief durch und löste sich von ihm. Nachdenklich sah sie zur Treppe.

Trace hatte ihre Absicht gleich erkannt. „Es ist zu gefährlich, da raufzugehen", sagte er. „Die erste Etage ist stark zerstört und einsturzgefährdet. Aber wir können hier unten noch ein bisschen herumsuchen, wenn du möchtest."

Sie nickte. Trace und Jason trugen beide Gummistiefel, und Jason hatte welche für Ashley und Maggie gekauft. Die untere Etage war bis auf das viele Wasser und den Ruß noch intakt.

Sie staksten an dem durchnässten Sofa und den Sesseln vorbei ins Schlafzimmer. Es heiterte Ashley ein wenig auf, als sie feststellte, dass die meisten Kleidungsstücke in ihrem Schrank das Feuer überstanden hatten und nur richtig gewaschen werden mussten.

Trace folgte Maggie durch den Flur zum Wäscheschrank. Sie streckte sich, um ans oberste Regal zu kommen, und holte eine Pappschachtel herunter.

„Was ist das?", fragte er.

„Familienfotos. Meist von mir und Dad. Es gibt ein paar ältere mit Mom und Dad, bevor sie ausgezogen ist, und ein paar Babyfotos von mir. Und noch ein paar Aufnahmen von mir und meinen Collegefreundinnen." Maggie drückte die Schachtel an sich. „Ich habe gebetet, dass sie nicht zerstört wurde."

„Sieht so aus, als wären deine Gebete erhört worden."

Maggie sah ihn an. „Meine Gebete wurden schon erhört, als ich Ashley in der Brandnacht mit Robbie im Arm am Straßenrand entdeckt habe."

Trace konnte bestens nachempfinden, wie sie sich gefühlt hatte. Er war selbst unglaublich erleichtert gewesen, als er alle wohlbehalten und in Sicherheit vorgefunden hatte.

„Hast du jemanden bestellt, der das Haus wieder aufbaut?", erkundigte sich Ashley, die durch die Pfützen zu ihnen herübergewatet kam.

„Ich habe mit einem Typ namens Will Jacobs gesprochen. Den

hat ein Freund von Trace aus Dallas mir empfohlen."

„Gabe Raines, ein Bauunternehmer", erklärte Trace. „Er meint, Will ist einer der Besten. Er ist zuverlässig und verlangt keine horrenden Summen."

„Wann will er denn anfangen?"

„Gleich Anfang nächster Woche", sagte Maggie. „Will meint, das würde mindestens zwei Monate dauern."

Ashley ließ den Blick über die mit Wasser durchtränkten Wände schweifen. Die Tapeten wellten sich, die Vorhänge sackten nass von der Gardinenstange. „Weißt du, Schwesterherz, dieses Haus musste sowieso mal renoviert werden."

Maggie sah ihre Schwester an und dachte an den ganzen Ramsch, mit dem sie das Haus eingerichtet hatte. Sie sah das Ausmaß der Zerstörung um sie herum, die öligen schwarzen Pfützen, die durchweichten Möbel, die alle ersetzt werden mussten. Unwillkürlich begann sie zu kichern, dann musste sie loslachen.

Ashley stimmte in ihr Lachen ein, und bald lachten alle vier.

Maggie wischte sich die Augen. „Ich nehme an, dir ist aufgefallen, dass ich nicht gerade das größte Talent für Inneneinrichtung habe."

Ashley grinste. „Das war schwer zu übersehen. Wenn die Wohnung wiederhergestellt ist, helfe ich dir. Da drin bin ich ziemlich gut."

„Das glaube ich gern. Ich würde mich darüber freuen."

Trace lächelte, aber seine Gedanken wanderten sofort wieder zu Maggies Stalker zurück.

Er dachte daran, dass jemand im Feuer hätte umkommen können – und was wohl als Nächstes passierte.

25. KAPITEL

In der *Twin Oaks Gallery* herrschte ein reges Treiben, als Maggie, begleitet von Trace, hereinkam. Es wurde Zeit, dass sie ihren Plan, dem Stalker eine Falle zu stellen, weiterverfolgten.

Trace hatte mit Ben und Alex gesprochen, und beide waren bereit, ihnen zu helfen. Am Freitag würden die beiden Männer noch vor Tagesanbruch in Kemah sein, um das Territorium abzustecken. Die „Ranger's Lady" diente als Hauptquartier für die Operation.

„Da ist Faye." Maggie ging auf die Galeristin zu. Trace wunderte sich, als er die fast kahlen weißen Wände sah, die von Strahlern beleuchtet wurden.

„Was ist denn hier los?", wollte Maggie von der eleganten Brünetten wissen, die ihnen entgegenkam, um sie zu begrüßen.

Faye lächelte. „Ich wollte schon anrufen. Nachdem in den Fernsehnachrichten über das Feuer berichtet worden ist, kamen eine Menge Leute, um sich deine Arbeiten anzusehen. Sie waren wohl einfach nur neugierig, denke ich. Aber deine Bilder haben allen gefallen. Der Rest deiner Fotos ist praktisch zur Tür rausgeflogen." Sie lachte. „So eine Werbung kann man nirgends für Geld kaufen."

Maggie sah sich in der fast leeren Galerie um. „Wohl nicht."

Zwei stämmige junge Männer hängten schön gerahmte Schwarz-Weiß-Fotografien auf, die interessante Porträts zeigten.

„Von welchem Künstler sind die?", erkundigte sich Trace.

„Die Fotos sind von Zeke Meadows. Ich hänge die Bilder von ihm so lange auf, bis Maggie mir wieder welche bringt."

„Ich werde am Freitag nach Kemah fahren", sagte Maggie, so wie sie es abgesprochen hatten. „Und dann mache ich wieder neue Fotos. Es dauert nur ein bisschen."

Die Brünette verdrehte die Augen. „Wahrscheinlich haben wir keine andere Wahl, aber ich kann nicht verkaufen …"

„… was du nicht hast", beendete Maggie den Satz für sie. „Sag meinen Käufern solange, dass ich ab Freitag wieder fotografieren werde. Das erzähle ruhig allen, die daran interessiert sein könnten."

Faye warf Maggie einen neugierigen Blick zu. Sie wusste von dem Stalker, und die Frau war ganz eindeutig kein Dummkopf. Sie wandte sich an Trace. „Also verstehe ich das richtig: Sie wollen, dass die Leute erfahren, was Maggie am Freitag vorhat."

„Das ist richtig."

„Aber Sie werden auch dort sein und aufpassen, dass ihr nichts passiert?"

Trace lächelte. „Diesen Teil können Sie ruhig auslassen."

Faye entspannte sich und erwiderte sein Lächeln. „Mach ich, Cowboy."

Sie unterhielten sich noch eine Weile. Faye war betroffen, als sie erfuhr, dass die letzte Fotoserie von Maggie zerstört war. Doch wie versprochen sagte Maggie kein Wort über die Archivierung bei *Photodrive*. Sie schaffte es, Faye hinzuhalten, sodass die nichts unternahm, bis sie alles geregelt hatten. Was Trace einerseits erfreute, ihm aber deutlich machte, wie gut sie lügen konnte.

Trace musste sich immer wieder daran erinnern, dass sie lediglich das tat, worum er sie gebeten hatte. Der Stalker würde ihnen in die Falle gehen, und dann hatten sie auch den Brandstifter.

Er wünschte, er könnte das glauben.

Am Mittwochvormittag gab Maggie vor ihrem ausgebrannten Stadthaus ein Fernsehinterview für Sally Grimshaw vom KGEO. Wieder sprach sie von ihrem Trip zur Küste am Freitagmorgen.

„Also fangen Sie wieder an zu arbeiten", sagte Sally irgendwann im Gespräch. Sie war eine sehr attraktive zierliche Blondine mit Begeisterung für ihren Job.

„Das stimmt."

„Ich bin sicher, dass die Bewunderer Ihrer Fotos sehr darüber erfreut sein werden."

Maggie rückte das am Kragen ihrer blassblauen Seidenbluse befestigte Mikrofon zurecht. Wie alle ihre Kleidungsstücke gehörte die Bluse zu ihren Neuanschaffungen. „Das hoffe ich doch sehr."

„Es heißt, das Feuer wurde durch Brandstiftung ausgelöst. Haben Sie irgendeinen Verdacht, wer das gewesen sein könnte?"

Die Frage überraschte sie. Für einen Moment wusste sie nicht, was sie darauf antworten sollte. Sie warf Trace, der in der Nähe stand, einen Blick zu und beschloss, aufs Ganze zu gehen.

„Ich hatte in letzter Zeit Probleme mit einem Stalker. Telefonanrufe, Nachrichten an der Windschutzscheibe, diese Geschichten. Er scheint der Hauptverdächtige zu sein."

„Ich verstehe. Hat denn die Polizei schon irgendwelche Fortschritte bei der Suche nach ihm gemacht?"

Maggie lächelte etwas gekünstelt in die Kamera. „Ich bin sicher, sie tun ihr Bestes."

Sie redeten ein paar Minuten über ihren geplanten Trip an die Küste, dann schaltete der Kameramann das grelle weiße Licht aus, und das Interview war beendet. Das Gespräch wurde zu den Morgennachrichten gesendet, dann noch einmal mittags gezeigt und um fünf und elf Uhr abends wiederholt.

Die Information war nun da draußen. Maggie hoffte, dass der Stalker sich genauso wie vorher über ihre nächsten Schritte informierte. Wenn er sich in Kemah zeigte – und sie betete, dass es der Fall sein würde –, dann waren sie vorbereitet.

Da gab es nur noch eine Sache.

Trace wollte, dass sie die anderen aus dem Team kennenlernte. Sie sollte die Männer erkennen, für den Fall, dass es irgendwelche Probleme gab.

Alex Justice und Ben Slocum kamen am Donnerstagabend gleich nach dem Essen zu ihm nach Hause. Beide waren Anfang dreißig, über eins achtzig groß und sehr gut aussehend. Alex mit dem dunkelblonden Haar, blauen Augen und Grübchen verhielt sich charmant, jovial und unbeschwert, doch sie spürte, dass er tatsächlich hart wie Stahl war.

„Ich freue mich, Sie kennenzulernen, Maggie", begrüßte er sie, als er ins Wohnzimmer geschlendert kam. Bei ihm hörte sie keinen gedehnten texanischen Slang, sondern einen ziemlich kultivierten Tonfall.

„Ganz meinerseits, Alex. Trace hat nur in den höchsten Tönen von Ihnen gesprochen."

Alex grinste. „Ich staune, dass er mich überhaupt erwähnt hat."

„Alex war bei der Air Force", erläuterte Trace und warf seinem Freund einen warnenden Blick zu.

„Jagdflieger." Alex achtete nicht auf ihn. „Ich hoffe, Trace kümmert sich gut um Sie. So wie er Sie unter Verschluss hält, dachten wir schon, wir müssten eine Befreiungsaktion starten."

Sie lachte und fragte sich, ob Trace sie tatsächlich absichtlich von seinen beiden attraktiven Freunden ferngehalten hatte.

Maggie wandte sich an den ernsteren der beiden, ein Mann mit dunklem Haar, eisblauen Augen und harten Gesichtszügen. „Ich nehme an, Sie kennen Trace ebenfalls vom Militärdienst."

„Von den Rangers. Ja, Ma'am." Man hörte, dass er ebenfalls aus Texas kam. Nicht so sexy wie bei Trace, sondern in einem etwas härteren Tonfall. Aber ein Texaner, da war sich Maggie sicher.

Sie lächelte. „Sieht so aus, als wäre ich mit euch drei als Aufpasser ziemlich sicher. Ich hoffe nur, dass der Plan funktioniert und ich dann endlich in meine eigene Wohnung ziehen und mein normales Leben wieder beginnen kann."

Beide Männer warfen Trace einen Blick zu, doch der sagte dazu nichts. Wenn das hier vorbei war, würde sie wieder aus seinem Haus ausziehen und allein leben. Es gab keine feste Beziehung zwischen ihnen, keine Pläne für die Zukunft. Beide gingen davon aus, dass ihr Arrangement bald ein Ende hätte.

Maggie redete sich ein, dass sie genau das wollte. Sie würden sich weiterhin treffen, aber jeder lebte sein eigenes Leben. Bei diesem Gedanken zog sich ihr der Magen zusammen.

„Wenn du nach Kemah kommst, werden Alex und Ben bereits

vor Ort sein", sagte Trace. Du wirst sie nicht bemerken. Aber du kannst sicher davon ausgehen, dass sie dich sehen. Ich werde dir folgen. Du hast Mikrofon und Kopfhörer dabei, damit wir uns verständigen können. Wenn du jemanden entdeckst, den du kennst, oder wenn dir irgendwas merkwürdig vorkommt, sagst du sofort Bescheid."

Sie nickte. „In Ordnung."

„Wenn der Typ auftaucht", sagte Ben, „dann kriegen wir ihn."

„Darauf können Sie wetten", bekräftigte Alex.

„Ich habe mit dem Sheriffbüro dort gesprochen", fügte Trace noch dazu. „Sie haben sich mit dem Revier in Houston in Verbindung gesetzt und ihre Deputys in Alarmbereitschaft versetzt. Wenn wir Unterstützung benötigen, bekommen wir die."

Die Männer nickten. Sie tranken ihr Bier aus, während sie noch ein paar Einzelheiten erläuterten. Die Besprechung endete, und die beiden verabschiedeten sich. Als die Schritte der beiden Männer auf der Veranda leiser wurden, machte sich Stille im Wohnzimmer breit.

Trace drehte sich zu Maggie um, legte ihr die Hand unter das Kinn und eroberte ihren Mund mit einem sanften, erotischen Kuss.

„Lass uns ins Bett gehen, Darling", sagte er rau. „Vergessen wir das alles erst mal." Das altbekannte Feuer war wieder in seinem Blick, doch da gab es auch noch etwas anderes. Sie stellte fest, dass er sich Sorgen machte. Es gefiel ihm nicht, sie als Köder einzusetzen.

Doch die Zeit arbeitete gegen sie.

Sie hatten keine andere Möglichkeit.

26. KAPITEL

Maggie versuchte das Flattern in ihrem Magen zu ignorieren. Die Stadt wurde von einer Hitzewelle überrollt. Es war ein heißer, stickiger Tag, die schwere feuchte Luft schien ihre Haut zu verkleben. Sie hoffte, dass der Stalker das TV-Interview gesehen hatte oder über die Mundpropaganda von Faye darüber informiert war, dass Maggie heute Morgen nach Kemah fuhr.

Sie fragte sich, ob er wusste, wo sie seit dem Brand wohnte, ob er ihre Wege seitdem irgendwie weiterverfolgt hatte. Vielleicht hatte er sie ja beobachtet, als sie heute Morgen aus Traces Haus gekommen war. Bei dem Gedanken überlief sie ein leichter Schauer.

Sie überprüfte den Rückspiegel. Während sie mit ihrem kleinen SUV den Highway 45 entlangfuhr, folgte ihr Trace irgendwo dort hinten im Verkehr. Er fuhr den BMW von Alex, falls der Stalker ihn mit dem Jeep gesehen haben sollte. Alex und Ben befanden sich bereits vor Ort. Sie behielten Maggie bei ihrem Eintreffen im Auge. Keiner der Männer würde ein Risiko eingehen, trotzdem fühlte sie sich ziemlich allein.

Die Fahrt schien ewig zu dauern, der Highway erstreckte sich endlos vor ihr. Ihr Nacken tat ihr schon von dem ständigen angespannten Blick in den Rückspiegel oder dem Absuchen der Wagen vor und neben ihr weh. Schließlich erschien die Abzweigung zur 518 nach Kemah, und Maggie seufzte erleichtert. Sie bog in die Straße ein, die sich östlich nach Kemah und zur Galveston Bay schlängelte. Sie konnte den silberblauen BMW von Alex nicht sehen, wusste aber, dass Trace hinter ihr war.

Maggie rückte die Muschelkette zurecht, in der sich das winzige Mikrofon befand. Die Männer konnten alles hören, was sie sagte. Außerdem trug sie einen kleinen Knopf im Ohr, der hinter ihrem dichten Haar verborgen blieb.

„Ich bin auf der 518“, sagte sie, nur um Traces warme Stimme zu hören, wenn er ihr antwortete.

„Gutes Mädchen. Ich bin immer hinter dir, kann dich aber

auch über GPS verfolgen." Er hatte einen kleinen Sender an ihrer Stoßstange befestigt, für den Fall, dass doch etwas schiefging und er sie aus den Augen verlor.

„Roger", erwiderte sie grinsend und fühlte sich schon in ihre Rolle ein.

Sie hörte sein tiefes Lachen, und ihr wurde sofort warm. Es war erstaunlich, wie sehr er sie immer wieder erregte. Er war ein umwerfender Liebhaber, erriet intuitiv, was sie mochte, und brachte sie manches Mal schon bei der ersten Berührung zum Höhepunkt. Es wurde immer schwerer, sich eine Nacht ohne ihn vorzustellen.

Maggie schob den Gedanken beiseite. Im Moment hatte sie keine Zeit, über ihr Sexleben oder ihre unbestimmte Zukunft nachzudenken. Sie musste sich auf die vor ihr liegende Aufgabe konzentrieren.

Sie schlängelte sich durch den Verkehr und gelangte schließlich auf die 146, von der aus sie zum Parkplatz vor dem Kemah Boardwalk fuhr. Es war geplant, dort zu beginnen, Fotos von der Umgebung zu machen und zur Hafenpromenade zu laufen, wo die „Ranger's Lady" im Dock lag.

Maggie stellte den Motor aus, verließ den Wagen und ging nach hinten zum Kofferraum des Escape. Sie öffnete die Luke, nahm die Kameratasche und holte ihre Nikon D3s heraus, die glücklicherweise in der Nacht des Brandes hinten in ihrem Auto gelegen hatte und nicht in ihrem Studio.

Sie bereitete sich in aller Ruhe vor, setzte eine gelbe Schirmmütze auf, die zu ihrer Bluse passte, strich ihre weißen Caprihosen glatt, hängte sich den Gurt der Kamera um und schraubte das Tamron-Objektiv auf.

Wenn jemand ihr gefolgt sein sollte oder bereits dort war und sie beobachtete, wollte sie einfach zu finden sein.

Sie blickte sich um und hielt Ausschau nach Alex oder Ben, dachte, sie würde Trace vielleicht irgendwo sehen, entdeckte aber niemanden. Schnell sagte sie sich, dass die Männer Profis waren, als sie ein leichtes Unwohlsein befiel. Wenn sie nicht entdeckt werden wollten, dann würde man sie auch nicht sehen.

Sie holte tief Luft und blinzelte in die Sonne, die trotz ihrer Sonnenbrille und des Mützenschirms immer noch viel zu grell war. Dann legte sie ein Lächeln auf und ging los.

„Ich gehe zum Eingang“, sagte sie ins Mikro.

„Wir sehen dich“, ertönte Traces Stimme aus dem Kopfhörer.

Sie wanderte in Richtung des rot-weiß-blauen Torbogens, fotografierte Kinder und ihre Eltern und tat so, als sei sie tatsächlich an ihrer Umgebung interessiert und nicht nur als Lockvogel unterwegs. Sie spazierte noch eine Weile umher und achtete dabei darauf, dass sie immer etwas abseits von den anderen und gut sichtbar blieb.

Eine Bewegung zu ihrer Linken erregte ihre Aufmerksamkeit. Ein Mann kam wie aus dem Nichts auf sie zugelaufen, und ihr Herz machte einen Satz. Er trug enge schwarze Jeans, ein schwarzes T-Shirt und hatte langes zu einem Zopf zurückgebundenes schwarzes Haar. Mit seinem drahtigen Körperbau sah er attraktiv aus. Der Typ kam geradewegs auf sie zu, und sie hatte ihn noch nie vorher gesehen.

„Ein Mann links von dir steuert dich an.“ Traces Stimme klang leicht angespannt.

„Ich sehe ihn.“

„Er meint zweifellos dich.“

„Ich kenne ihn nicht, aber …“

„Ich sehe ihn“, sagte Alex.

„Bin hinter ihm“, sagte Ben.

Der Typ kam immer näher. Er war jung und völlig anders, als sie sich den Stalker vorgestellt hätte.

„Bleibt in Position“, ordnete Trace an. „Die Sache gefällt mir nicht.“

Der Mann hatte Maggie erreicht. „Maggie? Maggie O’Connell?“ Er blieb vor ihr stehen, und seine Stimme wurde über das Mikrofon übertragen.

„Ja. Kennen wir uns?“

„Ich bin ein Freund von Ihrer Schwester. Ziggy Murdock. Sicher hat sie Ihnen von mir erzählt."

Maggies Schultern entspannten sich. Er war nicht der Stalker, nur Ashleys unangenehmer Exfreund. „Ich weiß, wer Sie sind."

„Wartet", kam Traces Kommando laut und deutlich durch den Kopfhörer.

„Ich habe Sie im Fernsehen gesehen", fuhr Ziggy fort. „Ich dachte, wenn ich mit Ihnen rede, können Sie mir vielleicht helfen, die Sache mit Ihrer Schwester in Ordnung zu bringen."

Maggie blickte sich um, suchte die Reihen der Touristen und Einheimischen ab, konnte aber nichts Bedrohliches sehen. „Ich bin gerade dabei, Aufnahmen zu machen, Ziggy. Und selbst wenn ich Zeit hätte, könnte ich Ihnen nicht helfen. Ashley hat inzwischen ein neues Leben angefangen. Sie möchte mit Ihnen nichts mehr zu tun haben."

„Hey, sie hat aber mein Kind. Das gibt mir bestimmte Rechte."

„Ja, das stimmt. Und ich bin sicher, sobald sie sich richtig eingerichtet und alles in Ordnung gebracht hat, wird Ashley mit Ihnen ein Arrangement treffen. Falls Sie wirklich Interesse haben, Ihren Sohn zu sehen. Aber wie gesagt, ich habe jetzt zu tun."

Sie schob sich an ihm vorbei und ging weiter. Ziggy folgte ihr und lief neben ihr her.

„Weißt du was? Ihr beiden Hexen seid euch ja so ähnlich!"

Maggie lächelte. „Das nehme ich als Kompliment."

„Fick dich!" Ziggy wirbelte herum und stampfte mit seinen langen Beinen von dannen.

Traces Lachen erklang durch den Kopfhörer. „Ich fürchte, er hat die lange Reise umsonst gemacht."

Maggie grinste.

„Gute Arbeit, Ma'am." Das war Slocums Texas-Slang.

„Danke", murmelte sie.

Maggie schlenderte noch eine Stunde herum, vorbei am *Saltgrass Steak House*, umrundete das Karussell, das Riesenrad und machte Fotos auf dem Weg zur Bucht. Es waren Dutzende von Aufnahmen, aber keine wurde besonders gut. Sie konnte sich nicht auf die Arbeit konzentrieren. Sie dachte ständig nur daran, den Stalker zu finden.

Als die Anfangstöne einer Melodie erklangen, erschrak sie – jemand hatte ihr eine SMS geschickt. Maggie kramte nervös in ihrer Handtasche, zog das Mobiltelefon heraus und las den Text.

Ich habe das Feuer nicht gelegt. Ich würde dir niemals wehtun, Maggie.

Ihr wurde eiskalt. Sie sah sich hektisch um, doch niemand blickte in ihre Richtung oder wirkte irgendwie besonders interessiert. Mit zitternden Fingern zog sie die Kette mit dem Mikrofon zurecht.

„Ich habe eine SMS bekommen“, sagte sie und drehte sich von den Passanten weg zum Wasser hin, damit niemand bemerkte, wie sie die Lippen bewegte. „Sie ist … von ihm. Er meint, er hätte das Feuer nicht gelegt. Dass er mir nie wehtun würde.“ Sie holte tief Luft. „Meinst du, er ist hier?“

„Die Nachricht kann er von überallher gesendet haben“, entgegnete Trace. „Leite die SMS an mich weiter und setz deinen Spaziergang fort. Halte die Augen offen.“

Maggie schickte die Nachricht an Trace. Er würde versuchen herauszufinden, woher sie gekommen war. Sie wappnete sich und zwang sich, in gemächlichem Tempo weiterzugehen.

Inzwischen war es heiß geworden, die Sonne brannte erbarmungslos, die Luftfeuchtigkeit war fast unerträglich. Sie fühlte sich klebrig vor Schweiß, die Sonnenbrille rutschte ständig ihre Nase herunter.

„Ich gehe zum Wagen zurück und sehe nach, ob er eine Nachricht hinterlassen hat. Vielleicht ist er irgendwo in der Nähe und wartet auf meine Rückkehr.“

„Roger“, sagte Trace. Die anderen bestätigten die Abmachung. Bis auf Ziggys Auftauchen und die SMS war nichts weiter vorgefallen. Niemand hatte irgendetwas Außergewöhnliches beobachten können.

Maggie erreichte den Parkplatz. Der Asphalt war weich und heiß unter den Sohlen ihrer Sneakers, und die Hitze wallte von unten auf. Sie wäre gern in den Wagen gestiegen und hätte die

Klimaanlage eingeschaltet, sich die kühle Luft ins Gesicht fächeln lassen.

Beim Anblick der leeren Windschutzscheibe ließ sie die Schultern sinken. Anders als letztes Mal hatte niemand eine Nachricht dort hinterlassen. Es gab kein Anzeichen dafür, dass der Stalker dort gewesen war. Nichts außer seiner gruseligen SMS, die er wahrscheinlich wie immer von einem Einweghandy abgeschickt hatte.

„Soll ich zum Hafen gehen?", fragte sie ins Mikrofon.

Alex und Ben waren heute Morgen auf der Jacht gewesen, wie sie wusste. Ein Platz, um Kaffee zu trinken und auf den Sonnenaufgang zu warten.

„Roger", sagte Trace. „Wir treffen uns auf der Lady und gehen erst mal aus der Sonne. Vielleicht versuchen wir's später noch mal."

Doch wenn der Stalker sie beobachtete, würde er sie alle zusammen sehen, und jede Chance, dass er sich näherte, wäre verloren.

Trotzdem fand Maggie die Vorstellung, vor der Sonne Schutz zu suchen, wunderbar. In ihrer Vorfreude auf einen kalten Drink und eine Gelegenheit, die Füße hochzulegen, bemerkte Maggie den alten Dodge nicht, der zwei Wagen hinter ihrem Ford auf der gegenüberliegenden Seite parkte. Sie achtete nicht weiter darauf, als der Fahrer den Wagen rückwärts aus der Lücke lenkte und vor ihr stehen blieb.

Die Türen des Lieferwagens wurden aufgerissen, und zwei Männer in Tanktops und Cargohosen sprangen heraus und schossen auf sie zu. Die Sohlen ihrer schweren Stiefel schlugen laut auf dem Pflaster auf. Einer von ihnen war ein Weißer mit lockigem blondem Haar, der andere hispanisch mit einem Tuch um die Stirn gebunden. Beide waren muskulös und über und über mit Tattoos bedeckt.

„Trace!", schrie Maggie, als einer der beiden Männer nach ihrer Kamera griff und versuchte, ihr den Riemen über den Kopf zu ziehen. „Loslassen!" Sie umklammerte das schwarze Nylonband um ihren Hals, nicht gewillt, ihm nachzugeben. „Lasst mich in Ruhe!“

„Nimm ihre Handtasche!“, rief der Typ seinem Kumpel zu, der nun nach ihrer Tasche griff, die wie eine Botentasche fest an ihren Körper gegurtet war. Selbst wenn sie die freiwillig hätte hergeben wollen, hätte sie sie nicht losbekommen.

„Verdammt noch mal, Lady!“ Er zerrte an dem Riemen und versuchte ihr die teure Kamera zu entreißen, während der andere Typ an ihrer Handtasche riss, in der sie ihre Kreditkarten und ein paar Hundert Dollar Bargeld aufbewahrte.

Maggie stemmte sich mit den Absätzen in den Boden und wehrte sich mit aller Kraft. Sie versuchte sich zu drehen, um sich aus dem Griff der Männer zu befreien. Einer der beiden schubste sie. Maggie fiel und zerschrammte sich die Handflächen auf dem Pflaster, weil sie versuchte, im Sturz die Kamera zu schützen.

Der zweite Typ zog plötzlich ein Messer, zerschnitt den Riemen der Handtasche und rannte zum Wagen. „Komm schon, Chaz!“

Maggie rappelte sich wieder auf, hielt immer noch die Kamera umklammert, entschlossen durchzuhalten, bis Trace, Ben und Alex auftauchten.

„Die bekommt ihr nicht!“ Ihr Herz klopfte zum Zerspringen, während sie mit dem Blonden rangelte.

„Du Schlampe!“ Mit der tätowierten Hand schlug er ihr so hart ins Gesicht, dass sie nach hinten stolperte, aber sie ließ die Kamera nicht los. Eine rot-blaue Schlange wand sich um den Arm ihres Angreifers, und ein Totenkopf prangte auf seiner Schulter.

„Aufhören!“ Ihre Wange brannte, jetzt war sie nur noch umso entschlossener, ihn nicht gewinnen zu lassen. Dann plötzlich war sie frei. Sie stolperte rückwärts und versuchte die Balance zu halten und nicht wieder auf dem Boden zu landen.

In blinder Wut ergriff Trace den blonden Typen am Kragen, zog ihn zu sich herum und schlug so hart zu, dass der andere vom Boden gehoben wurde und mit einem lauten Krachen auf dem Pflaster landete. Aus dem Augenwinkel sah er, dass Alex sich den zweiten, einen hispanischen Muskelprotz mit schmalem Lippenbart und tief liegenden Augen, vornahm. Er schlug den Kopf des Typen gegen den Lieferwagen, bis Maggies Handtasche aus dessen Fingern glitt. Durch das Autofenster sah er, wie Ben sich den Mann hinterm Steuer schnappte, ihn aus dem Führerhaus zerrte und ihm einen heftigen Faustschlag verpasste.

Trace drehte sich einen Moment zu spät um. Sein Gegner war schon wieder auf den Füßen und holte mit seinem tätowierten Arm zu einem Schwinger aus, der Trace am Kinn traf. Seine Unterlippe platzte, das Blut tropfte auf seinen Hemdkragen. Er rammte dem Kerl dafür seine Faust in den Magen. Eine Rechte, dann eine Linke, gefolgt von einem dritten Schlag, und der Typ taumelte zurück.

Trace warf Maggie einen kurzen Blick zu, sah den roten Abdruck auf ihrer Wange und schlug noch einmal zu. Der Blonde sank auf das Pflaster. Diesmal kam er nicht hoch, bevor Trace ihn sich schnappte und ihn hochzerrte, um ein weiteres Mal zuzuschlagen.

„Trace!“ Maggies schriller Schrei durchdrang seine blutrünstige Rage und brachte ihn zur Vernunft. Er holte tief Luft, um sich zu beruhigen, seine Faust zitterte, während er sich mit Mühe zurückhielt. Maggie als Lockvogel einzusetzen war eine dumme Idee gewesen, das hätte er wissen müssen. Sobald er den Lieferwagen bemerkt hatte, war ihm klar geworden, was für einen Fehler er gemacht hatte.

Trace drehte sich um und sah, wie Alex das hispanische Gangmitglied mit dem Stirntuch über das Pflaster schleifte und den Kerl neben den Lieferwagen schleuderte. Ben schob den Fahrer mit auf dem Rücken verdrehtem Arm vor die Fahrerkabine.

Der Typ mit dem Schlangentattoo hatte sich nach Traces letztem Schlag nicht mehr gerührt und lag mit dem Gesicht nach unten auf dem Pflaster. Trace ging zu dem Bewusstlosen hinüber und überprüfte dessen Puls am Hals. Als er den starken, regelmäßigen Schlag fühlte, lief er zu Maggie.

Sie war blas und zitterte, die Handflächen von ihrem Sturz auf den Asphalt zerschrammt. Trace zog sie in die Arme.

„Alles in Ordnung, Liebling, es ist vorbei. Alles ist okay."

Maggie atmete tief durch und klammerte sich an ihn. Trace konnte nur daran denken, wie erleichtert er sich fühlte, dass sie nicht ernsthaft verletzt war. Sie hatte einen Schock, ein paar Schrammen und Blutergüsse. Noch einmal holte sie zittrig Luft, dann machte sie sich von ihm los.

Inzwischen begann sich eine Gruppe von Schaulustigen anzusammeln. Aus der Ferne waren Sirenen zu hören.

Maggie sah ihn an. „Ich … verstehe nicht, was das sollte. Ist einer von den Männern der Stalker?"

„Nein", sagte Trace düster. „Vielleicht solltest du dich besser ins Auto setzen und die Klimaanlage einschalten."

Maggie schüttelte den Kopf. „Nein, auf keinen Fall."

Der Blonde war immer noch bewusstlos. Trace drehte sich zum Fahrer des Wagens um, der schätzungsweise Ende zwanzig war, den Kopf rasiert hatte und einen Ziegenbart trug. „Wer hat euch angeheuert, um die Lady hier zu verfolgen?"

„Ich weiß nicht, wovon du redest, Mann."

Ben verpasste ihm einen Schlag auf den rasierten Hinterkopf und erntete sofort einen kampflustigen Blick.

Wenige Meter weiter schüttelte Alex den hispanischen Typ wie eine Ratte. Trace hatte bereits vor langer Zeit festgestellt, dass der Jetpilot um einiges härter war, als sein kultiviertes Äußeres vermuten ließ. „Du hast es gehört, Freundchen. Wer hat euch bezahlt, um die Lady zu verfolgen?"

Als der Mann die Lippen zusammenpresste, nahm ihn Alex in den Würgegriff und drängte ihn gegen den Lieferwagen. „Ich habe dich was gefragt."

„Keiner hat uns bezahlt, Mann", krächzte der Typ.

„Halt deinen Mund, Reggie", warnte ihn der Fahrer. Ben verpasste ihm einen weiteren Schlag und schleifte ihn um den Wagen herum zur anderen Seite, um seinen Kumpel Alex zu überlassen.

Alex hielt Reggie weiterhin im Würgegriff. Die Drohung war klar, und die Fassade des harten Kerls begann zu bröckeln.

„Ihr geht wegen Raubs in den Knast“, sagte Trace zu ihm. „Tu dir einen Gefallen und kooperiere.“

„Niemand hat uns bezahlt“, wiederholte er heiser. Alex ließ ihn los. „Wir sind nur hergekommen, um ein Bier zu trinken und ein bisschen Spaß zu haben.“ Reggie rieb sich den Hals. „Dann haben wir sie gesehen. Sie war im Fernsehen, also wussten wir, dass sie so eine reiche Fototussi ist. Wir dachten, ihre Kamera müsste mindestens einen Tausender wert sein, also wollten wir sie uns schnappen.“

„Ich bin nicht reich!“, rief Maggie erbost. „Ich habe lange gespart, um mir die Kamera zu kaufen! Im Gegensatz zu euch habe ich sie nicht einfach irgendjemandem geklaut! Und ich habe auch niemandem deshalb wehgetan!“

Reggies Gesicht wurde rot. „Ach ja? Wenn du sie einfach losgelassen hättest, wär dir auch nichts passiert.“

Trace presste die Lippen zusammen. „Da ihr alle ins Gefängnis kommt, würde ich mal sagen, euer Plan hat auch nicht besonders gut funktioniert.“

Ihre Unterhaltung wurde durch die lauten Sirenen unterbrochen, die noch zweimal aufheulten, bevor der Einsatzwagen vor dem Van stehen blieb und die Autotüren aufgerissen wurden. Zwei Hilfssheriffs kamen angerannt. Ein zweiter Einsatzwagen folgte hinter ihnen, und zwei weitere Deputys stürzten heraus.

„Die Sheriffs werden jetzt übernehmen“, sagte Trace zu Maggie. Er ging zum Lieferwagen, hob ihre Tasche auf und reichte sie ihr.

Mit zitternden Händen drückte sie die Tasche an sich. „Aber wir haben den Stalker nicht erwischt.“

Trace legte ihr einen Arm um die Schulter und zog sie an sich. „Vielleicht können wir irgendwas mit der SMS anfangen, die er dir geschickt hat.“ Nicht anzunehmen, aber möglich. Er sah zu den Männern und den Deputys hinüber. „Ich möchte gern, dass du mir etwas versprichst.“

„Was denn?"

„Wenn das nächste Mal ein Kerl versucht, deine Kamera oder deine Tasche zu stehlen, dann gibst du sie ihm, okay?" Er dachte an das Messer, mit dem Reggie den Gurt durchtrennt hatte, und daran, wie viel schlimmer es hätte enden können. „Es ist mir völlig egal, was du dafür bezahlt hast, nichts ist wertvoll genug, um dafür zu sterben."

Sie sah ihn an, betrachtete sein Gesicht mit ihren großen grünen Augen. Verdammt, sie war so schön.

„Ich wusste, dass ihr in der Nähe seid. Ich musste nur so lange durchhalten, bis ihr es zu mir geschafft hättet."

Trace sah sie ernst an. „Versprich es mir."

Maggie seufzte. „Okay, ich verspreche es. Wahrscheinlich hast du recht."

Er brachte sie zu ihrem Wagen, um dort auf einen der Beamten zu warten, der ihre Aussagen aufnehmen würde.

„Wenigstens hat er sich gemeldet", sagte sie in Gedanken an den Stalker. „Er hat Kontakt aufgenommen. Das könnte ein gutes Zeichen sein. Vielleicht sollten wir es noch mal versuchen."

Trace lächelte verkrampft. „Wir werden abwarten."

Aber nichts in der Welt könnte ihn noch einmal dazu bringen, Maggies Leben aufs Spiel zu setzen.

27. KAPITEL

„Was machst du da?“ Maggie kam ins Wohnzimmer, wo Trace gerade den großen Fernsehbildschirm einstellte.

„Ich bereite alles vor, um mir ein paar deiner Fotos anzusehen. Die du bei *Photodrive* archiviert hast.“

„Alle meine Aufnahmen sind da gespeichert.“

„Ich bin nur an denen interessiert, die du gerade in der Galerie ausgestellt hast. Der Brand ist nach der Vernissage gewesen und bevor du noch Zeit hattest, die verkauften Bilder neu abziehen zu lassen. Ich denke, dass jemandem auf der Ausstellung irgendwas auf deinen Fotos nicht gefallen hat.“

Trace hatte ihr bereits von seiner Theorie erzählt. Sie konnte sich das kaum vorstellen. Aber es gab die unmöglichsten Dinge, und inzwischen vertraute sie auf sein Urteil. „Könnte vielleicht sein.“

„Da niemand die Galerie abgefackelt hat, müssen wir davon ausgehen, dass es eins der verkauften Bilder ist. Irgendwas muss auf dem Foto zu sehen sein.“

Maggie dachte über die Theorie nach. „Wenn jemand was zu verbergen hat, würde er das Foto kaufen, damit es keiner mehr zu Gesicht bekommt. Er müsste das Foto zerstören, den Speicherchip und …“

„Und jemanden anheuern, der dein Studio in Brand setzt. Auf diese Weise würde das Foto nicht mehr auftauchen.“

„Das ergibt Sinn. Sollte ich tatsächlich irgendeine belastende Aufnahme gemacht haben …“

„Wir müssen wissen, welche Bilder verkauft wurden und wer der Käufer ist.“

„Die Information befindet sich auf deinem Laptop.“ Den hatte er ihr nach dem Brand in ihrem Atelier geliehen. „Ich hatte Faye gebeten, mir die Liste noch mal per E-Mail zu schicken. Die werde ich für uns ausdrucken.“ Sie lächelte. „Du wirst dich freuen zu hören, dass ich mit der Käuferliste fast fertig bin. Ich muss nur noch die letzten einfügen, die Faye mir geschickt hat. Aber dann ist die Aufstellung komplett."

„Das ist großartig. Je mehr Informationen wir haben, desto schneller finden wir heraus, was da zum Teufel noch mal vor sich geht." Er deutete mit dem Kopf zum Küchentisch, auf dem sein aufgeklappter Laptop stand. „Logge dich bitte ein und lade die neuesten Fotos runter. Wir werden uns die Aufnahmen auf dem Fernseher in hoher Auflösung ansehen. Da können wir Details am besten erkennen."

„Gute Idee." Maggie ging zum Küchentisch und setzte sich. Trace hatte bereits eine Speicherkarte für die Fotos in den Computer geschoben, sodass sie gleich loslegen konnte. Mit dem WLAN-Anschluss ging sie ins Internet, rief die *Photodrive*-Seite auf, gab ihren Usernamen und Passwort ein und öffnete ihr Benutzerkonto.

Die Fotos waren nach Serien aufgelistet, die letzte lief einfach unter dem Begriff „Meer". Es war auch der Titel für ihren Bildband – sollte sie ihn jemals fertigbekommen.

Sie lud die Fotos herunter, was ein bisschen dauerte. Während sie wartete, ließ sie die Käuferliste von der letzten Vernissage, die Faye ihr geschickt hatte, von dem Drucker in Traces Büro ausdrucken.

Sie recherchierten in zwei Richtungen. Einmal suchten sie den Stalker als möglichen Täter, dann verfolgten sie aber ebenfalls die Möglichkeit, dass der Brand im Atelier von einer anderen Person gelegt worden war.

Maggie sah schließlich auf dem Monitor, dass der Download beendet war. Trace nahm den Speicherchip aus dem Computer, und Maggie stand auf und ging über den Flur zu seinem Arbeitszimmer. Der Drucker spuckte gerade summend die Listen mit Namen aus, als sie hereinkam. Sie sammelte die Blätter ein und ging ins Wohnzimmer zurück.

„Lass mich mal sehen." Trace stellte sich dicht hinter sie, seine muskulöse Brust an ihren Rücken gepresst, während er die Namen über ihre Schulter hinweg las. Maggie überkam eine leichte Hitze. Sie lächelte.

„Sieht aus, als hätte die Hälfte der wichtigen Köpfe von Houston ein Foto von dir gekauft. Der Bürgermeister. Der Polizeichef. Mrs Daily – Vorsitzende des Universitätsausschusses."

„Ich habe vierzehn Bilder an dem Abend verkauft."

„Richard Meyers taucht hier auch auf – der Assistent von Senator Logan. Logans Tochter Cassidy ebenfalls. Ich kann mich erinnern, dass du Matthew Bergman erwähnt hast, der Typ im Ferrari. Er steht auch auf der Liste. Die anderen kenne ich nicht."

Maggie ging die Liste durch. „Mr und Mrs Silverman haben schon mal was von mir gekauft. Mrs Weyman steht hier, die Gründerin des Kinderheims. Die anderen sagen mir nichts, obwohl ich wahrscheinlich auf der Vernissage mit ihnen gesprochen habe." Sie reichte Trace die Seiten.

„Lass uns die Fotos den Namen der Käufer zuordnen und sehen, was dabei rauskommt."

Aber Maggie kam der Gedanke weit hergeholt vor. Wie sollte ihr auf ihren Fotos etwas so Brisantes entgangen sein, das jemanden dazu brachte, ihr Haus anzuzünden?

Seufzend setzte sie sich mit Trace vor den Fernseher.

Trace schob die Speicherkarte in den dafür vorhergesehenen Schlitz an der Seite des Fernsehers. Kurz darauf erschien das erste Foto auf dem Bildschirm. Er erinnerte sich an das Bild von der Ausstellung – ein verlassener Strand mit Palmen, die sich wie Balletttänzer im Gleichklang mit dem Wind bogen. Er ließ sich die Daten der Datei angeben, um Uhrzeit und Datum der Aufnahme zu erfahren. Der Titel war ihm sofort wieder präsent: „Taste the Wind." Auf dem Bild waren keine Personen zu sehen, nichts Außergewöhnliches. Einen Abzug hatte Mrs Daily erworben.

Das nächste Foto erschien. „‚Sands of Time'", sagte Maggie. Es war nicht auf der Verkaufsliste. Die folgenden beiden Aufnahmen waren wunderschön, aber nachdem sie die Liste überprüft hatten, stand keine der beiden auf der Liste der vierzehn verkauften.

Trace lächelte, als das vierte Foto erschien. Ein winziges Segelboot, das im Eiltempo versuchte, sich aus dem schnell aufkommenden Gewittersturm zu retten.

„‚Ferocity'", erinnerte Maggie sich an den Titel.

Trace wusste noch, wie sie ihm davon berichtete, so lange gewartet zu haben, bis das kleine Boot den sicheren Hafen erreicht hatte. Dann war sie erst gegangen. Und wie gerührt er gewesen war, dass sie sich solche Sorgen um die Menschen an Bord gemacht hatte.

„Sieht aus, als wäre es das Foto, dass Mrs Weyman gekauft hat." Die Frau war eine gewichtige Persönlichkeit in der High Society, jemand, der auf seinen guten Ruf bedacht sein würde.

„Ich kann nichts sehen", sagte Maggie, die das Foto gründlich studierte.

„Du sagtest, das Boot wäre im Hafen angekommen. Also ist den Leuten nichts passiert."

„Das stimmt."

Er rief das nächste Digitalfoto auf, Surfer, die durch eine Welle ritten. Die Sonne beleuchtete das Wasser von hinten und ließ es wie Glas aussehen.

„‚Color of Water'", sagte Maggie.

Trace warf einen Blick auf die Liste. „Cassidy Logan hat es gekauft."

Maggie lächelte. „Das habe ich aufgenommen, als ich in Kalifornien war. Unten am Laguna Beach."

Er hob die Augenbrauen. „Den guten alten Roger besuchen?"

Maggie biss nicht an. „Ich bin bei ihm vorbeigefahren. Wir sind schließlich Freunde, wie gesagt."

Und weiter nichts, erinnerte er sich zufrieden. Da Roger homosexuell war, gehörte er zu den Männern, deretwegen er sich keine Sorgen zu machen brauchte.

Das nächste Foto erschien, eine Panoramaaufnahme des Ozeans, der sich hinter einer sandigen Bucht erstreckte. Eine kunstvoll errichtete Sandburg wurde langsam von den Wellen weggewaschen. Die Kinder, die sie erbaut hatten, beobachteten den Vorgang mit ernstem Gesichtsausdruck, der gleichzeitig Stolz und Wehmut verriet.

„Ich habe es ‚Life and Death' genannt", sagte Maggie, und Trace fand den Titel sehr passend. Das Errichten einer Sandburg als Symbol von Spaß und Lebensfreude und dabei die stetige Veränderung und das Verschwinden.

Sie ging die Liste durch. „Ein John Andrews hat es gekauft."

Trace betrachtete das Foto. „Nur zwei Kinder. Ich wüsste nicht, was für Mr Andrews problematisch sein könnte."

Maggie sah auf das Bild. „Ich auch nicht."

„Trotzdem kann es nichts schaden, wenn Sol mal ein bisschen recherchiert und versucht, was über ihn rauszufinden."

„Sol ist der Computerfreak in eurem Büro, oder?"

„Das ist er. Ich werde ihn bitten, sich die Käufer vorzunehmen, die wir nicht kennen."

Sie gingen die erste Hälfte der Fotos durch. Da sie nichts übersehen wollten, verbrachten sie mehr Zeit damit als gedacht. Sie fanden jedoch nichts Verdächtiges.

„Ich kann mich nicht mehr richtig konzentrieren", sagte Trace seufzend. „Wir könnten beide eine Pause gebrauchen. Außerdem muss ich noch mal ins Büro. Wollen wir uns die andere Hälfte ansehen, wenn ich wieder nach Hause komme?"

Maggie wandte sich von dem Bild auf dem Bildschirm ab. „Okay." Er sah ihr die Enttäuschung an. Sie hatte gehofft, auf den Fotos etwas zu finden, das ihnen bei ihrer Suche nach dem Stalker weitergeholfen hätte.

Trace umfasste ihr Gesicht mit beiden Händen und gab ihr einen sanften, tröstenden Kuss. „Vielleicht wird sich diese ganze Idee als nutzloses Unterfangen erweisen. Aber bevor wir nicht durch sind, wissen wir's nicht. Außerdem haben wir immer noch deine Käuferliste zum Durcharbeiten. Sobald du sie fertig hast, fangen wir damit an."

Maggie nickte nur.

„Ich weiß, es sieht nicht danach aus, aber wir machen Fortschritte, Darling. Irgendwas wird früher oder später auftauchen.

Das ist immer so."

Sie seufzte. „Ich hoffe, du hast recht. Ich kann einfach nicht …"

„Was kannst du nicht?"

Sie schüttelte den Kopf. „Ach, nichts."

Trace küsste sie erneut. „Mach die Liste für mich fertig."

Maggies Lächeln wirkte gequält. „Das mache ich, versprochen."

Er wandte sich um und pfiff leise. Sofort kam Rowdy aus der Küche geschossen. Mit einem kurzen Bellen signalisierte er, dass er bereit zum Aufbruch sei. Trace rubbelte ihm durchs Fell. Rowdy liebte es, Auto zu fahren. Es war egal, wohin es ging. Solange es nicht zu heiß war, nahm Trace ihn normalerweise immer mit.

„Auf geht's, Kumpel." Er winkte Maggie auf dem Weg zur Hintertür noch einmal zu. Ein bisschen beunruhigte ihn ihr Blick.

Sie würde es schon durchstehen, dachte er. Er würde sie heute Abend zum Dinner ausführen, damit sie eine Weile aus dem Haus kam.

Seine Gedanken wanderten zum bevorstehenden Abend und wie sie sich lieben würden, wenn sie danach zurück nach Hause kamen. Und er musste lächeln.

Wie versprochen vervollständigte Maggie ihre Käuferliste. Über die Jahre waren Dutzende von Personen zusammengekommen, die ein oder zwei Fotos von ihr erworben hatten. Es gab zwanzig Kunden, die drei Bilder gekauft hatten, zehn mit vieren und zwei mit fünf Bildern. Dann hatte sie über zwei Kunsthändler ebenfalls Verkäufe gemacht. Sie hatte sich an die beiden gewandt, aber keiner von ihnen hatte einen Kunden, der mehr als zwei Fotos erworben hatte.

Ihre Arbeit war beendet.

Sie blickte sich in dem warmen, gemütlichen Haus von Trace um und versuchte den schmerzhaften Stich zu ignorieren, der sich beim Gedanken daran meldete, auszuziehen. Es war höchste Zeit zu gehen. Was auch immer im Moment geschah, sie konnte nicht länger in diesem Schwebezustand leben. Trace glaubte nicht, dass der Stalker das Feuer gelegt hatte. Sie hatte eine Textnachricht von ihm erhalten, in der er ebenfalls behauptete, es nicht gewesen zu sein.

Wie merkwürdig das auch war, aber sie glaubte ihm.

Was nicht hieß, dass er keine Gefahr bedeutete.

Es änderte nichts an ihrem Vorsatz.

Maggie nahm ihre Tasche vom Tisch und ging zur Hintertür. Sie schaltete die Alarmanlage ein, so wie Trace es ihr gezeigt hatte, und ging in die Garage. Ihr Escape parkte dort, wo Trace auch immer den Jeep abstellte. Sie fuhr rückwärts in die kleine Gasse hinter dem Haus und machte sich auf den Weg zu dem Maklerbüro, mit dem sie gestern früh nach dem Lesen der Anzeige in der Zeitung telefoniert hatte.

Gallagher Realty vermietete Apartments ganz in der Nähe ihres Stadthauses, das gerade saniert wurde. Trace würde toben vor Wut, aber es ging nicht anders.

Maggie sah in den Rückspiegel, konnte aber niemanden entdecken. Seit die SMS während ihres Trips an die Küste gekommen war, hatte sie nichts mehr vom Stalker gehört. Selbst wenn er sie weiter belästigte, sie hatte keine andere Wahl, als weiterzumachen. Es wurde Zeit, wieder ins reale Leben einzutreten. Und das bedeutete, eine eigene Wohnung zu finden.

Sie dachte an die Tage und Nächte, die sie mit Trace verbracht hatte, und ein dumpfer Schmerz machte sich in ihrem Inneren breit. Sie beide waren sich im Klaren darüber, dass es einmal dazu kommen müsste. Das sagte sie sich immer wieder. Es war ihnen klar gewesen, dass dieses Intermezzo des gemeinsamen Haushalts irgendwann vorbei wäre. Sie hatte gehofft, dass sie inzwischen den Stalker gefunden hätten, aber das war nun mal nicht passiert.

Egal. Sie hatte ihr Leben so lange in der Warteschleife verbracht, wie sie es aushielt. Nun war es Zeit, die notwendigen Schritte einzuleiten und sich weiterzubewegen.

Maggie schluckte, als ihr plötzlich die Kehle eng wurde. Mit Trace zusammenzuleben war überraschenderweise wundervoll gewesen. Dass der Sex mit ihm umwerfend sein würde, hatte sie sich denken können. Doch sie hatte nicht geahnt, wie harmonisch das tägliche Zusammenleben war. Oder wie glücklich es sie machte, einfach nur mit Trace zusammen zu sein.

Das Problem war, dass Trace nicht auf eine feste Beziehung aus war. Er hatte eine missglückte Ehe hinter sich. Ganz sicher war er misstrauisch.

Genauso wie sie.

Sie hatte kein Talent für Beziehungen. Früher oder später ging alles den Bach hinunter. Je länger sie blieb, desto mehr würde es nachher wehtun.

Sie entdeckte die Hinweistafel des Maklerbüros, bog in die Auffahrt zum Parkplatz ein und schaltete den Motor aus. Fünfzehn Minuten später zeigte ihr eine Maklerin namens Mary Darwin ein Apartment im dritten Stock eines Wohnhauses. Aus dem Fenster überblickte sie eine großzügig angelegte Grünfläche mit vereinzelten hohen Laubbäumen. Für jede Einheit stand eine Garage mit einem Stellplatz zur Verfügung und ein gemeinsam genutzter Pool. Der ganze Gebäudekomplex wurde von einem Zaun umgrenzt, was ihr zumindest das Gefühl von Sicherheit vermittelte.

Eine Stunde später verließ sie das Maklerbüro mit einem monatlich kündbaren Mietvertrag in der Hand. Sie hatte eine Wohnung mit drei Schlafzimmern und zwei Bädern gemietet, sodass dort genug Platz für Ashley und Robbie wäre, wenn keine Gefahr mehr bestand.

Maggie hätte nicht gedacht, dass ihr die beiden so fehlen würden. Es war ein schönes Gefühl, Teil einer Familie zu sein. Es wäre ihr nie in den Sinn gekommen, wie viel ihr so etwas bedeutete.

Sie lehnte sich seufzend im Fahrersitz zurück und startete den Motor. Es war ein gutes Gefühl, aus dem Haus zu kommen und mal wieder allein zu sein. Statt zu Traces Haus zu fahren, machte sie sich auf den Weg zur Galleria, um einkaufen zu gehen.

Sie konnte sich gut vorstellen, wie wütend Trace sein würde, wenn er herausfand, was sie getan hatte.

Maggie musste grinsen. Sie benötigte dringend etwas Aufregendes zum Anziehen, wenn sie es ihm beichtete.

Ashley saß über den Esstisch gebeugt. Das aus Rosenholz gefertigte Möbel war elegant und wunderschön. So wie alles in diesem Apartment sehr geschmackvoll und exquisit war. Französische Antiquitäten waren mit modernen Möbeln kombiniert. Überall gab es Marmor und Glas und kostbare Malereien an den Wänden.

Ihr gefiel es hier. Was der Grund war, warum sie unbedingt ausziehen musste.

Sie lebte auf Abruf, in einem geborgten Apartment, genoss ein Leben auf Zeit. Sie musste ihr eigenes Leben führen, und das würde nie geschehen, wenn sie von jemand anders abhängig war.

Als Betty Sparks an ihrem letzten Abend zum Ende der Schicht zu ihr gekommen war, hatte sie deshalb die Möglichkeit beim Schopf ergriffen und das Angebot der älteren Frau angenommen.

„Wir haben von dem Brand gehört", sagte Betty. „Ich weiß, im Moment geht es Ihnen gut, aber Sie werden früher oder später eine eigene Wohnung brauchen. Bill und ich … wir haben mal darüber gesprochen." Ihr Mann Bill kochte manchmal im Café. Aber er hatte ein Herzleiden, und Betty machte sich Sorgen, dass er zu schwer arbeitete.

„Es gibt ein Apartment im ersten Stock", fuhr die grauhaarige Frau fort. „Unsere Tochter hat da gewohnt, als sie zum College ging. Seit sie ihren Abschluss gemacht hat und nach Dallas gezogen ist, steht es leer. Sie haben hier wirklich gute Arbeit geleistet, meine Liebe. Bill und ich … wir haben unser ganzes Leben lang hart gearbeitet. Irgendwie dachten wir uns, dass Sie vielleicht bleiben wollen, wenn Eddie wieder zurückkommt. Sie könnten weiterhin abends kochen, das erlaubt uns, ein bisschen kürzerzutreten. Und tagsüber hätten Sie dann Zeit, zu dieser Kochschule zu gehen, die Sie im Auge haben. Sie würden mit dem Kleinen dann gleich eine Etage darüber wohnen, sozusagen als Teil der Abmachung."

Für einen Augenblick war Ashley sprachlos. Dann traten ihr die Tränen in die Augen. „Oh Betty, das wäre perfekt."

Betty tätschelte ihr die Schulter. „Jetzt weinen Sie mal nicht. Sie haben ja die Wohnung noch gar nicht gesehen."

Aber es war wirklich nicht schlecht da oben, und Betty meinte, sie würde es renovieren lassen und den Teppich ersetzen, bevor Ashley mit dem Baby einzog.

Also würde sie das sagenhafte Apartment verlassen, das Jason für sie vorübergehend zum Wohnen organisiert hatte, und auf eigenen Füßen stehen.

Und der erste Schritt war, die Formulare zu bearbeiten, die hier auf dem Tisch lagen – eine Bewerbung zu einem Studium am Kulinarischen Seminar des *Houston Art Institute*. Außerdem der Antrag auf ein Stipendium, ein Förderprogramm, das Maggie im Internet gefunden hatte.

Ashley füllte die letzten Blätter aus und lächelte. Als es klingelte, drehte sie sich zur Tür um. Ihr Herz machte einen Satz. Jason hatte vorhin angerufen. Sie hatte heute frei, und er brachte chinesisches Essen mit. In letzter Zeit hatte sie so viel gekocht, dass sie sich freute, diesmal etwas vorgesetzt zu bekommen. Wieder klingelte es, und sie ging zur Tür. Er kam ziemlich früh, so wie er es oft tat. Die Stunden waren verflogen, während sie an den Anträgen gearbeitet hatte. Ihr war nicht mal die Zeit geblieben, sich umzuziehen. Sie trug immer noch ihre Jeans, flache Ledersandalen und ein T-Shirt mit einem vorn aufgedruckten Hasen, das sie vorhin übergezogen hatte. Das Witzige war, Jason schien so etwas nicht zu stören.

Sie öffnete aufgeregt die Tür und brannte darauf, ihm von all den Neuigkeiten zu berichten. Da stand er und sah so gut aus mit seinem glänzenden blonden Haar, dem gebräunten Teint und einem warmen Lächeln. Der sanfte Blick seiner wunderbaren blauen Augen schien nur für sie da zu sein.

„Darf ich reinkommen?"

Sie hatte gar nicht bemerkt, dass sie ihn anstarrte. Ihr schoss die Hitze in die Wangen. „Entschuldige." Ashley trat einen Schritt beiseite, und er ging mit dem Arm voller brauner Papiertüten beladen an ihr vorbei. Ashley rannte schnell vor in die Küche, die für jeden Koch ein Traum war. Sie wartete, bis er alles auf der Granitplatte des langen Küchentresens abgestellt hatte.

Jason lehnte sich zu ihr vor und drückte ihr einen zarten Kuss auf die Lippen. Sofort spürte sie ein Flattern im Bauch. „Hast du Hunger?", erkundigte er sich.

„Und wie! Das ist mir gar nicht klar gewesen, bis ich diesen unwiderstehlichen Duft in der Nase hatte."

Er öffnete eine der Tüten und schnupperte genießerisch. „Ananas-Sesam-Garnelen und Hummerklöße." Er warf einen Blick in die andere Tüte. „Ente im Teerrauch, gedünsteter Steinkabeljau mit Ingwer und Schalotten." Er öffnete die letzte Tüte. „Pak Choi mit frischen Erbsenblättern in Knoblauchsoße – und natürlich Glückskekse."

Ashley lachte. „Von den Resten kann ich ja eine Woche leben."

Jason lächelte. „Mike Choo aus dem *China Palace* kocht so was hier extra für mich. Er weiß, wie sehr ich chinesisches Essen liebe."

Ihr Lächeln verblasste ein wenig. Jason war an das gute Leben gewöhnt. Restaurantbesitzer, die auf seinen Wunsch etwas kochten, waren für ihn nichts Außergewöhnliches. Sie fragte sich, ob er sie immer noch besuchen würde, wenn sie in dem winzigen Apartment über dem *Texas Café* wohnte.

Sie holte Teller und Besteck heraus. „Ich habe ein paar Neuigkeiten", sagte sie, während sie die Kartons aus den Tüten nahm und auf die Arbeitsfläche stellte. „Ich habe gerade meine Bewerbung für das Kulinarische Seminar ausgefüllt."

Jason sah auf. „Das ist großartig, Ash." Er wandte den Blick ab, dann sah er sie wieder an. „Mir ist klar, du hast nicht viel Geld. Ich würde dir gerne aushelfen. Du weißt, dass ich es mir leisten kann. Sag mir einfach, was du brauchst, dann kümmere ich mich darum."

Sie fühlte, wie der Ärger in ihr hochstieg. Genau davor hatte sie Angst gehabt. Sie schüttelte den Kopf. „Jason, ich möchte dein Geld nicht. Meine Schwester hat mir auch schon was angeboten. Aber das will ich nicht. Ich bewerbe mich um ein Stipendium. Und ich bin mir ziemlich sicher, dass ich es bekomme." Sie sah ihn an und brachte ein Lächeln zustande. „Außerdem mache ich in meinem Job weiter."

Er runzelte die Stirn. „Ich dachte, du hast nur als Aushilfe gearbeitet."

„So war es auch. Aber Mrs Sparks will, dass ich bleibe. Sie meint, sie wird in der Zeit arbeiten, in der ich die Schule besuche." Ihr Lächeln wurde wieder etwas breiter. „Und weißt du was? Sie überlässt mir und Robbie die Wohnung über dem Café. Ist das nicht cool?"

Jasons Blick wurde skeptischer. „Gefällt dir das Apartment hier nicht?"

„Doch, natürlich. Es ist die schönste Wohnung, die ich jemals gesehen habe. Aber es ist nicht meine. Irgendwann kommt dein Freund wieder zurück. Und ehrlich gesagt möchte ich mein eigenes Reich haben."

„Billy treibt sich noch eine ganze Weile in Europa herum. Er wird erst in ein paar Wochen wieder da sein. Du solltest vielleicht besser hierbleiben. Ich wohne ja nicht weit entfernt, und falls du irgendwas brauchst und …"

„Bitte, Jason. Versuch mich doch zu verstehen."

Er schluckte und atmete tief durch. „Ich weiß, wie wichtig dir deine Unabhängigkeit ist. Das ist eine Seite an dir, die ich so bewundere, Ash. Aber es erscheint mir einfach so verrückt, wenn ich so viel habe und du …"

„Bitte sag es nicht! Ich weiß, du möchtest mir helfen, aber ich kann dein Geld einfach nicht annehmen!"

Einen Moment folgte Schweigen. Er seufzte. „Okay. Wir machen es so, wie du willst."

Ashley sah ihm in die Augen. „Ich will nur eins wissen. Wenn ich in so eine kleine Wohnung ziehe, wirst du mich dann immer noch besuchen? Ich weiß, du bist andere Dinge gewohnt, aber …"

Er umfasste ihre Schultern und schüttelte sie leicht. „Hör auf! Hör sofort auf!" Er lehnte sich vor und küsste sie kurz und heftig. „Ich bin verrückt nach dir, Ash. Es wäre mir egal, ob du in einer Hundehütte wohnen würdest. Dann würde ich dich trotzdem besuchen." Er zog sie in seine Arme. „Ich will doch nur, dass du glücklich bist, mein Liebling. Das ist alles."

Ashley blinzelte die aufsteigenden Tränen weg und warf die Arme um ihn. „Jason …" Sie liebte es, von ihm umarmt zu werden, seinen warmen Körper überall zu spüren. Wenn er sie so hielt, hatte sie immer das Gefühl, dass ihr nichts auf dieser Welt etwas anhaben könnte.

„Es ist alles in Ordnung", sagte er sanft. „Alles wird gut."

Ashley nickte, den Kopf an seine Schulter gelegt. Sie war dabei, sich in ihn zu verlieben. Die ganze Zeit hatte sie versucht, ihn auf Abstand zu halten, aber er hatte ihre Abwehr einfach durchbrochen. Es konnte nicht funktionieren. Jason war ein reicher Playboy und sie eine alleinerziehende arbeitende Mutter, die versuchte, für sich und ihren Sohn den Lebensunterhalt zu verdienen. Doch wenn er sie so festhielt, ging ihr das Herz vor Liebe und Hoffnung auf.

Er löste sich ein wenig von ihr. „Ist jetzt alles wieder gut?"

Ashley sah ihn an und nickte.

Jason atmete erleichtert aus. Dann lächelte er und wechselte das Thema. „Also was wollen wir heute Abend machen? Ich bin bei *Blockbuster* vorbeigefahren und habe uns ein paar Filme geholt."

Ashley lächelte. „Ich habe auch einen hier. *The Prince and the Maiden*. Ich habe meiner Schwester versprochen, ihr und Trace bei der Suche nach dem Stalker zu helfen. Ich dachte, wenn wir uns den Film ansehen, könnten wir vielleicht einen Hinweis finden."

Jason grinste. „Klingt gut.“ Er warf einen Blick zur Schlafzimmertür. „Schläft der Kleine?“

„Er wird wahrscheinlich bald wieder aufwachen.“

„Dann essen wir besser jetzt, damit du ihm nachher seine Flasche geben kannst.“

Er machte sich immer Gedanken um Robbie. Jason lächelte, wenn er ihn auf dem Arm hatte, und Robbie erwiderte sogar sein Lächeln. Sie hatte Angst, dass ihr Sohn bald genauso nach Jason verrückt war wie sie.

Sie wollte lieber nicht darüber nachdenken. Jason war ein Mann. Und obwohl er den Eindruck erweckte, als wäre sie ihm wichtig, wollte sie kein Dummkopf sein und ihm vertrauen.

Es deprimierte sie, wenn sie daran dachte, wie traurig sie sein würde, wenn er sie verließ.

28. KAPITEL

Trace trat sich den Staub von den Stiefeln, schaltete die Alarmanlage aus und öffnete die Hintertür. Rowdy trottete neben ihm in die Wohnung.

„Maggie?" Er hängte seinen Hut an den Haken neben der Tür.

„Ich bin hier."

Er folgte ihrer Stimme, begieriger darauf, sie zu sehen, als ihm lieb war. Verdammt, es gefiel ihm, dass sie bei ihm wohnte. Zu sehr, wie er wusste. Doch er tröstete sich damit, dass sie nichts dagegen tun konnten, solange sie den Stalker nicht gefunden hatten.

„Hallo Lover." Sie kam ihm entgegen und küsste ihn sanft auf den Mund. „Ich habe dich vermisst."

Sofort regte sich wieder etwas in seiner Jeans. „Ich dich auch." Er hatte sie vorher angerufen, um ihr zu sagen, dass er sie zum Dinner einladen wollte. Sie schien sich darüber gefreut zu haben. Jetzt war sie bereits fertig angekleidet und trug ein kurzes, aufregendes burgunderfarbenes Etwas. Noch so ein Kuss wie eben, dann würde er die Uhrzeit ihrer Tischreservierung verschieben müssen.

„Wie war dein Tag?", erkundigte sie sich und strich ihm mit den Fingern durchs Haar. Er widerstand dem Drang, dasselbe bei ihr zu machen und seine Hände in diesen wunderschönen Locken zu vergraben.

„Viel zu tun. Ich habe mit Mark Sayers gesprochen. Ihm war bereits bekannt, wie unser kleiner Abstecher zur Küste ausgegangen ist. Er hatte eine Neuigkeit für mich. Es ist ihnen gelungen, den Standort der Mobilfunkmasten zurückzuverfolgen, über die die Anrufe des Stalkers kamen. Zwei von einer Station, einer von einer anderen. Vielleicht können wir damit was anfangen."

„Das ist eine gute Nachricht."

„Sayers hat auch über Parker Barrington gesprochen. Er sagt, die Anklagevertretung hat inzwischen immer mehr Beweise in der Hand. Sie glauben, dass sie ihn wegen Mordes einsperren können."

„Das ist großartig. Von dem, was du über ihn erzählt hast, könnte es wohl keinen netteren Zeitgenossen treffen."

Trace lachte. „Jason war verdammt froh, das zu hören. Ich denke, der Junge wird wohl jetzt in der Lage sein, mit seinem Leben weiterzumachen." Er lehnte sich gegen den Esstisch und zog sie zwischen seine Beine. „Wie sieht es bei dir aus? Hast du was geschafft?"

„Ich habe die Käuferliste fertig." Sie deutete mit dem Kopf in Richtung Küche. „Wir können sie durchgehen, wenn du bereit bist."

„Gutes Mädchen. Aber nicht heute Abend. Heute Abend habe ich ein Date mit einer wunderschönen Lady."

Sie lächelte. „Nachdem ich meine Arbeit gemacht habe, bin ich zum Makler und habe mich um eine Wohnung gekümmert."

Trace runzelte die Stirn. „Wie meinst du das?"

„Ich habe ein Apartment drüben in der Baylor gemietet. Die Gegend ist sehr schön und außerdem in der Nähe der Broadmoor. Auf diese Weise kann ich immer ein Auge auf die Reparaturarbeiten in meinem Stadthaus werfen."

Er atmete tief durch und versuchte seinen aufsteigenden Ärger zu unterdrücken. „Das kannst du nicht tun, Maggie. Du weißt, dass es gefährlich ist."

„Trace, ich habe es schon getan. Übermorgen ziehe ich um."

Er musste sich bemühen, um ruhig zu bleiben. „Was ist mit dem Stalker? Er wird nicht einfach aufhören, nur weil du das möchtest."

„Nein, das wird er nicht. Aber es gibt andere Leute, die das gleiche Problem haben, und die ziehen deshalb nicht gleich zu ihrem Bodyguard."

Seine Wut stieg noch weiter an. „Bodyguard? Ist das alles, was ich für dich bin?"

„Natürlich nicht. Aber ich muss mein Leben leben, genauso

wie du. Und jetzt wird es Zeit, dass ich das wieder in Angriff nehme."

Trace konnte sich kaum noch beherrschen. „Der Mann hat dein Haus in Brand gesteckt. Er hätte fast deine Schwester und ihren Sohn umgebracht. Was ist, wenn er noch einmal so was macht?"

„Du glaubst doch nicht, dass er der Brandstifter ist. Du bist der Meinung, dass es jemand anders war. Der Stalker behauptet auch, dass er es nicht war. Er meint, er würde mir nicht wehtun. So verrückt das auch klingt, ich glaube ihm."

„Du glaubst ihm."

„Genau."

„Diese Typen sind unberechenbar, Maggie. Vielleicht meint er das, was er sagt, sogar. Aber morgen kann irgendwas passieren, und er ändert seine Ansicht. Du kannst dieses Risiko nicht eingehen."

„Es ist dir gegenüber nicht fair, Trace, siehst du das nicht ein? Keiner von uns will eine feste Beziehung. Wenn das hier nicht funktioniert, wird einer von uns verletzt werden."

Sein Ärger verpuffte ein wenig, dafür machte sich ein anderes, unangenehmes Gefühl in ihm breit. „Geht es darum? Du und ich? Für dich ist es vorbei und es wird Zeit, weiterzuziehen?"

„Nein! Ich meine, ich … Ich weiß nicht, ich denke einfach, es ist besser für uns, wenn wir alles ein bisschen ruhiger angehen."

Aber es wäre für ihn ohne Maggie nicht besser. Trace hatte gerade erst begriffen, wie tief seine Gefühle für sie inzwischen waren. Er liebte es, dass sie beim Nachhausekommen da war. Er war gern mit ihr zusammen, er mochte alles an ihr. Na gut, fast alles. Was ihm gar nicht gefiel, war, dass sie sich dermaßen in Gefahr bringen wollte.

„Das ist keine gute Idee, Maggie. Aber wenn du so dringend hier rauswillst, kann ich das arrangieren. Ich werde Sicherheitspersonal für dich einsetzen. Wir haben Leute, die rund um die Uhr ihre Runden machen. Die werde ich anweisen, dass sie dein Haus in ihre Route einbeziehen. Wir können vorübergehend ein

Alarmsystem in der Wohnung einbauen, bis du wieder in dein Haus zurückziehst."

Mehr sagte er nicht. Sein Hals war wie zugeschnürt, er hatte das Gefühl, kaum noch atmen zu können. Er hätte wissen müssen, dass sie ihn tief im Inneren berührte. Er hätte sich schon rechtzeitig zurückziehen müssen.

Es war sein eigener Fehler, er konnte niemand anders dafür verantwortlich machen als sich selbst.

Maggie kam auf ihn zu und legte ihm die Arme um den Nacken. „Du solltest sauer werden."

„Ich bin sauer."

„Wir sollten uns streiten und dann wilden, ungezügelten Sex haben."

Er befreite sich aus ihrer Umarmung. Ihm war elend zumute, und er ärgerte sich über sich selbst. „Tut mir leid, ich bin nicht mehr in der Stimmung."

Tränen stiegen ihr in die wunderschönen grünen Augen. „Es musste früher oder später passieren, Trace. Das wussten wir beide."

„Wussten wir das?" Er wandte sich um. „Ich denke, du bestellst dir besser eine Pizza. Ich habe keinen Hunger mehr."

„Trace …"

Er nahm ihre Käuferliste vom Tisch und ging aus dem Zimmer. Carly hatte ihn ständig zum Narren gehalten. Aber Maggie O'Connell mit ihrem sanften Lächeln und den großen grünen Augen hatte es geschafft, die Schutzmauer zu durchbrechen, die er um sein Herz errichtet hatte.

Am nächsten Tag besuchte Maggie Ashley in ihrem schicken Übergangsapartment. Sie war mit Trace bereits mehrmals dort gewesen, um sicherzustellen, dass Ashley und Robbie gut klarkamen. Unten im Foyer erkannte sie der Wachdienst und rief oben bei Ashley an, um ihren Besuch anzukündigen. Alles war sehr gediegen und gut gesichert.

Sie stieg in der neunten Etage aus dem Fahrstuhl und ging

müde den Flur entlang zu Ashleys Apartment. Die Absätze ihrer Sandaletten klickten auf dem Marmorfußboden. Sie war völlig ausgelaugt. Die letzte Nacht hatte sie sich im Bett hin und her gewälzt und darauf gewartet, die Schritte von Traces Stiefeln zu hören. Sie hatte sich so danach gesehnt, dass er zu ihr kommen würde, und sich gleichzeitig vor ihrer Reaktion darauf gefürchtet.

Maggie atmete tief durch und klopfte an die Tür. Kurz darauf öffnete ihr Ashley.

„Maggie! Ich bin so froh, dich zu sehen! Eigentlich wollte ich schon heute Morgen bei dir anrufen, aber ich habe noch gewartet, weil ich dachte, ihr wärt vielleicht noch nicht wach."

Bei den Worten wurde ihr ganz übel. Irgendwo in der Wohnung hörte sie den Kleinen weinen. Ashley zog sie herein und schloss die Tür hinter ihr.

„Warte mal kurz, ich bin gleich wieder da." Ihre Schwester lief über den Marmorboden des breiten Flurs in einen Raum, den sie als Kinderzimmer benutzte.

Ein paar Minuten später erschien sie mit dem kleinen Robbie im Arm, der sich in eine weiche blaue Decke gewickelt an sie schmiegte.

„Jason hat mir ein Babyfon besorgt, damit ich ihn von überall her höre. Diese Wohnung ist so groß, dass man sich fast verlaufen kann." Sie wiegte den Kleinen, bis er aufhörte zu weinen. Dann rieb sie ihre Nase an seiner, und schließlich strahlte er. „Deine Tante Maggie ist hier. Sie will dich mal auf den Arm nehmen, Süßer."

Maggie betrachtete das Baby und verspürte tatsächlich den Wunsch danach. Sie brauchte das warme, tröstliche Gefühl des winzigen Körpers in ihren Armen. Etwas, das sie von ihrer Verzweiflung ablenkte, die sie befallen hatte, nachdem Trace aus dem Haus gegangen war.

Er war in der letzten Nacht nicht zurückgekommen. Lediglich einen Zettel hatte er auf dem Küchentisch hinterlassen.

Schalte dein Handy ein und sorge dafür, dass der Akku immer geladen ist. Wenn irgendwas passiert, IRGENDWAS, ruf mich an. Ich helfe dir beim Umzug, wenn du so weit bist.

„Ich habe ein paar echt gute Neuigkeiten", sagte Ashley strahlend und führte Maggie über den weichen Teppich im Wohnzimmer.

Maggie kuschelte sich an das Baby in ihrem Arm. „Gute Neuigkeiten kann ich gebrauchen."

„Ich behalte meinen Job im Café, während ich zur Kochschule gehe." Ashley grinste. „Mrs Sparks hat alles arrangiert. Und sie hat eine Bleibe für mich und Robbie, eine Wohnung über dem Café. Wir werden dir also nicht mehr zur Last fallen."

Maggie streckte eine Hand aus und strich ihrer Schwester eine glänzende blonde Locke aus dem Gesicht. „Ihr seid mir nicht zur Last gefallen. Ich habe es richtig genossen, mit dir und Robbie zusammenzuwohnen. Aber ich freue mich für dich, Ashley. Wirklich."

Ihre Schwester sah sich um. „Ich werde dieses Apartment schon vermissen, aber ich bin auch ziemlich aufgeregt, weißt du?"

„Das kann ich mir vorstellen. Wolltest du mich deshalb anrufen?"

„Nein. Gestern Abend ist mir und Jason was aufgefallen. Komm mal mit, ich zeig's dir." Ashley führte sie aus dem Wohnzimmer in einen fensterlosen Raum. Es war ein riesiges Fernsehzimmer mit einem großen Bildschirm und Dolby-Soundsystem, in dem sechs breite Ledersessel standen.

„Jason hat mir gezeigt, wie das Ding hier funktioniert." Sie ging zum DVD-Spieler hinüber und schaltete ihn an. „Gestern Abend haben wir uns *The Prince and the Maiden* angesehen. Das war doch das Lied, das der Stalker dir am Telefon vorgespielt hat, oder? Wir dachten uns, dass wir vielleicht irgendeinen Hinweis finden könnten."

Maggie drückte dem Kleinen einen Kuss auf den Kopf. Mit einer kleinen Hand hielt er einen ihrer Finger umklammert, und ihr wurde ganz warm ums Herz. Sie sah auf den großen Bildschirm. „Du meinst also, ihr hättet was gefunden?“

„Ich bin mir nicht sicher. Es ist nur so eine Vermutung.“ Ihre Schwester startete den Film, ließ ihn mit Highspeed durchlaufen und hielt ihn ein paarmal an, bis sie die gesuchte Stelle fand. „Hier singen sie das Lied.“ Die schöne Jungfrau begann mit dem gut aussehenden Prinz zu tanzen. Das Paar sang die Verse gemeinsam. *„I … saw … you … I knew you would be my one true love. I … saw … you … a vision so pure and sweet, my only true love …“*

„Ein schönes Lied“, sagte Maggie wehmütig. Sie versuchte nicht an Trace zu denken oder an seinen Gesichtsausdruck, als sie ihm eröffnet hatte, dass sie ausziehen würde. Verzweifelt versuchte sie den Schmerz zu ignorieren. Sie hatte eine Beziehung zerstört, die für sie so wertvoll geworden war wie nichts anderes.

„Du hast doch gesagt, der Typ ist in dein Haus eingebrochen, oder? Dass er eine Porzellanstatuette bei dir gelassen hat.“

„Das stimmt.“ Sie sah sich den Film an, bis Ashley die Pausetaste drückte.

„Also es ist Folgendes: Die Porzellanfigur war ein tanzendes Paar, hast du gesagt, richtig?“

„Ja.“ Maggie wiegte den kleinen Robbie in ihren Armen hin und her und beobachtete, wie er die winzigen Fäuste ballte und seine Lippen bewegte.

„Okay, also die beiden singen, dass sie sich gesehen haben und wussten, dass der andere ihre große wahre Liebe ist. In dem Film singen sie nicht nur, sondern tanzen dabei einen Walzer. So wie das Porzellanpaar.“

Die Erkenntnis traf sie wie ein Blitzschlag, und ihr lief eine Gänsehaut über den Rücken. Sie sank auf einen der Ledersessel und drückte das Baby an sich.

„Das stimmt. In dem Film tanzen sie. Die Porzellanfigur zeigt auch ein tanzendes Paar.“ Sie sah Ashley an. „Ich tanze so gern. Bevor das angefangen hat, bin ich mit Roxanne oft in die Disco gegangen. Das muss es sein. Ich muss mit ihm irgendwo getanzt haben.“

„Ich glaube wirklich, dass es darauf hinausläuft. Du hast mit ihm getanzt, und er hat sich in dich verknallt."

Maggie schüttelte den Kopf. „Mit Liebe hat das nichts zu tun. Das ist irgendeine verrückte Besessenheit."

„Für ihn nicht. Er ruft dich an, verfolgt dich. Er ist der Meinung, dass du zu ihm gehörst, verstehst du? So wie die Jungfrau zum Prinzen gehört."

Maggies Herz klopfte wild. Sie musste Trace anrufen und ihm sagen, was sie herausgefunden hatten. Ihre Handflächen wurden plötzlich feucht. Sie musste ihn anrufen, und im tiefsten Innern sehnte sie sich danach wie nach nichts anderem.

Andererseits wusste sie, wie schwierig das für sie werden würde. Trace hatte ihren Auszug so aufgefasst, als hätte sie mit ihm Schluss gemacht. Er würde sein Leben weiterleben – so wie sie angekündigt hatte, dass sie es tun wollte.

Ashley streckte die Hände nach ihrem Sohn aus und nahm ihn wieder in die Arme. „Was ist denn los, Maggie? Irgendwas stimmt nicht. Das habe ich dir gleich angesehen, als du durch die Tür kamst."

Die Traurigkeit überfiel sie wieder. „Ich habe eine Wohnung gemietet. Ich habe Trace gesagt, dass ich morgen ausziehe."

„Du hast dich von ihm getrennt?"

„Ich habe mich nicht von ihm getrennt. Wie könnte ich? Wir waren ja nie richtig zusammen. Das war eine rein sexuelle Beziehung."

„Das stimmt doch nicht." Ashley setzte sich in den breiten Sessel neben Maggie. „Er liebt dich. So wie er dich ansieht ... er sieht immer aus, als würde er dich am liebsten verschlingen. Vielleicht ist es ihm noch nicht bewusst, aber er liebt dich."

Maggie schnürte sich die Kehle zu. Sie schüttelte den Kopf.

„Und weißt du was? Du liebst ihn auch!", sagte Ashley forsch.

„Nein ..."

„Glaubst du das echt? Sieh dich doch an!"

Maggie schluckte, um den Kloß in ihrer Kehle loszuwerden. „Selbst wenn ich das täte, es würde nicht funktionieren. Ich bin zu einer Beziehung nicht fähig. Wenn es zu eng wird, renne ich weg."

„Du meinst, so wie jetzt?"

Maggie schloss die Augen. Sie hatte es wieder getan. Doch diesmal, statt zu entkommen, sich befreit zu fühlen, ging es ihr, als würde sie in ein tiefes dunkles Loch fallen.

Ashley legte ihr tröstend die Hand auf die Schulter und streichelte sie mitfühlend.

Maggie kamen die Tränen und tropften ihr auf die Wangen. „Ich liebe ihn. Ich liebe ihn so sehr."

Ihre Schwester lächelte. „Also dann sehe ich da wirklich kein Problem. Du brauchst gar nichts weiter zu tun, als es ihm zu sagen."

Maggie atmete zittrig aus. „Du kennst ihn ja nicht. Er hat eine richtig schlimme Ehe hinter sich. Gerade fing er ein bisschen an, mir zu vertrauen. Das habe ich verspielt."

Ashley wurde wieder ernst. „Ach, Maggie."

Maggie stand auf, beugte sich hinunter und gab dem Kleinen einen Kuss auf die Stirn. „Ich muss ihn anrufen. Ihm sagen, was ihr beide herausgefunden habt."

Ashley stand ebenfalls auf und legte ihr einen Arm um die Schulter. „Tu das. Ruf ihn an. Gib ihn noch nicht auf. Und dich auch nicht."

29. KAPITEL

Im Büro lehnte Trace sich in seinem Schreibtischstuhl zurück. Er war zwei Tage nicht zu Hause gewesen. Mit Rowdy als Gesellschaft hatte er auf dem Sofa im Hinterzimmer geschlafen.

Er rieb sich die Bartstoppeln an seinem Kinn. Eine Rasur und eine Dusche wären jetzt fällig. Aber er hatte nach wie vor einen Auftrag von Maggie. Der Job war immer noch nicht erledigt.

Er seufzte in die Stille, die um ihn herum herrschte. Wenigstens hatte er sich um ihre Käuferliste gekümmert. Sol hatte die Personen überprüft, die ihre Fotografien gekauft hatten, aber nichts Brauchbares gefunden bis auf die Adressen ihrer Arbeitsstellen.

Trace arbeitete gerade eine Theorie aus. Er hatte nur noch nicht die Zeit gefunden, alles zu einem Ganzen zusammenzufügen. Er musste mit Maggie reden, ihr erklären, worum es ging. Und er brauchte ihre Mitarbeit, wenn er die zweite Hälfte der Fotos durchging, die am Abend der Vernissage verkauft worden waren.

Er griff aber nicht zum Hörer. Maggie zog heute Morgen aus. Sie hatte ihn nicht angerufen. Offensichtlich benötigte sie seine Hilfe nicht.

Als jemand an die Tür klopfte, blickte er auf. Jake Cantrell öffnete und trat ein, Trace stand sofort auf.

„Hey, Buddy, wie schön, dich zu sehen." Trace reichte ihm die Hand. Cantrell ergriff sie und klopfte ihm auf den Rücken.

„Ganz meinerseits, Kumpel." Der ehemalige Marine war eins fünfundneunzig groß und muskulös, mit dunklem Haar und hellblauen Augen. Er und Trace hatten über die Jahre hin und wieder zusammengearbeitet, das letzte Mal mit Dev Raines und Johnnie Riggs in Mexiko an einem Fall von Kindesentführung.

„Ich dachte, du würdest dich südlich der Grenze befinden", sagte Trace.

„War ich auch. Bin gerade zurückgekommen. Dachte mir, ich

könnte eine oder zwei Wochen Pause machen, bevor du mich wieder anheuerst."

„Wenn ich bis dahin nichts habe, gibt es sicher jemand anderen. Für Typen wie uns ist immer Arbeit da."

Männer, die in gefährlichen Situationen gut auf sich aufpassen konnten, deren Arbeit an erster Stelle stand und die alles ihnen Mögliche taten, um die Guten vor den Bösen zu beschützen.

Jake setzte sich in den Sessel neben Traces Schreibtisch. Bei seiner Größe wirkte das Büro gleich etwas kleiner. „Was gibt es denn Neues?", wollte er wissen. „Läuft irgendwas Aufregendes?"

Trace seufzte. „Das dachte ich bis vor Kurzem, aber es hat nicht funktioniert."

Jake musterte die Bartstoppeln auf dem Kinn seines Freundes. „Rothaarig?"

Er nickte. „Ich muss unbewusst eine Todessehnsucht haben."

Sein Freund lachte. „Es gibt immer ein nächstes Mal."

Nicht für mich, dachte Trace jedoch. Dies war sein letzter Versuch in Bezug auf eine feste Beziehung, sein letzter Vorstoß zu Heim und Familie. Er hatte Maggie nichts davon gesagt. Tatsächlich war es ihm erst richtig klar geworden, als es bereits zu spät gewesen war. Das Luftschloss war eingestürzt. Er würde den gleichen Fehler nicht noch einmal machen.

„Unglücklicherweise ist sie immer noch meine Klientin", sagte er. „Hat Probleme mit einem Stalker. Vielleicht hängt auch noch was anderes dran. Ich kann jetzt nicht einfach ‚Goodbye' sagen – jedenfalls nicht so bald." Trace berichtete Jake von dem Feuer und ihrem misslungenen Trip an die Küste.

„Wenn du Hilfe brauchst, weißt du, wo du mich finden kannst", bot Jake an.

„Danke. Alex und Ben sind mit eingestiegen. Rex hat das Haus überwacht. Bisher hat keine von unseren Aktionen irgendwas gebracht."

„Wie gesagt …" Jake stand auf und ging zur Tür.

Trace brachte ihn bis zum Eingang. Er sah ihm nach, während er den Parkplatz überquerte und in seinen schwarzen offenen Jeep mit dem Überrollbügel und den überdimensionierten Rädern stieg. Langsam sah man dem Wagen sein Alter und den Verschleiß durch Cantrells Aufträge an.

Trace beobachtete, wie er mit lautem Röhren davonfuhr. Als er sich umdrehte, entdeckte er Annie, die aus dem Fenster sah.

„Bei diesem Mann bekomme ich Herzflattern, und dabei bin ich schon vierundsechzig."

Trace lachte. „Na ja, offensichtlich bist du dann noch nicht tot."

Sie lachte. „Wohl nicht." Dann warf sie ihm ihren mütterlich besorgten Blick zu. „Du siehst aus wie irgendwas, was die Katze reingeschleppt hat. Weißt du, die Letzte hat mir richtig gefallen. Ich dachte, aus euch beiden wird was."

„Das dachte ich auch. Die Lady scheint aber anderer Meinung zu sein."

„Dann ist sie dumm."

Er atmete müde aus. „Wahrscheinlich bin ich nicht für eine feste Beziehung gemacht."

„Das stimmt nicht, Trace Rawlins. Du warst ein guter Ehemann für dieses verdorbene Mädchen, das du geheiratet hast. Ich dachte wirklich, die hier wäre anders."

„Das ging mir auch so. Das zeigt doch nur, wie falsch es ist, seinen Gefühlen zu folgen."

Annie wollte etwas dagegen sagen, aber in dem Moment klingelte das Telefon und verschaffte ihm eine Gnadenfrist. Er ging ins Haus, um wieder in sein Büro zurückzukehren.

„Leitung eins", rief Annie hinter ihm her. „Es ist deine Lady. Vielleicht ist sie ja wieder zu Verstand gekommen."

Trace warf ihr nur einen düsteren Blick zu. Er setzte sich an den Schreibtisch und nahm mit einem hohlen Gefühl im Magen den Hörer auf. „Hallo, Maggie, was gibt es?"

„Jason und Ashley haben was herausgefunden. Ich wollte gestern schon anrufen, aber …"

Er half ihr nicht, die richtigen Worte zu finden. Ihm war klar, warum sie nicht angerufen hatte. Aus demselben Grund, weshalb er sich nicht gemeldet hatte.

„Was haben sie gefunden?"

„Vielleicht ist es nichts. Ich bin mir nicht sicher, aber es könnte wichtig sein." Sie berichtete ihm davon, dass die beiden sich den Film mit dem Prinzen und der Jungfrau angesehen hatten und dass sie während des Liedes einen Walzer tanzten. So wie das Paar, das die kleine Porzellanfigur darstellte.

„Ich tanze wirklich gern. Bevor das alles angefangen hat, bin ich mit Rox oft in die Clubs gegangen. Ich glaube … ich denke, ich habe sicher irgendwann mit ihm getanzt."

Eine lange Pause entstand.

Trace lehnte sich zurück. „Ich denke, das heißt, dass wir tanzen gehen", hörte er sich plötzlich sagen. „Ich hole dich um acht Uhr ab."

„Ich habe meine neue Adresse und den Code für das Tor aufgeschrieben und auf den Küchentisch gelegt. Ich leihe mir deinen Laptop noch einen Tag, wenn ich darf, bis ich meinen neuen Computer angeschlossen habe."

„Wie gesagt, ich bin um acht Uhr bei dir."

„Trace?"

„Ja?"

„Ach, nichts … wir sehen uns dann heute Abend."

Trace legte auf. Er wollte nicht gehen. Er wollte sie nicht treffen. Er wollte sich nicht noch schlechter fühlen, als er es bereits tat.

Auf dem Weg nach draußen rief er seinen Hund, der im hinteren Raum schlief. Die kleinen Pfoten tapsten über den Teppich. Trace strich ihm durch das Fell und befestigte seine Leine. „Komm, Buddy, wir beide gehen nach Hause."

Er war fast schon draußen, als Annies Stimme ihn stoppte. „Was wollte sie denn?"

Trace schnaufte. „Einen Tanzpartner", sagte er und schloss die Tür hinter sich.

Maggie war absurd nervös. Während sie auf Trace wartete, wanderte sie im Wohnzimmer hin und her. Das Apartment wurde möbliert vermietet, besaß aber keinen besonderen Stil – einfacher grauer Teppichboden, grau bezogene Couch mit Sesseln, ein schwarzer Couchtisch, Anbauregale und ein paar Lampen. Die Bilder an der Wand sahen aus, als wären sie bei den Rahmen dabei gewesen.

Da war nichts von der Wärme, an die sie sich bei Trace in der Wohnung angefangen hatte zu gewöhnen, nichts wirklich Erfreuliches. Sie vermisste die gemütliche Atmosphäre. Vermisste die schweren Schritte von Trace auf dem Teppich zu hören. Sogar Rowdy fehlte ihr.

Das Einzige, wozu dieses Apartment wirklich vorzüglich taugte, war, ihr zu zeigen, was für einen dummen Fehler sie begangen hatte.

Maggie seufzte. Sie hätte bei Trace bleiben sollen, hätte mit ihm reden müssen, ihm ihre Gefühle erklären und herausfinden, wie er dachte.

Sie hatten fantastischen Sex miteinander gehabt, aber sie wusste nicht, was Trace tatsächlich für sie empfand. Und so weit, sich selbst zu offenbaren und angreifbar zu machen, war sie noch nicht.

Ashley behauptete, er würde sie lieben. Aber Ashley war jung und hatte nicht viel Erfahrung mit Männern, ob sie nun ein Kind hatte oder nicht. Und Trace hatte nie etwas gesagt, aus dem Maggie hätte schließen können, dass sie irgendeine Rolle in seinem Leben spielte.

Und sie auch nicht, was ihn betraf.

Sie hatte ihre Gefühle hinter dem unglaublichen Sex versteckt – vor Trace und auch vor sich selbst.

In einem hatte Ashley recht: Maggie war fürchterlich in Trace Rawlins verknallt. Sie wollte nicht vor ihm weglaufen – sie wollte geradewegs zurück in seine Arme rennen.

Doch das würde nicht passieren. Sie konnte sich vorstellen, wie er reagierte, wenn sie ihm ihre Gefühle eingestand. Er würde ihr nicht glauben. So einfach war das.

Sie war aus seinem Haus ausgezogen, hatte ihm mehr oder weniger gesagt, dass es mit ihnen nicht funktionieren würde. Zu erklären, dass sie ihre Meinung geändert hätte, wäre nicht gerade hilfreich.

Es klingelte an der Tür.

Sie sah auf die Uhr, atmete tief durch und ging öffnen. Ihr Herz machte bei seinem Anblick einen Satz. Er stand da in seinen schwarzen Jeans, einem kurzärmeligen Westernhemd und schwarzen Lederboots. Die Ladys im Club würden ihn anschmachten.

Sein Lächeln war so umwerfend, dass ihr Mund trocken wurde.

„Ich bin fertig", bemerkte sie nur. Hätte sie noch irgendetwas anderes gesagt, wäre sie in Tränen ausgebrochen.

Er musterte sie von oben bis unten. „Du siehst sehr gut aus."

Sie hatte sich mit ihrer Frisur und dem Make-up extra große Mühe gegeben. Zehn Outfits hatte sie anprobiert, bevor sie sich für ein kurzes rotes Kleid entschied, das sie nie getragen hatte, ihr aber gut zu stehen schien. Sie brachte ein Lächeln zustande. „Danke, du auch."

Er sah ihr in die Augen. „Ich habe gern mit dir zusammengewohnt, Maggie. Ich wollte nur, dass du das weißt."

Ihre Augen brannten. „Ich war auch gern bei dir. Viel lieber, als mir bewusst war."

Er nickte nur, dann wandte er sich zur Tür um. „Lass uns den Stalker finden."

Sie schluckte. Jetzt war er wieder absolut geschäftsmäßig, ganz der Profi. Ihr Bodyguard, nichts weiter.

Und das war allein ihre Schuld.

„Wir müssen in deine Stammlokale gehen", sagte Trace. „Was ist dein erster Halt?"

„Das *Galaxy*. Da bin ich am liebsten. Rox und ich sind sehr oft dort gewesen."

„Okay, dann auf ins *Galaxy*.“

Die Fahrt zu dem trendigen Nachtclub in der Galleria dauerte nicht lange. Als sie zum Parkservice vorfuhren, hörte Trace bereits die Musik durch die Eingangstür schallen. Er warf seinen Hut auf den Rücksitz, stieg aus und ging um den Wagen herum, als ein dunkelhaariger junger Mann Maggie bereits beim Aussteigen half. Trace fuhr sich mit der Hand durchs Haar, um es glatt zu streichen, dann legte er Maggie den Arm um die Taille und führte sie in den Club.

Drinnen dröhnten die Bässe. Die Einrichtung war Hightech, alles in gebürstetem Chrom und dunklem Holz, mit malvenfarbenem und blauem Licht. An der Theke gab es einen freien Barhocker. Trace schob Maggie darauf zu. Ihr äußerst kurzes rotes Kleid zeigte für seinen Geschmack viel zu viel Bein und war mit dem fast freien Rücken zu sexy. Er presste die Lippen zusammen. An Tanzpartnern würde es ihr nicht mangeln.

Er unterdrückte die Eifersucht, die er nicht empfinden wollte. „Bestell einen Drink“, sagte er leise. „Tanze, wenn man dich auffordert. Ich werde nicht weit entfernt sein.“

Maggie bestellte einen Cosmo. Trace hatte sie bisher nie etwas anderes als Wein trinken sehen. Er fragte sich, ob sie wegen des Stalkers oder seinetwegen nervös war.

Sie sah blass und müde aus und er hatte das Gefühl, irgendwie auch traurig. Vielleicht bereute sie ihre Entscheidung. Aber womöglich war das nur sein Wunschdenken.

Sie nahm einen Schluck von ihrem Drink, dann rutschte sie vom Barhocker, um einem stämmigen Mann auf die Tanzfläche zu folgen, der sie aufgefordert hatte. Der DJ spielte einen schnellen Song. Er hätte erwartet, dass der Typ bei seiner Größe und seinem Umfang schwerfällig wäre, aber das war er nicht. Sie tanzten zusammen, als hätten sie das bereits Dutzende von Malen getan. Trace nahm sich vor, sich den Namen des Mannes geben zu lassen.

Viele der Gäste kannten Maggie. Sie tanzte wieder und wieder, doch niemand ihrer Partner schien besonders besitzergreifend zu sein. Sie amüsierten sich einfach nur, genauso wie sie. Als sie wieder zur Bar zurückkam, wurde gerade ein langsamer Song gespielt. Trace ermahnte sich zu bleiben, wo er war. Aber plötzlich stand er vor ihr, nahm ihre Hand und führte sie zur Tanzfläche.

Er zog sie in die Arme und hörte sie leise seufzen. Maggie legte ihm die Hände in den Nacken und schmiegte sich an ihn. Obwohl er sofort Verlangen nach ihr verspürte, musste er doch immer nur daran denken, wie sehr er sie vermisst hatte. Er hatte sich bereits mit Dutzenden von Rothaarigen getroffen. Keine von ihnen war ihm dermaßen unter die Haut gegangen.

Keine hatte die Macht gehabt, ihn so zu verletzen wie sie.

Sie tanzten gut zusammen. Er war kein besonders großartiger Tänzer, aber auch nicht schlecht. Als danach ein texanischer Twostepp gespielt wurde, konnte er nicht widerstehen, ihre Hand festzuhalten.

„Kannst du das?“, fragte er.

Maggie grinste. „Versuch mit mir mitzuhalten, Cowboy.“

Gitarren und Fiedeln, ein guter, schneller Westernsong. Er liebte das. Für ein paar Minuten vergaß er, dass er ihr Bodyguard war, dass er nach dem Stalker Ausschau halten sollte. Für ein paar Minuten hatte er einfach nur Spaß, so wie alle anderen auch.

Als der Song zu Ende war, begleitete er sie zur Bar zurück.

„Vielen Dank für den Tanz“, sagte sie, als wäre er einfach nur ein weiterer Tanzpartner. Aber sie lächelte dabei.

„Es war mir ein Vergnügen, Darling.“

Trace ging wieder an die Arbeit, wartete und beobachtete jeden Mann, der Maggie zum Tanzen aufforderte. Dabei redete er sich immer wieder ein, dass es ihn nicht störte, wenn sie jemanden anlachte oder über etwas lächelte, was einer von ihnen sagte. Nach einer Stunde tauchte er hinter ihr auf.

„Ich hätte gern den Namen des ersten Typen, mit dem du getanzt hast. Er ist der Einzige, auf den die Beschreibung annähernd zutreffen könnte.“

„Das war Doug Winston. Er kommt ständig hierher, aber ich

glaube nicht, dass er es ist. Er tanzt einfach nur gern. Bisher hat er sich nie mit mir verabreden wollen."

„Wir überprüfen ihn trotzdem." Trace drängte sie zur Tür. „Es ist immer noch früh. Wir haben noch Zeit genug, uns ein paar andere Clubs vorzunehmen."

Sie nickte zustimmend, und sie verließen das Lokal. Als der Parkservice seinen Jeep vorfuhr, klingelte Maggies Handy. Sie holte es aus ihrer Handtasche und hielt es sich ans Ohr.

Sofort versteifte sie sich, dann wurde sie blass. „Er ist es", formte sie mit den Lippen. Sie ging ein Stück von der Tür weg, aus der die Musik dröhnte, um besser hören zu können. Trace stellte sich dicht neben sie und hörte mit. Diesmal war die Stimme nicht verzerrt.

„Ich vermisse dich, Maggie, ich bin so allein. Willst du nicht rauskommen und mit mir spielen?"

Sie schluckte und sah Trace an. Er machte ihr ein Zeichen, etwas zu sagen. „Versuch seinen Namen herauszufinden", flüsterte er.

„Das würde ich schon", sagte sie. „Sag mir, wo du bist, dann komme ich vorbei."

Trace nickte aufmunternd, um ihr zu bedeuten, dass sie es richtig machte.

Die Stimme am anderen Ende klang tief und voll, trotzdem hatte sie etwas merkwürdig Kindliches. „Weißt du, wie gut wir zusammenpassen, Maggie? Ich erinnere mich an dein Lachen und wie du mich angelächelt hast."

„Das war ein ganz besonderer Abend, nicht?" Ihre Stimme zitterte leicht. „Wann war das noch mal genau?"

Schweigen herrschte am anderen Ende. „Kannst du dich nicht erinnern?"

„Nicht genau. Vielleicht könntest du's mir noch mal sagen."

Er antwortete nicht. Das Schweigen dehnte sich aus. Dann war die Leitung tot.

Trace biss die Zähne zusammen. Maggie zitterte die Hand, während sie das Handy weiter ans Ohr hielt. „Er hat diesmal gar nicht erst versucht, seine Stimme zu verstellen."

„Nein. Er denkt, du weißt, wer er ist. Es eskaliert. Das ist nicht gut." Trace zog sein Handy aus der Jeanstasche und tippte Mark Sayers Nummer an. Der klang verschlafen, als er sich meldete.

„Mark, hier ist Trace. Ich möchte dich bitten, einen Anruf zurückzuverfolgen oder zumindest herauszufinden, von welchem Sendemast er weitergeleitet wurde."

„Maggies Stalker?"

„Ja."

„Gib mir noch mal ihre Handynummer. Und den genauen Zeitpunkt des Anrufs."

Trace griff nach Maggies Mobiltelefon. Er überprüfte die Zeit und gab Sayers die Informationen, die er benötigte.

„Ich melde mich gleich wieder", sagte Mark.

Trace unterbrach die Verbindung und gab Maggie das Handy zurück.

„Er hat seine Stimme nicht verstellt", sagte Maggie und schob das Handy in ihre Handtasche zurück. „Vielleicht hat er ja diesmal kein Einweghandy benutzt."

„Vielleicht. Aber selbst wenn, ich habe da eine Idee …"

Er nahm ihre Hand, führte sie zum Jeep und half ihr beim Einsteigen. Sie fuhren gerade auf den Parkplatz vor seinem Büro, als sein Handy erneut klingelte.

„Wegwerfhandy", sagte Mark nur. „Aber ich habe den Sendemast." Sayers gab ihm den Standort durch.

„Also die drei Anrufe am Abend kamen von einem Sendeturm, die Anrufe am Tag von einem anderen."

„Das stimmt. Viel Glück damit."

„Danke, Mark." Trace unterbrach die Verbindung, und sie gingen zum Eingang des Büros. „Ich habe da eine Theorie." Er schloss die Tür auf, ließ sie hineingehen und schaltete das Licht ein und die Alarmanlage aus. „Komm mal mit, ich erkläre es dir."

Maggie ließ sich von Trace in den Konferenzraum führen, wo eine Karte von Houston und Umgebung auf dem Tisch ausgebreitet lag. „Die weißen Stecknadeln markieren die Standorte der beiden Sendemasten, von denen die Anrufe übertragen wurden." Er zeigte auf eine der Nadeln. „Die Anrufe abends, inklusive der von heute, kamen von hier. Es waren drei. Ich nehme an, dass der Typ von zu Hause aus angerufen hat."

„Das scheint logisch."

„Die SMS, die du an der Küste erhalten hast, war tagsüber." Trace zeigte auf die zweite Nadel. „Die kam von dieser Sendestation. Ich denke, da war der Typ bei der Arbeit."

Maggie studierte die Karte. „Und die farbigen Nadeln?"

„Sol hat deine Hauptkunden überprüft und die Adressen ihrer Arbeitsstellen ausfindig gemacht, die Wohnorte waren bereits auf der Liste. Die gelben Nadeln markieren Wohnung und Arbeitsstelle von jedem, der fünf Bilder gekauft hat. Davon gab es nur zwei, und keiner von beiden fällt in diese Zone. Die roten Nadeln sind Leute, die vier Bilder gekauft haben. Davon gibt es zehn, aber ein paar davon leben außerhalb der Stadt, sind also nicht auf der Karte. Ein Paar wohnt in der Reichweite des einen Sendemasts, aber ihre Arbeitsstellen befinden sich nicht in der Zone der Anrufe tagsüber."

Maggie nahm die Liste. „Zwanzig Leute haben drei Bilder gekauft."

„Das stimmt. Ich wollte gerade mit denen anfangen, als du angerufen hast. Wir nehmen grüne Nadeln für diese Käufer."

Zusammen platzierten sie die einzelnen Standorte auf der Karte. Mithilfe von Google Maps suchten sie die Adressen im Internet auf Traces Laptop heraus, den er in den Konferenzraum gebracht hatte. Sie suchten nach einer Person, die innerhalb der Zone der abendlichen Anrufe wohnte und innerhalb der Zone der Anrufe tagsüber arbeitete. Einige Leute wohnten in anderen Gegenden, diese Namen strichen sie.

Maggie befestigte die letzten grünen Nadeln auf der Karte. Keine der Personen befand sich in beiden Zonen.

Trace atmete seufzend aus. „Tja, das war wohl nichts."

Maggie nahm erneut die Liste. „Du hast die Personen nicht

eingeordnet, die über einen Kunstagenten gekauft haben."

„Das stimmt. Aber diese Leute haben nur zwei Bilder gekauft."

„Ich weiß. Aber er hat erst vor Kurzem angefangen, mich zu verfolgen. Vielleicht spielt da die Zeit eine Rolle. Und vielleicht hat er über einen Makler gekauft, um seine Identität nicht preiszugeben."

„Könnte einen Versuch wert sein. Wir markieren diese in Blau."

Maggie nahm sich wieder den Laptop vor und arbeitete weiter. Der erste Name war Maryanne Rosemore. „Klingt nicht sehr bedrohlich." Sie tippte die Wohnadresse bei Google Maps ein. Trace suchte den Ort auf der Karte und steckte eine blaue Nadel rein. „Außerhalb beider Zonen", sagte er düster.

„Der letzte Name hier ist Phillip Coffman." Sie runzelte die Stirn. „Ich weiß auch nicht, der kommt mir irgendwie bekannt vor."

„Coffman … Coffman." Trace kam zu ihr herüber und tippte den Namen ein. „Im Aufsichtsrat der *HTM Technologies*." Er sah sie an. „Deren Büros sind im Park View Tower. Das ist genau hier." Er fand die Adresse auf der Karte und markierte sie mit einer Nadel. Es war nur ein paar Häuserblocks von der Sendestation der Anrufe tagsüber entfernt.

Maggies Herz begann wild zu hämmern.

„Wie ist die Wohnadresse?", fragte Trace, und sie bemerkte, dass er sich bemühte, ruhig zu bleiben.

„Bayou Glen 55556."

„In Tanglewood. Da ist das große Geld zu Hause." Er steckte eine blaue Nadel in die Karte. Sie befand sich innerhalb der Sendezone der Abendanrufe. „Bingo."

Trace ging wieder an den Laptop und tippte in unglaublicher Geschwindigkeit auf die Tastatur, um Informationen über Phillip Coffman einzuholen. „Der Typ hat sich vor sechs Monaten zurückgezogen, nachdem er zwanzig Jahre in der Firma war." Er sah auf. „Er hat kurz nach dem Tod seiner Frau aufgehört, aber weiter hin und wieder vom Büro aus Beratungen durchgeführt."

„Kannst du ein Foto von ihm finden?", fragte Maggie. Trace

rief noch ein paar Websites auf, dann fand er, wonach er gesucht hatte. Er drehte den Bildschirm so, dass Maggie ihn sehen konnte.

Stämmig, Mitte vierzig, dunkles Haar mit silbergrauen Schläfen. „Oh mein Gott."

„Erkennst du ihn?"

„Er und seine Frau waren für ihre Spendenbeiträge bekannt. Mrs Coffman ist an Brustkrebs gestorben. In dem Zusammenhang habe ich ihren Mann kennengelernt." Maggie sah Trace an. „Ich habe Anfang des Jahres mit ihm auf einem Benefizball für die Früherkennung von Brustkrebs getanzt."

Traces Gesichtsausdruck wurde düster. „Und jetzt lass mich mal raten … Da wurde ein Walzer gespielt."

30. KAPITEL

Trace rief Mark Sayers an, der noch mürrischer klang als beim ersten Mal, als er geweckt worden war. „Tut mir leid, dich wieder zu nerven, Kumpel, aber ich brauche deine Hilfe."

„Also hast du ihn gefunden", brummte Sayers.

„Ja, und ich würde ihm gern einen kleinen abendlichen Besuch abstatten."

„Warum nicht morgen früh?"

„Wenn wir genug Beweise hätten, um ihn zu verhaften, wäre es egal. Aber die haben wir nicht. Es gibt nur die Standorte der Sendemasten und ein paar bunte Stecknadeln auf dem Stadtplan."

„Aber du bist sicher, dass er es ist."

„Alles passt zusammen, selbst die Beschreibung, und Maggie hat ihn auf einem Foto erkannt. Ich bin mir sicher, dass er es ist. Wir müssen dem Arschloch eine Heidenangst einjagen. Ich brauche dich, du müsstest mich dort bei ihm vor dem Haus treffen."

„Ich bin für den Fall nicht zuständig."

„Bist du nicht, stimmt. Die Adresse ist Bayou Glen 55556. Das ist draußen in Tanglewood."

„Der Kerl muss jede Menge Geld haben."

„Genug, um einen Brandstifter zu bezahlen, damit er Maggies Haus abfackelt." Es schien, als hätte sich Trace in dieser Beziehung geirrt. Es wäre interessant herauszufinden, was Phillip Coffman dazu zu sagen hatte.

„Ich bin in zwanzig Minuten dort." Sayers legte auf, und Trace wandte sich an Maggie. Es war fast zwei Uhr nachts. Sie sah müde aus, aber ihre Augen leuchteten, und sie hatte Farbe auf den Wangen. Sie wirkte äußerst kampflustig, und er konnte es ihr nicht verübeln.

„Ich komme mit", sagte sie. „Ich will mit ihm reden."

Trace schüttelte den Kopf. „Ich bringe dich nach Hause." Zurück zu ihrem neu angemieteten Apartment, das sie im Gegensatz zu seiner Wohnung überhaupt nicht als Zuhause ansah. „Wir wissen nicht, wie der Typ reagiert, wenn ihm klar wird, dass sein kleines schmutziges Geheimnis gelüftet wurde."

„Warum können sie ihn nicht verhaften?"

„Wo sind die Beweise? Wir haben ja nicht mal genug, um einen Durchsuchungsbefehl zu bekommen. Deshalb will ich, dass Sayers mitkommt. Wenn wir einen hinreichenden Tatverdacht haben, können wir in die Wohnung gehen."

Maggie hob das Kinn. „Ich komme mit, Trace. Du kannst mich nach Hause fahren, dann nehme ich meinen eigenen Wagen. Oder du lässt mich gleich mit dir mitfahren." Sie schenkte ihm ein kampfbereites Lächeln. „Ich kenne die Adresse, wie du weißt."

„Verdammt noch mal, Maggie!"

Sie sagte nichts weiter, stand einfach nur da und sah ihn herausfordernd an. Es war nicht zu übersehen, dass sie es so meinte, wie sie es sagte.

„Okay, dann komm mit. Aber du musst im Auto bleiben."

„Gut."

Während er das Büro abschloss und sie zum Jeep führte, betrachtete er sie. Das knappe rote Kleid sah etwas mitgenommen aus, die raffinierte Frisur etwas aus der Form geraten, aber sie war noch immer die aufregendste Frau, die er je gesehen hatte. Und die, die ihn am meisten anzog.

Sie fuhren vor dem Haus vor, als gerade Sayers' dunkelbraunes Zivilfahrzeug hinter ihnen auftauchte. Trace holte seine Beretta 9mm vor, die er vorhin unter dem Sitz verstaut hatte, und schob sie sich hinten in seinen Jeansbund.

„Versprich mir bitte, dass du genau hier bleibst", sagte er.

„Ich sitze im Wagen, oder nicht?"

Es war ihm nicht entgangen, dass sie ihm nichts versprochen hatte. Er warf ihr einen strengen Blick zu. „Ich hätte dich mit Handschellen am Stuhl im Büro fesseln sollen, bevor ich losgefahren bin."

Maggie grinste nur.

Trace schloss die Autotür und ging zu Sayers hinüber. Die beiden Männer näherten sich der massiven Eingangstür.

„Sieht so aus, als hätte der Mann Geld und Einfluss", sagte Mark. „Er könnte mir im Revier einen Riesen-Ärger machen."

„Wenn Coffman inzwischen so kopflos ist, wie er sich am Telefon anhörte, wird er in der Richtung wohl kaum was unternehmen."

„Ich hoffe, du hast recht."

„Sie standen vor dem Eingang, und Sayers klingelte. Dann klopfte er. „Aufmachen! Polizei!"

Die Grundstücke hier waren riesig. Nirgendwo ging ein Licht an, keine Türen in Nachbarhäusern wurden geöffnet. Sayers klopfte erneut, und die Tür schwang auf. Phillip Coffman stand vor ihnen, fast eins neunzig groß, Mitte vierzig, leicht übergewichtig.

„Ja? Was ist denn los?"

„Ich bin Detective Sayers, und das ist Trace Rawlins von *Atlas Security*. Dürfen wir hereinkommen?"

„Tut mir leid, worum geht es denn?"

Trace meldete sich zu Wort und setzte alles auf eine Karte. „Es geht darum, dass Sie von Maggie O'Connell besessen sind. Dass Sie sie verfolgen, bei ihr zu Hause einbrechen, Sender an ihrem Wagen befestigen und Videokameras bei ihr in der Wohnung installieren. Und dass Sie ihr Haus in Brand setzen und dabei fast eine Frau mit ihrem Kind getötet hätten."

Coffman schüttelte den Kopf. „Ich habe den Brand nicht gelegt! Ich würde ihr niemals wehtun!"

Sayers sah Trace an und sprang in die Bresche. „Aber Sie geben zu, dass Sie sie belästigen und bei ihr ins Haus eingebrochen sind?"

Coffman runzelte die Stirn. Er wirkte verunsichert, aber hauptsächlich verwirrt. „Ich weiß nicht, wovon Sie reden. Ms O'Connell und ich sind sehr gut befreundet. Wir … wir haben vor zu heiraten."

Trace fluchte leise, als Maggies Stimme hinter ihm ertönte. „Wir haben nicht vor zu heiraten, Mr Coffman! Wir kennen uns ja noch nicht mal! Wir haben ein Mal zusammen getanzt, das ist alles."

Coffman lächelte sie an. „Maggie … meine Liebe, teure Maggie. Ich wusste, dass du zu mir kommst. Es war nur noch eine Frage der Zeit."

„Das reicht", sagte Sayers. „Legen Sie bitte die Hände auf den Rücken, Mr Coffman. Sie sind verhaftet wegen Verstoß gegen den Paragrafen 42.072 des Strafgesetzbuchs von Texas. Das ist Stalking, Mr Coffman." Er ergriff den größeren Mann beim Arm, drehte ihn herum und legte ihm ein Paar Handschellen um die dicken Handgelenke. Coffman wehrte sich kein bisschen. Er starrte nur Maggie über seine Schulter hinweg an, als hätte sie ihn verraten.

Sayers rief Verstärkung, und wenige Minuten später bog ein Streifenwagen in die Einfahrt vor dem Haus. Als die Polizisten ausstiegen, warf ihr Coffman einen flehenden Blick zu.

„Das begreife ich nicht, Teuerste. Bitte sag es ihnen … sag ihnen, dass wir uns lieben."

Maggie lief rot an. „Wir lieben uns aber nicht!"

„Das reicht", sagte Sayers zu Coffman und begann, ihm seine Rechte vorzulesen. Die Polizisten stellten noch ein paar Fragen, dann führten sie den Mann zu ihrem Streifenwagen und verfrachteten ihn auf den Rücksitz. Der Einsatzwagen fuhr los und verschwand in der Dunkelheit.

„Ihr müsst morgen früh beide ins Revier kommen und eine Aussage machen", erklärte ihnen Sayers.

„Kein Problem", sagte Trace.

Sayers seufzte. „Ich hätte nach dem ersten Anruf wissen müssen, dass ich heute Nacht keinen Schlaf bekomme."

„Das tut mir leid." Trace drehte sich nach Maggie um, aber sie war nirgends zu sehen. „Verflucht noch mal!"

Die Haustür war nur angelehnt. Es war klar, dass sie hineingegangen war. Trace und Sayers folgten ihr.

„Ich hatte vor, mir einen Durchsuchungsbefehl zu holen und mit dem verantwortlichen Detective morgen früh das Haus zu checken."

„Wird wohl nichts", grummelte Trace.

Das Haus war riesig, hatte hohe Decken und glänzende Holzfußböden. Die Wände im Wohnzimmer waren mit Seidenbrokattapeten beklebt, passend zur Couchgarnitur. Überall herrschte absolute Ordnung und Sauberkeit. Sicher hatte Coffman genug Personal, das sich darum kümmerte. Doch niemand vom Personal schien auch hier zu wohnen.

Trace und Mark stiegen die Treppe nach oben und fanden Maggie im Hauptschlafzimmer.

„Zum Teufel noch mal, fass bloß nichts an“, sagte Trace, als er hinter ihr eintrat. Sie stand da wie festgefroren und starrte auf die Wand mit all den Fotografien, die dort angepinnt waren – alle zeigten sie. Daneben befanden sich Fotos von Angela Coffman. Fotos von Angela und Phillip zusammen.

„Der Verlust seiner Ehefrau war wohl der Auslöser“, sagte Mark.

„Maggie ist ungefähr gleich groß“, bemerkte Trace. „Und beide haben rotes Haar.“

Maggie konnte den Blick nicht von den Bildern losreißen. „Ich kann es nicht fassen, wie viele Fotos er gemacht hat. Wieso habe ich ihn nie bemerkt?“

„Ich glaube, dass er Leute hat, die für ihn arbeiten. So hat er den Sender an dein Auto bekommen und die Kameras in deinem Apartment installiert.“

„Oh mein Gott, sieh dir das hier an!“ Eine ganze Wand stand voll mit Spieluhren, alle mit tanzenden Paaren. Bis auf eine, die eine Bruchstelle aufwies, von der höchstwahrscheinlich die Figur auf Maggies Küchentresen stammte. „Daher kommt die Porzellanstatuette.“

„Die Jungs von der Spurensicherung werden hier ihre Freude haben“, sagte Trace zu Sayers.

Trace legte Maggie einen Arm um die Schultern. „Lass uns hier rausgehen. Den Rest übernimmt jetzt die Polizei.“

Er führte sie die Treppe hinunter und verließ mit ihr das Haus. Auf der Terrasse blieben sie stehen, während Mark den Hauseingang sicherte.

„Wir kommen morgen früh ins Revier, um unsere Aussage zu machen", sagte Trace. „Vielen Dank, Mark."

„Ich bin bloß froh, dass es vorbei ist."

Trace nickte. Maggie drohte keine Gefahr mehr, und sein Job war beendet.

Er sollte sich freuen.

Aber das tat er nicht.

„Ich kann kaum glauben, dass ich das sage, aber er tut mir leid." Maggie saß auf dem Beifahrersitz des Jeeps, während Trace sie nach Hause fuhr. Nun, nicht direkt zu ihrem Zuhause. Aber vielleicht würde sie es ja bald als ihres betrachten.

Vielleicht.

Außerdem handelte es sich ja nur um eine vorübergehende Unterkunft. Wenn ihr Stadthaus fertig war, würde sie es mit Ashley neu einrichten und es diesmal noch gemütlicher gestalten. Es gab dann sicher keine freundliche Küche im Fünfzigerjahre-Stil. Aber man konnte eben nicht alles haben.

„Der Kerl war tatsächlich irgendwie bemitleidenswert", stimmte ihr Trace zu. „Ganz offensichtlich ist er nicht ganz richtig im Kopf. Der Verlust seiner Frau scheint ihn ziemlich umgehauen zu haben. Irgendwie hat er das auf dich projiziert."

Maggie überkam ein Gefühl von Traurigkeit. „Er muss sie sehr geliebt haben."

Trace warf ihr einen kurzen Seitenblick zu. „Was aber nichts daran ändert, dass er fast deine Schwester und ihr Kind umgebracht hat."

Maggie sah ihn an. „Obwohl er ja behauptet, er hätte das Feuer nicht gelegt. Alles andere hat er zugegeben, warum sollte er in diesem Fall lügen?"

„Der Kerl ist verrückt, Maggie. Wahrscheinlich hat er einen Brandstifter angeheuert und kann sich nicht mal mehr daran erinnern."

„Kann natürlich sein."

Trace gab am Tor zu den Baylor Apartments den Code ein,

fuhr auf das Grundstück und lenkte den Jeep auf Maggies Gästeparkplatz. Die Sonne ging auf, sanftes gelbes Licht blitzte durch die Äste der Bäume, der Himmel war orangerosa. Er begleitete sie zum Fahrstuhl, und sie fuhren zum zweiten Stock hoch.

Je näher sie ihrer Wohnung kamen, desto flauer wurde ihr im Magen. Sie wollte nicht, dass Trace wieder ging. Sie wollte, dass er mit zu ihr kam. Sie wollte sich mit ihm lieben.

Maggie hätte ihm so gern gesagt, dass sie einen fürchterlichen Fehler begangen hatte, den sie schrecklich bereute. Sie wollte ihm sagen, dass sie ihn liebte.

Ein Blick auf seine zusammengepressten Lippen und wie er den Abstand zu ihr wahrte, und ihr war klar, dass es zu spät wäre.

Sie bemühte sich zu lächeln, als sie ihre Tür aufschloss. „Es war eine lange Nacht. Ich danke dir für alles."

„Ich habe nur meinen Job getan."

Sie nickte. Ein Knoten schien ihre Kehle zu verschnüren. „Ich nehme an … Ich denke, du möchtest nicht mehr mit reinkommen."

Er schüttelte den Kopf. „Das wäre keine gute Idee."

Sie sagte nichts darauf. Sie fand, es wäre eine fantastische Idee.

„Ich rufe dich morgen an. Wir fahren zusammen zum Revier, um die Aussage zu machen. Du musst ein Unterlassungsurteil erwirken. Dabei kann ich dir auch helfen."

Sie schluckte. „Ist in Ordnung."

„Gute Nacht, Maggie."

Sie sah ihn an, in dieses männliche, so attraktive Gesicht, und ihr zog sich das Herz zusammen. „Gute Nacht, Trace."

Er drehte sich um und ging zum Fahrstuhl zurück. Maggie blieb einfach stehen und sah ihm nach, bis er verschwunden war. Ein Gefühl der Leere machte sich in ihrer Brust breit, Tränen stiegen ihr in die Augen.

Zum ersten Mal konnte sie nachempfinden, wie es David Lyons an dem Abend gegangen sein musste, als sie ihn verlassen hatte.

Am folgenden Vormittag fuhr Maggie mit Trace zum Polizeirevier. Er schien so weit entfernt, hatte sich so vollkommen von ihr zurückgezogen, dass sie am liebsten geheult hätte. Als sie ihre Aussagen gemacht hatten, fuhr er sie zu Evan Schofields Büro, um die notwendigen Dokumente für einen Unterlassungsantrag zu unterschreiben.

Das Rechtsanwaltsbüro war erstklassig und gediegen mit den dunklen Holzpaneelen, den Regalen voller ledergebundener Bücher und wertvollen Bronzestatuetten auf den Tischen im Empfangsbereich.

Der einzige Anwalt, den Maggie gut genug kannte, um ihn anzurufen, war David. Das würde sie jedoch nicht tun. Trace hatte Schofield vorgeschlagen. Sie erinnerte sich, dass er mit Shawna Jordane im *Texas Café* gewesen war, als Trace sich mit deren Rapstar-Ehemann geprügelt hatte. Schofield war in Houston für seine wohlhabende Klientel bekannt.

Die Stunde in seiner Kanzlei erlebte sie wie im Nebel. Sie erinnerte sich nur noch daran – abgesehen vom Unterschreiben der Dokumente –, wie der Anwalt Trace davon unterrichtete, dass Bobby Jordane für neunzig Tage in eine Entzugsklinik ginge.

„Glauben Sie, dass Shawna wieder zu ihm zurückgeht, wenn er rauskommt?“, fragte Maggie.

„Shawna ist eine intelligente Lady“, erwiderte Schofield. „Ich glaube nicht, dass sie sich darauf wieder einlassen wird.“

„Wollen wir hoffen, dass Jordane in der Reha was lernt“, kommentierte Trace.

„Die meisten tun’s nicht“, entgegnete Schofield.

Danach fuhr Trace sie nach Hause. Unterwegs sprachen sie kaum ein Wort miteinander. Auf dem Parkplatz des Baylor-Gebäudes ließ er sie aussteigen.

„Ich muss dir deinen Laptop zurückgeben“, sagte Maggie und wünschte, er würde bleiben. „Willst du mit raufkommen, wenn ich ihn hole?“

„Ich muss zurück. Es reicht, wenn ich ihn ein andermal abhole.“

Ihr sank der Mut. „Okay.“ Dann war er schon wieder weg.

Müde schleppte sich Maggie den Flur entlang zu ihrem Apartment. Egal was passierte, egal welches Risiko sie einging, sie war entschlossen, mit ihm zu reden. Sie schwor sich, ihm zu sagen, was sie für ihn empfand.

Sie schien nur nie den richtigen Moment abpassen zu können.

Jason trug den letzten Pappkarton die Treppe hoch und stellte ihn auf den beigefarbenen Teppich in Ashleys winzigem Wohnzimmer. Er hatte ihr geholfen, sich einzurichten. Mrs Sparks hatte die Einrichtung mit ein paar zusätzlichen Möbeln ergänzt, und von ihm stammten ebenfalls einige Dinge. Nicht zu viele. Außerdem hatte er die Sachen, die er gekauft hatte, extra hier und da ein wenig abgestoßen oder einen Kratzer hineingemacht. Sie sollte nicht bemerken, dass sie neu waren.

Die kleine Wohnung sah nicht einmal übel aus. Winzig, aber auf eine Art gemütlich, die er so nie kennengelernt hatte. Sein ganzes Leben lang hatte er in riesigen Apartments und Häusern gewohnt. Er war so daran gewöhnt gewesen, dass es für ihn selbstverständlich war. Doch der Gedanke, sich hier mit Ashley nachts zusammenzukuscheln, war wirklich nicht schlecht.

„Ich brauche noch Grünpflanzen“, sagte sie und lenkte ihn von seinen Gedanken ab. „Sobald ich meinen ersten Gehaltsscheck habe, fahre ich zum Walmart und kaufe mir welche.“

Er musste fast grinsen. Es gefiel ihm, wie sparsam sie war. So eine Frau hatte er noch nie kennengelernt.

Ashley drehte sich um und begutachtete die Anordnung mit dem Sofa vor dem Fenster und dem Bücherregal an der Wand, das aus Brettern aus dem Baumarkt und Zementblöcken bestand. Die Steine hatte sie braun angestrichen. Sie besaß ein Talent fürs Einrichten, das konnte er sehen. Eine so kleine Wohnung mit alten zusammengewürfelten Möbeln gut aussehen zu lassen, war eine Herausforderung. Doch sie erreichte eine großartige Wirkung mit dem Wenigen, was sie hatte.

„Es sieht schon richtig gut aus, Ash.“

Sie kam zu ihm herüber und stellte sich neben ihn. Ihr Gesicht war vom Schleppen der letzten Kartons die Treppe hoch leicht gerötet, ihre seidigen Locken glänzten feucht vor Schweiß. „Meinst du wirklich?"

„Ja, wirklich. Es wird großartig aussehen, wenn du fertig bist."

Sie lächelte und strich ihm eine Haarsträhne aus dem Gesicht. Die leichte Berührung durchfuhr ihn wie ein elektrischer Schock, und plötzlich platzte er mit den Worten heraus.

„Ich liebe dich, Ashley. Ich kann es nicht mehr für mich behalten. Ich liebe dich und ich liebe Robbie. Ich möchte dich gern heiraten." Als sie ihn nur anstarrte, als hätte er den Verstand verloren, fügte er hinzu: „Wir können einfach hier wohnen, wenn du das willst."

Tränen stiegen in ihre großen blauen Augen. „Ach, Jason ..."

Er nahm sie in die Arme und zog sie an sich. „Ich meine es ernst. Ich liebe dich so sehr. Sag, dass du mich heiratest."

Sie schlang die Hände um seinen Nacken, und er spürte die heißen Tränen, die ihre Wangen hinunterrollten. Er betete, dass er es nicht überstürzt hatte, dass er sie nicht mit seinem plötzlichen Gefühlsausbruch abgestoßen hätte.

„Ashley ...?"

Sie lehnte sich ein bisschen zurück, um ihn ansehen zu können. „Ich liebe dich auch, Jason. So habe ich noch nie für jemanden empfunden. Du bist der süßeste Typ, den ich jemals kennengelernt habe."

Er schüttelte den Kopf. „Sag so was bloß nicht. Sag nicht *süß*. Einen süßen Mann heiratet doch niemand."

Sie lächelte und strich ihm über die Wange. „Du *bist* süß. Aber du hast recht, ich heirate dich nicht. Jedenfalls nicht jetzt, bevor ich nicht mein Leben in Ordnung gebracht habe."

Ein schweres Gewicht schien sich auf seine Brust zu senken.

„Außerdem ..." Sie sah ihn mit tränenassen Augen lächelnd an, sodass er sie am liebsten wieder an sich gezogen hätte. „Wir haben uns ja noch nicht mal geliebt."

Sie warf einen Blick zum Schlafzimmer hinüber. „Mrs Epstein passt auf den Kleinen auf. Wir haben die Wohnung ganz für uns. Ich denke … wenn du das auch möchtest … Jetzt wäre der richtige Moment."

Erleichtert und gleichzeitig erregt sah er sie an. „Ich würde nichts anderes lieber tun. Aber ich wollte dich wirklich nicht … drängen."

Sie nahm seine Hand. „Wir haben lange genug gewartet."

Er ließ sich von ihr ins Schlafzimmer führen, sein Herz hämmerte wie wild gegen seine Rippen. Das riesige Doppelbett, von dem er ihr gesagt hatte, es käme von einem Freund, der sich ein noch größeres gekauft hatte, stammte in Wahrheit von *Macy's*. Er hatte es nicht gewagt, ihr auch noch neue Bettbezüge zu kaufen, also benutzte sie welche, die Mrs Sparks ihr geliehen hatte.

Er blickte zum Bett und sah dann sie an. Jetzt, wo sie diese Entscheidung getroffen hatte, schien sie etwas nervös zu werden.

„Ist schon okay", sagte er und umfasste ihr Gesicht zärtlich. „Jetzt brauchst du nichts mehr zu tun. Von hier an übernehme ich."

Sie lächelte ihn so sehnsüchtig an, dass ihm ganz flau im Magen wurde. „Ich liebe dich, Jason."

„Ich liebe dich auch." Dann küsste er sie wieder. Ashley erwiderte seinen Kuss, und alles schien genau so, wie es sein sollte.

Sie gehörte zu ihm, das wusste er. Egal wie lange er warten musste, eines Tages würde sie ihn heiraten.

31. KAPITEL

Trace saß am Küchentisch und nippte an einer Tasse starkem schwarzem Kaffee. Nachdem er nicht hatte einschlafen können, hatte er sich vor Stunden eine Kanne gebrüht und grübelte nun über dem Kaffeesatz.

Er versuchte, nicht an Maggie zu denken, doch das gelang ihm nicht. Er fragte sich, was geschehen wäre, wenn er ihr seine Gefühle offenbart hätte. Ob es dann anders verlaufen wäre. Die Sache war, dass er sich, bevor sie ausgezogen war, gar nicht darüber im Klaren gewesen war, dass er sie liebte.

Doch dann war es zu spät gewesen.

Es würde mit ihnen nie funktionieren, das musste er akzeptieren. Doch da war immer noch dieses beunruhigende Gefühl, das ihn nicht in Ruhe lassen wollte.

Er rieb sich die Bartstoppeln, während er ins Wohnzimmer ging und den Fernseher anschaltete. Der Speicherchip mit Maggies Fotos steckte immer noch im Gerät. Auf dem Beistelltisch lag die Liste mit den Namen der Käufer von der letzten Vernissage. Er nahm die Liste und rief über die Senderwahl die Fotos an der Stelle auf, wo sie aufgehört hatten.

Er erinnerte sich an das Foto, wusste aber den Titel nicht mehr. Er wünschte, Maggie wäre da, um ihm zu helfen.

Verdammt, er wünschte einfach, Maggie wäre da, Punkt.

Er ging die ersten Fotos durch. Ohne die Titel zu kennen, konnte er sie den Käufern auf der Liste nicht zuordnen. Doch ihm fiel nichts auf, das jemanden hätte belasten können. Ohne genau zu wissen, wonach er suchte, sah er sich noch ein paar mehr an.

Die Polizei glaubte, dass Phillip Coffman das Feuer gelegt hatte. Coffman hatte gestanden, dass er ein paar Leute dafür bezahlt hatte, Fotos von Maggie zu machen, die Kamera in ihrer Wohnung sowie den GPS-Sender an ihrem Wagen zu installieren. Doch es wurde nichts gefunden, das ihn mit der Brandstiftung in Zusammenhang hätte bringen können. Nichts in seinem

Haus, in der Garage. Sein Anwalt behauptete unnachgiebig, dass Coffman in Bezug auf die Brandstiftung unschuldig war.

Und diese unbestimmte Vermutung in seinem Hinterkopf, die Trace die ganze Zeit hegte, wollte nicht verschwinden.

Die Nacht verstrich. Er musste duschen und ins Büro gehen. Ein weiteres Foto erschien. Er versuchte es mit einem Titel und Käufern auf der Liste in Zusammenhang zu bringen. Sein Kopf fuhr hoch, als es klingelte.

Trace trug nur seine Jeans, kein Hemd, keine Schuhe. Er sah durch den Spion. Maggie stand auf der Veranda, und sein Herz machte einen Satz.

Verdammt, er hatte sich geschworen, sich nie wieder von einer Frau so runterziehen zu lassen.

Trace öffnete die Tür.

„Guten Morgen", sagte sie fröhlich. Zu fröhlich, fand er. „Ich bin auf gut Glück vorbeigekommen, um dir deinen Laptop zurückzubringen. Ich dachte, du würdest ihn vielleicht brauchen."

Er trat zur Seite, um sie vorbeizulassen, und ihn umwehte ein Hauch ihres blumigen Parfüms. „Danke", sagte er rau und fuhr sich mit der Hand durch das zerzauste Haar.

Er nahm das Gerät entgegen, aber sie machte keine Anstalten, sich wieder zu verabschieden. Und er wollte es auch gar nicht. „Hör zu, wenn du ein paar Minuten Zeit hast, ich könnte deine Hilfe gebrauchen." Verdammt, sie sah so hübsch aus mit ihrem offenen feuerroten Haar. Er versuchte den Gedanken zu verdrängen, wie einsam er sich ohne sie gefühlt hatte. „Ich könnte uns eine Kanne Kaffee kochen."

„Ja! Ich meine ... Kaffee klingt gut." Da war etwas in ihrem Blick, das er vorher noch nie gesehen hatte. Etwas, das seinen Puls schneller schlagen ließ.

„Also wobei kann ich dir helfen?", fragte sie und folgte ihm in die Küche.

„Ich wollte den Rest der Fotos durchgehen, die du gemacht hast. Einfach um meine Neugier zu befriedigen und ein paar lose Enden zusammenzufügen."

„Ich denke, das ist eine gute Idee. Es kann ja nichts schaden, oder?“ Sie wartete, während er den Kaffee zubereitete, und er musste ständig daran denken, wie gut es war, sie wieder hier im Haus zu haben. Wie viel heimeliger es sich gleich anfühlte. Rowdy musste wohl genauso gedacht haben. Beim Klang ihrer Stimme kam er in die Küche getrottet und stürzte sich geradewegs auf sie.

„Hallo, Junge.“ Sie tätschelte sein dichtes schwarz-weißes Fell. „Ich habe dich vermisst.“

Trace fragte sich, ob sie ihn vielleicht auch vermisst hätte. Überlegte, was wohl passierte, wenn er einfach damit herausrückte, dass er verrückt nach ihr war. Dass er sich wünschte, sie würde wieder bei ihm einziehen.

Das tat er natürlich nicht. Seine Vernunft siegte. Wenn sie lieber hier gewesen wäre, hätte sie sich keine Wohnung gesucht.

Während der Kaffee durch den Filter lief, ging er ins Wohnzimmer zurück und rief das nächste Foto auf.

„Das heißt ‚Magnificent Storm‘“, sagte Maggie und stellte sich neben ihn.

Er versuchte nicht daran zu denken, dass er sie küssen, sie in die Arme nehmen und nach oben in sein Bett tragen wollte. Er konzentrierte sich auf die Namensliste.

„Das war eins von den verkauften Bildern, aber man sieht nur das Meer, keine Personen.“

„Nein.“

Das nächste Foto kam. „‚Rising Tide‘“, sagte sie. Badende spielten in der Brandung, einige lagen auf Strandtüchern im Sand. Die meisten waren zu weit entfernt, um sie zu erkennen. Ein junges Paar, das sich auf einer Decke küsste, befand sich näher an der Kamera. Sie strahlten solche Unschuld aus, dass es ihm in der Brust wehtat.

„Viele Leute im Bild, aber ich sehe niemanden, der irgendwas Verbotenes macht.“ Er lächelte. „Es sei denn, das Pärchen hat was zu verbergen.“

„Sie waren frisch verheiratet“, sagte Maggie ebenfalls lächelnd.

„Ich habe mit ihnen gesprochen und sie gebeten, mir eine Freigabe des Bildes zu unterschreiben, da sie auf dem Foto im Vordergrund zu sehen sind."

„Dann geht es offensichtlich nicht um sie, ansonsten kann man niemanden richtig erkennen." Er rief das nächste Foto auf. Eine Aufnahme vom Hafen, die ihm in der Ausstellung schon sehr gut gefallen hatte.

„Das hier erkenne ich wieder. ‚Harbor Sunset.' Ich weiß noch, dass ich bei dem Anblick am liebsten sofort lossegeln wollte."

„Die Aufnahme entstand in der *Blue Fin Marina*, als die Sonne unterging."

„Das ist in der Nähe von Seabrook. Eine Menge Boote und ziemlich viele Leute."

„Es war der Abend eines wunderschönen Tages. Die meisten Jachten waren zurück in ihrer Helling, und die Leute saßen an Deck. Du siehst die Namen der ganzen Schiffe im Dock aufleuchten. Die Sonne schien genau im richtigen Winkel. Das Licht war einfach perfekt. Das ist eine gelungene Aufnahme."

„Die Anzeige sagt, dass sie am 20. April um 17:42 Uhr entstand."

„Das könnte hinkommen."

Trace warf einen Blick auf die Liste. „Richard Meyers, Senator Logans Assistent, hat das Bild gekauft."

Maggie ging näher an den Bildschirm heran. „Vielleicht gehört Logan eine der Jachten dort."

„Ich kann mich erinnern, dass Cassidy mal sagte, ihr Vater hätte ein richtig cooles Schiff."

Maggie zeigte auf eine der teuren weißen Jachten in der Aufnahme. „Ich wette, das ist die hier – ‚Capitol Expense'." Es war ein großes, protziges Schiff, ganz nach dem Geschmack des Senators.

Maggie studierte das Foto, das auf eins dreißig vergrößert war, doch in der High-Definition-Technik wurde es ziemlich scharf. „Ich glaube, das ist er selbst – der Mann mit dem silbergrauen Haar, der an Deck sitzt."

Trace kam ebenfalls näher. „Du hast recht.“ Er sah sich das Bild genauer an und spürte wieder dieses Kribbeln im Nacken. „Ihm gegenüber sitzt eine Frau.“

„Sie hat ziemlich dunkles Haar, seine Ehefrau kann das nicht sein.“

„Seine Tochter auch nicht, die ist genauso blond wie die Mutter. Lass uns doch mal spaßeshalber herausfinden, wer das ist.“

„Wie denn das? Man kann sie ja nur im Profil sehen.“

„Eins können wir schon mal feststellen. Sie trägt einen Bikini und sieht darin verdammt gut aus.“

Maggie lachte. „Jung sieht sie aus.“

„Jung und hübsch. Ich glaube kaum, dass es eine von seinen Wählerinnen ist.“

Maggie sah Trace an. „Er will zum Gouverneur gewählt werden. Es wäre nicht gerade förderlich, wenn herauskäme, dass er eine Affäre hat.“

Trace betrachtete das Foto. Bei der Frau handelte es sich eindeutig nicht um Cassidy oder Teresa Logan. „Trotzdem kann ich mir schlecht vorstellen, dass er dein Haus abbrennt, um es zu verheimlichen.“

„Das kommt darauf an, wie scharf er darauf ist, zu gewinnen.“

Trace ging dicht an den Bildschirm heran und legte seinen Finger darauf. „Da ist was auf der Schulter der Frau. Irgendwas Farbiges. Man kann es nicht richtig erkennen …“

Maggie lehnte sich vor, sodass er ihren warmen Atem spürte und den vertrauten Duft ihres Parfüms wahrnahm. Er spannte sich an. Verdammt.

„Könnte ein Tattoo sein“, sagte sie. „In ihrem Alter hat man so was.“

„Vielleicht.“ Trace zog den Speicherchip aus dem Gerät. „Ich kenne jemanden, der uns da weiterhelfen wird. Er kann das Bild so vergrößern, dass wir das Gesicht der Frau besser sehen und erkennen, was sie auf der Schulter hat.“

Der Kaffee war fertig, das frische Aroma erfüllte die Wohnung. Aber Trace hatte keinen Kaffeedurst mehr. Sein Instinkt sagte ihm, dass er soeben einen Haupttreffer gelandet hatte.

„Kann ich mitkommen?“, fragte Maggie und sah ihn mit diesen hellgrünen Augen an, die ihn vom ersten Augenblick an im *Texas Café* fasziniert hatten. Obwohl er wusste, dass es nicht klug war und er sich nur umso schlechter fühlen würde, wenn sie ihn wieder verließ, sagte er: „Ja.“

Maggie wartete, während Trace telefonierte. Als er seinen Anruf erledigt hatte, gingen sie zu seinem Jeep.

„Wohin fahren wir?“, erkundigte sie sich.

„Zu einem alten Freund meines Vaters. Pete Wilkinson. Er war bei der NASA, inzwischen pensioniert. Arbeitet aber gelegentlich noch als Berater für sie.“

Maggie befestigte ihren Sicherheitsgurt und lehnte sich zurück, als Trace sie aus der Stadt Richtung Südosten in ein Viertel Pasadenas fuhr. Der Freund seines Vaters musste schon auf sie gewartet haben. Ein Mann Ende fünfzig mit stahlgrauem Haar und etwas fülliger um die Mitte herum öffnete die Tür und trat auf die Veranda heraus, als sie gerade vor dem einstöckigen Backsteinhaus vorfuhren.

„Komm“, sagte Trace zu Maggie und ging mit ihr den Gehweg hoch. Die beiden Männer schüttelten sich die Hand. Maggie wurde vorgestellt, und Pete führte sie ins Haus.

„Vielen Dank, dass du dir Zeit für uns nimmst, Pete. Ich habe das Gefühl, das könnte wichtig sein.“

„Na gut, ich hoffe, ich kann helfen.“

Maggie folgte den beiden in Wilkinsons Arbeitszimmer. Es war überraschenderweise hochtechnisch ausgestattet, wenn man die einfache Einrichtung des Wohnzimmers mit dem dunkelbraun bezogenen Polstersofa und dem mit Zeitungen überladenen Kaffeetisch bedachte. Vor dem Küchentresen stand ein Hundenapf. Maggie konnte sehen, dass Pete allein lebte.

Im Vergleich dazu war das Büro dem Weltraumzeitalter gemäß ausgestattet. Große Bildschirme bedeckten die Wände, Reihen von Rechnern davor. An den wenigen übrigen freien Stellen an den Wänden hingen Fotos von Raumschiffen, der Mondlandung und eindrucksvolle farbige Bilder vom Hubble-Teleskop neben einer beachtlichen Anzahl von gerahmten Auszeichnungen.

„Pete hat an der NASA-Software gearbeitet, mit der die Fotos aus dem Weltraum ausgewertet wurden. Einen großen Teil davon benutzen sie immer noch." Trace verzog die Mundwinkel nach oben. „Pete fungiert auch als Berater im Weltraumzentrum, wenn sie nicht weiterwissen."

Der ältere Mann lächelte nur. „So habe ich was zu tun. Ich bin Witwer, wissen Sie, und nicht so der Typ fürs Golfspielen."

„Pete hat meinen Vater bei einigen der kniffligeren Überwachungsfälle unterstützt." Trace reichte ihm die Speicherkarte. „Wir versuchen eine junge Frau auf einem der Fotos zu identifizieren."

Der Fotoexperte schob den Chip in einen Rechner und ging die Bilder mithilfe der Tastatur im Schnelltempo durch.

„Das da!", rief Trace. „Das ist das Foto, das wir meinen."

Pete setzte sich eine Brille mit breiter Fassung auf und betrachtete die Aufnahme auf dem Bildschirm. „Okay, mal sehen, was wir machen können." Er bediente diverse Kontrolltasten, vergrößerte das Foto und stellte es schärfer ein. Vergrößern, dann wieder Schärfe einstellen. Es dauerte nicht lange, bis sie Senator Logans attraktives zu einem Lächeln verzogenes Gesicht auf dem Bildschirm hatten.

„Das scheint ja unser illustrer Senator zu sein", sagte Pete.

„Ganz genau."

Er begann das Profil der jungen Frau zu vergrößern und es schärfer zu stellen, bis es deutlich zu sehen war.

„Man erkennt nicht genug von ihrem Gesicht, um sie zu identifizieren", bemerkte Pete.

Trace wandte sich an Maggie. „Irgendeine Ahnung, wer das sein könnte?"

Sie schüttelte den Kopf. „Nein."

Pete arbeitete weiter an dem Foto, um den bunten Fleck auf

der Schulter der jungen Frau zu vergrößern.

„Es ist ein Tattoo, stimmt“, sagte Trace, als man das farbige Bild erkennen konnte. „Ziemlich gut gemacht.“

„Sieht aus wie eine kleine, sehr filigran gemalte Fee“, bemerkte Pete, der das winzige, äußerst kunstvoll gezeichnete Tattoo näher in Augenschein nahm.

„Ja. Ich glaube nicht, dass man so was in einem normalen Tätowierladen machen lassen kann. Das ist ein richtiges Kunstwerk. Hier war ein echter Fachmann am Werk.“ Trace warf Pete einen Blick zu. „Kannst du uns ein paar Ausdrucke davon machen?“

„Klar, kein Problem.“

Wenige Minuten später spuckte der Drucker vergrößerte Fotos des Senators und seiner Freundin aus, gefolgt von einer Nahaufnahme ihres farbigen Tattoos. Pete reichte sie an Trace weiter.

„Vielen Dank, Pete.“

„Sag mir Bescheid, was dabei rausgekommen ist, ja?“

„Auf jeden Fall.“

Pete blieb vor der Tür stehen. „Es war nett, Sie kennenzulernen, Maggie.“

„Ganz meinerseits, Pete. Wir sind Ihnen wirklich für Ihre Hilfe dankbar.“

Mit den Vergrößerungen in der Hand verließen sie Petes Haus, dann fuhren sie mit dem Jeep wieder Richtung Houston Innenstadt.

„Wohin jetzt?“, fragte Maggie.

„Ich habe einen Freund im Polizeirevier. Danny Castillo. Er ist Leiter der Abteilung für Gangkriminalität und kennt sich mit Tattoos bestens aus. Bei einem so außergewöhnlichen Design sollte er in der Lage sein, uns zu sagen, wer das gemacht hat. Mit etwas Glück erfahren wir von dem Künstler, wer seine Kundin ist.“

„Meinst du, Castillo ist jetzt da?“

„Früher oder später werden wir ihn antreffen. Mein Instinkt sagt mir, dass wir hier an irgendwas dran sind.“

„Vielleicht war die Frau ja einfach nur eine Freundin von einem Freund."

„Kann sein. Aber das werden wir sicher herausfinden."

Als sie durch die Glastüren eintraten, begannen Maggies Nerven zu flattern. Unwillkürlich musste sie wieder an den Abend denken, an dem sie ins Revier gekommen war und gehofft hatte, dass man ihr bei ihrem Problem mit dem Stalker half. Stattdessen hatte man sie mit höhnischen und bedeutungsvollen Blicken bedacht und wenig Interesse für ihren Fall gezeigt. Sie sagte sich, dass es diesmal anders sein würde.

„Er ist da", sagte Trace, als er vom Empfangstresen zurückkam. „Er kommt gleich raus."

Maggie nickte nur. Ihr war flau im Magen, obwohl sie sich sagte, dass dies hier nichts mit ihr zu tun hatte und wahrscheinlich reine Zeitverschwendung war. Es dauerte nicht lange, da kam ein großer, gut aussehender hispanischer Detective mit zurückgekämmtem kurzem schwarzem Haar und sehr dunklen Augen auf sie zu.

„Hey, Mann, schön, dich zu sehen." Castillo schüttelte Trace die Hand.

„Danny, das ist Maggie O'Connell. Sie hatte Probleme mit einem Stalker. Wir hoffen, du kannst uns bei einer Spur weiterhelfen, die womöglich mit dem Fall in Verbindung steht."

„Sicher, was immer ich tun kann. Kommt mit nach hinten." Castillo führte sie einen langen Flur entlang zu einem Raum mit weißen Wänden, der spartanisch eingerichtet und ziemlich renovierungsbedürftig war. Der Linoleumboden splitterte an einigen Stellen, von den Fußleisten platzte der Lack ab. Die Holzstühle vor dem zerkratzten Tisch sahen genauso mitgenommen aus. „Wollt ihr Kaffee oder irgendwas?"

„Für mich nichts, danke", sagte Maggie.

„Nein, danke", stimmte Trace ihr zu. „Wir wollten dich nur bitten, mal einen Blick auf das Bild zu werfen. Das Tattoo ist außergewöhnlich. Wer immer das gemacht hat, versteht was von seinem Handwerk. Wir haben gehofft, du könntest uns sagen, wer der Künstler ist."

Danny betrachtete das Foto und runzelte die Stirn. „Das hat ein Typ namens Caesar Hernandez gemacht. Er ist einer der besten Tattookünstler von Houston. Seine Arbeiten sind immer Unikate. Die Motive stammen von ihm selbst."

Danny sah auf, sein Gesichtsausdruck war plötzlich weniger freundlich als bei der Begrüßung. „Woher habt ihr dieses Foto?"

„Maggie hat die Aufnahme gemacht. Sie ist Fotografin. Was du hier siehst, ist ein Foto, das in der *Blue Fin Marina* entstand." Trace überreichte ihm die anderen Vergrößerungen.

„Senator Logan", stellte Danny fest.

„Das ist richtig. Wir sind auf der Suche nach dieser jungen Frau."

Danny warf Maggie einen kühlen Blick zu. „Wann haben Sie das Foto aufgenommen?"

Ihre Schultern verkrampften sich. An jenem Abend hatten sie die Polizisten genauso angesehen wie der Detective jetzt. „Das war bei Sonnenuntergang am 20. April. Das Datum und die Uhrzeit werden beim Originalfoto angegeben."

„Warten Sie bitte mal einen Augenblick." Danny verließ den Raum und schloss die Tür sorgfältig hinter sich.

„Was ist jetzt los?" Maggie sah Trace fragend an, ihr wurde bereits wieder flau im Magen.

„Keine Ahnung. Aber es sieht so aus, als wüsste Danny irgendwas, das uns weiterhelfen kann."

„Oder er weiß, wer ich bin, und will uns loswerden."

Die Tür wurde wieder aufgerissen, und Castillo betrat den winzigen, plötzlich stickigen Raum wieder. Ein anderer Mann folgte ihm, ein untersetzter Typ mit beginnender Glatze und einem äußerst ernsten Ausdruck auf dem Gesicht.

„Ms O'Connell, ich bin Captain Roberts. Wie ich hörte, haben Sie das Foto am 20. April dieses Jahres aufgenommen."

„Das stimmt, ungefähr gegen fünf Uhr abends."

„Die Frau auf dem Foto ist Isabel Garner. Sie haben vielleicht in der Zeitung von ihr gelesen. Am 20. April ist sie verschwunden, wurde aber erst am Tag darauf als vermisst gemeldet."

„Oh mein Gott!" Maggie erinnerte sich. Sie hatte die Reportage im Fernsehen gesehen.

„Eine Woche später wurde ihre Leiche an der Küste gefunden. Todesursache war ein Schädelhirntrauma durch Gewaltanwendung. Ich fürchte, Ms Garner wurde ermordet."

Maggie warf Trace einen Blick zu. Dessen Gesicht erschien starr wie gemeißelt.

„Dann gehe ich davon aus, dass ihr ein paar Worte mit Garrett Logan reden wollt. Denn offensichtlich hat der Senator sich viel Mühe gegeben, um dieses Foto aus dem Verkehr zu ziehen."

„Ist das so?", fragte der Captain.

„Ja, so ist es. Vielleicht könnten Sie ihn nach dem Mann fragen, den er angeheuert hat, um Ms O'Connells Atelier abzufackeln – eine Aktion, bei der ganz offensichtlich diese Aufnahme vernichtet werden sollte, die wir hier vor uns haben."

Der Captain sah Maggie nun zum ersten Mal mit einem freundlichen Lächeln an. „Das klingt äußerst interessant. Ich denke, genau das werden wir tun."

32. KAPITEL

Es war vorbei. Garrett Logan und Richard Meyers waren wegen Mordes an Isabel Garner verhaftet worden – obwohl man beide bereits wieder auf Kaution entlassen hatte.

Maggie wohnte in ihrem Apartment. Trace in seinem Haus. Sie fotografierte wieder. Und lebte allein.

Und sie litt unter Liebeskummer.

Sie hatte einfach nie die Gelegenheit bekommen, mit Trace zu reden, nie den Mut gefasst, ihm zu sagen, was sie für ihn empfand. Stattdessen hatte sie eine schreckliche Woche lang versucht, ihr Leben wieder in den Griff zu bekommen. Ihren Alltag wie gewohnt zu gestalten. Nur um festzustellen, dass sie nicht mehr die Person war, die sie zu sein pflegte.

Und die sie auch nicht mehr sein wollte.

In ihrem provisorisch eingerichteten Arbeitszimmer vor dem neuen Computer dachte sie an Trace und fragte sich zum hundertsten Mal, was wohl passierte, wenn sie einfach zu ihm nach Hause fuhr, bei ihm hereinplatzte und ihm gestand, dass sie ihn liebte.

Vielleicht sollte ich das tun, überlegte sie. Doch dann klingelte das Telefon, eine weitere Entschuldigung für einen neuen Aufschub. Einen kurzen Moment dachte sie, es wäre womöglich Trace, als sie nach dem Hörer griff.

Es war Ashley. „Hallo, Schwesterherz, ich wollte … einfach mal hören, was du machst, ob alles in Ordnung ist."

Es musste wirklich schlimm um sie stehen, wenn die kleine Schwester sich Sorgen um die große Schwester machte, statt umgekehrt.

„Mir geht's gut."

„Ich nehme mal an, äh, du hast noch nichts von Trace gehört."

Maggie seufzte. „Das habe ich eigentlich auch nicht erwartet. Wahrscheinlich hat er viel zu tun. Ich bin nicht mehr seine Klientin. Bestimmt gibt es genug andere Leute, um die er sich kümmern muss."

„Wahrscheinlich …"

Sie bemühte sich um einen munteren Tonfall. „Wie sieht es bei dir aus? Alles in Ordnung mit dir und Jason? Schwebst du immer noch auf Wolken?"

Sie konnte das verträumte Lächeln ihrer Schwester förmlich sehen. „Es ist genauso, wie du sagtest. Jason ist einfach einmalig. Endlich habe ich einen Mann gefunden, den ich wirklich liebe. So was hätte ich nie erwartet – nicht bei mir."

Maggie lächelte wehmütig. „Das ist doch wundervoll, Ash. Ich freue mich so für euch beide."

„Hör zu, ich muss Schluss machen. Sonst komme ich zu spät zur Arbeit. Ich wollte nur mal hören, wie es dir geht."

„Alles in Ordnung, wirklich. Ruf mich noch mal an, wenn du ein bisschen mehr Zeit hast."

„Das mache ich." Sie legte auf.

Maggie wanderte in ihrer Wohnung umher und versuchte Begeisterung für ihre Arbeit aufzubringen. Sie hatte ein paar neue Fotos auf den Computer geladen. Immer wieder sagte sie sich, dass sie gut genug wären. Mit ein bisschen Bearbeitung hier und dort könnte sie die Aufnahmen für ihren Fotoband benutzen.

Sie war aber nicht überzeugt.

Jemand klopfte an die Tür, und sie freute sich über die Ablenkung – wahrscheinlich Roxanne. Oder vielleicht war es Trace.

Maggies Herz begann zu klopfen. Sie blickte auf ihr T-Shirt hinunter. Vorn war eine Kamera aufgedruckt und darunter der Schriftzug „Flash Dancer". Jetzt war keine Zeit mehr, sich umzuziehen, stellte sie auf dem Weg zur Tür fest.

Maggie war nicht dazu gekommen, die Schlösser zu erneuern oder einen Spion installieren zu lassen. Aber das war inzwischen nicht mehr so wichtig. Maggie öffnete die Tür weit und holte erschrocken Luft.

„Hallo, meine Teure, ich habe dich so vermisst."

Für einen Augenblick hatte sie das Gefühl zu ersticken, ihr Brustkorb fühlte sich an wie zugeschnürt. Als Phillip Coffman sie in ihre Wohnung drängte und die Tür hinter sich schloss, fielen ihr sofort wieder die Dutzende von Fotos an seiner Schlafzimmerwand ein, und ihr wurden die Knie vor Angst weich. Sie sagte sich, dass sie nicht in Panik geraten sollte. Phillip Coffman hatte sie nie körperlich verletzt. Er hatte auch den Brand nicht gelegt. Dafür war Senator Logan verantwortlich. Coffman hatte sie nur ausspioniert, diese unheimlichen Anrufe gemacht und sie verfolgt. Und abgesehen von seiner Größe erschien er eher bemitleidenswert als bedrohlich.

Trotzdem warf sie einen kurzen Blick zur Tür, schätzte die Chancen ein, an ihm vorbei aus dem Apartment zu kommen.

Sie hätte es versucht – wenn er nicht eine Pistole aus seiner Jackentasche gezogen hätte. Eine schwarze Halbautomatik, so ähnlich wie die, die Trace immer bei sich hatte.

„Phillip …“, sagte sie fassungslos.

„Ich bin hier, um dich zu holen, meine Liebe. Es wird Zeit, dass wir zusammenfinden. So wie ich es dir versprochen habe.“

Ihr Puls raste. Ihr Herz schlug so laut, dass sie es hören konnte.

„Ich dachte … ich dachte, Sie wären im Krankenhaus.“ In der psychiatrischen Abteilung, wo sein Geisteszustand überprüft werden sollte. *Mein Gott, hatten die ihn entlassen, ohne sie davon zu unterrichten?*

„Meine Tochter Susan ist so ein liebes Mädchen. Sie und ihr Freund Clayton Arnold haben dafür gesorgt, dass ich nach Hause kann. Clay ist Anwalt, verstehst du?“

Oh ja, sehr gut. Offensichtlich hatte Coffman genug lichte Momente oder seine Tochter hatte ausreichend Geld, um die richtigen Leute überzeugt zu haben, dass sie ihn entließen.

„Ich fühle mich schon viel besser, also bin ich gleich hierhergekommen.“

„Warum … warum haben Sie denn die Pistole mitgebracht?“, wollte sie wissen.

Coffman blickte auf seine Waffe hinunter, als würde ihm jetzt erst bewusst, dass er sie in der Hand hielt. Dann lächelte er. „Weil es an der Zeit ist, meine Teure, unsere Bestimmung zu erfüllen.“

Oh mein Gott, dieser Typ war noch verrückter als vorher. Sie begann sich vorsichtig an ihm vorbei Richtung Tür zu bewegen, immer ein kleines Stück weiter.

„Das würde ich an deiner Stelle lieber nicht tun." Er richtete die Pistole auf sie. „Siehst du es denn nicht ein, meine Liebe? Ich bin der Einzige, der dich erretten kann." Die Mündung der Waffe zeigte jetzt auf ihren Brustkorb, und sie blieb wie angewurzelt auf der Stelle stehen. „Aber zuerst brauchen wir noch etwas Zeit, um über unsere Zukunft zu reden."

Was für eine Zukunft? dachte sie. So wie es aussah, hatten sie keine Zukunft!

Phillip deutete mit der Waffe auf die Wohnzimmertür. „Warum setzen wir uns nicht und machen es uns bequem? Wir haben nicht viel Zeit."

Maggie schluckte. Wenn sie losrannte, würde er sie womöglich einfach erschießen und die Sache gleich beenden. Aber vielleicht, wenn sie etwas Zeit schindete, könnte sie ihn von seinem Vorhaben abbringen oder ihn zumindest so weit ablenken, dass sie flüchten konnte.

Sie bemühte sich um ein Lächeln. „Das ist eine gute Idee ... mein Teurer."

Die Hand, in der Trace den Strauß mit den roten Rosen hielt, war schon ganz feucht. Er war sich nicht sicher gewesen, was er kaufen sollte, aber den meisten Frauen gefielen Rosen, und die roten waren am romantischsten.

Ihm war klar gewesen, dass er jedes erdenkliche Hilfsmittel benötigte.

Fast eine Woche hatte er sich auszureden versucht, hierherzukommen und ohne sich anzumelden vor Maggies Tür zu erscheinen. Aber je länger er sich von ihr fernhielt, desto deutlicher wurde ihm bewusst, dass er sie liebte. Er hatte befürchtet, wenn er anriefe, etwas Falsches zu sagen.

Das könnte natürlich auch jetzt passieren. In solchen Beziehungsgeschichten war er manchmal ungeschickt. Es war damals leicht gewesen, Carly zu sagen, dass er sie liebte, denn zu der Zeit war ihm gar nicht klar gewesen, was das tatsächlich bedeutete. Er hatte einfach geglaubt, es wäre richtig, sie zu heiraten.

Diesmal meinte er es auch so. Er war verliebt, unsterblich, und er würde seine letzte Chance zum Glücklichsein nicht einfach kampflos verstreichen lassen. Immerhin war er ein Ranger, oder nicht? Zumindest war er einer gewesen. Ganz sicher hatte er genug Kraft, um für das zu kämpfen, was ihm wichtig war.

Das einzige Problem war, dass er keine Ahnung hatte, was Maggie für ihn empfand. Das Letzte, was er wollte, war, eine Frau zu heiraten, die ihn nicht liebte.

Das hatte er bereits einmal gehabt.

Doch es gab nur eine Möglichkeit, das herauszufinden. Er musste sie einfach direkt fragen. Nach allem, was sie zusammen durchgemacht hatten, würde sie ihm sicher die Wahrheit sagen.

Er verließ den Fahrstuhl im zweiten Stock und ging den Korridor zu ihrem Apartment entlang. Vor der Tür blieb er kurz stehen, um seine Stiefelspitzen am Hosenbein blank zu putzen. Als er den Arm nach der Klingel ausstreckte, hörte er Stimmen. Maggies erkannte er, die andere gehörte eindeutig einem Mann. Trace zog sich der Magen zusammen. Maggie hatte Besuch von einem Mann.

Er umklammerte den Blumenstrauß. Einen Augenblick überlegte er, ob er die Rosen einfach wegwerfen und wieder gehen sollte. Aber er war kein Feigling. Vielleicht handelte es sich ja um einen Kunstsammler oder Ähnliches. Trace konnte nicht verstehen, was sie sagten, aber wenn es anders war, würde er zumindest die Wahrheit erfahren.

Er drückte auf die Klingel, und das Gespräch in der Wohnung verstummte augenblicklich. Als niemand an die Tür kam, hatte er das Gefühl, als würde sein Herz stehen bleiben.

Er nahm allen Mut zusammen. „Maggie?“ Er klingelte noch einmal.

Keine Antwort. Offensichtlich war sie zu sehr mit ihrem Besucher beschäftigt, um ihm zu öffnen. Er ließ den Strauß neben die Tür fallen und wandte sich zum Gehen um, als er ein Krachen von drinnen hörte. Irgendetwas war zerbrochen, und dann kam Maggies lauter Schrei.

„Trace!“, rief sie.

Sofort schoss ihm das Adrenalin durchs Blut. Er ging ein Stück zurück und holte aus, um der Tür einen gezielten, harten Fußtritt zu verpassen. Sie gab nach, und in diesem Augenblick war er dankbar, dass sie nicht verriegelt war. „Maggie!“

Sie stand im Wohnzimmer, Phillip Coffman mit einer großkalibrigen Halbautomatik hinter ihr, deren Mündung er gegen ihren Kopf presste.

„Sie müssen leider gehen“, sagte Coffman. „Das hier ist eine private Angelegenheit.“ Er schlang ihr einen dicken Arm um den Hals und zog sie an sich. „Gehen Sie jetzt.“

„Immer ruhig“, sagte Trace freundlich. „Wir können das alles besprechen.“

„Sie sollten nicht hier sein. Sie stören unser Schicksal.“

„Legen Sie die Waffe weg, Phillip, damit wir reden können.“

Der große Mann schüttelte den Kopf. „Sie hetzen uns. Maggie und ich … wir brauchen Zeit, um Pläne für unser gemeinsames Leben zu schmieden, wenn wir erst mal die Astralebene erreicht haben.“

Ein leises Aufschluchzen kam von Maggie. Trace musste sich zusammenreißen, um sie nicht anzusehen und ihr mit Blicken Mut zu machen. Aber er durfte Coffman nicht aus den Augen lassen. Manchmal trug Trace eine kleine 25er in seinem Stiefel, die ihm bereits gute Dienste geleistet hatte. Dummerweise hatte er es nicht für angemessen befunden, die Waffe auch heute mitzunehmen.

„Wie sind denn Ihre Pläne?“, erkundigte er sich bei Phillip, um ihn zum Reden zu bringen. „Sie beide sterben und werden dann in einer anderen Welt leben? Warum denn nicht hier? Sie und Maggie könnten doch gleich hier zusammen leben.“

Coffman runzelte verwirrt die Stirn. „Könnten wir das denn?“

„Ich wüsste keinen Grund, warum nicht. Was sagst du dazu,

Maggie? Meinst du nicht auch, das wäre besser?"

Sie schluckte und krallte die Finger in Coffmans Arm unter ihrem Kinn. „Ich finde die Idee gut. Phillip und ich könnten heiraten. Wir könnten in seinem Haus wohnen."

Der ältere Mann erstarrte. „Das war Angelas Haus. Da können wir nicht wohnen. Wir müssen woandershin." Er rückte die Waffe zurecht und hielt sie ihr gegen die Schläfe. „Es wird Zeit, dass wir gehen."

„Warten Sie!" Trace kam einen Schritt näher. „Wenn Sie hierbleiben, könnten Sie beide tanzen gehen. Erinnern Sie sich an den Abend? Erinnern Sie sich, wie Sie zusammen getanzt haben? Wollen Sie das nicht noch einmal erleben?"

Coffman lächelte. „Ich erinnere mich. Maggie sah an dem Abend so wunderschön aus."

„Und du ... du sahst auch sehr gut aus", sagte sie. „Es war ... es war wunderbar, in deinen Armen zu tanzen."

Trace rückte unauffällig ein Stück weiter vor, und Coffman sah ihn alarmiert an. Er nahm die Waffe von Maggies Schläfe und richtete sie direkt auf Traces Brustkorb.

„Sie gehören hier nicht her." Sein Gesichtsausdruck bekam jetzt etwas Hartes und Entschlossenes. Es würde jetzt keine weiteren Worte mehr geben.

Maggie musste seine Stimmung ebenfalls gespürt haben. Kurz bevor Phillip den Abzug drückte, stieß sie seine Hand, in der er die Waffe hielt, nach oben, sodass er sein Ziel verfehlte. Ein lauter Knall zerriss die Luft. Maggie versuchte Coffman die Waffe aus der Hand zu reißen, als Trace auf sie zustürzte. Alle drei gingen zu Boden. Maggie rang mit Coffman um die Pistole. Trace versuchte Maggie aus der Gefahrenzone zu schieben, als sich ein weiterer Schuss löste.

„Maggie!" Blut tropfte auf den Teppich. Trace hörte sie leise aufstöhnen und sprang auf. Sie lag reglos auf Coffman. „Maggie."

Da bewegte sie sich, und er sah, dass die Kugel nicht sie getroffen hatte, sondern in Coffmans Brust eingeschlagen war. Das Blut, das ihr T-Shirt durchtränkte, gehörte ihm, nicht ihr. Trace war so erleichtert, dass er schwankte.

„Trace …?“

Er nahm Coffman die Waffe aus der schlaffen Hand und warf sie beiseite. Ein riesiges gezacktes Loch befand sich direkt an dessen Herzen, wo die Kugel eingeschlagen war. Trace zog Maggie auf die Füße und nahm sie in die Arme.

„Alles okay, mein Schatz.“

„Oh mein Gott, Trace.“ Sie klammerte sich an ihn und er hielt sie fest. Er würde sie nicht mehr loslassen. Diesmal nicht.

„Geht es dir gut?“, fragte er schließlich, obwohl er spürte, wie sie zitterte.

Maggie presste sich an ihn. „Mir geht es gut.“

Trace zog sein Handy aus der Jeanstasche und drückte den Notruf. Er berichtete kurz, was vorgefallen war, und gab der Polizei die Adresse durch.

Dann schob er das Mobiltelefon wieder in die Tasche. Maggie hielt ihn noch immer fest. Sie holte zitternd Luft. „Ich dachte, jetzt wäre alles aus“, sagte sie. „Ich hatte schon befürchtet, ich würde nie mehr die Gelegenheit bekommen, dir zu sagen, was ich für dich empfinde.“ Sie sah ihn an, und all ihre Gefühle waren in ihrem Blick zu erkennen. „Ich liebe dich, Trace. Ich liebe dich so sehr. Die ganze Zeit wollte ich es dir sagen, aber ich hatte Angst davor.“

Er zog sie enger an sich. „Ich liebe dich auch, Maggie, mein Schatz. Und ich bin ein noch größerer Feigling als du.“

In ihren wunderschönen grünen Augen glänzten die Tränen. „Kann ich … kann ich wieder nach Hause kommen?“

Die Liebe zu ihr drohte ihn fast zu überwältigen. „Deshalb bin ich hier, Darling. Ich wollte dich zurück nach Hause holen.“

Maggie packte ihre Tasche für eine Übernachtung, und sobald die Polizei ihnen erlaubte zu gehen, fuhr sie mit Trace zurück zu seinem Haus.

Sie hatte immer gedacht, dass alles überstanden wäre. Zuerst als Phillip Coffman festgenommen worden war. Dann vor zwei

Tagen, als die Polizei Garrett Logan wegen Mordes an Isabel Garner verhaftet hatte. Nachdem Spuren von Blut der Getöteten auf der Jacht nachgewiesen worden waren, hatte Logan die Beziehung zu der schönen jungen Frau nicht mehr abgestritten, allerdings behauptet, dass ihr Tod ein Unfall gewesen sei.

Seiner Darstellung nach hatte Isabel, die erst zwei Monate zuvor von Memphis nach Houston gezogen war, ihn um Geld zu erpressen versucht. Logan hatte überreagiert und sie zu heftig weggestoßen, sodass sie mit dem Kopf gegen die Reling der Jacht gestürzt war. Er sei in Panik verfallen und völlig durcheinander gewesen, behauptete er. Er hatte seinen Assistenten angerufen, und Richard habe ihn gedrängt, mit dem Boot aufs offene Meer zu fahren und die Leiche dort zu versenken.

Meyers war ebenfalls verhaftet worden.

Beide Männer hatten abgestritten, etwas mit dem Brand in Maggies Atelier zu tun zu haben, obwohl es kaum Zweifel daran gab, dass sie dahintersteckten.

Logan und Meyers würden sich vor Gericht zu verantworten haben, und Coffman war tot. Coffmans Tochter tat Maggie leid. Nach Aussage von Detective Sayers hatte Susan Coffman die Nachricht vom Tod ihres Vaters sehr schwer getroffen. Sie hatte sich selbst für das, was passiert war, verantwortlich gemacht. Wenn man bedachte, dass Susan die frühe Entlassung ihres Vaters aus der psychiatrischen Klinik veranlasst hatte, musste ihr Maggie bis zu einem bestimmten Grad zustimmen.

Doch all das hatte sie hinter sich. Ihr Leben wurde nun nicht mehr von anderen bestimmt. Diesmal war sie entschlossen, das Beste daraus zu machen.

Es war Abend. Ein sanfter Frühlingsregen tröpfelte leise gegen das Dach. Maggie hatte geduscht, um etwas munterer zu werden, ihr Haar gewaschen und getrocknet und einen weißen Morgenmantel angezogen. Den hatte sie nach dem Brand gekauft, um ihn für Trace zu tragen. Bisher war sie nicht dazu gekommen, ihn anzuziehen.

Was Trace betraf, war er merkwürdig still. Während sie ihn

beobachtete, wie er nur in seinen Jeans barfuß aus dem Schlafzimmer kam, fragte sie sich, woran er dachte. Sein dunkles Haar glänzte noch feucht vom Duschen. Wassertropfen perlten von seiner muskulösen Brust und über den flachen durchtrainierten Bauch.

Sie ging auf ihn zu, der Morgenrock flatterte um ihre Knöchel. Das Gewand wirkte fast jungfräulich, und heute Abend fühlte sie sich auch ein bisschen so. Als würden sie sich zum ersten Mal lieben.

Trace strich ihr durchs Haar und klemmte ihr eine vorwitzige Locke hinters Ohr. „Du siehst wunderschön aus, Darling."

Sie wandte den Blick ab, fühlte sich merkwürdig befangen. „Danke."

Er umfasste ihr Gesicht, damit sie ihn wieder ansah. „Es fühlt sich jetzt irgendwie anders an, oder?"

„Ja. Aber auf wunderbare Art anders."

„Ich habe es ernst gemeint. Ich liebe dich, Maggie. Ich glaube, ich habe mich jahrelang von rothaarigen Frauen angezogen gefühlt, weil ich im Grunde nach dir gesucht habe."

Ihre Augen füllten sich mit Tränen. „Sofort nachdem ich ausgezogen bin, war mir klar, dass ich einen Fehler gemacht habe. Ich wusste einfach nicht, wie ich es wiedergutmachen kann. Ich hatte den Richtigen gefunden, aber es war zu spät."

Er küsste sie sanft. „Willst du mich heiraten, Maggie?"

Ihre Kehle fühlte sich an wie zugeschnürt. Das hatte sie nicht erwartet, aber sie wusste die Antwort. Es gab keine Zweifel mehr darüber, was sie wollte. Die Tränen tropften ihr auf die Wangen. „Ja, ich würde dich sehr gern heiraten."

Trace küsste sie erneut, erst zart, dann forscher. Er hob sie auf die Arme und trug sie ins Schlafzimmer, der weiße Satin strich sanft über seine Arme. Vor dem Bett ließ er sie herunter. Er streifte ihr den dünnen Stoff des Überhangs von den Schultern, sodass sie nur noch das dünne Untergewand trug. Sie legte sich auf die Matratze, und er kam zu ihr.

Ihre Lippen fanden sich zu einem lang anhaltenden, zärtlichen Kuss, der nie zu enden schien. Er duftete nach Seife und Mann, sein Geschmack war so frisch und unglaublich sexy. Sie strich mit den Fingern über seine muskulöse Brust. Nie würde sie aufhören wollen, ihn zu berühren, von ihm berührt zu werden.

Er hörte nicht auf, sie zu küssen, als hätten sie alle Zeit der Welt. Trace ließ seine Lippen tiefer wandern, verteilte eine heiße, feuchte Spur von ihrem Hals über die Schultern zu ihren Brüsten. Er küsste die süßen Rundungen durch den zarten weißen Satin, fuhr mit der Zunge über die aufgerichteten Spitzen, bis sie hart und feucht waren. Es schmerzte sie fast vor Sehnsucht, als er die schmalen Träger ihres Satinhemdes herunterstreifte, um endlich die nackten Knospen mit den Lippen zu reizen.

Maggie bäumte sich unter ihm auf, wollte mehr, sehnte sich danach, seinen nackten Körper an ihrem zu spüren. Noch nie hatte sie einen Mann dermaßen begehrt, noch nie einem Mann genug vertraut, um ihm ihr Herz zu schenken.

Doch diesen Mann, den sie liebte, kannte sie. Sie wusste, dass er ehrlich, liebevoll und offen war. Seine Gefühle waren echt. Wenn er ihr sagte, dass er sie liebte, dann bedeutete das für immer. Eine Liebe, die sie aus vollem Herzen erwiderte.

Trace streifte ihr das Nachthemd über den Kopf und zog sich seine Jeans aus. Nackt legte er sich zwischen ihre Beine. Mit seinen schönen whiskeybraunen Augen blickte er sie an. Er küsste die Innenseiten ihrer Schenkel, bis sie erzitterte. Ihr Körper sehnte sich nach ihm, sie war voller Liebe.

Heute Nacht liebten sie sich anders. Sie fühlte sich angebetet, verehrt. Er zeigte ihr, dass er gefunden hatte, wonach er so lange auf der Suche gewesen war.

Ihr wurde heiß vor Lust, heiß und feucht in ihrem Inneren. Trace wusste genau, wie er sie zum Höhepunkt bringen, wie er sie mit Händen und Lippen liebkosen, sie berühren musste, bis sie zu vergehen glaubte.

Sie rief seinen Namen, doch er machte immer weiter, bis sie einen weiteren Höhepunkt erreichte. Dann legte er sich auf sie, glitt tief in sie hinein. Langsam und sanft küsste er sie und fachte ihr Feuer von Neuem an.

Draußen fiel leise der Regen, klopfte gegen die Fensterscheiben. Eine leichte Brise wiegte die Baumkronen. Drinnen im Schlafzimmer erhitzten sich die Liebenden mit jeder Bewegung mehr. Maggie fuhr mit den Fingern durch Traces dunkles Haar und ergab sich seinem fast unerträglich langsamen Rhythmus. Während er tief in sie eintauchte, reagierte sie auf seine sinnlichen Stöße und bettelte leise um mehr.

Sein Atem beschleunigte sich, und er bewegte sich immer schneller, ihr Verlangen weiter anstachelnd. Sie war nahe, so nahe.

Als sie kam, rief sie seinen Namen im Moment höchster Lust. Trace folgte ihr in das erlösende Hochgefühl, und Maggie klammerte sich an ihn. Alles fühlte sich so richtig an. Diese lustvolle Glut.

Zusammen sanken sie zurück in die Realität. Trace küsste sie ein letztes Mal.

„Du hast Ja gesagt“, flüsterte er an ihrem Hals. „Jetzt kannst du deine Meinung nicht mehr ändern.“

Maggie lächelte. „Ich habe den Richtigen gefunden, in dem Fall werde ich meine Meinung nicht ändern.“

Er rollte sich auf den Rücken und zog sie mit sich. „Und wann?“

Maggie küsste ihn sanft. „Wie wäre es mit morgen?“, sagte sie und spürte ein zufriedenes Knurren in seiner Brust.

EPILOG

Zwei Wochen später waren sie verheiratet. Trace hatte nicht mehr warten wollen, und Maggie stimmte törichterweise dieser hastig organisierten Hochzeit zu. Annie und Ashley halfen ihr, alles zu arrangieren.

Verdammt, er liebte sie so. Und diesmal, das wusste er, hatte er eine Frau, die seine Liebe erwiderte. Eine Frau, auf die er zählen konnte. Eine, die gegen einen Verrückten kämpfte und ihr Leben aufs Spiel setzte, um seines zu retten.

Die Trauung fand in einer Kapelle hinter der Methodistenkirche statt. Eine Kirche, in der es gerade genug Platz für ihre kleine, aber auserlesene Gruppe von Freunden gab.

Ashley war Maggies erste Brautjungfer, Roxanne die zweite. Trace hatte Devlin Raines gebeten, sein Trauzeuge zu sein, und Jake Cantrell begleitete Roxanne. Jason war ebenfalls da und grinste Ashley hingerissen an. Sie hatte schließlich zugestimmt, den wunderschönen, aber schlichten Verlobungsring mit dem lupenreinen Diamanten zu tragen, den er ihr gekauft hatte.

Der Rest von Traces Freunden war auch da. Alex und Ben und Johnnie Riggs. Nachdem Riggs und Cantrell Maggie kennengelernt und die beiden zusammen gesehen hatten, machten sie keine dummen Späße mehr über die Tatsache, dass er wieder eine Rothaarige heiratete. Trace hätte wetten können, dass sie sich selbst auch ein bisschen in sie verliebt hatten.

Devs Brüder Jackson und Gabriel waren mit ihren Frauen Sarah und Mattie für die Feierlichkeiten eingeflogen. Evan Schofield kam und Mark Sayers ebenfalls.

Erstaunlicherweise tauchte Maggies Mutter zur Hochzeit auf. Es wurde ein überraschend bewegendes Wiedersehen zwischen der Mutter und ihren zwei Töchtern.

Der Empfang fand im *Texas Café* statt, das sie für diesen Abend für sich reserviert hatten. Sie feierten und tanzten zur Musik einer Countryband bis spät in die Nacht.

Nach der Party wurden Trace und seine Braut in einer Limousine zum alten Farmhaus der Familie gefahren. Trace hatte es speziell für ihren Aufenthalt vorbereitet. Rosenblätter lagen über die Satinlaken auf dem altmodischen Himmelbett verstreut. Champagner und mit Schokolade überzogene Erdbeeren standen griffbereit, und im Kühlschrank befand sich genug Essen für eine Woche.

Sie hatten sich noch nicht entschieden, wohin sie zu ihren richtigen Flitterwochen fahren wollten. Vielleicht nach Italien, Tahiti oder auch Australien. Ein Trip nach Down Under könnte interessant sein, und Maggie würde dort sicher gute Fotos machen können. Dann hätte sie vielleicht genug Material für ihr Fotobuch. Doch solange sie zusammen waren, schien das alles unwichtig.

An diesem Morgen vor Sonnenaufgang hatte Trace zwei Pferde gesattelt, gute, leicht zu führende Reittiere, die er immer ritt, wenn er zur Ranch kam. Maggie war ganz aufgeregt. Im Laufe der vergangenen Jahre war sie sehr selten geritten, aber sie hatte es immer genossen.

Die meisten Tage taten sie nichts weiter, als sich zu lieben und wozu sie sonst gerade Lust hatten.

„Weißt du, Darling“, sagte Trace, als er ihr in den Sattel half und wartete, bis sie die Stiefel, die er ihr gekauft hatte, in die Steigbügel schob. Sie sah im Sattel richtig gut aus mit ihrem weißen zu den Stiefeln passenden Cowboyhut, unter dem sie das feurige Haar hochgesteckt hatte. „Wir haben gar nicht über Kinder geredet.“

Ihr Kopf ruckte hoch. „Kinder? Was ist damit?“

Trace schwang sich in den Sattel seines Pferdes und schob sich den Hut in die Stirn. Neben den Hufen des Tieres beschnüffelte Rowdy den Boden. „Du willst doch welche, oder?“

Maggie lächelte. „Oh ja, ein ganzes Haus voll.“

Trace war nicht klar gewesen, dass er die Luft angehalten hatte, bis er ihre Worte hörte. Er entspannte sich und lächelte sie an. „Dann sollten wir wohl besser damit anfangen, sobald wir nach Hause kommen.“

Maggie lachte und ließ ihren kleinen Fuchs traben. „Sieht aus, als würde unser Ausritt kürzer, als ich dachte."

Trace grinste noch breiter, und Rowdy bellte. Die Sonne erschien gerade am Horizont, und Trace trieb sein Pferd an, um Maggie einzuholen. Zusammen ritten sie in die glückliche Zukunft, die sie vor sich hatten.

– ENDE –

Lesen Sie auch:

Leslie Tentler

Nachtruf

Band-Nr. 25631
8,99 € (D)
ISBN: 978-3-86278-481-3

Trevor Rivette wartete in Obduktionssaal drei im Keller des *All Saints Hospitals*. In dem Gespräch, das gerade im Flur geführt wurde, ging es um ihn. Die Tür stand einen Spaltbreit offen. Er lauschte aufmerksam, während er den Blick durch den fensterlosen Raum schweifen ließ, in dem der scharfe Geruch eines Antiseptikums hing.

„Der FBI-Mann ist bei der Leiche. Er meint, er wäre gerade angekommen."

Der schwere Akzent gehörte zu Douglas Semer, Gerichtsmediziner im Orleans Parish, den Trevor kurz zuvor kennengelernt hatte. Semer war ein blasser, älterer Mann mit dicken Brillengläsern, durch die er etwas eulenhaft wirkte. Er hatte Trevor bei dessen Ankunft mit leichtem Misstrauen begrüßt.

„Wie lange wartet er schon?", fragte der andere Mann.

„Eine halbe Stunde vielleicht."

Ein Dritter meldete sich zu Wort. Seine Stimme klang heiser, als hätte er sein ganzes Leben lang Zigaretten geraucht. „Hat er gesagt, warum sich die Leute vom FBI für unsere Leiche interessieren?"

„Nein. Ich habe ihm erklärt, ich müsse warten, bis das *NOPD* da wäre. Erst dann könne ich ihm meinen abschließenden Untersuchungsbericht geben." Semers Antwort hatte einen Unterton, als wollte er sagen: *Wir Jungs hier im Ort halten zusammen.*

Trevor blickte wieder auf den Obduktionstisch aus Edelstahl, auf dem der nackte Körper des Opfers lag. Die Lippen des Mädchens waren blau angelaufen und leicht geöffnet, das rötlich blonde Haar umrahmte das Gesicht. Eine Stütze aus Gummi war unter den Kopf geschoben worden, um den Leichnam für die Autopsie in die richtige Position zu bringen. Der Y-Schnitt, der an den Schultern des Mädchens ansetzte und dann ab dem Brustbein in einer Linie bis hinunter zum Schambein verlief, zeigte, dass Semer seine Arbeit beendet hatte.

Das Mädchen war höchstens sechzehn gewesen und damit wesentlich jünger als die anderen Opfer. Noch ein halbes Kind, weshalb dieser Tod erst recht sinnlos und brutal wirkte. Trevor stieß einen Seufzer aus und starrte auf den Schriftzug an der Wand des Obduktionssaals. Es war Latein, doch er übersetzte die Worte spielend.

Dies ist der Ort, an dem der Tod mit Freude lehrt.

Na ja. Wenn es um tote Frauen auf einem Stahltisch ging, hatte er das Gefühl, schon so viel gelernt zu haben, dass es für mehr als ein Leben reichte.

Die Tür zum Obduktionssaal schwang auf, und Semer trat ein. Ihm folgten die beiden Männer, mit denen er sich gerade im Flur unterhalten hatte.

„Detectives McGrath und Thibodeaux, das ist Agent Rivette vom FBI." Nachdem Semer sie einander vorgestellt hatte, machte Trevor einen Schritt nach vorn, um den Detectives die Hand zu reichen. Der erste, McGrath, war mittleren Alters und stämmig, mit beginnender Glatze und Schnurrbart. Sein Partner Thibodeaux war ein schlaksiger Afroamerikaner, dessen Haar an den Schläfen allmählich grau wurde. Wie Trevor trugen die beiden ihre Waffen in einem Holster am Gürtel.

McGrath warf einen vielsagenden Blick auf den Besucherausweis, der an Trevors Revers befestigt war. „Also, Special Agent Rivette, Semer sagt, Sie sind aus dem Norden. Heißt das, Sie kommen von der Außendienststelle in Mobile?"

Bei McGraths Scherz deutete Trevor ein Lächeln an. „Etwas nördlicher als Mobile, Alabama. Aus D.C., um genau zu sein. Ich bin von der *Violent Crimes Unit*, der Abteilung für Gewaltverbrechen."

„VCU, hm? Nicht schlecht." McGraths Miene nach zu urteilen, beeindruckte ihn das allerdings nicht sonderlich.

Trevor fuhr fort: „Ich war auf dem Weg zu Ihrer Dienststelle, um einen Blick auf die Fotos vom Tatort zu werfen, aber ich wollte zuerst hier vorbeikommen und sehen, ob der Obduktionsbericht schon fertig ist."

„Nur ein vorläufiger", erklärte Semer. „Ich habe noch nichts schriftlich festgehalten, und die Ergebnisse der toxikologischen Untersuchung werden nicht vor morgen da sein …"

„Rivette. Der Name klingt, als wären Sie aus der Gegend", mischte sich Detective Thibodeaux ein. Er lehnte an der Front der in die Wand eingebauten Leichenkühlfächer und sah Trevor voller Interesse an. „Genealogie ist ein Hobby von mir. Wenn ich mich nicht irre, ist Ihr Nachname französisch, stimmt's?"

Trevor nickte leicht. „Ich habe Familie hier."

Als er nicht weiter darauf einging, wandte Thibodeaux seine Aufmerksamkeit dem Leichnam zu. „Ist dieses Mädchen was Besonderes, Agent? Sie haben dafür einen weiten Weg zurückgelegt."

„Es geht nicht so sehr um das Opfer, als vielmehr um die Art und Weise, wie die Kleine ermordet worden ist." Über dem Obduktionstisch hing ein Mikrofon, in das der Gerichtsmediziner seine Untersuchungsergebnisse diktierte. Trevor schob es beiseite, damit er sich über die Leiche beugen konnte, und zeigte auf die Wunde unter dem Unterkiefer des Mädchens. „Die Drosselvene und die Halsschlagader wurden mit einem einzigen Schnitt durchtrennt. Dieses Muster passt zu einer Mordserie, die in den letzten achtzehn Monaten in mehreren Städten des Landes verübt worden ist. Allen Opfern wurden die Hände mit einem Rosenkranz gefesselt. Laut ViCAP-Datenbank, in der wir alle Mordfälle erfassen, passt Ihr Opfer in dieses Raster."

McGrath tippte mit einem Kugelschreiber auf den Notizblock in seiner Hand. „Sie meinen also, wir haben einen Serienkiller in New Orleans?"

„Ich bezweifle, dass die Übereinstimmungen zufällig sind. Die Vorgehensweise ist viel zu ähnlich. Darum bin ich hierhergeflogen."

„Um unseren Fall zu übernehmen."

Trevor starrte auf einen offenen Schrank, in dem die Obduktionsinstrumente lagen – darunter ein Rippenspreizer und eine Knochensäge. Er war auf Widerstand vorbereitet. „Hören Sie, ich weiß, dass die hiesige Polizei und das FBI dafür bekannt sind, nicht gut miteinander auszukommen ..."

„Wie Atheisten im Vatikan", murmelte Thibodeaux.

„Doch das muss nicht für diesen Fall hier gelten", betonte Trevor. „Mir ist es egal, wer für was die Lorbeeren einheimst – ich will diesen Kerl schnappen. Wir können diesen Mord gemeinsam bearbeiten und Informationen austauschen oder wir arbeiten getrennt. Aber das hier ist New Orleans, und wenn ich einen Blick in die Kriminalitätsstatistik werfe, haben Sie *einige* Fälle, die noch aufgeklärt werden müssen."

Thibodeaux kniff argwöhnisch die Augen zusammen. „Also schwebt Ihnen ein Deal vor – nach dem Motto: Eine Hand wäscht die andere?"

„So in der Art."

McGrath rieb sich das Kinn und fragte: „Wie viele Opfer gibt es schon?"

„Fünf, dieses Mädchen mit eingerechnet."

„Wo?"

„In D.C., Atlanta, Memphis und Raleigh. Und jetzt hier. Die gute Nachricht für Sie ist: Der Täter verfolgt offenbar eine Strategie, nach der es pro Stadt nur ein Opfer gibt. Vielleicht ist er schon längst weitergezogen, was bedeutet, dass auch ich bald wieder verschwinden werde."

„Und wenn nicht?", fragte Thibodeaux.

„Dann haben wir ein größeres Problem als nur eine Leiche."

McGrath kratzte sich mit dem Kugelschreiber hinter dem Ohr. „Haben die Medien dem Scheißkerl schon einen Namen verpasst?"

Trevor verschränkte die Arme vor der Brust. „Die Presse hat die Morde bislang noch nicht miteinander in Zusammenhang gebracht. Wahrscheinlich wegen der weit auseinanderliegenden Tatorte. Bestimmte Details haben wir bewusst geheim gehalten. Wir nennen ihn den Vampir – wegen seiner Tötungsmethode und weil einige der Opfer auch Verbindungen zur Gothic-Szene ihres Wohnortes hatten."

„Unser Opfer hier wurde in einem verlassenen Haus auf der Tchoupitoulas gefunden, weit entfernt von jeglichem Nachtleben", sagte Thibodeaux. „Die bläulichen Hautverfärbungen deuten allerdings darauf hin, dass das Mädchen einige Stunden nach seinem Tod bewegt wurde. Außerdem passt die Blutmenge am Tatort nicht zu den schweren Verletzungen, die der Typ der Kleinen zugefügt hat."

McGrath wandte sich dem Gerichtsmediziner zu. „Da wir gerade davon sprechen: Ist die Identität der Toten schon bekannt?"

„Nein, bislang noch nicht", entgegnete Semer, der den Wink sofort verstand. Er ging zum Obduktionstisch, schaltete die Lampe ein und nahm sich ein Paar Latexhandschuhe. „Bereit für das volle Programm?"

Im harten Licht wirkte die aschfahle Haut des toten Mädchens beinahe durchsichtig. Um die Y-förmige Narbe herum war der Körper eingesunken, nachdem die inneren Organe entfernt worden waren.

McGrath wurde blass. „Gott, Semer. Was Sie mit dem Zeug machen, das Sie aus den Leichen rausholen, will ich gar nicht wissen."

„Dann werde ich es Ihnen auch nicht sagen." Semer richtete seinen Blick auf Trevor. „Aber Agent Rivette hat recht – der Schnitt am Hals war die Todesursache. Sie ist im Grunde verblutet. Ungefähr vierzig Prozent Blutverlust." Mit seiner behandschuhten Rechten zeigte er auf die anderen Wunden am Körper der Toten. „All diese Schnitte, von denen die meisten oberflächlich sind, wurden der Kleinen vor dem Tod zugefügt." Er schob seine Brille ein Stück die Nase hinauf. „Wenn Sie meine Meinung hören wollen: Der Scheißkerl hatte seinen Spaß mit der Kleinen, bevor sie starb."

Der Faubourg Marigny District war früher eine Arbeitergegend gewesen. Im Laufe der Jahre hatte sich einiges zum Besseren gewendet, doch die Häuser in dieser Ecke von New Orleans wirkten auf Trevor Rivette noch immer vertraut. Natürlich hatten die neuen Bewohner Veränderungen vorgenommen. Die Häuser passten nun besser zu den BMWs und Volvos, die entlang der von Bäumen gesäumten Straße parkten. Die Wagen gehörten den Familien der aufstrebenden Mittelschicht, die inzwischen diese Gegend bewohnten und den Wert der Anwesen nach oben trieben. Wie die Nachbarhäuser war auch das alte Cottage im Kolonialstil nicht länger in biederem Weiß gehalten. Es leuchtete in einem kräftigen Himbeerrot, die geschnitzten Zierleisten waren gepflegt und setzten einen Farbakzent in Pink. Ein schmiedeeiserner Zaun umgrenzte den Garten, und auf der überdachten vorderen Veranda standen Schaukelstühle aus Rattan neben Tontöpfen mit grünen Farnen. Von seinem Aussichtspunkt auf dem Bürgersteig aus hörte Trevor Kinderlachen, das von irgendwo die Straße herunter zu ihm drang. Ein Windspiel auf der Veranda klimperte in der milden Luft des frühen Abends.

Man hätte meinen können, dies wäre ein wunderbarer Ort, um aufzuwachsen. Aber er wusste es besser.

Trevor öffnete das Gartentor und spazierte den kurzen Weg zur Veranda hoch. Als er auf den weiß getünchten Holzdielen stand, zog er seine Hand aus der Tasche seiner Jeans und rieb sich kurz die Stirn. Dies war jetzt Annabelles Haus. Die Geister, die hier lebten, würden ihn nur dann verfolgen, wenn er es ihnen erlaubte.

Sie hatte anscheinend auf ihn gewartet, denn die Tür wurde geöffnet, bevor er klopfte. Annabelle Rivette lächelte und zog ihren Bruder in die Arme. Als sie ihn schließlich wieder freigab, blickte Trevor in ihr Gesicht. Annabelle hatte sich kaum verändert. Ihr welliges braunes Haar und die himmelblauen Augen waren ganz genau so, wie er sie in Erinnerung hatte.

„Es ist lange her, Trevor“, sagte sie.

„Viel zu lange“, gab er zu. Wie viel Zeit hatte er verstreichen lassen. Vor drei Jahren war er zum letzten Mal in New Orleans gewesen. Damals war ihre Mutter beerdigt worden. Er war kurz vor dem Gottesdienst eingetroffen und bald danach wieder abgereist. Er war nach Richmond beordert worden, wo es einen Doppelmord gegeben hatte. Doch sowohl er als auch Annabelle wussten, dass es ihm auch ohne seine beruflichen Verpflichtungen beim FBI schwergefallen wäre, zu bleiben.

Eine Kinderstimme drang leise aus dem Inneren des Hauses, und Annabelle ließ Trevor von der Veranda ins Wohnzimmer. Hier hatte sich so gut wie alles verändert. Der Raum mit den hohen Wänden war in Blau und Beige gestrichen, und ein großer Teppich bedeckte den Holzboden. Jalousien hatten die schweren Vorhänge vor den Fenstern ersetzt. Das steif wirkende alte Mobiliar war ebenso verschwunden, verbannt zugunsten einer dick gepolsterten Couch und eines dazu passenden Sessels mit Hocker. Selbst der Kaminsims, der noch aus der Entstehungszeit des Hauses stammte und aus Zypressenholz geschnitzt war, hatte seine dunkle Farbe verloren. Er war in Weiß übermalt und der uralte Spiegel, der früher über dem Sims hing, war durch ein heiteres Bild vom French Quarter ersetzt worden.

„Da bist du ja", sagte Annabelle, als ein kleines Mädchen ins Zimmer kam. „Haley, das ist dein Onkel Trevor."

Haley starrte ihn kindlich offen an. Ein Plüschtier – eine lilafarbene Angorakatze, die aussah, als hätte sie schon bessere Tage erlebt – baumelte in ihrer Hand. Ein paar Strähnen ihres lockigen Haars waren aus dem Pferdeschwanz gerutscht. Sie streifte sie leicht ungeduldig aus ihrem Gesicht.

„Ich habe dich nicht mehr gesehen, seit du ein Baby warst", sagte Trevor.

„Ich bin aber kein Baby mehr. Ich bin fünf Jahre alt." Sie spreizte ihre kleine Hand und hielt sie hoch.

Er lächelte, als er sich hinkniete, um auf Augenhöhe mit seiner Nichte zu sein. „Ich meinte nur, dass deine Mom mir zwar Fotos von dir geschickt hat, aber dass ich gar nicht mitbekommen habe, wie groß du inzwischen geworden bist."

Haley schwang die abgeliebte Katze hin und her und ließ Trevor dabei nicht aus den Augen. „Du siehst aus wie Onkel Brian."

Ihm zog sich das Herz zusammen, als der Name seines Bruders fiel. Er dachte an Brians dunkles Haar und die blaugrauen Augen, die den seinen so sehr ähnelten. „Ja, ich glaube, das stimmt."

„Mommy sagt, du hast eine Pistole, genau wie ein Polizist.

Hast du sie mitgebracht?"
„Ich habe sie im Hotel gelassen." Seine private Zweitpistole, eine .380 Beretta Halbautomatik, erwähnte er nicht. Sie steckte gut verborgen im Holster an seinem Knöchel. „Es ist gefährlich, so eine Waffe bei sich zu haben, weißt du?"
„Und warum hast du dann eine?"
Trevor blickte zu Annabelle. Das Grinsen auf ihrem Gesicht schien zu sagen: „Tja, so ist sie ..."
„Das Abendessen ist bald fertig, mein Schatz", sagte sie zu Haley. „Warum gehst du nicht eine Weile spielen? Onkel Trevor und ich wollen noch über Erwachsenen-Zeug reden."
„Kann ich Zeichentrick schauen?"
„Tu, was du nicht lassen kannst", antwortete Annabelle seufzend, und Haley verschwand im Flur. „Ich danke Gott für die Erfindung des Fernsehens." Sie sah zu Trevor, der schweigend neben ihr gestanden hatte und jetzt den Blick durchs Zimmer schweifen ließ. „Möchtest du etwas trinken?"
„Nur ein Mineralwasser, wenn du hast."
Er folgte ihr in die kleine Küche. Trendige mexikanische Fliesen hatten das abgenutzte Linoleum ersetzt, und die neuen Küchenfronten erstrahlten in gedecktem Weiß. Ein Topf stand auf dem Herd, und der Duft von Tomaten und pikanten Peperoni erfüllte den Raum. Auf der Küchentheke stand anstelle der altertümlichen Kaffeemaschine, die Trevor noch aus Kindertagen kannte, eine neue moderne Maschine. Wie im Wohnzimmer war auch hier alles frisch und neu. So als hätte Annabelle geglaubt, das Karma des Hauses verändern zu können, wenn sie die Einbauten und Bodenbeläge herausriss und die Wände mit einer Schicht Farbe bedeckte. Das Bild eines grobschlächtigen Mannes, der mit erhobener Faust auf ihn zustürmte, ergriff ihn und raubte ihm den Atem, bevor es so rasch wieder verschwand, wie es gekommen war. Trevor berührte die Narbe an seinem Kinn. Sein Beweis, dass die Vergangenheit wirklich existierte.

Deutsche Erstveröffentlichung
NEW YORK TIMES
HEATHER GUDENKAUF
Ein Atemzug entfernt

Deutsche Erstveröffentlichung
NEW YORK TIMES
ERICA SPINDLER
DER TOD KOMMT LAUTLOS

Deutsche Erstveröffentlichung
NEW YORK TIMES
LINDA CASTILLO
Stärker als dein Tod

„Ein flüssiger Stil und eine authentische New-Orleans-Atmosphäre machen Tentlers Debüt so besonders.“

Publishers Weekly

Band-Nr. 25631
8,99 € (D)
ISBN: 978-3-86278-481-3
eBook: 978-3-86278-551-3
432 Seiten

Leslie Tentler
Nachtruf

Es ist eine dieser schwülen Nächte von New Orleans. Eigentlich scheint alles wie immer in der Late-Night-Radioshow von Rain Summers. Bis es die ganze Stadt live und on air hört: „Ich bringe dich nicht um – es sei denn, du zwingst mich dazu.“ Die Psychologin weiß sofort, dieser Anrufer meint es ernst – todernst.

Davon ist auch der attraktive FBI-Ermittler Trevor Rivette überzeugt. Er glaubt, dass der nächtliche Anrufer ein von ihm gesuchter Serienmörder ist. Bloß warum hat er es auf Rain abgesehen? Trevor ermittelt fieberhaft. Kann er den Killer aufhalten? Als Rain in die Sümpfe der Bayous entführt wird, beginnt ein erbarmungsloser Wettlauf gegen die Zeit …

„Leslie Tentler zeigt, was sie kann, indem sie einen erstklassigen Romantic-Thriller vorlegt.“

Manic Readers